# LE DOUX PARFUM
# DE LA VÉRITÉ

De la même autrice aux éditions Charleston :

*Rendez-vous au café du bonheur*, 2020

Titre original : *Summer with My Sister*


Traduit de l'anglais par Cécile Arnaud


10, place des Cinq-Martyrs-du-Lycée-Buffon
75015 Paris – France
www.editionscharleston.fr

ISBN : 978-2-36812-619-6

Maquette : Patrick Leleux PAO

**Charleston s'engage pour une fabrication écoresponsable !** Amoureux des livres, nous sommes soucieux de l'impact de notre passion et choisissons nos imprimeurs avec la plus grande attention pour que nos ouvrages soient imprimés sur du papier issu de forêts gérées durablement.

Lucy Diamond

# LE DOUX PARFUM DE LA VÉRITÉ

*Roman*

*Traduit de l'anglais*
*par Cécile Arnaud*

CHARLESTON

*Pour mes sœurs, Ellie Brothwell et Fiona Mongredien,*
*avec toute mon affection*

# PROLOGUE

Dès qu'elle entendit la voiture de ses parents s'éloigner, elle décrocha le téléphone et l'appela. Son cœur battait à la chamade.

— Ils sont partis. Tu veux venir ?

— Tu m'étonnes ! répondit-il.

Et une vague de chaleur explosa en elle, telle une flaque d'essence enflammée par une allumette.

— J'arrive !

Fébrile, elle fit les cent pas dans le salon en l'attendant. *Grouille-toi, grouille-toi, grouille-toi.* S'il n'arrivait pas très vite, elle risquait de se dégonfler.

Deux minutes plus tard, il frappait à la porte. La roue avant de son vélo tournait encore dans l'allée, où il l'avait abandonné. En allant ouvrir, elle surprit son propre reflet dans le miroir de l'entrée, ses yeux brillants, ses joues empourprées. Le grand moment était arrivé.

Pendant de longues minutes, ils restèrent sur le seuil à se bécoter, au vu et au su des voisins. Leurs baisers avaient un goût d'interdit. C'était excitant. Tout pouvait advenir. De l'autre côté de la rue, les rideaux de Mme Lindley frémirent d'indignation, mais Polly s'en fichait éperdument.

Pointant le majeur en direction de la vieille commère, elle embrassa son amoureux avec encore plus d'ardeur.

Ils n'avaient jamais couché ensemble dans la maison familiale. Ce soir serait le grand soir.

— Salut, la plus belle, dit-il quand ils s'écartèrent l'un de l'autre.

Il avait la voix rauque et les pupilles dilatées.

— Salut, répondit-elle, le souffle court. Entre.

Elle le prit par la main et l'emmena dans le salon, le cœur affolé, la peau parcourue de frissons. Elle avait dix-sept ans, et cette nuit-là allait tout changer.

# CHAPITRE 1

*Vingt ans plus tard*

Il était 7 heures en ce matin d'avril, et le soleil pointait son nez sur la City de Londres. Un camaïeu allant du rose le plus vif à l'orangé le plus pâle striait le ciel, tandis qu'à vingt mètres sous terre les premiers métros filaient dans un roulement de percussion. Dans les immeubles de bureaux étincelants, les lumières s'allumaient aux fenêtres comme si une énorme machine prenait vie, et les techniciens de surface poussaient leurs aspirateurs vrombissants dans les couloirs beiges et sans âme. Ailleurs, dans les maisons et les appartements qui s'étendaient à la périphérie du cœur palpitant de la ville, des millions de gens se retournaient dans leurs lits douillets, rêvaient, ronflaient, se pelotonnaient contre leur partenaire, faisaient taire le réveil d'une main tâtonnante ou, les yeux mi-clos, encore bouffis de sommeil, pourvoyaient aux besoins matinaux de leurs bambins.

Polly Johnson avait un coup d'avance : elle était déjà fin prête pour la bataille. Sa peau, récurée sous le jet puissant d'une douche brûlante, était dissimulée sous un chemisier blanc immaculé et un tailleur-pantalon anthracite à la coupe sévère. Ses cheveux mi-longs, couleur caramel, étaient coiffés en un chignon strict. Un masque de fond de teint et d'anticernes – foutues poches sous les yeux, qu'elle avait de plus en plus de mal à cacher ! – couvrait son visage, barré d'un trait de rouge à lèvres en guise de peinture de guerre. Ordinateur portable, talons vertigineux, sac à main verni : elle était parée.

Elle pénétra à grandes foulées dans le hall vitré de la Compagnie financière Waterman, adressa un bref salut aux réceptionnistes, plaqua sa carte magnétique sur le tourniquet et poussa les barrières en métal – les seuls bras qui l'étreignaient ces derniers temps. Puis elle piqua droit vers l'ascenseur. Direction : le sommet.

Polly Johnson s'était hissée jusqu'en haut de la pyramide en un crescendo bien orchestré au fil des années. Non, présenté comme cela, on aurait dit qu'on lui avait déroulé le tapis rouge. Rien n'était plus éloigné de la réalité. Elle avait dû se battre et jouer des coudes à chaque étape, bousculer ses rivaux à haut potentiel, piétiner les plus faibles et les plus lents dans son ascension vers la gloire. Elle avait accumulé les heures de travail, grimpant obstinément sans s'accorder de vacances, de week-ends ou de sorties ; sans la moindre vie sociale, pour dire la vérité. S'arrêtant à peine pour reprendre haleine, elle avait gravi un à un, à la force des poignets, les barreaux de l'échelle professionnelle. Ses collègues féminines avaient peu à peu lâché prise, dégringolant sur le sentier de la maternité, pour s'apercevoir que les opportunités de carrière s'arrêtaient à la porte de la salle d'accouchement. Mais pas Polly. Pour Polly, le travail passait avant la famille, les amis, les amants. Pour rien au monde elle n'aurait sauté du train de la réussite.

C'est ainsi qu'elle avait rejoint l'équipe de direction en tant que consultante senior en gestion actif-passif et politique de prix de transfert dans le département de risk management. Certes, ça faisait beaucoup à caser sur une carte de visite. Lors de la dernière réunion de famille, à Noël, elle avait vu le regard de ses proches s'embrumer quand elle avait énoncé son nouvel intitulé de poste, comme si elle parlait une langue étrangère. Ils étaient revenus sur terre lorsqu'elle avait révélé le montant du salaire qui allait avec.

« Combien ? s'était étranglé son père, manquant de tomber la tête la première dans le trifle aux cerises.

— Mince alors, avait dit sa mère dans un souffle. Bravo, ma chérie. C'est extraordinaire ! »

Cet instant lui avait fait l'effet d'une rédemption, comme si elle était absoute de toutes les erreurs du passé. Elle avait inscrit son nom au tableau d'honneur !

Clare, bien sûr, n'avait pu s'empêcher de tout gâcher en lançant une remarque acerbe sur les bonus obscènes des banquiers, mais Polly l'avait superbement ignorée. Je gagne, tu perds, songeait-elle en jubilant. Elle avait soutenu le regard de sa sœur, qui n'avait pu que baisser les yeux. C'était tellement moche, la jalousie.

« Encore un peu de champagne ? » avait-elle proposé, tout sourire, en brandissant la bouteille verte et ventrue.

À cela, une seule réponse possible.

L'approbation de ses parents comptait plus qu'elle ne l'avait cru. C'était seulement en voyant leurs visages sidérés qu'elle avait mesuré tout ce qu'elle avait voulu prouver, à eux plus qu'à quiconque. Elle était ravie de gagner de l'argent, forcément, mais c'était la réussite qu'elle convoitait avant tout : la gloire, le succès, un CV ronflant. Prouver au monde qu'elle en était capable, qu'elle avait une utilité. Depuis la mort de Michael… eh bien, disons qu'elle avait deux fois plus envie de réussir.

Et quand, en entrant dans son bureau, elle vit le ciel rose se teinter de bleu au-dessus du dôme de la cathédrale Saint-Paul et le soleil du matin se réverbérer sur les fenêtres et les toits de la ville étendue devant elle, elle se dit qu'elle avait réussi sa démonstration. Elle avait atteint chaque cible avec précision, et mérité les honneurs, les augmentations de salaire et les promotions, sans parler du luxueux appartement avec vue sur la Tamise, des entrées dans les clubs les plus exclusifs de Londres, du coupé Mercedes gris métallisé que ces messieurs lorgnaient d'un œil jaloux et du grand dressing rempli de vêtements de créateurs à tomber par terre. Ah, sans oublier le super bonus qui se profilait à l'horizon. Et qui tombait à pic, d'ailleurs, car elle s'était un peu emballée récemment en faisant des investissements risqués à la Bourse. Mais pour gagner, il fallait jouer, pas vrai ?

Jake, l'assistant de Polly, arriva à 8 heures en lui apportant son habituel expresso. Il était grand, élégant, beau à regarder, et avait compris qu'on ne plaisantait pas avec une chose aussi essentielle que le café. Elle avait viré des collaborateurs pour moins que ça.

Quand il posa délicatement la tasse devant elle, elle se contenta de grommeler, sans quitter des yeux son écran.

— Hum… Polly, j'ai quelques points à vérifier avec vous, dit-il, bloc et stylo à la main. Vous êtes invitée à faire une communication à la conférence sur les solutions de risk management le mois prochain…

— Répondez que je suis prise, l'interrompit-elle, jurant tout bas en faisant une nouvelle correction.

Elle relisait le rapport préparé par Marcus Handbury, un consultant junior, pour une importante réunion prévue le lendemain. Elle n'en était qu'à la première page et avait déjà dû réécrire plusieurs lignes et souligner trois fautes de grammaire. Du travail de cochon. Marcus était un de ces golden boys issus d'une école privée, à qui on avait toujours tout servi sur un plateau. Le fait de connaître les gens qu'il fallait ne l'autorisait pourtant pas à bâcler ses dossiers.

— Deuxième chose, Henry Curtis a de nouveau appelé pour vous rencontrer…

Polly tendit l'oreille.

— Déjeuner ou dîner ?

Henry Curtis occupait un gros poste dans une société de gestion alternative et faisait courir le bruit qu'il voulait la débaucher. Il avait foncé droit sur elle lors d'une récente conférence à New York et l'avait couverte d'attentions. De manière assez flatteuse, il n'ignorait rien du coup de maître qu'elle avait réussi en raflant un gros client à la barbe de Carlson International. D'accord, en surprenant la lueur salace dans le regard qu'il promenait sur ses hanches, Polly s'était demandé s'il ne convoitait pas autre chose que sa seule compétence professionnelle. Même s'il remplissait un certain nombre des critères qu'elle jugeait indispensables au partenaire idéal – riche, haut placé, séduisant –, il était officiellement trop vieux pour qu'elle envisage une liaison : il avait quarante-six ans. (Quarante-quatre, c'était la limite d'âge. Au-delà, les hommes commençaient à dégager un parfum de crise de la cinquantaine qui les mettait hors jeu. Dans sa vie privée comme en toute chose, elle n'acceptait que la perfection. De toute façon, elle n'avait pas de temps à consacrer à une relation.)

— Dîner, répondit Jake, le stylo en suspension au-dessus de la page. Voulez-vous que je réserve quelque part ?

— Dites-lui qu'il devra se contenter d'un déjeuner. Peut-être un jour de la semaine prochaine ? Réservez une table dans le coin.

Elle allait obliger Curtis à faire un effort, à lui montrer l'étendue de sa motivation. Si elle n'était pas pressée de changer de boîte, il ne lui déplaisait pas d'être sollicitée.

Jake passa en revue divers autres points, un mémo sur les risques de liquidité à approuver, différents sujets à l'ordre du jour du conseil de direction, un nouveau client potentiellement intéressant qui avait approché la compagnie.

— Ah, et mercredi, c'est l'anniversaire de votre nièce. Voulez-vous que je lui envoie quelque chose en particulier ?

Polly évacua le sujet d'un revers de main.

— Juste... quelque chose de joli, dit-elle.

Elle ne savait plus très bien quel âge avait Leila, la fille de Clare (dix ans, peut-être ?), mais Jake était très doué pour choisir les cadeaux. Il avait déniché une fabuleuse robe de couturier pour l'anniversaire de Clare le mois précédent et des boutons de manchette Paul Smith très chics comme cadeau de retraite pour son père. Il trouverait sûrement le présent adéquat. Après tout, il avait le temps de chercher, contrairement à elle.

— C'est tout, merci, dit-il avec un petit hochement de tête, avant de quitter le bureau.

— Pas de problème, répondit automatiquement Polly.

Ces trois mots étaient devenus son mantra personnel au fil des années. Pour elle, rien n'était un problème – il suffisait d'une bonne dose de logique et de détermination (ou du personnel possédant les capacités nécessaires) pour gérer n'importe quelle situation. Jake, par exemple, faisait disparaître nombre des problèmes de Polly. Il s'occupait de son emploi du temps, des factures à payer, de la teinturerie, il envoyait des fleurs et des cartes de vœux pour elle, prenait rendez-vous pour faire nettoyer sa voiture… Comment les gens se débrouillaient-ils sans un Jake dans leur vie ?

— Santé !

— Santé !

Douze heures plus tard, Polly avait rejoint le Red House, un club privé près de Liverpool Street, plein d'autres yuppies de la City occupés à parler boutique en sirotant des cocktails ou du vin hors de prix. Comme souvent ces derniers soirs, elle était attablée au bar du cinquième étage : après le tourbillon d'activités d'une longue journée trépidante, elle s'était sentie incapable de rentrer directement chez elle sans prendre d'abord un verre, ou même trois.

Ce soir-là, Polly choquait sa flûte de champagne contre celles des deux Sophie, de Richenda, de Josh, de Matt et de Johnny. Pas des amis à proprement parler, plutôt des contacts utiles. Comme elle, c'étaient des habitués du Red House, des jeunes cadres de haut vol du monde de la finance, qui brassaient des milliards de livres sans se poser de questions. Comme elle, ils avaient posé leur Smartphone sur la table devant eux avec une solennité quasi religieuse, et se jetaient dessus à chaque e-mail entrant, comme si le sort de l'industrie financière dépendait de leur vitesse de réaction. Polly avait travaillé avec Sophie la blonde chez HSBC, et rencontré Richenda en début de carrière, lors d'une semaine de formation aussi chaude qu'ennuyeuse à Singapour, où elles avaient sué et s'étaient fait suer toutes les deux.

— À la tienne, dit Johnny avec un clin d'œil lubrique à Sophie la brune, et le cul au sec, comme on dit !

— Oh, Johnny ! s'écria-t-elle, en lui donnant un coup de coude si énergique qu'il faillit renverser son verre.

Johnny était un porc. Il avait tenté sa chance avec Polly un jour, se précipitant sur elle et lui plaquant un baiser baveux sur les lèvres à la fin d'une soirée trop arrosée. Si ses cheveux clairsemés et son teint de salami ne l'avaient pas d'entrée de jeu exclu de sa liste, ses manières épouvantables et sa langue baladeuse s'en seraient chargées. Mais tout répugnant qu'il soit, c'était aussi le responsable de la communication d'une grande firme rivale, et donc quelqu'un à ménager. Si bien qu'elle se força à rire, comme tout le monde autour de la table. Que Johnny n'aille surtout pas s'imaginer qu'ils manquaient d'humour !

L'autre Sophie, qui avait les cheveux blond polaire, la bouche pincée et les joues tellement creuses qu'elle paraissait avoir été dégonflée par inadvertance, se mit à parler de la conférence sur les solutions de risk management. Elle avait été invitée à prononcer le discours d'ouverture.

— Moi aussi, ils m'ont appelée pour que je fasse une communication, se crut obligée de glisser Polly. J'ai dû refuser, hélas. Trop de boulot.

Sophie haussa un sourcil exagérément épilé.

— Oui, j'ai entendu dire qu'ils avaient eu une défection. Julian Leighton était prévu, mais il a dû se décommander au dernier moment. Alors, comme ça, ils t'ont contactée ?

— Oh, ça fait longtemps ! Je t'avoue que ça m'était presque sorti de l'esprit. Avec toutes ces sollicitations, j'ai tendance à m'y perdre.

— À qui le dis-tu, intervint Richenda en hochant la tête, ce qui fit rebondir ses boucles brunes comme des ressorts. Depuis que mon équipe a gagné le prix du Financial Bridging…

— Tu as reçu un prix ? marmonna la méchante Sophie. Et nous qui n'étions pas au courant !

— Mon assistante doit gérer l'équivalent de deux agendas, c'est dingue ! poursuivit Richenda, à qui le sarcasme avait échappé. Mais qu'est-ce qu'on y peut ?

Qu'y pouvait-on, en effet ? Tous considérèrent la question d'un air fataliste, même si pour rien au monde ils n'auraient échangé leur place. Le frisson du chasseur, la poussée d'adrénaline, les mains moites et le cœur palpitant quand le marché était à la hausse – c'était comme une addiction, et ça valait bien le stress induit.

Un BlackBerry bipa, et tous les yeux se braquèrent sur la table : tous vivaient en état d'alerte, à l'affût de nouvelles des bureaux américains. Rien de neuf sous le soleil, songea Polly en souriant pour elle-même. Elle adorait ça.

Plus tard – vers 2 heures du matin – Polly entra dans son appartement en titubant un peu, envoya valser ses chaussures et massa ses mollets douloureux. Rompue de fatigue après une nouvelle journée d'enfer, elle se promit de profiter du week-end pour rattraper le sommeil en retard. Le problème, avec un job comme le sien, c'est qu'il était impossible de s'arrêter à 17 heures et de rentrer chez soi. Tout comme il importait de fréquenter les endroits tels que le Red House, de se montrer, d'être dans le coup. Elle n'avait d'ailleurs pas perdu son temps ce soir-là. Matt avait des infos intéressantes à propos de GlobalGo, la marque de sportswear qui, après un succès fulgurant, était maintenant en chute libre. Il prédisait sa faillite imminente, ce qui pourrait avoir des répercussions sur certains clients de Polly. « Encore un qui mord la poussière », avait commenté Johnny d'un air entendu. Les affaires sont les affaires.

Elle entra dans sa luxueuse salle de bains, une pièce aussi vaste que la chambre de la plupart des gens, et alluma les spots. Oups. Pas jolie jolie, la Polly, se dit-elle en apercevant son reflet dans le grand miroir rectangulaire au-dessus du lavabo en pierre. Depuis quelque temps, son teint avait viré au gris. Des pattes-d'oie étaient apparues au coin de ses yeux, se nichant au-dessus des cernes sombres qui semblaient ne plus vouloir s'estomper. Elle fit claquer sa langue en se penchant pour examiner le miroir lui-même. La femme de ménage avait encore laissé une trace ! Il y avait du relâchement dans le travail de cette fille. La semaine précédente, il lui avait semblé que le lit avait été mal fait, et elle était convaincue que quelqu'un s'était servi dans sa « Crème de la Mer ». C'était inacceptable. Polly allait devoir dire deux mots à l'agence.

Elle enfila son pyjama de soie, baissa les lumières dans sa chambre et grimpa dans son lit *king size,* avec ses oreillers de plume, ses draps en doux coton égyptien et son épaisse couette en duvet. Elle brancha son réveil, se couvrit les yeux de son masque de nuit à la lavande et se laissa envelopper par le moelleux du lit. Quelques secondes plus tard, elle dormait.

Le mardi commença comme tous les autres jours de la semaine par un réveil à 6 heures, accompagné d'une gueule de bois carabinée. Une douche, un Nurofen et un café serré plus tard, Polly, habillée et maquillée, s'arrêta au café du coin pour acheter un petit déjeuner à emporter.

— Vous m'avez l'air fatiguée, ma jolie, lui dit le type derrière son comptoir, d'un ton compatissant. Des petites vacances vous feraient du bien.

Des vacances ? La bonne blague. Les gens comme elle ne prenaient pas de vacances. Elle lui adressa un sourire sans joie en attrapant son petit déjeuner et reprit son chemin vers la station de métro, en passant mentalement en revue son emploi du temps de la journée. Elle avait la réunion du conseil à 11 heures, un rendez-vous client à 14 heures, un cocktail à 17 heures pour soigner ses RP, et un dîner avec d'autres clients au Ivy. Oh, et Hugo Warrington voulait la voir à 10 heures. Nul doute qu'il allait la féliciter pour le compte Spelman qu'elle avait décroché la semaine précédente. Peut-être qu'il augmenterait même son bonus. Hugo Warrington était le patron de la compagnie, le cœur battant de la CFW. Il avait cinquante ans, était immensément riche et tellement impitoyable qu'on voyait presque un aileron pousser dans le dos de son costume sur mesure. L'idée d'une petite conversation en tête à tête avec lui ne lui déplaisait pas. Il était temps qu'il reconnaisse les mérites de Polly Johnson.

Le bureau de Hugo Warrington était situé à l'étage au-dessus de celui de Polly. L'étage du pouvoir. Là-haut, la moquette était si épaisse qu'une guerre aurait pu s'y déclencher sans que cela ne s'entende. Là-haut, les murs étaient lambrissés de bois, comme dans un club privé – c'en était un, d'une certaine façon. Là-haut, les assistantes de Warrington semblaient être fabriquées en série : des femmes élégantes et graciles, aux ongles soigneusement manucurés, et dotées du pouvoir inflexible que leur conférait leur position de gardiennes de la forteresse.

— Il vous attend, annonça la rousse guindée dont le poste de travail était installé à l'entrée du bureau du patron. Entrez. Voulez-vous que je vous apporte un café ou… ?

— Non, merci, répondit Polly en passant d'un pas vif devant le clone.

Elle espérait se voir proposer quelque chose de plus pétillant une fois qu'elle aurait passé ce seuil. D'après la rumeur, Hugo Warrington disposait d'un frigo *très* bien rempli.

Elle frappa à la porte et entra. Le sanctuaire de Warrington dégageait l'atmosphère feutrée d'un club privé, avec ses murs vert foncé garnis de rayonnages de livres, ses bibelots élégants et son bureau massif en acajou. Un trophée de golf étincelait derrière lui, tandis qu'un peu à l'écart une carafe remplie d'un liquide couleur rubis et quelques verres en cristal taillé étaient posés sur un plateau d'argent rutilant.

Assis derrière son bureau, Warrington regardait son écran d'ordinateur, sourcils froncés. Il avait un visage à la chair molle et des yeux porcins enfoncés dans leurs orbites. Quand Polly entra, il lui fit signe d'approcher.

— Asseyez-vous.

— Merci.

Elle s'installa sagement dans le fauteuil de cuir noir en face de lui. L'homme sentait fort le cigare, l'eau de Cologne et la richesse.

— Bien, Polly, je sais que vous avez travaillé dur pour nous ces dernières années, déclara-t-il sans préambule, se grattant la mâchoire de ses petits doigts boudinés. Vous avez développé un beau portefeuille de clients, vous avez fait preuve d'implication et de professionnalisme, et vous avez tout à fait mérité votre siège au conseil de direction.

En l'écoutant, Polly sentit les poils se dresser sur ses bras. Ciel ! Des compliments de Hugo Warrington en personne ! Il allait lui accorder un bonus énorme, elle en était presque sûre. Voire une promotion. Hourra !

— Cependant... poursuivit-il.

À ce seul mot, l'image de la pluie de billets s'évanouit.

— Cependant, nous traversons une période difficile, comme vous le savez. Le monde de la finance a changé. Nous sommes entrés dans une zone de turbulences, et toutes les entreprises cherchent à réduire la voilure.

Polly sentit soudain sa gorge se nouer, alors que les mots pénétraient dans son cerveau. Une vague d'inquiétude déferla sur elle. Pourquoi est-ce qu'il lui disait ça ? Où voulait-il en venir exactement ?

— À la CFW, nous avons dû analyser froidement nos résultats, et ils ne sont, hélas, pas aussi bons que nous le voudrions, dit-il d'un ton neutre.

Il aurait aussi bien pu parler du temps, ou lire la météo marine, songea Polly tandis qu'elle-même sentait croître son agitation.

— Nous sommes donc au regret de procéder à une réorganisation structurelle de la compagnie, qui se traduira malheureusement par des licenciements au conseil.

Des licenciements. Merde. Elle ne l'avait pas vue venir, celle-là. Peut-être voulait-il avoir son avis sur des candidats possibles, ou... ?

— Je suis navré de vous l'annoncer, Polly, mais votre poste va être supprimé. Nous sommes contraints de vous laisser partir.

# CHAPITRE 2

Clare Berry se noyait. Elle avait beau battre des jambes et des bras, elle se sentait aspirée vers le fond, tandis que la lumière du jour chatoyait là-haut, hors de sa portée. Ses poumons éclataient, son cœur tambourinait et des points noirs dansaient devant ses yeux, mais elle devait continuer de lutter pour remonter à l'air libre et respirer…

Puis elle se réveilla en sursaut dans son lit, haletante, les mains tentant d'accrocher le vide, un sanglot dans la gorge. Mon Dieu. Encore ce cauchemar. Combien de fois ne l'avait-elle pas déjà fait ?

Elle jeta un coup d'œil au réveil : 5 h 15. Il faisait encore nuit dehors. Elle devait essayer de se rendormir, de rêver à quelque chose d'agréable pour changer, quelque chose de joli et d'inoffensif, comme des chatons duveteux, des roses en fleur ou… Aïe. Voilà qu'elle se retrouvait en pleine *Mélodie du bonheur*, dans la peau de Julie Andrews énonçant la liste de ses « choses favorites ». Un peu plus, et elle taillerait dans les rideaux pour faire des vêtements aux enfants. Elle serait alors officiellement déclarée folle.

Écrasant l'oreiller pour lui donner une forme plus confortable, Clare se retourna et ferma les yeux, mais le sommeil continua de la fuir. Ses angoisses familières se mirent à tournoyer dans sa tête comme des vautours. Steve ne lui avait pas versé la pension alimentaire depuis deux mois – elle allait devoir le harceler, ce qui n'était jamais une partie de plaisir. Des factures menaçantes de gaz et d'électricité avaient atterri dans sa boîte aux lettres ces derniers jours et elle n'avait pas la moindre idée de la façon dont elle allait les régler. C'était l'anniversaire de Leila le lendemain, et le vélo que Clare avait espéré acheter aux enchères sur eBay lui était passé sous le nez à la dernière seconde. Alex s'était encore bagarré à l'école, et son institutrice avait déclaré, d'un ton très condescendant, qu'il manquait d'un « solide modèle masculin à la maison ». Pour couronner le tout, le chien avait des vers.

Pas étonnant qu'elle rêve sans cesse de noyade. Il était inutile d'appeler le Dr Freud pour analyser ça. Elle se noyait bel et bien – dans le stress, la culpabilité et le sentiment de son incompétence parentale. Le toit du cottage fuyait. Des limaces avaient colonisé le potager et détruit ses laitues. Les poules, Babs et Marjorie, étaient atteintes d'une horrible infection qui leur faisait perdre leurs plumes et donnait à leurs yeux une couleur jaunâtre et un aspect gluant. (Pourquoi, aussi, avait-elle accepté d'adopter ces fichus volatiles apportés par Jay Holmes ? Parce que c'étaient de pauvres rescapées d'un élevage en batterie, et qu'elle était incapable de dire non, voilà pourquoi.)

En contemplant le cottage, le jardin et les poules, un étranger aurait pu s'imaginer que Clare vivait dans un petit paradis rural et rustique. Mais pour elle, c'était loin d'être La Belle Vie. La Vie de Merde, plutôt, où tout allait de travers. D'une minute à l'autre, le loup de la fable allait défoncer la porte, se léchant les babines et brandissant couteau et fourchette, des plumes de poule volant dans son sillage.

Clare poussa un soupir et remonta sa couette jusqu'au menton. Les douze derniers mois avaient été durs, depuis que Steve, en pleine crise de la quarantaine, lui avait annoncé qu'il la quittait pour une coiffeuse de Basingstoke prénommée Denise. Il l'avait apparemment rencontrée sur Internet – le coup de foudre en un clic. Eh bien, bon débarras ! Elle n'aurait jamais dû épouser un idiot pareil.

Oh, inutile de persister, elle ne réussirait jamais à se rendormir. Mieux valait se lever, se préparer du thé et essayer de penser à toutes les bonnes choses de sa vie, au lieu de rester couchée à ruminer celles sur lesquelles elle n'avait pas de prise. Enfilant sa robe de chambre, elle descendit sans bruit.

Des raisons de se réjouir... Eh bien, elle avait deux enfants merveilleux qu'elle adorait. Ses parents étaient tous deux en bonne santé, et elle les voyait tout le temps puisqu'ils habitaient au bout de la rue. Le village lui-même : encore une raison de se féliciter. Elle avait passé toute sa vie à Elderchurch et n'avait jamais voulu s'en éloigner. Pourquoi l'aurait-elle fait ? C'était un vrai décor de carte postale, avec ses adorables cottages en brique rouge du Hampshire, le meilleur pub du monde et tous ses amis. Les amis : voilà un autre motif de satisfaction. Quoi qu'il arrive, elle pouvait compter sur Debbie et les filles : elles avaient toujours été de son côté et le seraient toujours. Et elle avait un emploi ! Son poste de réceptionniste au centre médical n'était peut-être pas très stimulant, mais au moins était-il compatible avec les horaires scolaires. En plus, ses collègues étaient charmants (pour la plupart), et chaque journée était différente.

Alors, qu'importe si elle n'avait pu obtenir le vélo que Leila voulait ! Elle avait passé un temps fou la veille au soir à préparer un fondant au chocolat (le gâteau préféré de sa fille), et son père avait repéré une bicyclette d'occasion à vendre dans les annonces du journal local. Elle conviendrait peut-être.

Clare versa l'eau bouillante dans la théière, se sentant un peu rassérénée. Des enfants, des parents, des amis, un boulot... D'accord, elle avait peut-être un coup de mou en ce moment, mais l'essentiel était là. Les factures, un ex menteur, des animaux malades, un inconnu qui avait dégainé plus vite qu'elle sur e-Bay... ce n'étaient que des désagréments mineurs dans un plus vaste ensemble.

— On se débrouille bien, n'est-ce pas ? dit-elle à Fred, leur vieux chien pataud qui était couché sur sa couverture dans un coin.

Il remua la queue d'un mouvement paresseux, comme pour marquer son assentiment.

— Ça pourrait être bien pire.

C'est alors qu'elle remarqua une traînée de miettes brunes sur le sol en ardoise, et la boîte contenant le gâteau par terre sous la table.

— Oh, Fred ! s'exclama-t-elle, se précipitant vers le désastre. Fred, tu n'as pas mangé le gâteau, hein ?

Fred aplatit les oreilles en percevant son changement de ton et baissa la tête. Clare ne sut pas si elle devait hurler ou fondre en larmes quand elle vit qu'il avait réussi à retirer le couvercle de la boîte et à boulotter tout son contenu.

— Ah, super ! Vraiment super !

Ses yeux se mirent à la picoter.

— Je devrais te donner à la SPA, espèce de sac à puces. Ou plutôt de sac à vers, marmonna-t-elle, les mains sur les hanches, au bord du désespoir. Le meilleur ami de l'homme, tu parles ! Je croyais que tu étais censé être de mon côté ?

Fred gémit, les yeux larmoyants et tristes. Puis son ventre émit un gargouillis inquiétant... et avant qu'elle ait pu réagir, il avait vomi tout le fondant au chocolat.

Apparemment, ça allait être une journée pourrie. Une de plus.

Deux heures plus tard, la maison était passée en mode routine matinale. Leila, dix ans moins un jour, était assise à la table de la cuisine et, les yeux dans le vague, enfournait machinalement ses céréales dans sa bouche. Si son corps était présent, son esprit était encore au lit, plongé dans un rêve. Elle paraissait toujours dépenaillée au réveil. À voir ses cheveux blonds tout ébouriffés, on aurait pu croire qu'elle avait passé la nuit à les crêper frénétiquement.

Alex, huit ans, avait quant à lui décidé qu'il n'aimait plus aucune des céréales qu'il mangeait d'habitude, et regardait les toasts d'un œil dégoûté, à cause des affreuses petites graines qui les parsemaient.

— Je peux avoir des pâtes, à la place ? demanda-t-il.

— Non, répliqua Clare, ressentant déjà le manque de sommeil.

Pourquoi n'avait-elle pas fait plus d'efforts pour essayer de se rendormir ? Elle allait être grognon et avoir des poches sous les yeux toute la journée.

— Toast ou céréales, qu'est-ce que tu choisis ?

— Et si je me les fais moi-même ?

— Non, Alex. J'ai dit non. Toast ou céréales ?

— J'en veux pas de tes toasts, et je veux pas de céréales. Je t'ai dit que je veux des pâtes !

Il donnait des coups de pied dans la table et fixait Clare d'un regard menaçant, ses yeux marron lançant des éclairs sous sa tignasse de cheveux noirs. Bon Dieu, dans ces moments-là, c'était le portrait de son père.

— Inutile de crier, je t'ai entendu : tu veux des pâtes. Mais chez nous, c'est céréales ou toasts pour le petit déjeuner. Qu'est-ce que tu prends ?

— Des pâtes, dit-il en soutenant son regard. C'est ce que je prends.

*On demande Mary Poppins...* résonna une voix dans la tête de Clare. Si seulement... Elle jeta un coup d'œil par la fenêtre, dans le vain espoir de voir apparaître la coquette nounou accrochée à son parapluie. Mais tout ce qui tombait du ciel, c'était une pluie battante.

Elle prit une profonde inspiration en s'efforçant de ne pas penser à ce que Steve et Denise étaient en train de faire à l'instant même, dans leur maison imitation Tudor aux rideaux froufroutants couleur pêche. N'ayant pas (encore) d'enfants, ils devaient être au lit, pelotonnés l'un contre l'autre, elle dans une affreuse nuisette en nylon, lui en caleçon Marks and Spencer.

Clignant des paupières pour chasser cette image, elle s'aperçut qu'Alex attendait toujours sa réponse et la regardait d'un air de défi. Elle n'aurait pas été étonnée d'entendre retentir un klaxon, sifflant le match nul dans la bataille quotidienne du petit déjeuner.

— Eh bien, tu feras l'expérience de la faim, dit-elle.

Il ne fallait pas la chercher, aujourd'hui. Elle n'était pas d'humeur à supporter le même cirque pour la sept centième fois. Qu'il aille à l'école le ventre vide pour une fois, il n'en mourrait pas. La prochaine fois, il réfléchirait peut-être à deux fois avant d'énoncer ses exigences ridicules au petit déjeuner.

— Leila, peux-tu manger un petit peu plus vite, ma chérie ? Il est presque 8 heures.

Comme tous les jours, sa fille avait réussi à faire durer son bol de céréales pendant presque une demi-heure. C'était sûrement une forme d'art, non ? Si elle n'y prenait pas garde, elle finirait exposée dans une salle à la Tate Gallery.

— Je vais prendre une douche, marmonna Clare en serrant sa robe de chambre autour d'elle.

Dans son dos, elle entendit Alex râler :

— Bon, d'accord, je vais prendre des corn flakes. Puisque je suis obligé.

Elle sourit. Un jour, elle en rirait avec lui. Enfin, s'ils s'adressaient encore la parole à ce moment-là.

Le centre médical était en pleine activité ce matin-là. Deux virus sévissaient en ce moment et, dans la salle d'attente, les patients se tenaient le ventre d'un air nauséeux ou se déchiraient la paroi de la gorge dans une cacophonie de toux.

— Bonjour, dit Clare, s'asseyant à son bureau et allumant son PC.

— Bonjour, répondit Roxie.

Sa collègue, âgée de vingt-deux ans, avait des couettes blond peroxydé, portait un chemisier rose saumon en mousseline à mancherons et lavallière, et une jupe courte bleu paon couverte de boutons dépareillés. Après avoir fait des études de stylisme, Roxie mettait de l'argent de côté pour partir voyager avec des amis. Par souci d'économie, elle se faisait ses vêtements elle-même, se teignait les cheveux au Domestos et utilisait la connexion à haut débit du centre médical pour ses besoins en Internet et téléphone, qui étaient vastes.

— Ça va ?

Clare hésita une fraction de seconde, tentée de raconter le lamentable épisode du chien, puis, avisant le muffin aux pépites de chocolat que Roxie avait apporté pour son petit déjeuner, jugea plus gentil de s'abstenir.

— Pas mal, répondit-elle. Et toi ?

— J'ai la gueule de bois, je suis crevée et un peu endolorie dans les parties basses, si tu vois ce que je veux dire.

Elle lui adressa un clin d'œil.

— Richard a voulu remettre ça trois fois hier soir. Dans toutes les positions. Une vraie bête de sexe, je ne te dis que ça… Oui, puis-je vous aider ?

Clare était toujours impressionnée par la facilité avec laquelle Roxie réussissait à repasser en mode sérieux devant les patients juste après avoir raconté ses exploits sexuels. Un vieux monsieur se tenait devant le bureau, les yeux chassieux derrière ses lunettes épaisses, ses doigts tavelés tremblant alors qu'il retirait son écharpe.

— Benson, dit-il. J'ai rendez-vous à 9 h 30 avec le Dr Aartrit.

Les lèvres de Roxie frémirent comme si elle était sur le point d'éclater de rire. Clare intervint :

— M. Benson pour le Dr Arkwright, oui, très bien, asseyez-vous.

Le monsieur s'éloigna d'un pas traînant, s'assit sur une chaise en plastique bleu et se moucha dans un énorme mouchoir blanc.

— Continue, reprit Clare. Tu me parlais de Richard. C'est quel Richard, d'ailleurs ?

— Tu sais, le beau mec qui jouait dans *MI-5,* répondit Roxie. Un coup d'enfer. Au bout de cinq minutes, je couinais comme un cochon. Les voisins se sont mis à cogner sur le mur pour me faire taire.

— Ah ! Sympa, dit Clare en branchant la bouilloire. Tu as regardé *Masterchef*, au fait ?

— Ouais, avoua Roxie. Et ensuite, je suis allée me coucher avec le nouveau Jilly Cooper. Parfois, la vie manque vraiment de piquant.

— N'est-ce pas ? Du thé ?

— Santé !

Le centre médical où travaillaient Clare et Roxie était situé dans la petite ville d'Amberley, à quelques kilomètres d'Elderchurch. Cinq médecins et deux infirmières y exerçaient, ainsi que plusieurs spécialistes. Le mardi, jour de la consultation pédiatrique, Clare travaillait jusqu'à 18 heures. Sa mère allait chercher Leila et Alex à l'école et les gâtait pendant trois heures : une organisation qui convenait à tout le monde.

— Bonjour, Mesdames, fit une voix au moment même où le téléphone sonnait.

— Centre médical d'Amberley, bonjour. Que puis-je pour vous ? demanda Clare, se sentant rougir en voyant entrer Luke Brightside.

— Bonjour, Luke, roucoula Roxie en battant des paupières. Vous êtes très mignon, aujourd'hui, si je puis me permettre.

— Vous êtes vous-même très… colorée, Roxanne, répondit-il en levant les yeux au ciel à l'intention de Clare.

Il passa devant elles, un sac de sport à l'épaule. Son sourire réchauffa le cœur de Clare. Comment en vouloir à Roxie de flirter éhontément ? Luke Brightside, un des généralistes du centre, était particulièrement séduisant. Il avait un visage avenant, un regard bienveillant, une voix profonde et sexy : pas étonnant que les patientes se pressent à sa consultation. Clare avait parfois la tentation de feindre une maladie, rien que pour se faire ausculter par le docteur Brightside. Cette seule pensée lui mit le feu aux joues…

— Allô ? Vous êtes toujours là ? s'exclama la voix à l'autre bout du fil.

Clare retomba aussitôt dans le monde réel.

— Désolée, oui, je suis là. Vous vouliez prendre rendez-vous ? Laissez-moi voir ce qu'il me reste.

Debbie appela en milieu de matinée, moment où elle savait que Clare prenait sa pause. C'était sa meilleure amie depuis leur rencontre, à l'âge de cinq ans, le jour de la rentrée à l'école primaire d'Elderchurch. Debbie vivait toujours au village elle aussi, avec Will, son mari, ses quatre enfants, un cheval et deux chiens. Si la vie de Clare ressemblait à l'idéal rural qui aurait mal tourné, celle de Debbie était un authentique modèle du genre, avec cuisinière Aga, labradors, mari qui réussit et enfants épanouis. Tout n'avait cependant pas toujours été aussi facile pour elle : elle avait eu sa fille aînée, Lydia, à l'âge de seize ans, ce qui lui avait valu d'être renvoyée de l'école. Là-dessus, son petit ami s'était fait la malle pour entrer dans l'armée, si bien que Debbie s'était retrouvée seule avec son bébé. Puis la roue avait tourné, Dieu merci, quand elle avait rencontré Will, mais elle avait appris à quel point le bonheur est fragile.

— Salut, dit-elle. J'appelais juste pour savoir si tu avais besoin d'un coup de main samedi. Je veux bien être ton assistante glamour, ou je peux te prendre Alex, s'il ne supporte pas de voir sa maison envahie par toutes ces filles hurlantes...

Clare éclata de rire. Samedi, c'était la fête d'anniversaire de Leila : elle aurait sept préadolescentes chez elle pendant tout l'après-midi. Au début, Leila avait rêvé d'inviter toute sa classe à une boum en rollers dans la salle des fêtes du village, mais, malgré la réduction de cinquante pour cent offerte par le gérant, M. Button, et la proposition de Debbie de mettre Will derrière la console du DJ, la note risquait d'être salée, si on ajoutait la location des spots et la nourriture pour trente gamins. Clare avait persuadé Leila de voir les choses en un peu plus petit, et elles avaient opté pour un après-midi « travaux manuels » à la maison, durant lequel les filles fabriqueraient des boules de bain. Clare avait même déniché des boîtes en plastique, qu'elles pourraient décorer de peinture acrylique afin d'y ranger leurs créations.

— J'adorerais avoir une assistante glamour, admit-elle. Deux bras supplémentaires seraient les bienvenus. Je ne peux pas m'empêcher de penser que cet anniversaire est maudit.

Là-dessus, elle lui raconta ses mésaventures avec le vélo et le gâteau. Pour finir, elle lui avoua sa crainte que Steve oublie l'anniversaire de sa fille, et demanda conseil à son amie : devait-elle appeler son ex pour lui rafraîchir la mémoire, ou risquait-il de se vexer si d'aventure il s'en était souvenu ?

— Oh, dur, fit Debbie en compatissant. Si j'étais à ta place, je l'appellerais tout de même. Au pire, il sera énervé contre toi. Et après ? Cela vaut mieux que de voir Leila malheureuse s'il oublie, tu ne crois pas ?

— Tu as raison, dit Clare.

Elle consulta sa montre.

— Bon, il faut que j'y retourne. Merci, Deb. A demain.

Elle décida qu'elle enverrait un texto à Steve un peu plus tard. De cette façon, il n'entendrait pas la note désespérée dans sa voix. De cette façon, elle n'aurait pas à entendre sa voix à lui, qui lui rappellerait qu'un jour elle avait été heureuse avec lui. Va de l'avant, se dit-elle. L'avenir est radieux. Il suffit de savoir le regarder.

Ce soir-là, en rentrant chez elle avec ses enfants gavés de sucreries, elle trouva deux paquets qui l'attendaient devant sa porte.

Le premier était un colis de couleur pastel, que le livreur avait déposé derrière la poubelle. Clare le ramassa et, découvrant l'étiquette « Little Miss Chic », devina qu'il s'agissait du cadeau d'anniversaire envoyé par sa sœur à Leila. « Little Miss Chic » ? Ben voyons. Qu'est-ce que ce serait, cette fois ? Une nouvelle robe brodée à la main qui n'allait qu'au nettoyage à sec ? Un bijou horriblement cher que Leila s'empresserait d'échanger avec une de ses copines contre une boîte de feutres ? En tout cas, sûrement rien qui plairait à Leila, un vrai garçon manqué passionné par les poneys. Enfin. C'était du Polly tout craché.

La deuxième surprise qui l'attendait sur le seuil de sa maison était une vieille boîte cabossée de Quality Street. Le post-it collé sur le couvercle disait : « Ne l'ouvre pas devant Leila. » C'était l'écriture de Debbie. Clare l'emporta dans la cuisine et lança un regard sévère à Fred.

— Ne t'approche pas de cette boîte si tu tiens à la vie, l'avertit-elle, avant de soulever le couvercle.

À l'intérieur, elle découvrit un gâteau de Savoie fourré à la confiture, recouvert d'un épais glaçage crémeux et décoré de pastilles et de vermicelles en chocolat.

Elle eut envie de traverser le champ en courant pour aller embrasser Debbie. Heureusement qu'elle pouvait compter sur ses amis quand tout le reste partait à vau-l'eau.

# CHAPITRE 3

POLLY NE SUT JAMAIS COMMENT ELLE RÉUSSIT À SORTIR la tête haute du bureau de Hugo Warrington après qu'il eut lâché sa bombe. Ses jambes avancèrent en pilote automatique, lui permettant d'effectuer le trajet de la honte jusqu'au sanctuaire qu'était son bureau.

Dans sa tête, cependant, c'était la panique. Oh, mon Dieu ! Son boulot ! Elle avait perdu son boulot ! Comment Warrington l'avait-il formulé, déjà ? Ils la « laissaient partir ». Comme si elle était un animal relâché dans la nature. Comme si on la libérait. Comme si elle devait le remercier aussi, peut-être ? Sauf qu'elle n'avait pas du tout envie d'être relâchée dans la nature. Elle voulait rester dans la sécurité de sa cage – ou plutôt de son bureau. Son PC, son téléphone, son meuble de rangement : c'étaient les piliers de son univers. C'était son univers ! Qu'était-elle, sans cet endroit ? Elle passait plus de temps à la CFW que dans son appartement ; elle dînait souvent ici, et il lui arrivait même de dormir sur le canapé gris design quand elle avait une *deadline* à respecter. Et voilà qu'on lui retirait tout ça...

Elle s'accrocha à sa table, prise de vertige. Et dire qu'elle n'avait rien vu venir. Qu'elle ne s'était doutée de rien. D'habitude, au bureau, on pressentait les mauvaises nouvelles ; on entendait les rumeurs, les bruits de couloir. Là, rien. Pas même un regard entendu. Elle avait donné douze ans de sa vie à cette boîte, et ils la foutaient dehors sans préavis. Les salauds ! Est-ce qu'au moins elle allait recevoir son bonus ? Merde ! Elle avait besoin de cet argent : elle l'avait déjà presque entièrement dépensé. Ils avaient intérêt à casquer, sinon...

Elle grimaça. Sinon quoi ? Soudain, elle n'était plus très sûre d'avoir beaucoup de moyens d'action.

Elle appela Jake par l'Intercom.

— Apportez-moi un café, dit-elle. Corsé.

Qu'allait-elle faire ? Warrington lui avait donné une heure pour rassembler ses affaires et quitter les locaux. Rien qu'une minuscule petite heure. Elle venait déjà de perdre dix minutes, figée sur place, les yeux écarquillés, comme en proie à un début de *rigor mortis*.

La porte s'ouvrit et un agent de sécurité baraqué entra avec un carton vide.

— C'est pour vous, ça, ma jolie ? demanda-t-il. Vous avez besoin d'un coup de main pour ranger vos affaires ?

Polly se redressa de toute sa taille, ce qui, avec les talons qu'elle portait ce jour-là, la faisait culminer à un impressionnant mètre soixante.

— Non, répondit-elle, glaciale.

Il haussa les épaules et laissa tomber le carton sur son bureau.

— Comme vous voudrez. Uniquement les affaires personnelles, d'accord ? Tout le reste appartient à l'entreprise. On vérifiera à la sortie.

Polly piqua un fard. Ils vérifieraient à la sortie ? Comme si elle était une délinquante qui risquait d'embarquer des secrets d'entreprise ou des dossiers brûlants... Quel toupet ! Elle eut une furieuse envie de lui balancer son foutu carton à la figure. Ça lui apprendrait.

Une fois le type parti et la porte fermée, Polly contempla le carton. Elle était censée loger douze ans d'affaires personnelles là-dedans ? Il se fichait d'elle ou quoi ? Il lui en faudrait cinq fois plus. Ne savait-il pas depuis combien de temps elle travaillait ici ? Elle ferma les yeux une seconde, les bras le long du corps, les poings serrés. Puis elle prit une profonde inspiration. Elle ferait mieux de s'y mettre.

Quand Jake lui apporta son café, il s'immobilisa à la porte, les yeux ronds.

— Que… que se passe-t-il ?

Polly, qui était en train de décrocher un diplôme encadré du mur, se retourna. Elle avait déjà récupéré les vêtements pendus derrière la porte, qu'elle gardait dans l'éventualité d'une réunion imprévue ou d'une invitation de dernière minute à une soirée. La robe couleur lie-de-vin, le boléro noir scintillant, la veste en tissu bouclé gris ardoise étaient maintenant posés sur son bureau comme des cadavres.

— J'ai été virée, répondit-elle avec un rire jaune. Compression de personnel.

Le regard de Jake alla de Polly au carton, avant de revenir sur elle.

— C'est vrai ?

Elle hocha la tête, se sentant toute petite. Pire que petite, même : insignifiante. Rien qu'un rouage minuscule que l'on retirait de la machine après qu'il eut contribué à la faire fonctionner pendant très longtemps.

— Oui. Je dois être partie avant 11 heures, m'a dit Warrington.

— Ça alors ! Et… qu'est-ce qui se passe, maintenant ?

— Eh bien…

Elle s'interrompit et rejeta les cheveux en arrière. Elle ne devait pas lui montrer à quel point elle était secouée.

— Je vais trouver autre chose. Avec tous mes contacts, je…

— Je ne parlais pas de vous. Je parlais du service. Qu'est-ce que ça va changer pour moi, pour nous tous ?

— Pour vous ?

Elle le dévisagea, prise de court. Oh, quel égoïsme !

— Eh bien, je ne sais pas. Je crains de ne pas avoir pensé à vous, répliqua-t-elle avec une pointe de sarcasme. Je suppose qu'ils trouveront bien quelque chose à vous faire faire.

Mais il n'écoutait plus. Son visage paraissait soudain lointain et songeur, comme s'il était à l'écoute d'une onde de pensée télépathique venant d'ailleurs dans l'immeuble. Puis son expression s'illumina.

— Ah, ça y est, j'ai compris. L'autre jour, Marcus faisait des allusions à la bonne équipe que nous formions tous les deux. Il a laissé entendre qu'il avait un nouveau poste en vue. Je parie qu'il va gravir un échelon, si vous partez.

Polly se raidit.

— Marcus Handbury ?

— Oui. Il faisait des mystères depuis quelques jours. Warrington a dû prévoir de lui passer vos dossiers une fois que vous ne serez plus là.

— Mais il ne peut pas récupérer mon poste si je suis licenciée ! se récria-t-elle. Ce n'est pas comme ça que ça marche !

Il haussa les épaules.

— Bah, ils changeront l'intitulé du poste, c'est tout. C'est ce qu'ils font d'habitude.

Le manque de tact de son assistant la stupéfiait.

— Jake… je viens de perdre mon job ! Vous pourriez au moins montrer un minimum de sympathie !

Les traits de Jake se durcirent.

— De la sympathie ? Vous plaisantez, n'est-ce pas ? C'est la meilleure nouvelle de l'année.

Elle recula d'un pas, décontenancée. Cela lui arrivait rarement. C'était une expérience inédite et parfaitement déstabilisante. Pourquoi Jake se montrait-il aussi grossier ?

— Je… je… Je ne comprends pas.

Il lui adressa un sourire mauvais.

— J'ai bossé comme un damné pour vous ces dernières années, reprit-il, d'une voix chargée de mépris. Je n'étais pas seulement votre assistant personnel, j'étais votre bonne à tout faire. Je me suis occupé de tout votre sale boulot : envoyer votre linge au pressing, payer vos factures, trouver des cadeaux pour votre nièce, votre neveu et qui sais-je encore…

Il secoua la tête, sans la quitter des yeux.

— Croyez-moi, tout ça n'a rien de passionnant, mais je l'ai fait sans me plaindre, alors que ce n'était même pas dans mes attributions. Et jamais je n'ai eu droit à un « s'il vous plaît ». Jamais un « merci ». Vous ne m'avez jamais posé la moindre question sur moi ; vous ne m'avez jamais demandé si tout allait bien. Vous êtes comme un robot. Donc, non, je ne vous regretterai pas. Bon débarras, voilà ce que je pense.

Et il sortit en trombe, sous le regard ébahi de Polly.

— Euh, mer… merci pour le café, balbutia-t-elle.

Mais les mots retombèrent, inutiles, dans le silence.

Une demi-heure plus tard, elle avait fini de vider son bureau. La tâche lui avait pris moins de temps que prévu. Finalement, elle avait bien peu d'affaires personnelles. Quelques mugs. Une paire de collants de rechange. Un sachet entamé de Haribo. Des chewing-gums. Une boîte de paracétamol. Quelques vêtements. Des diplômes. Deux ou trois cartes envoyées par des clients satisfaits. Voilà à quoi se résumaient ses douze ans passés ici. Le carton n'était même pas plein.

Son regard se posa sur les armoires, remplies de documents qu'elle avait écrits avec amour, de rapports qu'elle avait rédigés avec application, de lettres qu'elle avait dictées, de contrats qu'elle avait signés… Tout ça pour ça. Avant la fin de la journée, ce crétin de Marcus Handbury aurait tout récupéré.

Un soudain désir de vengeance s'empara d'elle. Ce serait tellement facile de voler une petite pile de documents sensibles, une carte mémoire chargée de négociations juteuses, un fichier plein d'e-mails compromettants, les mots de passe de différents comptes… Qu'est-ce qui l'en empêchait ? Vu la façon dont la CFW l'avait traitée, elle n'avait pas de scrupules à lui jouer un petit tour.

Puis elle se rappela la mise en garde du vigile : ses affaires seraient fouillées à la sortie.

Quoique… Une carte mémoire était suffisamment petite pour qu'elle puisse la dissimuler sur elle, cachée dans un kleenex au fond de sa poche, ou dans sa chaussure. Voire même dans son slip. Ils n'allaient tout de même pas procéder à une fouille corporelle, si ?

Elle hésita. Au fil de sa carrière, elle avait appris à prendre des risques, des risques calculés qui, à la fin, rapportaient beaucoup d'argent. La grande question était donc : avait-elle assez de cran pour tenter d'arnaquer sa propre firme ?

Oui, sans hésiter. Personne n'avait le droit de se moquer de Polly Johnson. Rira bien qui rira le dernier, pensa-t-elle en cliquant sur sa souris pour réveiller son PC. Elle allait faire suivre tout un tas de documents sur son e-mail personnel et...

Oh, bizarre. Elle ne pouvait plus accéder à la messagerie de l'entreprise. Une fenêtre était apparue sur l'écran, disant « Utilisateur non autorisé ». Ils lui avaient donc déjà barré l'accès au réseau de messagerie ? Les fumiers !

OK, s'ils voulaient la jouer comme ça, ils n'allaient pas être déçus, se dit-elle en dégainant une clé USB. Elle allait y stocker le plus d'informations possible. Dès qu'elle tenta d'ouvrir un document, cependant, le même message s'afficha. Son assurance vacilla et elle se tassa dans son fauteuil, sonnée. Elle avait été bannie de tout le système. C'était comme si elle collait le nez à la vitre de l'immeuble, sans plus avoir le droit de regarder à l'intérieur. Ça faisait mal. Très mal.

L'espace d'une seconde, elle eut l'envie folle d'attraper une pile de dossiers, de les balancer par la fenêtre et de regarder les feuilles s'envoler telles des colombes lâchées par un magicien. Ensuite, elle se précipiterait en bas pour les ramasser sur le trottoir et...

— Prête ?

L'agent de sécurité s'était matérialisé dans le bureau. Il n'avait même pas daigné frapper avant d'entrer. Elle faillit le réprimander pour son manque de courtoisie, puis se souvint qu'elle n'avait plus ce genre de droit ici.

— Presque.

— Bien, je vous embarque.

Elle leva les yeux au ciel, bouillant de rage en saisissant son carton et en le suivant hors du bureau, telle une délinquante sous escorte. Pour qui se prenait-il ? Pour une espèce de super flic ? Alors que ce n'était qu'un vulgaire vigile, qui se donnait des grands airs et se réjouissait du malheur des autres. Pauvre type.

Mais lui, au moins, il avait un job.

La traversée de l'*open space* jusqu'aux ascenseurs fut comme la marche du condamné. Tous les regards convergeaient vers Polly.

— Oh, mon Dieu, vous partez ? Vous êtes virée ? s'écria Gloria, une vieille secrétaire qui semblait faire partie de l'entreprise depuis sa création au XIXe siècle.

— Compression de personnel, marmonna Polly à travers ses dents serrées.

Un murmure stupéfait passa comme une brise d'une assistante à l'autre dans la salle. « Licenciée ? Elle a été licenciée ? »

Alors qu'elle approchait de l'ascenseur, elle vit Jake à la photocopieuse. Il allait lui falloir passer tout près de lui. Devait-elle redresser la tête et continuer sa route d'une démarche hautaine, ou s'arrêter, le remercier pour son travail et lui dire au revoir ?

Elle hésita puis, au dernier moment, il leva vers elle des yeux pleins de ce qui ressemblait fort à de la jubilation.

— Bon vent, Polly, dit-il avec un petit sourire suffisant.

Toutes les paroles de remerciement qu'elle aurait pu prononcer s'évanouirent sur-le-champ ; de la branche d'olivier qu'elle avait voulu lui tendre ne restait que des brindilles. L'ignorant complètement, elle poursuivit sa route.

— Sale garce, entendit-elle dans son dos, tandis que le sang pulsait dans sa poitrine.

Jamais elle n'avait été aussi soulagée de voir s'ouvrir devant elle les portes de l'ascenseur. Elle pénétra dans la cabine métallique et se força à se tenir immobile et bien droite jusqu'à ce qu'elle se referme. Puis la voix désincarnée annonça : « Descente. » Et l'ascenseur plongea.

Adieu, septième étage, pensa Polly dans un brouillard. Adieu, Jake, Gloria et tous les assistants dont je n'ai jamais pris la peine de retenir les noms. Adieu, bureau d'angle. Adieu, fabuleuse vue sur Londres. Je ne vous reverrai jamais.

« Rez-de-chaussée », annonça la voix par les haut-parleurs de l'ascenseur.

Comme engourdie, Polly sortit d'un pas vacillant dans le hall de réception et suivit le vigile dans un petit bureau attenant. *Adieu, ma vie. Tu vas me manquer.*

Une fois le contenu de son carton examiné (une humiliation de plus), elle dut rendre son badge de sécurité, son ordinateur portable, sa carte de crédit professionnelle et, pis, son BlackBerry. C'était comme si on l'amputait d'un membre. *Adieu, BlackBerry. Je t'aimais vraiment.*

— Si vous voulez bien signer ici, mademoiselle Johnson, lui dit l'employé de sécurité, lui tendant un stylo et lui montrant la ligne en pointillé. Merci, ajouta-t-il quand elle parapha le document d'une main tremblante. Et voilà, c'est tout bon.

C'était tout ? Polly cilla. On l'avait éjectée de son bureau, on lui avait arraché ses affaires – d'accord, les affaires de l'entreprise – et maintenant on lui montrait la porte, le tout en moins de deux heures ? Ces gens n'avaient-ils donc aucune humanité ? Comment pouvaient-ils se débarrasser d'elle aussi vite, comme si elle n'était rien pour eux ?

Elle se souvint avec un coup au cœur de la dernière charrette de licenciements, deux ans plus tôt. Sans état d'âme, elle avait vu un cadre de direction, un analyste junior et deux assistants perdre leur emploi dans la même matinée. Pendant que, les larmes aux yeux, les quatre licenciés rassemblaient leurs affaires et s'en allaient, un silence gêné s'était abattu sur le service. L'atmosphère était restée plombée durant quelques heures, puis une espèce d'euphorie s'était emparée des autres salariés, qui riaient trop fort à la moindre plaisanterie, tandis que leur visage affichait leur soulagement d'avoir été épargnés. De son côté, Polly n'avait guère prêté attention à l'épisode, se contentant d'adopter une mine grave quand le sujet des licenciements avait été abordé en conseil de direction un peu plus tôt. C'étaient des choses qui arrivaient. Dans son métier, elle avait, au fil des années, conseillé à de nombreuses entreprises de procéder à des dégraissages. Ça ne la touchait pas plus que cela. C'étaient des chiffres sur une page.

Maintenant, ces chiffres paraissaient jaillir de ces pages pour prendre forme humaine, un par un, jusqu'à la sienne. Elle imagina les mêmes plaisanteries embarrassées qui fusaient au septième étage après son départ – les expressions qui signifiaient « plutôt elle que moi », les réflexions du genre « ça aurait aussi bien pu m'arriver, si Warrington en avait décidé ainsi ». Ils ne compatiraient pas longtemps. Elle serait oubliée l'après-midi même, dans l'excitation accompagnant l'installation de Marcus dans son bureau. Elle eut très envie de fausser compagnie au vigile, de remonter, de plaquer ce traître de Marcus Handbury dans le couloir et de le rouer de coups.

— Mademoiselle Johnson ? lança le vigile, la ramenant instantanément sur terre.

— Oui. Bon... c'est tout ? Il n'y a pas d'entretien de licenciement ?

Il secoua la tête.

— Les ressources humaines prendront contact avec vous pour les indemnités de licenciement et pour vous fournir des informations sur les allocations de chômage ou...

Il s'interrompit brusquement devant le regard noir de Polly. Des allocations de chômage ? Qu'est-ce qu'il racontait ?

— Très bien, dit-elle sèchement. Vous pourriez peut-être m'appeler un taxi ?

Sa voix n'admettait pas de refus : c'était le moins que puisse faire cette entreprise, après lui avoir tout pris.

— Bien sûr, répondit-il en composant un numéro. Votre code postal ?

— SE1, précisa-t-elle, du ton le plus prétentieux qu'elle put.

Soudain, son appartement sur les quais lui apparaissait comme un refuge étincelant. Elle allait s'y barricader, plonger sous la couette et ignorer le reste du monde aussi longtemps que possible.

Peut-être qu'en se réveillant elle découvrirait que cette matinée n'était qu'un cauchemar.

Les rues de Londres défilaient derrière la vitre du taxi qui la ramenait chez elle, sur l'autre rive de la Tamise, mais elle les voyait à peine. Son regard revenait sans cesse se poser sur le contenu du carton – les collants, les bonbons, les vêtements chics. Elle ne parvenait pas à croire à ce qui lui arrivait. Quand le chauffeur s'arrêta devant son immeuble, elle se demanda si elle allait devoir payer la course. Heureusement, l'homme se contenta de lui tendre un reçu à signer.

Elle n'oublia pas de le remercier – les mots de Jake résonnaient encore à ses oreilles –, entra dans son immeuble, les jambes flageolantes, et pénétra dans l'ascenseur. Elle avait la tête qui tournait et sentit les larmes lui monter aux yeux, mais elle cligna furieusement des paupières pour endiguer leur flot. Ne pleure pas ! s'ordonna-t-elle. Tant pis pour eux. S'ils ne l'appréciaient pas, d'autres sauraient reconnaître ses mérites. Henry Curtis, pour commencer, qui la harcelait pour qu'elle accepte de dîner avec lui. Il serait le premier qu'elle appellerait. Et il l'embaucherait sur-le-champ.

Le carton en équilibre sur la hanche, elle inséra tant bien que mal la clé dans la serrure. Elle avait remarquablement bien tenu le coup, compte tenu des circonstances. Pas un reniflement, pas une larme, pas la moindre protestation. Quelle admirable dignité ! Quelle maîtrise de soi ! Mais cette satisfaction fit bientôt place au doute. Pourquoi ne s'était-elle pas battue ? Pourquoi ne s'était-elle pas défendue devant Warrington ? Pourquoi ne lui avait-elle pas dit que l'entreprise ne pouvait se permettre de la laisser partir ? Au lieu de quoi, engourdie par le choc, elle avait encaissé sans un mot toutes les humiliations. Quelle idiote elle avait été !

La première chose qu'elle ferait une fois chez elle serait de...

Un cri en provenance de l'appartement coupa court à ses réflexions. Polly cria à son tour et lâcha le carton, qui atterrit sur la moquette. Une inconnue brandissait le manche d'un aspirateur vers elle, le visage féroce. Puis elle porta une main à sa poitrine et, soulagée, se mit à rire.

— Ah ! C'est vous, elle ? Vous être mademoiselle Johnson ?

Polly n'eut même pas le temps d'être soulagée : l'irritation avait déjà pris le dessus. Il ne manquait plus que ça. La femme de ménage. Précisément ce dont elle n'avait pas besoin maintenant : une intruse dans son appartement, même pas fichue de parler anglais correctement.

— Oui, je suis mademoiselle Johnson, confirma-t-elle, de la voix forte et très articulée qu'elle adoptait pour s'adresser aux étrangers.

Elle se baissa pour ramasser son carton.

— Écoutez, je vais vous demander de partir. J'ai besoin d'être seule.

— Je suis Magda, annonça la femme de ménage sans qu'on le lui demande.

Âgée d'environ vingt-cinq ans, menue, elle portait un jean serré et des Crocs violettes. Elle avait les cheveux noirs coupés au carré et barrés d'une mèche rouge d'un côté, une rangée de boucles d'oreilles et un caractère manifestement bien trempé.

— Fini bientôt, ajouta-t-elle.

— Non, fini tout de suite.

— Je pas nettoyé le sol, dit Magda. Et pourquoi vous là, mademoiselle Johnson ? Vous, vacances ?

— Non, moi pas vacances... Écoutez, allez-vous-en, d'accord ? Je me fiche que le sol ne soit pas propre. J'ai juste besoin d'avoir la paix.

Magda croisa les bras et la contempla froidement.

— Je être là pour trois heures. Je reste trois heures.

— Oh, bon sang ! s'écria Polly. C'est à cause de votre misérable salaire ? Bien, je vous paierai les trois heures. Est-ce que j'ai l'air du genre à mégoter pour une heure ? Non. Alors...

Mais Magda ne semblait plus l'écouter. Elle avait laissé tomber le manche de l'aspirateur en plein milieu de la pièce et enfilait le blouson en jean posé sur la table de l'entrée, récupérant au passage sa petite besace kaki.

— OK, je pars, dit-elle, s'arrêtant devant le grand miroir le temps de vérifier sa coiffure. Pas la peine de crier, mademoiselle Johnson. Je vouloir juste faire mon travail.

La tête haute, elle passa devant Polly et sortit. Celle-ci referma avec soulagement derrière elle, pour s'apercevoir aussitôt après qu'elle n'avait aucune idée de l'endroit où on rangeait l'aspirateur.

S'adossant à la porte, elle ferma les yeux. Et maintenant, quoi ?

C'était bizarre de se retrouver à la maison un mardi. Il n'était que 11 h 30, et le reste de la journée s'étendait, tel un trou noir, devant elle. Agitée et nerveuse, Polly déambula dans les pièces désertes de son appartement, les voyant avec un regard neuf. Ses immenses canapés de cuir noir, la télévision à écran plasma... à la réflexion, elle les avait à peine utilisés. Elle n'était pas du genre masochiste, à passer ses soirées seule devant la télé ; elle était toujours au Red House avec les autres, à une réception, un lancement de produit, où elle papillonnait d'un groupe à l'autre et trinquait aux derniers succès. Même le week-end, elle évitait de flemmarder ici : elle finissait souvent par se retrouver dans son bureau, se promettant de n'y rester que quelques heures le temps de rattraper son retard, pour s'apercevoir, quand elle relevait les yeux de son écran, qu'il était 19 heures et qu'elle avait une fois encore passé la journée à travailler.

À présent, chaque jour ne serait plus qu'un grand vide, comme en cet instant. Il avait suffi d'un entretien de deux minutes avec Warrington le requin pour que sa vie implose. Qu'allait-elle bien pouvoir faire, maintenant ?

Elle testa l'un des canapés. Très confortable, vraiment. Puis elle se débarrassa de ses chaussures et ramena ses pieds sous elle. Encore mieux. Elle fit des yeux le tour du salon en s'interrogeant. Comment les gens occupaient-ils donc leurs journées, quand ils n'avaient pas un poste à responsabilité dans la City ? Prenez Clare, sa sœur, par exemple. Elle ne travaillait que quelques heures par jour et passait le reste du temps chez elle. À quoi faire, exactement ? Le ménage ? La lessive ? Le repassage des uniformes scolaires des enfants ?

Pauvre chérie ! Polly ne pouvait rien imaginer de pire. Elle se leva, dans l'intention d'aller consulter ses e-mails, avant de se souvenir qu'elle n'avait plus son BlackBerry. Ni son ordinateur portable. Elle se laissa tomber sur le canapé et se prit la tête dans les mains. Quel coup dur, perdre tous ses contacts comme ça. Pourquoi n'avait-elle jamais pensé à faire des sauvegardes ? Première chose, se procurer un nouvel équipement.

Mais d'abord… Flûte, c'était sa première journée de congé depuis des mois. Comment marchait la télé, déjà ?

# CHAPITRE 4

*JOYEUX ANNIVERSAIRE,*
*Joyeux anniversaire,*
*Joyeux anniversaire, Leila,*
*Joyeux anniversaire...*

Encouragée par sa mère, son frère et ses grands-parents, Leila se pencha en avant et, le visage illuminé par les dix bougies scintillantes, les souffla d'un coup.

— Tu dois faire un vœu ! s'écria Clare.

Elle regarda sa fille fermer les yeux et remuer les lèvres sans bruit. Qu'avait-elle souhaité ? La paix dans le monde ? La plus grosse part du gâteau ? Ou quelque chose d'encore plus important, comme les baskets qu'elle avait admirées dans le magasin de sport ?

Clare se sentit remplie d'amour pour son bébé, devenu cette jolie créature, aux cheveux blonds aussi fins que des aigrettes de pissenlit, aux yeux verts en amande et au nez parsemé de taches de rousseur, tels des baisers de fée. Sa fille, qui faisait partie de sa vie depuis maintenant dix ans. Elle la serra dans ses bras, soudain submergée par l'émotion.

— Joyeux anniversaire, ma chérie.

— Oh, oh, intervint Alex. Maman va faire sa pleureuse. C'est parti ! Bouhhhh !

Il serra les poings et fit semblant de se frotter les yeux comme un bambin de deux ans. Tout le monde s'esclaffa, et Clare lui ébouriffa les cheveux.

— Dieu merci, ce gâteau va me redonner le sourire, plaisanta-t-elle. Qui en veut ?

— Moi ! s'écrièrent les enfants, avec tant d'énergie que leur grand-père fit mine de devenir sourd d'une oreille.

— Ma parole ! Vous faites presque autant de bruit que votre mamie quand elle ronfle. Donne-moi une grosse part, pour me remettre du choc.

Karen, la mère courage de Clare, leva les yeux au ciel.

— Ne faites pas attention à ce papy grognon. Il passe son temps à dire des bêtises. Je me demande s'il ne perd pas un peu la boule avec l'âge. Je prendrais volontiers une part, Clare. Ce n'est pas tous les jours que notre première petite-fille passe à un âge à deux chiffres, n'est-ce pas ?

Clare comptait elle aussi faire honneur aux talents de pâtissière de Debbie. Tant pis pour le short en jean dont l'image passa furtivement devant ses yeux. Tant pis pour ses cuisses rondes criblées de cellulite et pour son ventre mou qui ne se montreraient plus jamais en bikini. Après tout, c'était un jour de fête, qui s'était jusqu'ici remarquablement bien passé. D'une manière ou d'une autre (peut-être via Debbie), Jay Holmes, le mauvais garçon de la ville, avait entendu dire que Clare cherchait un vélo pour l'anniversaire de Leila, et il était passé la veille au soir avec un modèle pour fille en assez mauvais état.

« Je sais qu'il ne paie pas de mine, comme ça, avait-il déclaré sur un ton d'excuse, tandis que Clare observait d'un œil dubitatif la peinture bleue écaillée, constellée de boue, et la roue avant dangereusement lisse. Mais je parie qu'à nous deux nous pourrons le rendre présentable.

— Quoi… maintenant ?

— Pourquoi pas ? On peut le récurer, et j'ai apporté de vieux pots de peinture pour le rafraîchir : du lilas, du rose, du turquoise… »

Il avait sorti son matériel d'un sac à provisions comme un magicien sort des lapins d'un chapeau.

« Ça vaut le coup d'essayer, non ?

— Et combien ça va me coûter ? » avait demandé Clare, appuyée au chambranle de la porte, les bras croisés.

Connaissant Jay, il n'agissait pas par charité.

« Cinquante livres ? Quarante-cinq si tu m'aides à le remettre en état. »

Clare avait hésité. Quarante-cinq livres, c'était plus qu'elle ne pouvait se permettre.

« Quarante ? »

Il avait tendu la main si vite qu'elle avait regretté de n'avoir pas débuté les enchères à dix livres de moins.

« Marché conclu », avait-il dit en lui serrant énergiquement la main.

La lumière du porche se reflétait dans ses yeux bruns en une myriade d'étincelles. Il était beau, Jay, quand on aimait ce genre-là. Ce n'était pas le cas de Clare. Trop brut de décoffrage, trop négligé, avec sa barbe de quelques jours, ses cheveux en manque d'une bonne coupe et son jean troué.

« Tu comptes me laisser planté là-dehors ou tu me laisses entrer ? »

Elle avait ri. Jay avait quatre ans de plus qu'elle. C'était un charmeur, et si elle n'avait aucune confiance en lui, elle ne pouvait pas s'empêcher de bien l'aimer.

« Passe par la cuisine. Pas question que cet engin mette de la boue partout dans la maison.

— Compris », avait-il dit en disparaissant dans l'obscurité.

Clare l'avait fait entrer par la porte de derrière. Une fois le vélo calé contre la table de la cuisine, elle avait nettoyé le cadre, pendant que Jay regonflait les pneus.

Ils s'affairaient depuis quelques minutes dans un silence confortable, quand Jay avait demandé :

« Comment va ta sœur ? »

Aussi invraisemblable que cela puisse paraître, Polly et Jay étaient sortis ensemble lorsqu'ils étaient en terminale. Leur histoire avait duré presque un an. Aujourd'hui, évidemment, on n'aurait pu concevoir couple moins bien assorti. Clare imaginait l'expression hautaine de sa sœur si d'aventure elle posait les yeux sur Jay.

« Bien, avait-elle répondu. Toujours très occupée à gagner des millions de livres à la City. Enfin, j'imagine. On ne l'a pas vue depuis des mois. La dernière fois, c'était à Noël, quand elle nous a rebattu les oreilles avec son super boulot et qu'elle a agacé maman en passant ses coups de fil soi-disant hyper importants pendant son épisode de *Gavin & Stacey*. »

Jay avait secoué la tête, amusé.

« Une vraie Londonienne, alors ?

— Tu peux le dire. Qui n'a que mépris pour les ploucs que nous sommes. »

Le vélo commençait à avoir meilleure allure. Les poignées du guidon, une fois savonnées et brossées, avaient retrouvé leur blancheur, et les roues fraîchement huilées tournaient facilement. Restait la selle de cuir toute craquelée, en apparence irrécupérable.

« Hum, je me demande… » avait murmuré Clare.

Elle avait un sac en fausse fourrure lilas dans sa chambre, qu'elle comptait customiser pour Leila. Si elle taillait le tissu correctement, elle pourrait en recouvrir la selle.

Elle s'était précipitée vers l'escalier.

Il était 22 heures passées quand ils eurent fini de repeindre et de pomponner le vélo. Le cadre, couleur lilas, étincelait, et la selle était recouverte de fourrure assortie.

« Il faudra bientôt changer les roues, avait constaté Jay en les examinant. Celle de devant est très usée, mais elle tiendra encore un peu. Je verrai si je peux t'en trouver une autre.

— Merci. »

Elle l'aurait embrassé.

« Tu as sauvé ma journée », avait-elle ajouté en lui tendant deux billets de vingt livres.

Le lendemain matin, la peinture était sèche, et les cris de joie de Leila résonnèrent dans la maison quand elle découvrit son vélo.

« Ouah ! Il est trop cool ! Euh… un peu bizarre, d'accord, avait-elle lâché en examinant la couleur du cadre et la selle en fourrure, mais cool quand même. Merci, maman. »

Alors oui, songea Clare en tendant à sa fille une part de gâteau, tout s'était bien fini. Elle avait réussi à dégager un budget d'anniversaire, même si certains des cadeaux que Leila avait « ouverts » étaient des promesses que Clare avait écrites et enveloppées dans du papier cadeau.

*Je te promets… de t'emmener faire une longue randonnée à vélo, avec un énoooorme pique-nique à la fin !*

*Je te promets… que tu peux inviter TROIS copines pour une pyjama-party le week-end prochain. Pizza et DVD inclus !*

Elle avait déniché deux livres sur les poneys en parfait état dans un dépôt-vente à Amberley, ainsi qu'un joli bracelet à breloques. Pour faire durer le plaisir, elle avait organisé une grande chasse au trésor, et Leila, encore en pyjama, s'était beaucoup amusée à résoudre chaque énigme, avant de se précipiter vers la cachette suivante. On n'avait finalement pas besoin de dépenser des fortunes pour créer une atmosphère de fête.

Le téléphone sonna au moment où elle s'apprêtait à goûter le gâteau.

— Tu veux répondre, ma grande fille de dix ans ? demanda Clare.

Leila sauta sur ses pieds.

— Je parie que c'est papa ! Ou tante Polly.

Clare et sa mère échangèrent un regard. En matière de cadeau, Polly avait encore fait très fort, cette année. En découvrant la robe en soie rose à frous-frous signée Roberto Cavalli, avec son énorme ceinture et la bande de fausse fourrure dans le bas, Leila avait éclaté de rire : on n'aurait pas pu imaginer plus éloigné de son style garçon manqué. Polly aurait mieux fait de lui donner un chèque – une fois, Clare avait regardé le prix d'une autre tenue envoyée par sa sœur, pour s'apercevoir que la robe seule coûtait plus de trois cents livres ! Pour le côté tata-gâteau, en revanche, elle avait des progrès à faire : il n'y aurait pas de coup de fil, aucune attention personnelle, Clare en aurait parié les chaussures Cavalli assorties.

— Salut, papa ! Merci… On est en train de manger le gâteau.

En voyant le sourire resplendissant de sa fille, Clare ressentit un pincement de nostalgie. En des jours comme celui-là, tout particulièrement, elle regrettait que son ex-mari ne soit pas là pour partager le bonheur de leur fille. Elle souffrait à la pensée qu'il ait pu rejeter tout ça pour partir avec cette fichue Denise. Elle reposa sa cuillère, l'appétit soudain coupé.

Au moins, Leila souriait. Steve n'avait pas oublié de téléphoner. N'était-ce pas le plus important ?

Le samedi commença comme d'habitude avec les cours de natation des enfants. Pour Clare, le centre de loisirs d'Amberley était chargé de souvenirs : elle ne pouvait pas entrer dans le hall surchauffé à l'odeur de chlore sans se retrouver plongée des années en arrière. Enfant, elle avait été une excellente nageuse – c'était le seul et unique domaine dans lequel elle surpassait son frère et sa sœur. Quand on est la benjamine d'une famille de trois enfants, ce genre de choses compte.

Entre neuf et quatorze ans, elle avait fait partie du Club des dauphins et s'entraînait quatre soirs par semaine pour préparer les compétitions. Elle avait appris à contrôler sa respiration, à perfectionner son mouvement de papillon, son virage en rotation, son plongeon, travaillant sans relâche sa technique afin d'améliorer ses performances. À onze ans, elle représentait son club dans les compétitions à l'échelle du comté et, à treize, avait été sélectionnée dans l'équipe régionale. Il avait été question d'entraîneur personnel et d'allusions vagues et optimistes aux championnats internationaux, voire aux jeux Olympiques.

Puis Michael était mort et tout avait changé. Elle n'avait plus jamais nagé, sauf une fois, dans un cas d'urgence, et sa vie alors avait pris une direction complètement différente.

— Deux, pour des leçons, dit-elle en montrant sa carte à la dame au teint terreux qui tenait la caisse et parlait au téléphone.

Une fois Leila et Alex changés, Clare les confia à leur moniteur et alla s'installer sur les gradins pour les regarder. Leila avait hérité de son don : naturellement à l'aise dans l'eau, elle nageait vite et possédait une bonne technique. Ben, son moniteur, avait proposé qu'elle entre au Club des dauphins (le nom n'avait pas changé en vingt ans), mais jusqu'ici Clare avait ajourné la décision. Quand Leila aura dix ans, peut-être, s'était-elle dit pendant toute l'année écoulée. À présent, elle allait devoir trouver une nouvelle excuse.

Alex ne possédait pas l'assurance de sa sœur. Il avait tendance à paniquer dès qu'il n'avait plus pied et se mettait à battre des jambes et à tortiller son petit corps maigre et blanc pour réussir à flotter. Clare ne le quittait pas des yeux, s'apprêtant à tout instant à interpeller le maître nageur. Aujourd'hui, heureusement, il avait l'air de se débrouiller.

C'était dans une piscine qu'elle avait rencontré Steve, un soir fatidique lors de vacances à la Grande Canarie avec Debbie et Maria. Elles venaient d'avoir vingt ans, et c'était la première fois que Debbie partait en voyage sans sa petite Lydia, qu'elle avait confiée pour l'occasion à ses parents. Leurs valises chargées de bikinis, de tenues sexy et de talons hauts, les trois copines s'étaient envolées pour les îles, où elles avaient fait la fête tous les soirs dans la vieille ville, buvant de la sangria et dansant avec des Espagnols au teint mat et des Anglais écarlates. Clare avait des vues sur un beau brun originaire de Manchester – ils avaient passé des heures à flirter un soir en boîte, et elle espérait bien remettre ça.

Le lendemain soir, alors que l'air encore chaud embaumait les fleurs d'amandier, elles étaient en route pour leur night-club préféré. Leurs talons claquaient sur le sentier de pierre contournant la piscine, déserte à cette heure : les matelas en plastique blanc avaient été empilés dans un coin, un brassard orange flottait, solitaire, dans la pataugeoire, et le toboggan aquatique était au repos. C'est alors que Clare avait repéré un corps dans l'eau : une silhouette immobile, face immergée, au milieu du grand bassin.

Sans réfléchir, elle s'était débarrassée de ses sandales et avait plongé.

Elle n'avait pas nagé depuis six ans, mais son corps gorgé d'adrénaline n'avait rien perdu de ses réflexes. En quelques mouvements de crawl, elle avait rejoint le corps. Elle avait entrepris de le retourner, afin que sa tête se trouve hors de l'eau, mais l'homme, tout habillé et inconscient, était un poids mort. Heureusement, le choc de l'eau glacée et l'urgence de la situation la galvanisaient. Elle avait vaguement entendu Debbie et Maria appeler à l'aide et, après plusieurs tentatives désespérées, avait réussi à retourner le noyé sur le dos. Il avait les yeux fermés ; elle ignorait s'il respirait encore.

Elle l'avait halé tant bien que mal vers le bord, en lui maintenant la tête hors de l'eau. Son corps inerte et lourd la tirait vers le fond. Pas question de lâcher, se répétait-elle, on sortira de cette piscine tous les deux.

Dieu merci, des gens étaient accourus à leur secours, des dîneurs du restaurant, un serveur. Ils avaient aidé Clare à hisser l'homme hors du bassin et l'avaient allongé sur la pelouse synthétique. Puis le serveur lui avait penché la tête en arrière pour lui faire le bouche-à-bouche.

Des points noirs s'étaient mis à danser devant les yeux de Clare. Le souffle court, elle sentait monter une attaque de panique. Une paire de bras solides l'avait attrapée sous les aisselles pour la sortir de l'eau, tremblante, dégoulinante, sa petite robe noire collée à elle comme une seconde peau – une robe qui lui avait coûté une fortune, avait-elle pensé à ce moment-là. Puis on l'avait enroulée dans une couverture, et elle avait tourné de l'œil.

L'homme avait survécu, grâce à l'instinct et au courage de Clare. Elle avait appris ensuite qu'après avoir passé la journée à boire il avait décidé de faire un petit plongeon, à l'insu de ses amis.

« Vous m'avez sauvé la vie, lui avait-il dit, encore secoué, quand elle était allée lui rendre visite à l'hôpital. J'espère que vous me laisserez vous inviter à dîner, c'est la moindre des choses. Je m'appelle Steve, au fait. »

On pouvait considérer ce sauvetage comme une sorte de réparation, après ce qui était arrivé à Michael – c'était ce que répétaient Debbie et Maria. Mais Clare ne voyait pas les choses ainsi. Un bien n'effaçait pas un mal. Loin de là.

N'empêche, le destin avait de drôles de façons de rapprocher les gens. Des centaines de vacanciers séjournaient dans cet hôtel cette semaine-là, peut-être même un millier. Clare aurait pu ne jamais rencontrer Steve si elle n'avait pas pris ce chemin ce soir-là, si Maria ne s'était pas changée au dernier moment, comme toujours, ce qui leur avait fait perdre dix minutes, si… si…

La vie aurait pu être complètement différente. Elle aurait pu revoir le natif de Manchester, et vivre aujourd'hui avec lui et une flopée d'enfants à l'accent du Nord. Elle aurait pu tomber amoureuse d'un Espagnol (pourquoi pas cet héroïque serveur ?) et décider de s'installer pour de bon à la Grande Canarie. Mais dans ce cas, bien sûr, elle n'aurait pas eu Leila et Alex, or ils valaient bien toutes les déceptions conjugales qu'elle avait subies avec Steve.

Elle lui était reconnaissante au moins pour ça. Infiniment reconnaissante de les avoir, de les aimer, d'être leur mère. Il n'empêche que si d'aventure elle recroisait un jour son ex-mari en pleine noyade, elle pourrait cette fois être tentée de poursuivre sa route.

# CHAPITRE 5

POLLY AVAIT L'IMPRESSION D'AVOIR ÉTÉ PRÉCIPITÉE dans un univers parallèle. Même si c'était toujours le même visage anxieux qui la regardait dans le miroir de la salle de bains, elle n'était plus certaine de savoir qui était cette personne.

Pendant des années, elle n'avait existé que par son métier. Les horaires de fou, l'uniforme de cadre supérieur, les réunions, les calculs compliqués, les conférences, la réussite, le glamour, le salaire mirobolant – c'était sa vie, c'était *elle*. Elle avait toujours eu un bureau où se rendre le matin, un agenda rempli de rendez-vous fixés des mois à l'avance.

Tout cela avait disparu, en un battement de cils. Que restait-il ? Londres, Paris, New York, Hong Kong... le monde s'était soudain réduit aux dimensions de son appartement.

Le jour de son licenciement, elle avait essayé de faire comme si tout était normal. Abandonnant la télé quand elle avait été incapable de trouver la télécommande (cette fichue femme de ménage avait dû la planquer quelque part), elle avait décidé de prendre les choses en main. De considérer cet incident comme un défi. De remonter tout de suite en selle, avant que le cheval ne la piétine dans la boue. Elle avait allumé son PC et déterré son CV, puis passé une heure à le peaufiner. Au cours de sa carrière, elle en avait parcouru des centaines. Elle savait comment rendre le sien incontournable.

Une fois la tâche accomplie, elle hocha la tête avec satisfaction. Sur le papier, elle semblait géniale. Presque autant qu'elle l'était en personne. Avec un document pareil dans son arsenal, Polly Johnson n'aurait aucun mal à décrocher un nouvel emploi.

L'étape suivante consistait à cibler le nouvel employeur parfait. Les Big Four embauchaient et licenciaient en permanence, et elle connaissait beaucoup de gens dans chacun de ces cabinets, grâce à des années de réseautage intensif. Elle allait tirer quelques ficelles et faire jouer ses contacts afin que son CV se retrouve entre les meilleures mains.

Ce n'était plus qu'une question de temps.

— Allô, bonjour, pourriez-vous me passer Alison Rothman ? De la part de Polly Johnson.

Perchée sur le bord de sa chaise, elle pianota impatiemment avec son stylo en attendant d'être mise en relation.

— Alison, bonjour, c'est Polly Johnson, de la CF… C'est Polly Johnson, se corrigea-t-elle à la dernière seconde.

Elle n'était plus Polly Johnson de la Compagnie financière Waterman. Son nom sonnait bizarrement, sans son complément habituel, comme s'il avait été raccourci.

— Je réfléchis à une évolution de carrière possible au sein d'une entreprise différente. Je me sens prête à relever un nouveau défi et viens donc tâter le terrain… commença-t-elle d'un ton jovial. Oh ? Vraiment ? Vous pensez… Oui, je vois. Merci, Alison. On reste en contact, d'accord ?… Au revoir.

Mauvaise pioche. Non seulement CVDS ne recrutait pas, mais la compagnie était elle aussi en pleine restructuration, qui allait s'accompagner de licenciements. Ce n'était pas le moment de changer de bateau, lui avait dit Alison de son accent snob. Polly n'avait pas jugé utile de préciser qu'on l'avait déjà passée par-dessus bord.

Elle allait tout de même envoyer son CV au DRH, en mentionnant sa vieille amitié avec Larry Truman, le vice-président de la division d'investissement bancaire européen, histoire de mettre toutes les chances de son côté. Vieille amitié, elle y allait un peu fort – ils avaient été placés côte à côte lors d'un dîner-conférence à Zurich cinq ans plus tôt, mais c'était mieux que rien.

Elle reprit le téléphone et composa un autre numéro.

— Je voudrais parler à Henry Curtis, dit-elle de son ton le plus pincé.

C'était ainsi qu'il fallait s'adresser aux réceptionnistes, comme elle l'avait appris, en évitant les formules telles que « s'il vous plaît » ou « merci », sous peine de ne pas être prise au sérieux.

— Ici Polly Johnson.

Elle écouta la musique d'attente, assez confiante. Elle était sûre que Henry Curtis avait voulu la débaucher – il serait ravi qu'elle soit disponible. Elle sourit. Montre-moi les zéros, Henry, s'entendait-elle déjà lui ordonner. Toute une rangée de zéros !

— Bureau de Henry Curtis, répondit une voix jeune et féminine. Ici Sasha, en quoi puis-je…

— Passez-le-moi, s'il vous plaît. Je suis Polly Johnson.

Il y eut un instant d'hésitation à l'autre bout du fil. Polly imagina la jeune femme frétillant sur sa chaise pivotante.

— Hum… eh bien, nous avons déjà été contactés par Waterman pour reprogrammer le rendez-vous, donc…

— Qu'est-ce que vous racontez ?

— M. Curtis doit rencontrer… euh, laissez-moi vérifier… M. Handbury la semaine prochaine. Mais c'est très aimable à vous de nous informer de ce changement de programme, merci.

Polly ouvrit la bouche, mais ses capacités d'élocution semblaient l'avoir abandonnée.

— Euh… Si Henry est dans le coin, réussit-elle à baragouiner, j'aimerais bien lui dire un mot…

— Je suis navrée, mais M. Curtis est *très* occupé.

La secrétaire était-elle vraiment en train de taper sur son clavier en lui parlant ? Quelle impolitesse !

— Merci d'avoir appelé. Au revoir.

— Je…

Il y eut un clic, puis un bruit de tonalité. Pendant un instant, Polly resta stupéfaite, piquée au vif. Quel traître, ce Jake ! Il n'avait pas perdu de temps pour répandre la nouvelle de son licenciement. Et la réceptionniste n'avait été que trop pressée de se débarrasser d'elle.

Qu'ils aillent tous se faire voir ! Ça ne l'empêcherait pas d'envoyer son CV à Henry Curtis. Il serait sûrement scandalisé d'apprendre le manque de professionnalisme dont avait fait preuve son assistante. En attendant… elle sélectionna un nouveau numéro sur son écran et le composa. Alan March, chez Ernst & Young, aurait sûrement de meilleures nouvelles à lui communiquer.

À la fin de la journée, Polly avait fait le tour de son carnet d'adresses, pour s'entendre signifier partout la même réponse. Personne n'embauchait. Tous les cabinets dégraissaient ou « laissaient partir » leur personnel, selon la délicate formule de Hugo Warrington.

« Si j'étais toi, je ne bougerais pas, Polly, lui avait conseillé Hilary Armstrong, de chez Anderson. Attends un an, que le marché se remette d'aplomb. »

Mais elle ne disposait pas d'un an, avait-elle eu envie de crier dans le combiné. Une semaine sans emploi, c'était déjà trop. Quelqu'un devait l'embaucher, forcément, elle était trop compétente pour qu'ils se privent d'elle ! Elle avait bossé comme une damnée pendant toute sa vie : une expérience comme la sienne représentait un atout précieux dans le monde volatile de la finance. Plus important encore, maintenant qu'elle ne pouvait plus compter sur son bonus, elle allait avoir besoin d'argent.

Elle éteignit son PC, les yeux irrités, les épaules raides après être restée si longtemps penchée sur son écran. Quel silence, autour d'elle. Soudain, elle eut l'envie pressante de voir d'autres êtres humains, d'entendre le brouhaha de rires et de conversations, de se plaindre de la journée d'enfer qu'elle venait de vivre. Et surtout, de rencontrer des personnes susceptibles de lui donner des pistes pour la suite de sa carrière.

Elle composa le numéro de la compagnie de taxis et commanda un véhicule avant de changer d'avis.

En entrant au Red House, elle eut la sensation de retrouver l'étreinte de bras réconfortants : l'odeur des parfums et des cocktails, le « pop » des bouchons de champagne, les éclats de voix d'un groupe de golden boys... c'était exactement ce dont elle avait besoin. Les murs de velours rouge lui faisaient l'effet d'un cocon : elle était de nouveau dans son élément, après les événements déconcertants du matin. Pour un peu, elle aurait cru que le reste de la journée avait été une hallucination due au surmenage. L'espace d'un instant, alors qu'elle s'avançait vers le bar, il lui sembla que le monde recommençait à tourner sur son axe, et que tout irait bien.

Elle s'installa au bar, ravie de le retrouver inchangé. Les visages des serveurs lui étaient plus familiers que ceux de sa famille, et elle aurait pu réciter la carte à l'envers si on le lui avait demandé. Elle savait déjà ce qu'elle allait commander : une bouteille de Taittinger millésimé, une salade Caesar et des frites épicées maison. Sa flûte remplie du meilleur champagne, elle boirait à un nouveau départ. Un nouveau chapitre. Certes, elle n'avait encore aucune idée de ce qu'elle allait inscrire sur ces pages blanches, mais n'était-ce pas une raison de plus pour les célébrer ? Le changement était une bonne chose, non ? Elle s'efforça de ne pas penser à l'expression « noyer son chagrin » en attendant d'être servie.

Qui était là ce soir ? Des gens qu'elle connaissait ? Elle scanna la salle des yeux. Un groupe de jeunes costumes-cravates discutaient autour d'un seau à champagne. Une femme aux cheveux gris et au visage anguleux s'entretenait avec un monsieur tout de tweed vêtu : ils paraissaient un peu effrayants et inabordables. Ah, voici trois personnes qu'elle reconnaissait vaguement, pour les avoir vues dans les pages économiques : Charles Quarry, qui avait les joues rubicondes, une immense fortune et beaucoup d'entregent ; Selina Constable, à la sévère coupe au carré, l'impressionnante DG du bureau londonien de Hartson International ; et Elliot McCarthy, le génie new-yorkais de la finance, un grand type élancé et dynamique qui était en train de réveiller Drake & Foreman.

Aussitôt, un plan se forma dans l'esprit de Polly. C'était simple. Elle allait s'avancer vers eux, se présenter, glisser à chacun sa carte de visite et en persuader un – ou les trois – qu'il venait de rencontrer la future star de son entreprise. Jackpot !

Elle allait s'accorder un petit verre d'abord pour se donner du courage, décida-t-elle alors que la barmaid déposait une flûte devant elle et ouvrait le Taittinger. Préparer quelques phrases chocs dans sa tête puis saisir le moment opportun.

Polly se transporta à une table proche de celle de Charles Quarry et de ses compagnons et sirota son champagne d'un air pensif. Quel bonheur que cette première gorgée : fraîche, sèche et pétillante sur sa langue.

*Bonjour, je me présente,* répéta-t-elle mentalement. *Je suis Polly Johnson et j'ai travaillé comme responsable investissement à la Compagnie financière Waterman pendant douze ans. J'aimerais beaucoup m'entretenir avec vous d'opportunités de carrière. Puis-je vous donner ma carte ?*

Non. C'était trop vague, pas assez direct. Peut-être feraitelle mieux de se concentrer sur un interlocuteur en particulier, au lieu de se jeter au hasard à la tête du groupe. C'était avec Elliot McCarthy qu'il serait sans doute le plus intéressant de travailler : l'homme était un franc-tireur, un véritable entrepreneur, qui prenait des risques et ne faisait pas de quartier, mais s'en sortait en sentant la rose. Et l'argent.

Peut-être devrait-elle commencer par un peu de flatterie, histoire de l'amadouer. *J'ai toujours admiré votre éthique professionnelle* – non, mieux valait éviter cette entrée en matière. Elle avait le souvenir de certaines pratiques limites dans sa boîte, habilement dissimulées sous le tapis.

*J'ai toujours admiré votre énergie et votre ambition. C'est tellement formidable de vous avoir en Grande-Bretagne. J'ai adoré votre gestion du compte Hudson Link.* Un peu bizarre, mais d'après son expérience, les millionnaires appréciaient ce genre d'éloges outrés. Le détail était bienvenu également : cela prouvait qu'elle savait de quoi elle parlait, qu'elle n'avait pas sorti son compliment de son chapeau. Flatterie et profondeur – très bon. OK, voilà pour l'introduction. Ensuite ?

— Salade Caesar poulet et frites ?

Elle leva les yeux au moment où la serveuse posait sa commande devant elle. Le ventre de Polly gargouilla quand elle sentit l'odeur épicée des pommes de terre et vit le ruban de sauce Caesar sur sa salade. Elle se rendit compte qu'elle n'avait rien avalé depuis le petit déjeuner. Elle avait été bien trop fébrile, trop chargée d'adrénaline, pour penser à se nourrir, et maintenant ses papilles gustatives fonctionnaient en surmultiplié. Mieux valait donc se sustenter d'abord, et aborder ensuite les gros bonnets de la table d'à côté. Du coin de l'œil, elle vit Elliot McCarthy resservir le champagne. Les trois convives riaient. Bien. Au moins, ils étaient de bonne humeur. Il serait plus facile de rentrer dans leurs bonnes grâces.

Elle avala sa salade et ses frites sans les apprécier vraiment, tant elle était concentrée sur ce qu'elle devait dire à Elliot. Ce serait sensationnel, de se faire embaucher dans sa boîte. Sen-sa-tion-nel. Ça montrerait à Hugo Warrington qu'elle était dans la course. Imaginez qu'elle réussisse ensuite à convaincre Elliot de racheter Waterman, et lui suggère à son tour quelques licenciements nécessaires ? Premier sur la liste : Warrington, qu'elle « laisserait partir » sur-le-champ, et bon débarras ! Deuxième : Marcus Handbury, qui avait sans nul doute passé l'après-midi à installer ses affaires personnelles dans son bureau à elle, un sourire agaçant sur son visage rose de fils à papa. Quant à ce traître de Jake, peut-être l'épargnerait-elle pour mieux l'humilier en lui confiant les tâches les plus ingrates et subalternes. Elle l'écraserait sous ses Ferragamo – ils allaient voir ce qu'ils allaient voir.

Polly agita la main en voyant entrer les deux Sophie, Johnny et Richenda, chargés d'ordinateurs portables et d'attachés-cases. C'était bizarre de se retrouver ici sans les siens. Les bips et les vibrations de son BlackBerry lui avaient manqué toute la journée. Combien de fois n'avait-elle pas tendu la main pour le consulter, avant de se souvenir qu'on l'en avait dépossédée ? Pense-bête mental : aller en acheter un le lendemain à la première heure. Montrer qu'elle était encore dans la partie. D'ailleurs, comment allait-elle justifier le fait qu'elle ne l'avait pas ce soir ? Ils allaient sûrement remarquer son absence sur la table. Sans lui, elle se sentait presque nue : c'était comme si elle était sortie sans maquillage, ou sans chaussures.

— Bonsoir ! s'écria-t-elle. Venez à ma table.

À la seconde même, elle regretta ses mots. La panique la saisit en les voyant tous ensemble. Pouvait-elle leur avouer qu'elle avait perdu son emploi ? Pourrait-elle supporter leur regard de pitié, la lueur de plaisir et de suffisance qui ne manquerait pas de s'allumer dans les yeux de la blonde Sophie ? Ils la bombarderaient de questions, et elle aurait du mal à sauver la face, à afficher un semblant de confiance en soi, alors qu'elle n'avait encore aucune idée de la façon dont elle allait rebondir. Si elle faisait comme si de rien n'était, la soirée se passerait comme à l'ordinaire. Non ?

Puis elle se rappela tous les appels infructueux qu'elle avait passés, le désespoir croissant avec lequel elle avait envoyé un e-mail après l'autre, accompagné de son CV et d'une lettre de motivation polie. Vu la tournure des événements, elle avait besoin de tous les contacts possibles.

Elle coula un regard à la table des huiles. Ils ne riaient plus : penchés les uns vers les autres, ils semblaient plongés dans une conversation sérieuse. Il lui faudrait pourtant bientôt exécuter sa mission d'abordage, se rappela-t-elle. *Bonjour, vous permettez que je me présente ?* L'adrénaline déferla dans ses veines à cette pensée. Elle allait le faire. C'était le destin. Et elle en rirait plus tard. *Eh bien, d'un coup je me suis retrouvée sans emploi – oui, j'étais sous le choc –, mais, le soir même, j'en avais retrouvé un autre encore plus excitant. Tu me connais !*

— Bonsoir, Polly, tu arrives bien tôt, aujourd'hui, dit la blonde Sophie en s'asseyant à côté d'elle et en lorgnant la bouteille de champagne à moitié vide, comme si elle avait déjà des soupçons. Ne me dis pas que tu lèves le pied, parce que je n'en croirai pas un mot.

Polly lui adressa un sourire crispé.

— Déléguer, c'est la nouvelle mode, répliqua-t-elle en se tapotant le nez.

Les autres éclatèrent de rire. Tous, sauf Sophie, mais c'était un robot dépourvu d'humour, qui ne se déridait jamais. Polly supposa qu'elle s'en était bien sortie. Faire dévier l'attention sur les autres, voilà la solution. Elle avait toujours été un stratège expert.

— Et vous, comment allez-vous ? enchaîna-t-elle d'un ton léger. Richenda, comment s'est passée ta présentation, aujourd'hui ?

Richenda, apparemment ravie qu'on lui pose la question, se lança dans une description détaillée de l'argumentaire qu'elle avait servi à un nouveau client qu'elle démarchait depuis plusieurs semaines. Pour ne pas être en reste, Johnny intervint ensuite pour leur faire partager l'impressionnante négociation qu'il avait menée avec tant de brio ce jour-là, et la gentille Sophie colporta quelques ragots qu'elle avait entendus à propos de Santander. Heureusement pour Polly qu'ils aimaient tous s'écouter parler. Heureusement qu'ils étaient assez arrogants pour ne pas songer à l'interroger en retour.

Tout se passait bien, songeait-elle en vidant sa coupe de champagne. (Quoi, elle avait déjà terminé la bouteille ? Il lui semblait avoir à peine bu.) C'était peut-être le bon moment pour aller se frotter aux grosses légumes. Elle n'avait rien à perdre, et ses camarades seraient impressionnés de la voir discuter avec les occupants de la table voisine. Elle imaginait déjà leur étonnement. « Polly est vraiment en train de parler à Elliot McCarthy ? J'ignorais qu'elle le connaissait... »

Elle se leva soudain et, dans le mouvement, renversa son verre vide.

— Oups ! dit-elle en pouffant de rire.

Elle le releva d'un geste maladroit : il lui semblait avoir cinq pouces à chaque main. Tout tanguait autour d'elle. Elle dut s'agripper à la table pour garder son équilibre.

— Ça va, Polly ? lui demanda la gentille Sophie en inclinant la tête de côté.

Que fichait la gentille Sophie dans le monde des affaires ? Ce n'était pas la première fois que Polly se posait la question. Elle était beaucoup trop... trop gentille, justement.

Elle s'apprêtait à répondre que tout allait bien, on ne peut mieux, quand ses yeux entrèrent en contact avec ceux de Marcus Handbury, qui venait d'entrer dans la salle. Elle se figea. Pendant plusieurs longues et épouvantables secondes, elle fut incapable de détourner le regard. Un grand froid descendit sur elle, et le bar sembla pencher comme si elle était à bord d'un bateau. Ce salaud de Marcus Handbury. La dernière personne au monde qu'elle voulait voir.

Il s'avançait dans leur direction. Merde, il venait vers elle, sans la quitter des yeux. Elle se sentit prise au piège au milieu des autres, et la table l'empêchait de s'enfuir en courant. Ahhh ! Que devait-elle dire ? Quelle attitude adopter ? La panique bouillonnait en elle et ses genoux menaçaient de se dérober sous elle.

— Bonsoir, Polly.

Il s'était planté devant leur table, où la conversation s'était brutalement tue. Tout le monde se tourna vers lui.

Une rougeur monta du cou de Polly et se répandit sur son visage.

— Bonsoir, répondit-elle, glaciale.

— Je voulais juste vous dire que j'étais désolé pour ce qui s'est passé.

Marcus était un grand et solide gaillard, taillé comme un joueur de rugby, qui aurait à peine bougé si on l'avait chargé. Il avait un visage ordinaire et empâté, des cheveux châtains déjà clairsemés, remarqua-t-elle méchamment.

— Je suis vraiment navré pour vous, ajouta-t-il. Sans rancune, hein ?

Sans rancune ? Après lui avoir piqué son job, il avait le culot de lancer un « sans rancune » ? Il la prenait pour quoi, un cyborg ?

Ravalant la boule de colère qui lui montait dans la gorge, elle se força à garder son calme.

— C'est ça, répliqua-t-elle, esquissant un haussement d'épaules dédaigneux, avant de détourner la tête.

Le regard des trois autres allait de Marcus à Polly.

— De quoi parle-t-il ? demanda Richenda.

La blonde Sophie se pencha plus près, attirée par l'odeur du sang.

— Oui, que s'est-il passé ? demanda-t-elle d'un ton faussement soucieux, aussi sincère qu'un politicien.

Marcus parut pris de court.

— Oh, eh bien, le licenciement de Polly, répondit-il. J'ai été promu dans la foulée, alors, c'est un peu embarrassant, forcément...

Pour être honnête, il avait l'air vraiment désolé. Mais pas autant que Polly, qui s'était mise à trembler.

— Zut, tu t'es fait licencier ? demanda Richenda d'un air horrifié.

Sa voix parut résonner dans toute la salle – licenciée, licenciée, licenciée –, et Polly se tassa sur elle-même.

— Quand est-ce arrivé ?

— Pourquoi tu ne l'as pas dit ? demanda la gentille Sophie en ouvrant des yeux ronds. Bon sang, Polly, quel cauchemar !

— Ce n'est pas si tragique, rétorqua-t-elle en agitant la main d'une manière qu'elle espérait désinvolte.

Richenda eut juste le temps de saisir son verre, avant qu'il ne valse à son tour.

— En réalité, j'ai un poste encore plus intéressant en vue, ajouta-t-elle en se tapotant de nouveau le nez.

C'était en train de devenir le geste de la soirée. La prochaine fois, elle allait sans doute s'apercevoir qu'il s'était allongé comme celui de Pinocchio.

— Ah bon, c'est quoi ?

Polly aurait aimé que la méchante Sophie n'ait pas l'air si incrédule. Elle bougea la tête pour indiquer la table d'Elliot McCarthy.

— J'ai une ouverture avec Elliot, dit-elle. Je m'apprêtais justement à aller en discuter avec lui quand vous êtes arrivés, alors si vous voulez bien m'excuser une minute…

— Quoi, tout de suite ? s'exclama la gentille Sophie. Polly, tu ne crois pas que tu es un peu…

Elle hésita, semblant se demander s'il valait mieux vexer Polly ou la sauver d'un possible désastre.

— … un peu éméchée pour une discussion avec lui ?

— Bien sûr que non, riposta Polly en essayant de s'extirper de son siège.

Elle leva le nez, prenant soin d'ignorer ses comparses. Ils n'étaient rien pour elle. *Regardez ça, bande de minables,* leur ordonna-t-elle en pensée en titubant vers Elliot McCarthy. Regardez et prenez-en de la graine. Voici comment opère Polly Johnson : elle renifle une bonne piste et pique droit sur sa cible.

— Salut ! lança-t-elle.

Et là, son esprit devint subitement vide, tandis que les trois huiles tournaient vers elle des visages impassibles qui semblaient dire : « Mais qui c'est, celle-là ? » Zut, comment s'appelait-il déjà ?

— Emily McCartney ? reprit-elle. Vous permettez que je me présente ? Polly Johnson, votre plus grande fan. Salut !

Puis, dans un parfait timing, elle vacilla sur ses talons et s'écroula sur les genoux du banquier.

Plusieurs heures plus tard, Polly ouvrit les paupières et les referma aussitôt quand un rayon de soleil lui brûla les yeux. Ohh !

Sa tête l'élançait douloureusement. Elle avait l'impression qu'on lui avait complètement asséché la gorge. La nausée montait dans son ventre comme si elle allait…

Oh, mon Dieu ! Elle n'eut que le temps de sortir du lit et de se précipiter dans la salle de bains avant de vomir dans les toilettes. Elle se racla la gorge jusqu'à ce que les derniers spasmes soient passés. Dégoûtant.

Elle resta allongée dans la salle de bains, gémissante, sa joue brûlante posée contre la pierre froide du sol, n'ayant même pas assez d'énergie pour se lever et tirer la chasse ou se rincer la bouche. Allait-elle mourir ici, sur le carrelage ? Au secours ! Comment en était-elle arrivée là ?

Elle tenta de se remémorer la soirée de la veille, et se recroquevilla un peu plus sur elle-même à mesure que d'épouvantables images lui revenaient. Marcus qui l'humiliait devant ses amis. Elle-même qui se ridiculisait devant Elliot McCarthy et ses compagnons, comptant parmi les gens les plus influents de la City. Le directeur du Red House qui lui demandait de quitter les lieux, après qu'Elliot McCarthy se fut plaint.

Elle tressaillit en se souvenant qu'ils avaient essayé de la faire sortir *manu militari* quand elle avait refusé de s'en aller. Et ensuite, que s'était-il passé ? Elle se rappelait vaguement être allée dans un autre bar quelque part (mais où ?), avoir enchaîné les verres de gin tout en s'épanchant auprès de quelqu'un (le barman ? un parfait inconnu ?), mais les détails demeuraient flous – elle ne visualisait ni l'endroit ni les visages. Quant à la façon dont elle était rentrée chez elle, cela resterait à jamais un mystère.

Elle demeura un long moment par terre, dans la salle de bains, sans savoir si elle allait de nouveau être malade ou pas, mais étrangement réconfortée par le contact du carrelage contre son visage, comme si elle ne pouvait pas tomber plus bas. C'était ça, toucher le fond, se dit-elle, et elle ferma les yeux.

La journée entière passa par pertes et profits. Assommée par la gueule de bois, elle ne réussit qu'à se traîner jusqu'au canapé avec sa couette et resta couchée là pendant plusieurs heures, mortifiée. Comment pourrait-elle jamais remettre les pieds au Red House, après s'être ainsi donnée en spectacle ? Comment pourrait-elle jamais revoir les deux Sophie, Richenda et Johnny, sans fondre en larmes de honte ? Autant regarder les choses en face : sa carrière était foutue.

La seule chose positive qui arriva ce jour-là, c'est qu'elle mit la main sur la télécommande, soigneusement rangée dans le tiroir en bois de la table basse. Ce qui signifiait qu'elle allait au moins pouvoir regarder le téléachat et *Tournez manège*. Au bout de quelques heures, elle trouva la force de se lever pour aller se préparer du thé. Pendant le reste de la journée, ses seuls mouvements consistèrent à changer de chaîne. Que lui restait-il d'autre à faire ?

Plusieurs jours s'écoulèrent, chacun identique au précédent, sinon que la brume éthylique finit heureusement par se dissiper. Certes, Polly fit l'effort symbolique de consulter sa messagerie, au cas où quelqu'un aurait répondu à ses dossiers de candidature en lui proposant un rendez-vous ou une paire de menottes dorées, mais hélas elle ne reçut que des lettres-types de refus, l'informant qu'il n'y avait aucun poste disponible correspondant à sa recherche.

Elle cliqua plusieurs fois par jour sur le site du *Financial Times* pour se tenir au courant – les vieilles habitudes ont la vie dure –, mais chaque fois qu'elle vérifiait son portefeuille d'actions il semblait avoir fondu un peu plus. « Il faut viser le long terme, se souvenait-elle d'avoir répété à ses clients. Ne pas chercher le profit immédiat. » Elle commençait cependant à douter du bien-fondé de ses propres conseils. Depuis qu'elle s'était vue privée de son bonus, elle n'avait plus envie de viser le long terme. Elle voulait que ses actions remontent, et vite. Elle avait besoin d'un gain immédiat, comme un drogué de son shoot.

Quand elle n'était pas sur son PC, elle passait son temps allongée sur le canapé, les pieds sur l'accoudoir, scotchée à l'écran de télé. Pourquoi personne ne lui avait dit à quel point les programmes de la journée étaient passionnants ? Les présentateurs lui apparaissaient déjà comme des vieux amis, et elle s'était découvert un talent particulier au *Juste Prix*. Et n'était-ce pas agréable de paresser en pyjama toute la journée ? Elle se sentait comme un coq licencié en pâte.

Le troisième jour, elle renonça à se projeter dans l'avenir. Ne se sentant pas encore la force d'affronter le monde extérieur, elle fit ses courses en ligne, commandant tous ses produits préférés. Pourquoi se priver de ces petits plaisirs ? C'était le moment de lever le pied, de décompresser, pour une fois. Elle méritait ce break, après avoir passé presque vingt ans le nez dans le guidon. De plus, elle avait la certitude absolue qu'un job se présenterait d'ici à la fin de la semaine suivante.

Le vendredi, après avoir passé quatre jours dans le même pyjama et avalé une fois encore un bol de corn flakes en guise de déjeuner (le livreur d'Ocado prenait son temps), elle se demandait s'il était trop tôt pour se servir un petit verre de blanc quand elle entendit le bruit d'une clé dans la serrure. Elle sursauta de peur, frisant l'infarctus. Qu'est-ce que... ?

Rabattant la couette, elle bondit du canapé, le cœur tambourinant.

— Excusez-moi ! lança-t-elle au moment où la porte s'ouvrait. Mais...

Elle s'arrêta net en reconnaissant l'intruse. Encore cette satanée femme de ménage.

Celle-ci eut un mouvement de recul en se retrouvant face à sa patronne, pieds nus, vêtue d'un pyjama d'une propreté douteuse, les cheveux en bataille.

— Mademoiselle Johnson, vous être là ? demanda-t-elle, troublée. Encore ?

Son regard tomba sur les bols sales et les tasses de café froid qui s'amoncelaient sur la table basse.

— Vous malade ?

Polly hésita.

— Oui, finit-elle par répondre.

— Vous voulez que je pars ? Ou que je fais le ménage ?

Une fois encore, Polly hésita. Elle avait envie de flemmarder tranquille, sans personne dans l'appartement. Elle avait décidé de faire relâche jusqu'à la fin de la semaine, avant de reprendre sa recherche d'emploi le lundi venu. Si la femme de ménage se mettait à s'agiter autour d'elle avec son aspirateur, le charme serait rompu, et le monde réel s'introduirait dans la bulle qu'elle avait créée autour d'elle.

D'un autre côté, l'appartement était un vrai bazar.

— Vous pouvez rester, déclara Polly, grande dame, avant d'aller reprendre sa place sur le canapé et de s'enrouler dans la couette.

Si elle ne regardait pas la femme de ménage, elle pourrait faire semblant de croire que cette dernière n'était pas là. Elle allait plutôt se concentrer sur son émission, d'autant qu'une interview de Colin Firth allait suivre.

— Vous voulez que je fais quelque chose à boire ? À manger ?

La femme de ménage – comment s'appelait-elle, déjà ? – se tenait devant elle, cachant l'écran. Agacée, Polly se pencha et s'apprêta à chasser l'importune, avant de réaliser qu'elle venait de lui poser une question. Voulait-elle quelque chose à boire et à manger ? En fait, oui. Après tout, cette femme était payée pour ça.

— Une tasse de thé serait la bienvenue, fit-elle. Le lait est tourné. Et il n'y a, hélas, rien à manger.

La femme de ménage se mit à empiler les bols de céréales vides, dont certains dégageaient déjà une odeur désagréable.

— Vous avoir personne pour s'occuper de vous, hein ? C'est pas bon. Moi être là, maintenant. Magda s'occupe de vous, d'accord ? proposa-t-elle, lançant à Polly un regard de côté.

Polly sourit à peine, souhaitant que la fille se taise et s'écarte de la télévision. Elle n'était pas d'humeur à faire la conversation, surtout pas avec une femme de ménage. Elle ne dit rien, fixant obstinément la télé, jusqu'à ce que Magda saisisse le message et disparaisse dans la cuisine.

# CHAPITRE 6

En ce samedi après-midi, la fête d'anniversaire battait son plein dans la cuisine pavoisée de guirlandes. Plus tôt dans la journée, Clare avait déployé sa plus jolie toile cirée à pois et disposé des récipients et des cuillères en bois sur la table, en prévision de l'atelier « boules de bain » qu'elle organisait pour Leila et ses sept invitées.

Les filles étaient à présent occupées à mélanger du bicarbonate de soude et de l'acide citrique, et de petits nuages de poussière montaient des bols des plus énergiques. Clare fit le tour de la table pour vaporiser de l'eau d'hamamélis dans chacun, puis demanda aux filles de malaxer de nouveau. Ensuite, elle leur présenta une boîte pleine de flacons de différents parfums.

— Choisissez celui que vous voulez : chocolat, vanille, framboise, lavande, citron, rose, écume marine… vous trouverez sûrement votre bonheur. Quand vous aurez fait votre choix, j'en verserai quelques gouttes dans votre mélange. Seulement, faites très attention aux flacons, parce que certaines essences valent très cher.

— On vous surveille comme le lait sur le feu, plaisanta Debbie en posant ses mains sur ses hanches. Une goutte renversée, et c'est l'exclusion.

Les filles se mirent à pousser des « oh ! » et des « ah ! » en découvrant les senteurs, qu'elles se faisaient renifler les unes aux autres. Depuis quelque temps, Clare s'était lancée dans la fabrication de produits de bain et prenait beaucoup de plaisir à créer des boules, du bain moussant et du savon. L'idée lui était venue l'année précédente, à Noël, quand elle était trop fauchée pour pouvoir acheter des cadeaux dignes de ce nom à ses proches – les enfants mis à part. Elle avait lu au centre médical un article de magazine sur les loisirs créatifs, accompagné d'une recette de boules de bain. Cela paraissait tellement simple à réaliser (et tellement peu onéreux) qu'elle avait essayé le soir même, personnalisant la formule en ajoutant de la lavande et des pétales de roses séchés, puis les emballant dans du papier de soie coloré noué par un large ruban.

Elle ne pensait pas renouveler l'expérience, mais ses amies n'avaient pas tardé à lui en réclamer d'autres. Ensuite, elle s'était essayée à la fabrication de bain moussant, de savonnettes et de beurre de karité pour le corps. Au début, elle avait donné ses produits à ses amies et à sa mère pour qu'elles les testent – elle n'était pas une femme d'affaires impitoyable comme sa sœur –, mais, déjà, Debbie, Tracey et d'autres lui avaient passé des commandes qu'elles avaient tenu à payer. Elle ne gagnerait jamais une fortune, mais concocter ses produits le soir la détendait et remplissait la maison de senteurs délicieuses.

— Vous devez chercher à obtenir la consistance du sable mouillé, expliqua-t-elle.

Elle fit le tour de la table pour vérifier les mixtures, puis ajouta le parfum choisi par chacune des filles.

— Prenez-en une petite quantité dans votre paume pour vérifier que le mélange est bien compact – si c'est le cas, vous pouvez le mettre dans le moule.

— C'est cool, dit Anna, la meilleure amie de Leila, en reniflant son mélange. Le mien sent trop le chocolat, ça me donne faim !

Clare sourit jusqu'aux oreilles, soulagée de voir que les amies de Leila semblaient s'amuser. Certaines filles de la classe donnaient des fêtes d'anniversaire renversantes – privatisant la piscine d'Amberley ou organisant une randonnée à poney –, et elle avait eu peur qu'une simple fête à la maison paraisse minable. Avec un peu de chance, son initiative obtiendrait l'approbation générale.

Enfin, si Carly Prince ne gâchait pas tout.

— Je ne suis pas sûre que ça plaira à ma mère, déclara celle-ci en grimaçant devant son bol. Elle n'achète que des produits super chers. Des *vrais* produits.

Clare et Debbie échangèrent un regard. Carly était non seulement une pimbêche, mais aussi une vraie peste. Quand elle ne frimait pas devant ses camarades, elle essayait de les écraser. Clare n'avait jamais compris pourquoi Leila recherchait son amitié, mais cette gamine semblait dégager un magnétisme irrésistible qui agissait sur toutes les filles de sa classe.

L'ignorant, Clare distribua des caissettes en papier dans lesquelles elles tassèrent leur mixture.

— C'est pas rond, une boule ? s'enquit Carly en fronçant le nez.

— Ah, mais celles-ci sont spéciales, s'empressa d'intervenir Debbic.

— Ouais, elles vont être super mignonnes, ajouta Anna, déminant le terrain.

Loyale et adorable Anna !

Les lèvres pincées, Carly versa son mélange n'importe comment dans sa caissette puis fit des yeux le tour de la cuisine, cherchant une nouvelle cible. Quand son regard se posa sur Leila, Clare se sentit parcourue d'un frisson.

— J'ai hâte qu'on soit au mois prochain, pour *mon* anniversaire, annonça Carly, poussant un gros soupir et rejetant en arrière ses longs cheveux couleur de miel. Papa m'a dit qu'il allait m'acheter un nouveau poney. Je suis super impatiente.

Un chœur d'exclamations envieuses s'éleva autour de la table. Carly était la seule enfant de l'école à avoir des parents aussi riches ; personne ne pouvait rivaliser. Plus qu'un an et demi de primaire, se répétait Clare en serrant les dents.

Ensuite, les parents de Carly l'enverraient sûrement dans un établissement privé très chic, laissant les enfants normaux poursuivre leur scolarité au collège du coin.

— Et toi, Leila, qu'est-ce que tu as eu pour ton anniversaire ? reprit Carly, comme Clare l'avait anticipé.

— J'ai eu un super vélo, répondit Leila en se tournant pour sourire à sa mère. Maman l'a personnalisé en mettant une selle en fourrure. Il est génial.

La fierté qui perçait dans la voix de sa fille mit du baume au cœur de Clare. Prends ça, Carly Prince, se dit-elle. Avec de l'argent, tu peux peut-être t'acheter un poney, mais sûrement pas un super vélo customisé par une mère aimante.

— Dingue, il est où ? Tu nous le montres ? demanda India, une grande fille enjouée aux longs cheveux roux et au visage constellé de taches de rousseur.

— Il est dehors. Je peux aller le chercher, maman ? demanda Leila en s'essuyant les mains sur son jean.

— Bien sûr, ma chérie.

Leila se rua sur la porte de derrière, sa queue-de-cheval blonde se balançant dans son dos.

— Qui a besoin d'aide ? demanda Clare aux autres. Je crois qu'on a presque fini.

Elle tassait les dernières miettes de la mixture rose bonbon de Martha Stringer dans sa caissette, quand Leila réapparut avec son vélo. Il avait une drôle d'allure, Clare devait le reconnaître, avec la guirlande que Leila avait tenu à laisser autour du guidon et les autocollants qui l'ornaient à présent, mais sa fille semblait si contente que cela importait peu.

— Ouah ! s'exclama India. Elle est top ! La couleur est géniale.

— J'adore la selle, renchérit Martha, les yeux brillants derrière ses lunettes. Elle est vachement originale. C'est cool.

Leila rayonnait.

— Il est chouette, hein ?

Carly observait le vélo, le front plissé.

— J'avais exactement le même. Mais on me l'a volé il y a quelques semaines. Notre abri de jardin a été forcé, et ils ont aussi pris le VTT de papa.

— Ah... vraiment ? dit Clare d'une voix faible.

— Ouais.

Carly quitta la table pour aller inspecter l'engin de plus près.

— Ce sont les mêmes roues. Mon vélo était bleu, mais à part ça...

Clare se sentit mal. À l'origine, la bicyclette était bleue, mais il devait sûrement s'agir d'une coïncidence, n'est-ce pas ?

— La selle n'était pas pareille, reprit Carly en touchant la fourrure que Clare avait cousue. La mienne était en cuir blanc, sauf qu'elle était toute craquelée et...

C'est alors qu'elle souleva la fourrure et poussa un petit cri.

— Oh, mais c'est mon vélo ! s'exclama-t-elle en montrant la selle blanche. C'est le mien, celui qu'on m'a volé !

Elle fit volte-face et lança un regard accusateur à Clare. Elle n'avait que neuf ans, mais c'était terrifiant.

— Où est-ce que vous l'avez eu ?

— Je l'ai acheté à un ami... il doit... il doit y avoir une erreur, balbutia Clare, consciente que son visage virait à l'écarlate.

Oh, mon Dieu. Quelle tuile !

Leila semblait déconcertée.

— Attends ! Tu n'es pas en train de dire que... Ma maman n'a pas volé ton vélo ! Hein, maman ? Dis-lui que tu me l'as acheté !

C'était un de ces moments où la terre semblait avoir arrêté de tourner. Clare sentait tous les regards peser lourdement sur elle. Elle allait *tuer* Jay Holmes dès qu'elle lui mettrait la main dessus.

Au prix d'un effort méritoire, elle parvint à tenir le coup jusqu'à la fin de la fête d'anniversaire, sans se métamorphoser en équivalent humain du *Cri* de Munch. Ce furent deux heures épouvantables, durant lesquelles le regard méprisant de Carly navigua entre elle et ce fichu vélo. Franchement, comment avait-elle pu faire confiance à Jay Holmes ? Pourquoi ne l'avait-elle pas interrogé sur la provenance du vélo ? Dans la catégorie des cruches naïves, elle décrochait la palme !

Pour aggraver encore la situation, la sonnette retentit au beau milieu de la fête et, ouvrant la porte, Clare se retrouva nez à nez avec Steve.

— Je me suis dit que j'allais faire une surprise à ma grande fille, annonça-t-il d'un ton jovial, alors que Clare sentait son visage se décomposer. Tu veux bien que je participe aux réjouissances ?

Les réjouissances ? Clare fut sur le point de rendre son tablier et de le laisser se débrouiller pendant qu'elle allait se cacher en haut dans sa penderie. Elle avait réussi à calmer le jeu avec une petite tirade sur le fait que c'était un vélo d'occasion (vrai) et qu'elle était sûre que tout pourrait s'arranger (faux) si vraiment il y avait un problème (comment n'y en aurait-il pas ?). Elle redoutait cependant l'arrivée de Mme Prince et la voix accusatrice de Carly quand elle expliquerait la situation à sa mère, sûrement à plein volume devant les autres parents.

Et maintenant, pour couronner le tout, voilà que Steve faisait une entrée en fanfare et appelait sa fille, comme s'il était l'invité d'honneur !

Clare entendit les cris de joie de Leila, puis la vit se précipiter dans les bras de son père qui la fit tournoyer en l'air alors que tous deux riaient aux éclats.

Cette fête n'aurait pas pu être pire. Vivement 17 heures, que tout soit fini et qu'elle puisse se noyer dans une bouteille de vin.

— Ton cadeau est si gros que j'ai dû le laisser dehors, l'entendit-elle déclarer tandis qu'elle refermait la porte, rageant intérieurement.

Qu'est-ce qu'il lui avait apporté, un éléphant ? Dont Denise avait sûrement fait boucler les quelques poils, avant d'accrocher un ruban à sa queue ! Puis elle eut honte de son aigreur. Au moins, il ne lui avait pas offert un vélo volé. Un vélo volé à la peste de la classe, qui plus est.

— Ouvre la porte de derrière, ma puce, suggéra Steve en entrant dans la cuisine. Bonjour, tout le monde ! On s'amuse bien, ici ? Oh, bonjour, Debbie.

— Salut.

Clare les rejoignit juste à temps pour voir Debbie dévisager Steve d'un air de dire : « Eh bien, regardez ce que le chat nous rapporte ! »

Ignorant Debbie, Steve ouvrit en grand la porte de derrière.

— Ta-da-da ! s'exclama-t-il. Alors, ça te plaît ?

— Oh, ouah ! dit Leila, lançant un regard inquiet à Clare. Encore un vélo. Merci, papa.

Le sourire s'effaça du visage de Steve.

— Encore un vélo ? répéta-t-il.

— Ouais, maman m'a offert celui-là, répondit-elle en montrant celui que Clare avait appuyé contre le mur le plus éloigné.

Elle sortit et revint avec un vélo de course vert menthe, manifestement flambant neuf et non dérobé dans un abri de jardin.

— Il est génial ! Merci, papa.

Clare eut bonne envie de rentrer sous terre. Et dire que, cinq minutes plus tôt, elle songeait que la fête n'aurait pas pu être pire. Manifestement, elle se trompait.

— Oups, petit souci de communication, fit Steve. J'aurais dû te prévenir. Mais je savais que Leila voulait un vélo et je pensais...

Les mots qu'il s'abstint de prononcer flottèrent dans l'air, et Clare compléta la phrase dans sa tête : « Je pensais que tu n'avais pas les moyens d'en acheter un. »

Pas faux. Elle n'avait pas eu les moyens d'en acheter un, avant que Jay Holmes ne surgisse avec un vélo tombé du camion et qu'elle-même ait été assez idiote pour le lui payer quarante livres.

— C'est super, je t'assure, papa, dit Leila, toujours diplomate. Je les aime vraiment tous les deux.

Je pourrai en prêter un à Anna pour qu'on aille se balader ensemble.

— Sauf que l'un des deux est à moi, marmonna Carly.

Steve l'entendit néanmoins – en fait, tout le monde l'entendit, comme l'escomptait sûrement la petite peste –, et lança un coup d'œil interrogateur à Clare.

Elle secoua la tête en articulant sans bruit les mots « plus tard ».

Elle lui expliquerait plus tard, une fois qu'elle aurait assommé Jay Holmes au rouleau à pâtisserie. Chaque chose en son temps.

Enfin, il fut 17 heures, et les parents commencèrent à arriver pour récupérer leur progéniture. Clare avait aidé les filles à décorer les boîtes dans lesquelles elles emporteraient leurs boules de bain à présent sèches, et les avait ornées de ruban pendant qu'elles prenaient le goûter.

— Hum, ça sent délicieusement bon, par ici, dit Imogen, la maman de Martha, en entrant dans la cuisine. J'ai hâte d'essayer une de ces boules. Tu es douée, Clare.

— Elle fabrique aussi des savons et un merveilleux bain moussant, déclara aussitôt Debbie. Ça fait des cadeaux très originaux, si un jour tu es à court d'idées.

Elle adressa un clin d'œil de conspiratrice à Imogen.

— Je le précise, parce que Clare est bien trop modeste pour faire sa propre publicité.

Clare se sentit rougir.

— Merci, dit-elle à la fois à Debbie et à Imogen.

Tout le monde n'en avait donc pas après elle !

— C'est bon à savoir, reprit Imogen. J'oublie souvent les dates d'anniversaire, donc je suis toujours en train de courir partout au dernier moment. Bien, où est Martha ? Viens, ma chérie, on doit y aller. Dis merci à Leila et Clare.

Ça n'avait finalement pas été si terrible, songea Clare, de plus en plus soulagée à mesure que les enfants prenaient congé une par une. Sans la débâcle du vélo, la fête aurait été un vrai triomphe – si on excluait aussi le snobisme imbuvable de la jeune Carly.

À cet instant, elle entendit Steve ouvrir la porte d'entrée (il se croyait encore chez lui, ma parole !) et la voix caractéristique de Mme Prince résonna :

— C'est un cauchemar pour se garer dans cette rue, non ? Je ne sais pas comment vous faites sans parking.

Clare eut envie de disparaître.

Elle entendit Steve expliquer qu'il n'habitait plus ici, mais que, oui, c'était assez pénible, et qu'il était désolé d'avoir pris toute la place devant la maison avec sa BMW.

Disparaître et ne plus jamais revenir. Elle adressa une grimace à Debbie.

— Haut les cœurs ! murmura-t-elle.

— Maman ! s'écria Carly en se ruant vers sa mère. Tu ne devineras jamais, c'est dingue ! Leila a mon vélo ! Celui qu'on m'a volé !

— Où l'as-tu trouvé ? lui glissa Debbie.

— Jay, répondit-elle entre ses dents serrées. Bonsoir, Stephanie, ajouta-t-elle poliment quand Mme Prince entra dans la cuisine, suivie d'un sillage de parfum capiteux. Je crains qu'il n'y ait eu un affreux malentendu. Si vous me laissez vous expliquer…

# CHAPITRE 7

Le samedi, Polly se força à sortir de son appartement pour aller acheter le journal et s'approvisionner en chocolat – elle l'avait oublié sur sa liste de courses, où avait-elle eu la tête ? Le monde extérieur lui fit l'effet d'un endroit agressif et peu familier. Tout autour d'elle, les couleurs criardes lui donnèrent le tournis. Le grondement des bus lui déchira les tympans. Toute cette foule qui déambulait le long des quais – touristes, familles, couples d'amoureux – lui semblait étouffante après la solitude silencieuse dans laquelle elle s'était enfermée. Elle lui fit mesurer à quel point elle s'était isolée, coupée de tout. Elle n'avait reçu aucune nouvelle de chez Waterman, hormis sa lettre de licenciement. Quant à ses prétendus amis, les Sophie, Richenda et autres, ils n'avaient pas donné signe de vie depuis la soirée désastreuse au Red House. Rien. Ils l'avaient complètement laissée tomber.

Tête basse, elle se dirigea à toute allure vers l'épicerie du coin, afin d'abréger au maximum cette excursion stressante. L'air était trop… frais. Le soleil brillait trop fort sans la protection des vitres teintées. Comment avait-elle pu trouver normal d'aller au bureau tous les matins, de prendre le métro au milieu de la cohue, de jouer des coudes, ne serait-ce que de parler aux autres ? Elle fut soulagée de se retrouver seule dans son appartement. En sécurité.

Elle s'était promis de reprendre activement sa recherche d'emploi le lundi. Elle comptait se lever tôt, remettre son uniforme de femme active et se présenter dans les meilleures agences de chasseurs de têtes en brandissant son CV tout neuf. Elle rappellerait aussi tous les gens à qui elle l'avait déjà envoyé par e-mail et tenterait de décrocher un entretien. Elle ne s'accorderait pas la moindre minute de repos tant qu'elle n'aurait pas un nouvel employeur, un nouveau bureau où elle serait chez elle.

Mais quand le réveil sonna, le lundi matin, elle roula sur elle-même et lui coupa le sifflet, avant de se rendormir jusqu'à 10 heures. Tenaillée par la mauvaise conscience, elle se leva et fila sous la douche. Ce n'était pas le moment de se laisser aller. Chez Waterman, tout le monde était déjà à son bureau depuis des heures.

Au boulot. Plus d'excuse. Ordinateur en marche. Cafetière branchée. Portable à portée de main. Elle n'allumerait pas la télé tant qu'elle n'aurait pas démarché tous les décideurs que comptait la City.

Elle s'était suffisamment lamentée sur son sort.

— Polly Johnson est de retour, murmura-t-elle en composant un premier numéro.

Deux heures plus tard, elle était avachie devant l'écran de télé, tandis que résonnait la musique de *La Roue de la fortune*. La recherche d'emploi était une activité destructrice. Il n'y avait pas un seul poste à pourvoir sur le marché. Rien. Au moins cinquante personnes avaient maintenant son CV entre les mains, et pas une ne lui avait adressé le plus petit signe d'encouragement. Qu'était-elle censée faire ? Courir nue dans Bishopsgate, puis se prosterner devant le dieu Argent ?

Au téléphone, elle commençait presque à discerner la note de désespoir dans sa propre voix. Et chaque fois, on l'éconduisait avec ces mots redoutés : « Il n'y a rien pour le moment, mais je garde votre dossier. » C'était comme une sorte de purgatoire sinistre. Ça la minait. Un coup de fil, un entretien, était-ce trop demander ?

Elle entendit la clé tourner dans la serrure et eut bonne envie de hurler en voyant Magda entrer.

— Vous toujours malade, mademoiselle Johnson ? demanda-t-elle. C'est grave, oui ?

Polly ouvrit la bouche pour acquiescer, mais n'eut même plus l'énergie de continuer à mentir.

— J'ai perdu mon emploi, déclara-t-elle de but en blanc.

Les mots semblaient épouvantables, prononcés ainsi à haute voix : c'était la première fois qu'ils sortaient de sa propre bouche.

Magda se mordit la lèvre.

— C'est moche, fit-elle. Désolée. Mon mari, pareil.

Polly faillit rétorquer que non, ce n'était sûrement pas pareil. Elle doutait que le mari de Magda ait eu un salaire à six chiffres, ou qu'il ait un crédit aussi énorme qu'elle sur le dos. Ce n'était pas pareil du tout. Le visage peiné de Magda l'empêcha à la dernière seconde de lui dire le fond de sa pensée.

— Désolée de l'apprendre, marmonna-t-elle.

— Oui, dit Magda. Il être dans le bâtiment. Pas de travail dans le bâtiment. C'est dur.

— Hum. Très dur. Pas beaucoup d'emplois en ce moment.

Magda hocha la tête en retirant son blouson en jean.

— Vous trouver quelque chose bientôt, dit-elle. Je sais. Quelque chose de bien. Oh, mademoiselle Johnson, vous pleurer ? Pas pleurer, mademoiselle Johnson. Vous trouver quelque chose bientôt.

Cette fois, elle avait vraiment touché le fond. Fondre en larmes sur l'épaule de la femme de ménage ! C'était pire que tout. Magda avait passé les bras autour d'elle et l'avait bercée pendant qu'elle sanglotait. Quel embarras !

Après le départ de la Polonaise, la honte consuma Polly comme un feu de forêt. C'était inacceptable. Elle,

Polly Johnson, ne se laissait pas aller à ce genre de comportement pathétique. Elle se détestait presque autant qu'elle détestait Magda pour l'expression de pitié qu'elle avait vue sur son visage. Comment Polly avait-elle pu s'effondrer de la sorte ? Devant une femme de ménage, qui plus est ?

Piquée au vif, elle appela sur-le-champ l'agence de nettoyage et se plaignit que Magda lui avait manqué de respect. C'était une attitude non professionnelle, dit-elle d'une voix tremblante, et tout à fait inadmissible de la part d'une employée de maison.

— Nous sommes vraiment navrés, répondit la dame à l'autre bout de la ligne. Nous vous enverrons une personne différente la semaine prochaine.

Polly hésita. Pouvait-elle tolérer l'idée que quelqu'un vienne ici, fouine partout et la voie dans cet état désespéré ? Non. Elle préférait encore se vautrer dans son désordre et sa crasse, plutôt que de supporter un autre regard d'apitoiement de quelqu'un qui gagnait à peine le salaire minimum.

— Non, inutile, je résilie mon abonnement, dit-elle d'un ton sans réplique.

Elle embaucherait une nouvelle femme de ménage quand elle aurait retrouvé un poste et sa place légitime parmi les gagneurs.

Si ce jour arrivait, bien sûr.

Six semaines passèrent sans guère de changement. Alors que les jours se succédaient sans qu'une seule offre d'emploi se présente, Polly avait de plus en plus l'impression de tomber dans un trou, de s'enfoncer chaque jour plus profond. Personne ne la rappelait. Personne ne voulait d'elle. La nouvelle qu'elle avait téléphoné à Henry Curtis à la fin d'un après-midi très alcoolisé et l'avait traité de connard semblait s'être répandue dans le monde des affaires comme un feu de brousse. Elle était la risée de la place. C'était insupportable.

Les factures de ses cartes de crédit tombaient dans sa boîte aux lettres comme des grenades à main. Les sommes étaient astronomiques. Elle reçut une lettre du service crédit immobilier de la banque, disant qu'elle n'avait pas réglé sa mensualité et devait s'en acquitter dans les sept jours, sinon gare. Puis sa voiture partit à la fourrière le jour où elle la gara en double file dans le centre de Londres, et quand elle voulut payer l'amende pour la récupérer, deux de ses cartes de crédit furent refusées. Heureusement qu'il lui en restait trois autres qui marchaient encore.

De nouvelles factures arrivèrent. Elle cessa d'ouvrir les enveloppes et les fourra au fond d'un tiroir. Si elle ne voyait pas la gravité de sa dette, elle n'aurait pas à s'inquiéter de ce qu'elle devait. Elle avait aussi arrêté de suivre les cours de la Bourse. Deux des entreprises dans lesquelles elle avait fortement investi avaient pris un bouillon. Les autres paraissaient dans une situation presque aussi précaire. Si seulement on lui avait versé son bonus, rien de tout cela ne serait arrivé. Mais les « si » ne la menaient à rien.

Pendant ce temps, elle continuait de relancer les cabinets de recrutement, tentant de dissimuler la peur dans sa voix, alors qu'elle sentait le loup se rapprocher de sa porte. La banque lui téléphona plusieurs fois, mais elle ne répondit pas. Les gens de la branche crédit l'appelèrent et lui écrivirent de nouveau, lui demandant de prendre contact avec eux d'urgence à propos de ses traites impayées. En l'absence de Magda, la poussière s'accumulait dans l'appartement ; les surfaces devenaient collantes. Et Polly rêvait qu'elle sentait sur son visage l'haleine chaude du loup qui était tapi, aux aguets, reniflant l'odeur du sang frais.

Si seulement elle pouvait décrocher un emploi, un entretien, un CDD, n'importe quoi, elle réussirait peut-être encore à s'en sortir. Elle devait redoubler d'efforts et rabaisser ses prétentions si nécessaire. Elle alla au Pôle emploi, exsudant la détresse par tous les pores, pour s'entendre dire qu'elle était surqualifiée pour tous les postes qu'ils avaient à pourvoir.

— Écoutez, je m'en fiche, je ferai n'importe quoi… enfin n'importe quoi qui rapporte plus de quarante mille livres par an, dit-elle à l'homme derrière le comptoir.

Il lui lança un regard signifiant « Je rêve ! » et lui fourra dans la main quelques documents sur les démarches à faire pour toucher des allocations. Elle ne put cependant se résoudre à les consulter. La situation n'était sûrement pas aussi désespérée ?

Non, elle ne s'abaisserait pas à tendre la main. Polly Johnson était plus forte que ça. Elle ne s'avouait pas encore vaincue.

Au début du mois de juin, elle rencontra son comptable, qui lui déclara sans ambages que, faute d'une rentrée d'argent rapide, son appartement serait saisi. En imaginant des huissiers à la tête en forme de patate, aux gros muscles et au regard impitoyable, elle sentit un frisson de terreur lui parcourir l'échine.

— Vous allez devoir vendre, dit-il. Et le plus vite possible. Malheureusement, vu l'état du marché immobilier, je crains que la valeur de votre bien n'ait guère augmenté depuis que vous l'avez acheté. Il devrait néanmoins vous rapporter juste assez pour rembourser vos dettes et calmer la banque.

Elle eut l'impression de recevoir une gifle.

— Vous êtes en train de m'expliquer que même si je vends mon appartement, il ne me restera pratiquement rien, tant que je n'aurai pas retrouvé de boulot. C'est bien ça ?

— Je le crains. Votre portefeuille d'actions est au plus bas, ce n'est pas le moment de vendre. Attendez que la crise soit passée et que les cours remontent. Mais vous devriez vous occuper de l'appartement sans plus tarder. Je vous conseille d'essayer d'amadouer votre banquier et de le supplier de vous accorder un peu de temps. Il faudrait qu'il vous laisse un mois, au moins, avant d'envoyer les huissiers.

En sortant de son bureau Polly était en transe. Elle n'arrivait toujours pas à admettre la rapidité de sa dégringolade. Vendre son appartement, déjà ? Mais où irait-elle ? Elle n'avait pas assez d'argent pour payer un loyer ; elle allait devoir vivre à crédit… mais pendant combien de temps ?

Et c'est ainsi que commença le défilé des agents immobiliers, des types boutonneux en affreux costume marron, qui laissaient dans leur sillage des odeurs corporelles et d'après-rasage bon marché. Dans un ultime sursaut d'espoir, elle demanda au premier combien elle pouvait espérer louer son bien, mais le chiffre qu'il lui donna était loin de couvrir le montant gigantesque de ses traites. Le peu qui lui restait d'optimisme s'échappa comme le dernier souffle d'air d'un ballon crevé.

— Dans ce cas, je crois que je vais devoir vendre, dit-elle, la voix tremblante.

Une vie peut s'effondrer à une vitesse surprenante, semblait-il. Toutes ces années de labeur à bâtir une carrière et une existence luxueuse et brillante dans la capitale… et, en quelques semaines, il n'en restait plus rien. Elle choisit l'agent immobilier qui lui fournit l'estimation la plus haute et lui assura qu'il avait tout un portefeuille de clients en quête d'un bien comme le sien. Vince – tel était son nom – avait une moustache fine et des yeux légèrement trop rapprochés.

— Je pense à un acheteur en particulier qui est très désireux de s'installer dans ce quartier, lui dit-il quand elle le rappela pour lui annoncer qu'il pouvait mettre l'appartement en vente. Évidemment, s'il était libre de toute occupation, cela accélérerait la transaction.

— « Libre de toute occupation »… Vous voulez dire qu'il faudrait que je déménage ?

— Si vous avez un endroit où aller, oui. Cela rend les biens beaucoup plus attractifs, pour les clients pressés d'emménager.

« Si vous avez un endroit où aller »… Oh, mon Dieu. Mais elle n'avait aucun endroit où aller ! Tout allait trop vite.

— Je vous tiendrai au courant, répondit-elle, prudente.

— *No problemo.* Je passerai demain pour vous faire signer le contrat et prendre des photos. Nous vendrons votre appartement en moins de deux, mademoiselle Johnson.

— Bien. Merci.

Ça lui arrivait donc pour de vrai. Le rêve était fini. Presque sans le sou et bientôt sans domicile, elle était trop déprimée et angoissée pour pleurer. Sa chance avait tourné, elle avait tout perdu. Et maintenant, quoi ?

Eh bien, il restait une solution, si elle voulait bien s'y résoudre. L'option nucléaire. Elle soupira un grand coup, inspira profondément et composa un autre numéro.

— Maman ? C'est moi, Polly. J'ai un petit service à te demander...

Ça n'aurait jamais dû se passer comme ça, pensait Polly, deux jours plus tard, alors qu'elle descendait un ultime carton. Ce n'était même pas le plan B. Plutôt le plan Z, le dernier des derniers recours. Elle avait fait transporter ses meubles et ses affaires non indispensables au garde-meuble, sans vouloir penser au jour où elle les reverrait.

— C'est tout, chérie ? demanda son père, lui prenant le carton des mains pour le fourrer à l'arrière de la fourgonnette qu'il avait louée.

— Oui, répondit-elle d'une voix faible. C'est tout.

Il claqua les portières et prit sa fille dans ses bras. C'était une journée chaude et brumeuse. Polly sentit son odeur de sueur, mêlée à celle de la cigarette qu'il avait fumée en arrivant. Il n'était pas du genre à mettre de l'eau de Cologne, Graham Johnson, encore moins de la crème hydratante. Les produits de beauté pour hommes le laissaient perplexe.

Il tapota le dos de Polly, tentant de ne pas montrer à quel point son apparence l'inquiétait. Il avait toujours été si fier de sa fille aînée, se réjouissant par procuration de ses succès professionnels et se vantant auprès de tous ses amis de son salaire mirobolant et de son mode de vie sophistiqué. Certes, elle n'était pas la plus affectueuse des filles. Karen l'appelait tous les dimanches pour prendre de ses nouvelles, mais essayer d'entamer une conversation avec Polly était aussi pénible que d'arracher une dent. Il savait que Karen et Clare lui en voulaient de leur avoir tourné le dos quand elle avait décroché son premier emploi à la City, mais lui comprenait son ambition. Et il l'admirait secrètement.

Maintenant, cependant… elle semblait pâle, décharnée et flagada, comme vidée de toute vie. Elle avait les cheveux gras, des boutons autour de la bouche et le regard éteint. En la voyant si abattue, vaincue, il eut envie de la serrer dans ses bras et de s'occuper d'elle. Pour commencer, il allait la ramener à Elderchurch, où elle pourrait se requinquer le temps nécessaire.

— Je vais vérifier que je n'ai rien oublié, dit-elle, battant en retraite avant qu'il ne lui adresse un autre regard apitoyé.

Elle ne supportait pas que son propre père la prenne pour une ratée.

En haut, dans l'appartement vide, elle eut l'étrange impression que sa vie ici n'avait été qu'une illusion. Elle avait disposé de cette vue époustouflante sur la Tamise et de ce vaste espace, mais en avait à peine profité. Lorsqu'elle avait emménagé, elle avait imaginé donner des fêtes extraordinaires et des dîners chics, elle avait imaginé qu'un amant la jetterait sur le grand lit et froisserait les draps avec elle. Rien de tout ça ne s'était produit. Elle avait été beaucoup trop accaparée par son foutu job, et maintenant c'était trop tard. L'appartement était déjà présenté sur le site de l'agent immobilier, et Vince avait prévu un surplace le samedi suivant, durant lequel des hordes d'acheteurs potentiels déambuleraient dans toutes les pièces en s'extasiant sur leur taille et leur luminosité.

Adossée au mur de couleur crème, elle regarda autour d'elle sans rien voir. C'en était donc fini ? Reviendrait-elle un jour à Londres, ou resterait-elle dans la chambre d'amis du pavillon de ses parents jusqu'à la fin de ses jours ?

Une larme roula sur sa joue.

— J'ai foiré, murmura-t-elle dans la pièce silencieuse. Tout foiré.

Et puis, sachant que si elle restait plus longtemps, elle se mettrait à pleurer pour de bon, à pleurer tant et tant qu'elle n'était pas sûre de jamais pouvoir s'arrêter, elle prit une profonde inspiration et sortit.

— Adieu, dit-elle en refermant derrière elle.

Elle posa la main contre la porte blanche pendant une seconde, puis s'éloigna, son adieu résonnant dans sa tête à chacun de ses pas.

# CHAPITRE 8

CLARE AVAIT APPRIS LA NOUVELLE quelques jours plus tôt, alors qu'elle se trouvait au centre médical. Elle était en train de mettre à jour la base de données des patients – une tâche fastidieuse que Roxie et elle repoussaient toujours le plus longtemps possible –, quand son portable avait sonné.

— Tu ne devineras jamais ! s'était exclamée sa mère, à l'autre bout de la ligne. Polly vient passer l'été ici.

— Pardon ?

— C'est vrai, je t'assure !

Sa mère paraissait à bout de souffle, comme si elle venait elle-même d'aller la chercher à Londres en courant.

— Elle a pris un congé sabbatique pour faire des recherches. Ne me demande pas sur quoi, ça m'est passé complètement au-dessus de la tête quand elle a essayé de m'expliquer. Bref, elle a dit qu'elle avait besoin d'un endroit au calme pour travailler. Donc, elle va s'installer quelques mois chez nous.

— Quelques mois ? Tu en es sûre ?

Clare ne savait pas trop comment réagir face à cette petite bombe. Cela semblait tellement improbable que sa sœur si riche et sophistiquée quitte la grande ville pour s'enterrer dans leur petit village endormi. Quant à l'idée d'un congé sabbatique, ça cadrait encore moins. Polly avait toujours été scotchée à son travail, au point que son BlackBerry ressemblait à une extension en plastique de sa main. Comment supporterait-elle de ne pas aller au bureau ? Ce serait comme de transplanter une délicate fleur de serre dans un champ froid et pluvieux.

— Comment se fait-il qu'elle aille chez vous ? demanda-t-elle. Sans vouloir te vexer, Polly serait plutôt du genre à descendre dans un hôtel de charme, plutôt que…

— Plutôt que dans notre pauvre bicoque, tu veux dire ? s'exclama sa mère en riant. Moi aussi, j'ai trouvé ça bizarre. Peut-être que ma cuisine lui manque ? Elle était tellement maigre, à Noël, qu'on lui voyait les côtes. Et ses poignets ? Des brindilles, la pauvre chérie. Je vais la remplumer, tu vas voir ! Enfin… je voulais juste te tenir au courant. Je suis en train de nettoyer la chambre d'amis de fond en comble. Tu sais à quel point ta sœur est maniaque.

— Hum, dit Clare, digérant l'extraordinaire nouvelle. Maman, tu es sûre que vous avez assez de place pour la recevoir ?

Le modeste pavillon de ses parents était à peine assez spacieux pour eux deux, Sissy, leur yorkshire terrier, et tous les bibelots que sa mère avait disposés sur chaque surface disponible. Karen avait installé sa machine à coudre dans la chambre d'amis et, depuis qu'elle avait dû prendre une retraite anticipée de la bibliothèque d'Amberley, elle aimait bien s'y retirer pour fabriquer une nouvelle couverture en patchwork ou des rideaux, en écoutant la radio.

— Eh bien, on se serrera, répondit Karen. Et au pire, j'enverrai ton père dormir dans son abri de jardin !

— Si je peux vous aider en quoi que ce soit… proposa Clare.

Elle demeura un instant songeuse après avoir raccroché. Polly n'avait pas passé plus de deux nuits consécutives à Elderchurch au cours des vingt dernières années. Ce serait très étrange de l'avoir de nouveau ici. En quelques mois, sa sœur aurait tout le temps de la pousser à bout, comme elle savait si bien le faire.

— Un problème ? lui demanda Roxie par-dessus le bureau. Tu as le visage tout chiffonné. Tu es constipée ?

Elle pointa son stylo vers Clare d'un mouvement autoritaire.

— Essaie de sortir les fesses et de plier les genoux. Lâche un bon gros pet, ça te soulagera.

Clare pouffa. Bien qu'elle soit diplômée d'une école de stylisme, Roxie se prenait de plus en plus pour une experte médicale, comme si à force de travailler à proximité de médecins et d'infirmières elle avait absorbé leur savoir par osmose.

— Ce n'est pas un problème de pet, mais de peste, répondit-elle en fronçant le nez. Ma sœur rentre à Elderchurch pour l'été.

— Ta sœur ? Je ne savais même pas que tu en avais une ! s'exclama Roxie, dévorée de curiosité.

Puis ses paupières fardées de turquoise s'ouvrirent un tout petit peu plus grand.

— Oh, attends, celle qui gagne des tonnes d'argent et t'offre toujours des cadeaux de folie ?

— Elle-même.

— Ouah ! Le retour de la fille prodigue ! Qu'est-ce qu'elle vient faire dans ce bled pourri ?

Clare haussa un sourcil.

— C'est justement la question que je me pose.

Elle se retourna vers son écran d'ordinateur, mais les noms des patients s'emmêlèrent sous ses yeux. Polly revenait. Mince. Il ne manquait plus que ça.

— Je suis horrible, non ? La pire sœur au monde. Mais je n'ai pas du tout envie qu'elle revienne. Tu crois que je suis méchante ?

Debbie contempla Clare par-dessus sa tasse. Son amie était passée pour faire un petit brin de causette avant la sortie de l'école, et elles s'étaient installées dans la cuisine chaleureuse, avec les deux chiens qui somnolaient à côté de la cuisinière Aga, devant du café et des sablés maison. Debbie, étant Debbie, avait peint la cuisine d'une vibrante couleur framboise, et accroché les dessins de ses enfants. Des plantes et des vases multicolores se disputaient l'espace sur les rebords des fenêtres, et de la vaisselle colorée et dépareillée était disposée sur les étagères du buffet.

— Non, tu n'es pas méchante, tu es honnête, répondit Debbie. Si ça se trouve, c'est peut-être bien qu'elle passe un peu de temps ici. Ce sera l'occasion de refaire connaissance – de commencer une nouvelle relation.

— Ne compte pas trop là-dessus. L'été s'annonce sacrément long, tu peux me croire.

Son propre ton lugubre lui donna mauvaise conscience.

— Oh, je ne sais pas. Je suis peut-être trop pessimiste. C'est vrai que ce n'est pas en se voyant une fois par an à Noël qu'on peut créer des liens. Enfin... je regrette d'avoir vendu sur eBay tous les affreux cadeaux qu'elle nous a offerts. Tu crois qu'elle s'attend à voir Leila parader dans cette robe ridicule ? J'espère que non, parce que je l'ai refourguée à une femme de Northampton la semaine dernière. La folle, elle me l'a achetée quatre-vingt-dix livres.

Elle grignota son sablé. Orange-pépites de chocolat : un régal.

— Ça va être bizarre, c'est tout. Ma sœur, de retour mercredi. Je n'arrive pas à y croire.

— Eh bien, si toi tu trouves ça bizarre, imagine à quel point elle doit être terrifiée, fit remarquer Debbie. Une fois la nouvelle connue, tout le monde va l'espionner. La grande Polly Johnson, de retour à Elderchurch. Quel honneur pour les simples mortels que nous sommes !

Elle s'inclina en avant, bras tendus, comme si elle adorait une déesse, ce qui fit rire Clare.

— Je crains qu'elle ne s'attende à un truc dans le genre, avoua-t-elle. Tu sais : le retour de la golden girl. « Elle a tellement bien réussi ! Comment se fait-il que sa sœur n'ait rien fait de plus que de tenir la réception au centre médical d'Amberley ? »

Elle s'interrompit, consciente de l'amertume dans sa voix.

— Ce n'est pas une compétition, lui rappela Debbie, comme je le répète au moins vingt fois par jour aux enfants. Un jour, je t'assure, je vais me faire faire un tee-shirt avec cette maxime inscrite dessus.

Elle se parodia en agitant l'index.

— « Ce n'est pas une compétition. Ce n'est pas une course. Vous avez oublié le mot magique. Arrêtez de vous disputer. Ne vous agitez pas comme ça. Vous vous êtes lavé les mains ? Mange tes petits pois… » Parfois, quand je m'entends, je me déprime moi-même. Comment ai-je pu devenir une enquiquineuse pareille ? Ta sœur a peut-être eu raison de partir d'ici pour aller faire quelque chose de sa vie. C'est mieux que de tourner à la vieille mère au foyer ennuyeuse…

— Tu ne seras jamais comme ça ! protesta Clare.

Mis à part Roxie, peut-être, Debbie était la personne la moins ennuyeuse qu'elle connaissait. Punkette aux cheveux roses au lycée, elle avait dû renoncer à ses projets d'études artistiques à l'arrivée inattendue de Lydia. Même si elle était aujourd'hui une respectable épouse et mère de quatre enfants, elle n'avait jamais perdu le goût de la fête et était toujours la première à organiser des sorties tapageuses.

— Tu es adorable. Et tu as plus été une sœur pour moi que ne l'a été Polly.

— Mais…

— Il n'y a pas de mais qui tienne. Ne commence pas à regretter de ne pas être comme elle. Une fois que tu l'auras revue, tu te rendras compte que tu n'as pas du tout envie de lui ressembler.

Le mercredi, Clare commençait tôt : c'était elle qui ouvrait le centre médical à 8 heures, après avoir déposé Leila et Alex à l'école. Elle aimait bien être la première et remettre un peu d'ordre avant l'arrivée des patients. Elle rangeait les magazines, écoutait la messagerie au cas où il y aurait eu un appel urgent, triait le courrier et le rangeait dans les bannettes.

Les médecins arrivèrent l'un après l'autre, suivis de Roxie, puis la salle d'attente commença à se remplir. Frank Lullington, qui était en attente d'une greffe de foie, entra le premier. Ensuite vint une maman à bout de nerfs, accompagnée de sa petite fille aux cheveux frisés qui se tenait l'oreille comme si elle avait mal. Puis Ellen Cartwright, dont le mari était mort d'une pneumonie l'hiver précédent, et qui elle-même déclinait rapidement. Le téléphone sonnait sans discontinuer et Clare avait presque la migraine à force d'essayer de caser les patients dans l'agenda.

À 13 heures, alors que le cabinet se vidait pour le déjeuner, elle reçut un texto de sa mère. Il était bref et allait droit au but : *Elle est là.*

Clare répondit d'un *Et ?* tout aussi concis, puis laissa tomber son portable sur ses genoux alors qu'une femme à la grossesse très avancée s'approchait lourdement du comptoir de réception.

— J'ai rendez-vous avec le Dr Copper à 13 h 10, annonça celle-ci, les joues écarlates et le souffle court.

— Elizabeth Harris ? Asseyez-vous, dit Clare.

Son portable vibra de nouveau. *Mine épouvantable. Affreusement maigre. Pourquoi tu ne passerais pas un peu plus tard avec les enfants ?*

Clare fit la grimace. *Charmante perspective,* écrivit-elle. *Comment refuser ?*

Elle hésita, le doigt sur la touche « Envoyer ». Passer prendre le thé allait être beaucoup plus difficile que de supporter sa sœur le jour de Noël. Au moins, à Noël, on pouvait avoir un verre de gin tonic en permanence à portée de main sans que quiconque y trouve à redire. Au moins, à Noël, l'ouverture des cadeaux et les films sirupeux diffusés à la télé offraient des distractions de nature à dissimuler le malaise. Quoi qu'il en soit, puisque la rencontre avec sa sœur était inévitable, autant qu'elle ait lieu sur le terrain neutre de la maison de leurs parents.

*OK, on passera après l'école,* écrivit-elle donc à la place de son message initial.

Après tout, elle était adulte. Elle pouvait le faire.

# CHAPITRE 9

POLLY AVAIT EU L'INTENTION DE DIRE la vérité. Sincèrement. Mais quand elle avait entendu la voix douce et bienveillante de sa mère au téléphone, elle avait considéré son échec à travers les yeux de ses parents et n'avait pas pu se résoudre à raconter ce qui s'était passé. Aussi avait-elle menti – cette histoire idiote de congé sabbatique était sortie toute seule et, avant qu'elle ait pu se rétracter, sa dignité avait été restaurée en une seconde.

Elle allait faire une recherche sur l'impact qu'aurait sur son entreprise la nouvelle législation sur le risque, avait-elle déclaré, retrouvant un accent d'autorité qu'elle n'avait plus entendu depuis longtemps dans sa propre voix. Elle avait absolument besoin de paix et de calme, d'où la nécessité de quitter Londres. Une fois cette recherche accomplie et rendue, elle espérait bien obtenir une promotion. Avec un peu de chance, elle dirigerait le service avant le mois d'octobre.

Apparemment, sa mère avait gobé tout son petit discours.

« Oh, ce sera merveilleux de t'avoir à la maison ! s'était-elle exclamée. Graham ! Graham, où es-tu ? Tu ne devineras jamais ! »

Puis, quand son père était venu la chercher avec la fourgonnette de location, d'autres mensonges avaient suivi. Elle avait engagé une agence pour s'occuper de l'appartement en son absence, lui avait-elle raconté – enfin, c'était vrai, d'une certaine façon. Pourquoi elle était si pâle ? Oh, elle avait travaillé d'arrache-pied et brûlé la chandelle par les deux bouts, comme d'habitude. Elle avait hâte de passer du temps à Elderchurch pour retrouver un rythme plus paisible (le plus gros mensonge de tous).

Son père aussi avait paru tout avaler, et il avait chargé la fourgonnette sans faire de commentaires. Alors qu'ils traversaient le labyrinthe des rues londoniennes, les mensonges s'étaient enracinés. Au point que Polly commençait même à y croire. Trois mois de « congé sabbatique », ça sonnait tellement mieux qu'« au chômage ». Pendant ce temps, elle continuerait sa recherche d'emploi et, avec un peu de chance, ils n'auraient jamais besoin de connaître la vérité. Un espace vital, voilà ce qu'elle s'était acheté.

Bien trop tôt à son goût, ils quittèrent l'autoroute pour prendre les petites routes qui s'enfonçaient dans la campagne du Hampshire. S'il bruinait à leur départ de Londres, le ciel ici s'éclaircissait et le soleil perçait derrière les nuages. Mais Polly n'en avait cure, et c'est avec tristesse qu'elle regardait par le pare-brise moucheté de boue. D'ordinaire, quand elle empruntait cette route, elle fonçait dans son élégante voiture de sport, et ne se traînait pas dans une vieille fourgonnette crasseuse. Elle eut une bouffée de nostalgie pour son petit bolide. Elle adorait conduire à toute allure, capote baissée et lunettes de soleil sur le nez. Quand elle l'avait acheté, elle s'était imaginée partant rejoindre un amoureux à la campagne pour passer le week-end dans un manoir ou une journée sur un champ de courses... En réalité, elle n'était pratiquement pas sortie de Londres avec, et, en ville, elle circulait en métro ou en taxi.

— On n'est plus très loin, dit son père, brisant le silence.

Elle ne répondit pas. Elle savait qu'ils se rapprochaient, puisqu'il n'y avait plus à la ronde que des champs, des haies et des arbres. Pas un magasin, pas un immeuble d'habitation ou de bureaux en vue. Cette pensée lui donna presque la nausée. La campagne lui apparaissait comme un continent étranger, après le dédale bruissant du centre de Londres, et elle se rendit compte qu'elle n'avait plus vu le Hampshire en été depuis des années, puisqu'elle ne daignait revenir qu'à Noël.

Elle s'imagina que sa peau allait tomber en lambeaux. Je suis allergique à la campagne, songea-t-elle avec une sombre ironie. Passer un été à Elderchurch allait l'achever.

— Et voilà ! annonça son père, décélérant en s'engageant sur la petite route qui menait au village.

Polly se crispa alors qu'ils roulaient entre les hautes haies bordant cette voie particulièrement étroite. Et bientôt elle aperçut la ferme blanche en lisière de village, puis les premiers cottages de briques rouges, dont certains dataient du XV$^{e}$ siècle, aux minuscules fenêtres et au toit de chaume. Jacky Garland, une camarade de classe, habitait dans l'un d'eux, se rappela-t-elle. Du fond de sa mémoire remonta le souvenir d'un après-midi qu'elle y avait passé. C'était la première fois qu'elle goûtait la bière de gingembre. La maman de Jacky avait préparé des cupcakes avec un glaçage à la crème au beurre décoré de petites pâtes de fruits qui brillaient comme des joyaux. Assises sur les marches de derrière, elles avaient sucé les pâtes de fruits dans un silence agréable. Polly se rappelait la sensation du sucre qui fondait sur sa langue.

Ils passèrent devant le vieux porche en bois d'où partait le petit sentier de pierres menant à l'église, devant le magasin où elle avait été surprise à voler un chewing-gum, à l'âge de sept ans, ce qui lui avait valu une bonne fessée. Puis elle vit le ruisseau où Michael, Clare et elle allaient autrefois se baigner quand il faisait chaud, et jouaient à s'éclabousser en poussant des cris.

Oh, mon Dieu. Elle avait l'impression de remonter le temps. Arrêtez la machine ! songea-t-elle avec angoisse, se forçant à ne pas regarder.

Son père klaxonna et salua une vieille dame qui sourit en lui rendant son salut. Puis les yeux de la femme se posèrent sur Polly et s'agrandirent. Polly détourna la tête, sentant son cœur s'accélérer. Voilà donc ce qui l'attendait ? Elle allait être le point de mire général, elle, la star déchue ? Nul doute que sa mère avait prévenu le village entier de son retour. Super !

Mais ils ne savaient pas qu'elle était une star déchue ! Elle *n'était pas* une star déchue. Elle avait pris un congé sabbatique pour écrire un rapport extrêmement important qui donnerait un coup d'accélérateur à sa carrière.

Elle redressa la tête et regarda d'un œil mauvais la vieille école avec son terrain de sport à l'herbe desséchée, le pub, la boucherie et la boulangerie. Ne manquait plus que le sourire de la crémière, pensa-t-elle avec aigreur, pour compléter le tableau.

La fourgonnette s'engagea dans une rue sinueuse, bordée de maisons modernes, construites à l'écart du centre historique. D'affreuses bâtisses mitoyennes des années 1960, avec leur pelouse bien tondue et des caravanes imposantes garées dans les allées. Polly se retint de ricaner en voyant que l'une d'elles s'appelait « la Maraudeuse ». Au bout de la rue, ils atteignirent le quartier des petits pavillons, où s'étaient regroupés nombre de retraités du village, avec leurs petits chiens ridicules, leurs cakes aux fruits et leurs légumes sous serre.

Son père ralentit et se gara dans l'allée de briques du numéro 14. Puis il posa la main sur le genou de Polly.

— Bienvenue à la maison, ma chérie, dit-il. Connaissant ta mère, elle aura déjà mis la bouilloire à chauffer et le déjeuner sur la table. Viens.

Polly se força à sourire, alors qu'elle avait envie de pleurer. Elle était bel et bien de retour à Elderchurch, au milieu de hordes d'indigènes trop curieux. Elle redressa le menton. *Tu vas voir ce que tu vas voir, Elderchurch,* se dit-elle de son ton le plus résolu. *Je vaux mieux que vous tous réunis.*

— Bonjour, ma chérie !

Le sourire de Karen Johnson n'aurait pas pu être plus large, alors qu'elle étreignait sa fille aînée.

— Bon voyage ?

— Très bon, merci, marmonna Polly dans les cheveux gris de sa mère.

À chaque rencontre avec ses parents, elle était frappée de voir à quel point ils vieillissaient. Ça l'angoissait de savoir qu'ils étaient le papy et la mamie des enfants de Clare. Elle aurait voulu qu'ils demeurent tels qu'ils étaient dans les années 1970, vêtus de pantalons à pattes d'éléphant et de tee-shirts à large encolure et, dans le cas de sa mère, d'un manteau bleu bordé de mouton fermé par des brandebourgs.

— Entre ! Le déjeuner est prêt, dit Karen en la lâchant enfin. La bouilloire est sur le feu.

Son père lui adressa un clin d'œil, et elle lui sourit en réponse.

— Qu'est-ce qui vous fait rire, tous les deux ? demanda Karen.

Elle était secrètement ravie qu'ils la taquinent, comme autrefois. Et si elle était choquée de voir que Polly n'avait plus que la peau et les os, elle pensait déjà aux gâteaux et aux tartes qu'elle allait préparer dans les mois à venir, histoire de la remplumer un peu.

Polly suivit sa mère dans la cuisine. Le pavillon lui paraissait différent, sans les décorations de Noël qui l'ornaient quand elle y venait d'habitude. Il manquait le petit sapin illuminé, les guirlandes de papier crépon accrochées au plafond (les mêmes qu'ils ressortaient tous les ans depuis son enfance), les cartes de vœux disposées partout et qui s'effondraient tels des dominos chaque fois qu'on ouvrait ou fermait une porte. L'endroit paraissait plus sobre, ce qui convenait d'ailleurs mieux à son humeur.

Sissy jappait en lui tournant autour. Polly résista à l'envie de lui donner un bon coup de pied avec ses sandales à hauts talons, tout en pinçant les lèvres pour ne rien dire qu'elle risquerait ensuite de regretter.

Sa mère avait disposé le déjeuner sur la table de la cuisine : des sandwichs, des feuilletés à la saucisse, une boîte de Pringles et des biscuits à l'avoine et aux fruits confits faits maison. Devant cet étalage de nourriture, Polly se sentit blêmir. Ces derniers temps, le stress l'avait pratiquement empêchée de manger : elle avait perdu l'appétit, en même temps que tout le reste.

— Merci, maman, dit-elle d'une petite voix, en s'asseyant.

Elle n'avait pas grandi ici. Ils vivaient autrefois à quelques rues de là, dans une maison mitoyenne plus vaste, avec une balançoire dans le jardin et des cochons d'Inde dans une cage. Clare et elle partageaient une chambre, tandis que Michael disposait de la sienne, qui était minuscule. Cette organisation donnait lieu à d'incessantes disputes, à moult claquements de portes et jérémiades sur l'air de « c'est pas juste ! ». Plus d'une fois, Clare et elle en étaient venues aux mains, en général parce que sa petite sœur lui chipait ses affaires sans lui demander la permission. Elle se rappelait sa rage, le jour où Clare et ses copines s'étaient servies de son vernis à ongles Coral Queen, puis avaient renversé le flacon sur sa coiffeuse. « On n'a pas fait exprès ! » s'était emportée Clare, les mains sur les hanches, comme si ça résolvait le problème.

Elle ferma les yeux, pour endiguer la montée des souvenirs.

— Fatiguée, ma chérie ? lui demanda son père en lui prenant l'épaule. C'est épuisant de déménager. D'autant que si je comprends bien, tu t'es tuée à la tâche ces derniers temps, au bureau.

— Hum, fit Polly en évitant son regard. Les journées ont été longues, c'est vrai. Mais c'est toujours comme ça, à la City, papa.

Elle se revit en pyjama, allongée sur son canapé, scotchée devant *Le Juste Prix*, et ressentit un petit pincement de culpabilité.

— Tiens, dit Karen en posant une tasse de thé fumante devant elle. Et sers-toi à manger. Après le déjeuner, tu pourras défaire tes bagages.

Polly grignota un sandwich au jambon en se forçant à avoir l'air contente. Mais comme le tourbillon d'activité de la CFW lui semblait loin, à présent. Les tours étincelantes, les couloirs du pouvoir, son fauteuil pivotant, son bureau, son téléphone... Ils lui manquaient comme un ancien petit ami vous manque : on ne se souvient que des moments forts et de la romance, pas des chamailleries et des mauvaises habitudes.

Elle mâcha mécaniquement, sentant à peine le goût du sandwich alors qu'elle se demandait comment elle allait pouvoir poursuivre cette mascarade pendant trois longs mois. *Tout ce qui ne me tue pas me rend plus forte,* se rappela-t-elle. Même si elle ne se souvenait pas de s'être jamais sentie plus faible qu'à cet instant.

— Salut, Polly !

— Clare, bonjour, comment vas-tu ?

Polly plaqua un masque sur son visage pour ne pas trahir la moindre émotion. Mais ses mains tremblaient alors que sa sœur et elle échangeaient des baisers sans chaleur, se touchant le moins longtemps possible. Elle avait tant redouté ce moment.

Elle se força à sourire aux enfants et à cacher sa consternation devant leur apparence négligée, les touffes de cheveux emmêlés de Leila, la chemise qui sortait du pantalon trop court d'Alex.

— Salut, les enfants, comment ça va ? Comment ça se passe à l'école ?

— Bien, répondit poliment Leila en la regardant à travers ses longs cils.

— On s'ennuie, répondit Alex en raclant le sol avec ses chaussures.

Il ajouta aussitôt, d'une voix beaucoup plus intéressée :

— Mamie, tu nous as fait des gâteaux ?

Karen lui sourit avec affection.

— C'est bien possible, répondit-elle. Allons dans la cuisine, et je vais vous préparer une bonne tasse de thé.

Polly poussa un soupir intérieur. Encore une « bonne tasse de thé ». Elle en était à sa quatrième depuis son arrivée, trois heures plus tôt. Son père l'avait aidée à transporter ses affaires dans la chambre d'amis, où il n'y avait pratiquement plus d'espace pour se retourner. Le petit lit était fait avec sa vieille couette Snoopy – mieux valait ne pas penser à son lit *king size* et à ses draps de coton égyptien, à Londres. Elle s'étonnait presque que sa mère n'ait pas ressorti quelques-uns de ses vieux Bisounours en peluche.

Une fois dans la cuisine, elle sentit le regard bleu et froid de Clare se poser sur elle.

— Alors, c'est quoi, cette recherche que tu dois effectuer ? lui demanda-t-elle.

Le ton persifleur de sa sœur lui déplut aussitôt.

— C'est assez compliqué, répliqua-t-elle, mais si ça t'intéresse vraiment, je vais étudier l'impact qu'aura sur ma compagnie la nouvelle législation sur le risque, et en particulier l'évaluation des risques de marché.

C'était n'importe quoi : à sa connaissance, il n'existait pas de nouvelle législation sur le risque, mais qu'est-ce que Clare en savait ? Autant l'éblouir avec sa science.

— Bien sûr, je vais me concentrer sur notre stratégie en matière d'assurance, compte tenu des tendances du marché émergent.

Son blabla eut l'effet escompté. Clare la contemplait d'un air ahuri, comme si elle s'exprimait dans une langue étrangère.

— Eh bien, je n'y comprends absolument rien, mais ça m'a l'air tout à fait passionnant. Très divertissant. Il me tarde de le lire.

Polly était sûre que sa sœur se moquait d'elle, mais mieux valait être prudente. Il lui faudrait bricoler un petit dossier, histoire de donner le change.

— Pour l'instant, c'est encore confidentiel, déclara-t-elle d'un ton sans réplique.

— Dommage, j'aime bien lire des trucs soporifiques le soir, ça m'aide à m'endormir…

— Les filles, ne commencez pas à vous chamailler, intervint leur mère de manière quasi automatique.

Elle posa la théière sur la table, servit du jus de fruits aux enfants et ajouta :

— Voilà. Tout va bien ?

Personne ne répondit. Leila et Alex étaient trop occupés à dévorer des biscuits en mettant des miettes partout. Leurs dégoûtants bruits de mastication dissimulaient mal un silence tendu, comme s'en aperçut Polly, alors même qu'elle enfonçait ses ongles dans ses paumes.

— Oui, merci, maman, réussit-elle à dire.

— Formidable, renchérit Clare en lançant un regard entendu à leur père.

Il lui répondit par un petit sourire.

Polly se renfrogna. Les camps se reformaient donc. Pas étonnant : Clare avait toujours été la fifille à son papa. Si elle voulait la bagarre, Polly était prête à rendre coup pour coup.

Polly fut surprise de dormir aussi bien cette nuit-là. Dès que sa tête se posa sur l'oreiller, elle plongea dans les profondeurs insondables de l'oubli. Ces dernières semaines, ses nuits avaient été troublées par des cauchemars où il était question de dettes et de chômage. En venant ici, il lui semblait qu'elle échappait temporairement à ses démons : elle avait pénétré dans une chambre forte à laquelle ils n'avaient pas accès. Après neuf heures de sommeil, elle fut réveillée à 8 heures par ce qui ressemblait au bruit de la pluie martelant le mur. Roulant sur elle-même, elle se serait retrouvée par terre si elle ne s'était pas raccrochée de justesse à la tête de lit bleue. Le cœur battant à tout rompre, mais maintenant parfaitement consciente, elle reconnut le lit une place, la couette Snoopy, le papier peint à fleurs. Quant au bruit d'eau, ce devait être quelqu'un qui prenait sa douche de l'autre côté de la cloison.

Elle se redressa et s'étira. C'était étrange de se réveiller en sachant qu'il y avait d'autres personnes entre ces mêmes murs. Certes, elle vivait auparavant dans un immeuble, avec des voisins au-dessus et en dessous, mais les murs étaient si épais et l'appartement si bien isolé qu'elle ne les avait jamais entendus.

Ici, en revanche... Elle grinça des dents lorsque son père se mit à chanter : « *Oh my Darling, oh my Darling, oh my DARLING Clementine !* » Ici, on vivait joue contre joue. Littéralement, songea-t-elle en s'écartant du mur, tentant de ne pas visualiser les fesses nues de son père, dont elle n'était séparée que par deux centimètres de plâtre.

« Nécessité fait loi » : elle détestait de plus en plus ce proverbe.

Ses parents étant tous deux à la retraite, Polly fut étonnée qu'ils se lèvent aussi tôt. Elle s'était imaginée prenant son petit déjeuner seule puis se plongeant dans ses recherches imaginaires pendant qu'ils feraient la grasse matinée. Quel besoin les retraités avaient-ils de se lever ?

— Alors, que faites-vous, aujourd'hui ? demanda-t-elle, une fois installée devant une assiette d'œufs pochés, de bacon et de toasts.

Hum. Elle avait oublié à quel point la cuisine de sa mère était délicieuse.

— En général, vous restez traîner à la maison ou...

Ou quoi ? Elle n'avait aucune idée de la façon dont ses parents occupaient leurs journées. Et, interdite, elle se rendit compte qu'elle ne leur avait jamais posé la question.

— Eh bien, répondit sa mère, apparemment amusée, ce matin, ton père joue au golf avec ses copains, et moi je vais donner un coup de main à la crèche parentale. J'ai commencé à y aller quand les enfants de Clare étaient bébés, et je continue.

— Oh, vous ne serez donc pas là de la matinée ?

— Non. Et à midi, je déjeune avec Jean. Tu te souviens de Jean Garland ? Après, je repasserai à la maison pour faire un peu de ménage et écouter *The Archers,* puis je dois retrouver les filles pour prendre un café à Amberley.

— Oh, répéta Polly.

Elle n'en revenait pas que ses parents aient une vie sociale si bien remplie, avec les « copains » et les « filles ».

— Ensuite, je reviendrai pour le dîner. J'ai prévu des côtelettes pour ce soir. Et je ressors après, pour mon cours d'abdos-fessiers. Viens, si tu veux. On s'y amuse beaucoup.

— Qu'est-ce que tu racontes ? intervint son père. Si elle t'accompagne, elle sera la seule femme de moins de soixante ans. Elle a autre chose à faire que de traîner avec des mamies arthritiques, n'est-ce pas, ma chérie ? ajouta-t-il avec un clin d'œil à Polly. Elle préfère sûrement voir ses amis, plutôt que les tiens.

— Merci pour les « mamies arthritiques » ! N'écoute pas les âneries de ton père, Polly. Tu es la bienvenue, même s'il a peut-être raison, pour une fois. C'est sans doute plus amusant pour toi de renouer avec d'anciens camarades. Je vais dire à Jean que tu es rentrée. Je suis sûre que Jacky serait ravie de te revoir.

Polly essaya de réprimer un frisson. Passer une soirée avec la grosse Jacky Garland, qui avait porté un appareil dentaire pendant toutes les années de collège et quitté l'école à seize ans pour aller balayer le sol du salon de coiffure « La Coupe est pleine » d'Amberley ? Elle trouverait presque plus « amusant » de creuser sa propre tombe.

— On verra, fit-elle en terminant son café. Merci. Bon, je vais aller prendre une douche, et ensuite au boulot.

Elle s'apprêtait à quitter la pièce quand son père toussa ostensiblement. Se retournant, elle lui lança un regard interrogateur.

— Ton assiette, dit-il en la montrant d'un signe de tête. N'oublie pas de la mettre dans le lave-vaisselle.

Polly rougit et revint sur ses pas pour obtempérer, mais sa mère intervint :

— Ne l'embête pas, Graham, c'est notre invitée. Je rangerai quand j'aurai fini mon petit déjeuner.

— Ce n'est pas beaucoup lui demander que de mettre son assiette dans la machine, répliqua-t-il, comme si Polly n'était pas là. À beaucoup d'ouvriers, le travail est léger, pas vrai, Polly ? Ta maman a déjà fort à faire avec moi.

Karen lui donna un coup de coude.

— Arrête de tout commander, ou c'est moi qui arrêterai de m'occuper de toi ! Laisse, Polly, je vais le faire.

Sentant les yeux de son père braqués sur elle, Polly n'osa pas quitter la cuisine sans avoir débarrassé sa vaisselle. Cela fait, elle battit en retraite, les joues en feu. Bon sang ! Se faire réprimander par son père : celui-là même qui avait passé les quarante dernières années les pieds en éventail, tandis que sa femme gérait tout dans la maison.

Elle entendit ses parents se disputer alors qu'elle disposait son shampoing et son gel douche dans la salle de bains.

— Tu n'avais pas besoin de lui parler sur ce ton, Graham. Donne-lui le temps de prendre ses marques. Je me moque qu'elle laisse son assiette sur la table !

— Eh bien, pas moi. Je ne veux pas qu'elle t'impose du travail supplémentaire. Tant qu'elle sera sous mon toit, elle devra mettre la main à la pâte, un point, c'est tout. Clare l'a bien dit : elle va s'attendre à se faire servir pendant tout l'été. Eh bien, je ne suis pas d'accord, tu comprends ?

— Ne commence pas à me donner des ordres, Graham Johnson. On ne la voit presque jamais. Maintenant qu'elle est de retour, j'ai envie de m'occuper d'elle, de la gâter un peu. Tu ne vois pas qu'elle est épuisée ? Laisse-la tranquille.

Polly ouvrit le robinet de la douche pour ne pas entendre la réponse de son père. Ainsi donc, Clare avait déjà commencé son travail de sape, avant même son arrivée ? Bel esprit de famille ! Sa sœur était jalouse parce qu'elle n'avait jamais rien fait de sa vie. Et elle devait mourir de peur à la pensée que Polly s'installait dans son cher village et allait lui disputer l'amour de leurs parents.

Après avoir casé son bain moussant et sa lotion pour le corps dans le placard de la salle de bains, à côté (berk !) d'une crème contre les hémorroïdes et d'un talc pour les pieds, Polly se glissa sous le filet d'eau qui sortait de la pomme de douche. Si sa sœur voulait jouer à ce petit jeu, elle trouverait une adversaire à sa mesure.

Heureusement, quand elle fut habillée et prête, ses parents étaient sur le départ.

— Si tu as froid, n'hésite pas à mettre le chauffage, dit sa mère en ouvrant le placard abritant la chaudière.

Mais son père repoussa sa main avant qu'elle ait pu toucher le thermostat.

— Elle n'aura pas froid, on est en juin ! dit-il d'une voix irritée. Fiche-lui la paix. Elle n'a pas envie que tu t'agites autour d'elle comme ça, n'est-ce pas, Polly ?

Polly sourit faiblement.

— Je serai très bien, j'en suis sûre, répondit-elle, peu désireuse de prendre parti. À tout à l'heure.

Dès que la porte se referma, Polly poussa un soupir de soulagement. Enfin, elle allait pouvoir être un peu seule. Ses parents étaient adorables, de cette manière parentale légèrement agaçante, mais ils l'étouffaient. Toutes leurs petites habitudes : les tasses de thé à l'heure précise, son père qui sifflait faux, le chien qui n'arrêtait pas de japper… Dommage qu'ils ne l'aient pas emmené, ce chien qui, à l'instant même, la regardait de son panier dans un coin de la cuisine.

Polly se prépara un café puis, Sissy trottinant derrière elle, fit le tour de la maison, en quête du meilleur endroit où installer son nouveau poste de travail. Elle avait l'impression d'explorer une contrée étrangère, où elle n'avait pas sa place. Il y avait une petite table dans sa chambre, que sa mère lui avait suggéré d'utiliser, mais elle était à présent encombrée de cartons. La table de la cuisine n'était pas très pratique non plus : ses parents n'arrêtaient pas d'entrer et de sortir de la pièce, et la dérangeraient sans arrêt. À moins de camper dans l'abri de jardin, il ne restait que le salon.

— Bye, sac à puces, dit-elle en renvoyant Sissy dans son panier et en refermant la porte de la cuisine.

Elle n'avait pas du tout envie que le chien la regarde de ses grands yeux tristes pendant qu'elle travaillait. Elle avait besoin de se concentrer, pour tirer profit de ce temps sans ses parents.

Les murs et le plafond de la pièce étaient en crépi, et les fenêtres garnies de rideaux de velours bordeaux festonnés. Le canapé en tissu pelucheux était lui aussi couleur lie-de-vin, mais d'une nuance assez éloignée sur la gamme chromatique. Les deux juraient, estima Polly, et l'effet d'ensemble n'était pas amélioré par les napperons bleus à fleurs que sa mère avait disposés sur les accoudoirs pour dissimuler les endroits usés. Une marine était accrochée au mur, et la collection d'animaux en porcelaine de sa mère s'alignait sur le manteau de la cheminée au milieu d'une galerie de photos.

Polly les regarda de loin. Il y en avait une du mariage de sa sœur : Clare posait dans la robe meringue la plus ringarde qu'on pût imaginer, tandis que Steve, le visage brillant, grimaçait d'un air idiot à côté d'elle. Qu'est-ce qu'elle avait bien pu lui trouver, à ce crétin ? Polly avait su dès le début que le mariage virerait au fiasco. Tout sacrifier pour un homme ? Jamais.

Elle fit la grimace en contemplant les demoiselles d'honneur en longue robe rouge sombre, qui flanquaient la meringue. Clare ne lui avait pas demandé d'être sa demoiselle d'honneur. Non pas que Polly en ait eu envie, bien sûr que non, mais c'est le genre de chose qui se fait entre sœurs, non ?

Il y avait aussi quelques photos de bébés : une Leila chauve et joufflue exhibant une unique dent de devant, et Alex brandissant une pelle en plastique sur une plage balayée par le vent. Un cliché en noir et blanc du mariage de ses parents. Une photo de famille les montrant tous les cinq, quand Polly avait environ dix ans, lors de vacances insouciantes dans le Dorset. Et la dernière photo de classe de Michael.

Polly détourna vite la tête. Elle ne voulait pas le voir, pas croiser son regard, pas penser à ce qui s'était passé. Trop tard : la seconde d'après, elle se trouva submergée par un torrent d'images, dont celle de son père qui sanglotait lors des funérailles. C'était la première fois qu'elle le voyait pleurer, et cette douleur insoutenable gravée sur son visage avait marqué Polly au fer rouge.

*Éloigne-toi des photos de famille,* se dit-elle, l'esprit engourdi.

À l'autre bout de la pièce était installé le vieux bureau victorien de son père, qui avait appartenu à l'arrière-grand-père de ce dernier. C'était un splendide meuble d'acajou, avec quatre tiroirs de chaque côté et un sous-main de cuir vert. Même s'il paraissait complètement déplacé dans ce pavillon des années 1970, il possédait une solidité rassurante. Et, pour l'heure, ferait parfaitement l'affaire. Tournant le dos aux photos, Polly retira les piles de lettres et de factures qui l'encombraient et les fourra en dessous, puis elle ouvrit son ordinateur portable et l'alluma.

Elle regarda par la fenêtre en attendant qu'il prenne vie. Le jardin de derrière, plein de fleurs et de légumes, faisait la fierté et la joie de son père. Elle se souvint qu'elle l'aidait autrefois, dans le jardin de leur ancienne maison, lorsqu'elle s'ennuyait, certains dimanches après-midi d'été où Michael et Clare l'excluaient de leurs jeux. Son père lui faisait arracher des touffes de mouron blanc en fleurs, et arroser le potager avec le gros arrosoir vert. Il était si lourd qu'il cognait contre ses jambes nues quand elle le transportait de la cuisine, projetant de l'eau sur ses pieds.

Enfin… Bayer aux corneilles en regardant par la fenêtre ne la ferait pas avancer. Il fallait se mettre au boulot. Polly cliqua sur l'icône du navigateur et se retrouva sur la page d'accueil du site d'offres d'emploi habituel. *Et c'est reparti,* se dit-elle, tentant de ne pas se laisser envahir par un sentiment d'échec avant même d'avoir commencé.

Allez, Polly ! Plus vite tu trouveras un nouveau travail, plus vite tu pourras quitter ce trou.

Cette seule idée fut une motivation suffisante pour qu'elle se replonge dans sa recherche avec une énergie renouvelée.

# CHAPITRE 10

Deux jours plus tard, Polly se cala contre le dossier de sa chaise, s'étira et soupira. À midi, en ce vendredi, la maison était une fois encore déserte : ses parents étaient partis en expédition à la jardinerie, après avoir parlé avec excitation de parterres de fleurs et de sacs de compost. Décidément, on s'amusait beaucoup à Elderchurch.

Elle avait passé les dernières quarante-huit heures derrière son écran, et n'était arrivée à rien – sinon à concevoir un nouveau respect teinté d'amertume pour ses parents, à la vie sociale bien plus remplie que la sienne. Ils n'étaient jamais là ! Est-ce qu'ils prenaient soin d'elle, leur fille aînée, leur invitée ? Non, ils étaient bien trop occupés à aller se promener et à prendre du bon temps. De l'avis de Polly, c'était tout à fait anormal. Égoïste, même.

Ses pensées la ramenèrent à Londres, comme elles le faisaient toutes les trois minutes environ depuis son arrivée ici. Elle ne supportait pas d'imaginer son appartement vide, sans elle. Un acheteur s'était-il déjà montré intéressé ? Elle devait mobiliser toute sa volonté pour ne pas appeler l'agent immobilier toutes les heures pour faire un point.

Maintenant qu'elle se trouvait à des kilomètres de la grande ville, son retour là-bas prenait des allures d'entreprise impossible. Elle avait l'impression de tourner en rond, de consulter les mêmes sites d'offres d'emploi plusieurs fois par jour, pour s'apercevoir qu'ils n'avaient qu'une liste minuscule de postes à pourvoir, pour lesquels elle était presque toujours surqualifiée.

Oh, ça ne servait à rien. Inutile de continuer aujourd'hui. Sur une impulsion, elle décida de prendre son courage à deux mains et d'aller faire un tour au village, histoire de respirer le bon air (si l'on pouvait qualifier ainsi l'odeur de bouse de vache) et de réfléchir à un plan B. Le plan A – décrocher un nouveau job dare-dare – ne semblait pas fonctionner.

Elle se leva et se laissa retomber sur sa chaise aussitôt. Attention, aller au village signifierait croiser des villageois. Devoir faire la conversation. S'entendre poser des questions personnelles, du genre : « Qu'est-ce que tu deviens, Polly ? »

Il lui faudrait mentir et mentir encore, tout en gardant un sourire plaqué sur le visage, au risque d'en avoir des crampes à la mâchoire. En était-elle capable ? L'autre possibilité, c'était la mort lente derrière ce bureau.

Aussi décida-t-elle de braver le monde extérieur l'espace d'une heure, en marchant d'un pas décidé, à l'abri derrière ses lunettes de soleil de sorte que personne ne puisse la regarder dans les yeux. Qui sait si le changement de décor ne lui inspirerait pas de bonnes idées ? Et tout valait mieux que de végéter encore pendant des heures, jusqu'au retour de ses parents qui, après avoir déchargé capucines et primevères, lui apporteraient sans doute un énième café trop léger accompagné de biscuits fourrés à la crème.

En allant mettre ses chaussures dans l'entrée, elle fut rejointe par une Sissy surexcitée, pensant manifestement que c'était l'heure de la balade.

— Eh bien, c'est effectivement l'heure de la promenade, mais pas pour toi, sale bête, marmonna-t-elle en enfilant des Converse.

Galvanisée par le mot « promenade », Sissy se mit à courir dans tous les sens, tandis que son moignon de queue battait la mesure comme un métronome en furie.

Polly enjamba le chien et se regarda dans le miroir. Elle avait connu des jours meilleurs : coiffée d'une simple queue-de-cheval, elle portait les mêmes vêtements que la veille et aucun maquillage pour rehausser son teint blafard. D'un autre côté, ici, elle n'avait personne à impressionner.

Quand elle s'approcha de la porte, Sissy aboya plus fort et se lança dans une danse de chien fou autour de ses chevilles.

— Bon, d'accord, grommela Polly. Mais ne te fais pas d'illusions. C'est uniquement pour cette fois, et pour me donner l'air d'avoir quelque chose à faire. Est-ce que ton petit cerveau canin le comprend ?

Elle attacha la laisse au collier de Sissy, et elles se mirent en route.

Le ciel était dégagé en cette chaude journée, et le soleil dardait sur elle ses rayons comme autant d'yeux accusateurs. Polly mit ses lunettes, alors que Sissy trottinait à côté d'elle.

Elle portait un vieux tee-shirt et un jean Diesel indigo devenu tellement large qu'il tenait par une ceinture. Le soleil réchauffait agréablement ses bras nus et, très vite, elle leva le visage pour l'offrir à sa caresse, telle une fleur qui s'ouvre. Hum... Si elle avait pu oublier les pavillons modernes de chaque côté et les caravanes hideuses (en plus de « la Maraudeuse », elle avait repéré « la Rapidos »), elle aurait presque pu se croire en Provence ou en Toscane, avec le parfum de lavande qui lui chatouillait les narines, les champs de coquelicots à l'horizon, la rangée de cyprès qui s'agitaient dans la brise...

La laisse se tendit au moment où Sissy s'arrêta brusquement. Polly se retourna, et sa vision paradisiaque s'évanouit sur-le-champ lorsqu'elle vit la chienne s'accroupir pour faire ses besoins sur le trottoir. Dégoûtant. Qu'était-elle censée faire de ça ? Elle n'avait pas apporté de sac en plastique ; l'idée ne l'avait même pas effleurée. Elle fourra la main dans sa poche, espérant y trouver de quoi envelopper la crotte pour la jeter. C'était le genre de quartier surveillé par des voisins vigilants. Elle était sûre qu'on l'observait derrière les rideaux. Si elle osait s'éloigner en laissant là le petit cadeau de Sissy, ses parents risquaient de recevoir la visite d'un membre de la patrouille des riverains, disant : « Je tiens à attirer votre attention sur... »

Merde ! Foutu clebs. Pourquoi avait-elle eu la bêtise de céder à son regard suppliant ?

Continuant d'inspecter ses poches, elle finit par trouver une longue addition du Bluebird, dans King's Road, datant du mois de mars, la dernière fois qu'elle avait porté ce jean. Exact, ça lui revenait : c'était son déjeuner d'anniversaire. Pour une fois, elle n'était pas allée au bureau ce samedi, et avait invité deux collègues à la rejoindre. À la fin, elle avait payé pour tout le monde. Alors que c'était son anniversaire. La facture s'élevait à plus de deux cents livres. Sur le coup, la somme lui avait paru normale, mais là, elle lui donnait presque le tournis. Comment avait-elle pu jeter l'argent par les fenêtres de cette façon ? Deux cents livres pour un simple déjeuner offert à des gens qu'elle n'appréciait même pas particulièrement ! Elle pensa à ses parents, qui découpaient toujours les bons de réduction dans les journaux, qui traquaient les bonnes affaires et réparaient les objets cassés au lieu d'en racheter des neufs. Et le pire, c'est qu'elle les avait toujours méprisés à cause de ça.

Cette addition, maintenant, lui faisait honte, et elle avait hâte de s'en débarrasser. Ça tombait bien, finalement, compte tenu de l'usage qu'elle s'apprêtait à en faire.

— Tout juste bon pour ton étron, Sissy, marmonna-t-elle.

La chienne se détourna comme pour préserver sa dignité, pendant que Polly glissait du bout des doigts l'addition sous la déjection gênante ; berk, elle était encore chaude. Polly était à deux doigts de vomir. Dieu merci, elle réussit à ramasser l'immondice pour aller la jeter dans la poubelle la plus proche.

Une fois la tâche accomplie, elle frissonna, se sentant sale et infestée de microbes.

— Ne refais plus jamais ça, dit-elle à Sissy d'un ton sévère, alors qu'elles se remettaient en route. Je ne plaisante pas. Si tu recommences, je suis au regret de t'annoncer qu'on mangera de la tourte au chien ce soir au dîner.

Sissy aboya joyeusement – sans doute en entendant le mot « dîner » –, et Polly secoua la tête. Ce n'était décidément pas la balade relaxante qu'elle avait escomptée.

Plus loin sur la route, alors qu'elle s'aventurait en terrain plus familier, elle regarda de chaque côté avec circonspection, reconnaissant les maisons d'anciens camarades, où elle s'était rendue étant enfant. Là, c'était celle de Catherine Woolley, avec le garage blanc et les fenêtres sans rideaux. Et en face, celle de Peter Brooks, un ami de son frère, dont elle avait toujours détesté le sourire aux dents écartées et le visage semé de taches de rousseur. Un jour, Michael et lui l'avaient bombardée de bombes à eau dans le jardin, et elle se souvenait parfaitement du choc de l'eau sur son visage, de son tee-shirt et de son short trempés. Elle entendait presque encore leurs éclats de rire et son cri furieux : « MAMAAAAN ! » Sales mômes.

La pensée de Michael réveilla une douleur dans sa poitrine, une douleur qui grossit tel un ballon qu'on gonfle. Jamais elle ne pensait à son frère : elle faisait tout pour l'éviter. Mais son retour ici semblait faire remonter un tas de souvenirs, des choses auxquelles elle n'avait pas songé depuis des années.

Il riait tout le temps, Michael. C'était ce dont elle se souvenait le plus le concernant. Dès son plus jeune âge, il avait eu le rire facile, le rire le plus gai qu'elle eût jamais entendu. *Joyeux et insouciant*, était-il écrit dans ses bulletins scolaires. *Il aimait la vie*, était-il écrit dans l'article du journal.

Elle cligna des paupières pour endiguer ses larmes. Mon Dieu, *Michael*. Que ferait-il, aujourd'hui, s'il avait vécu ? Il était sportif et très doué de ses mains ; il adorait aider leur père à bricoler le moteur de la voiture, et tous deux passaient des heures ensemble dans le garage.

« Un vrai petit mécano », disait fièrement leur père quand ils en émergeaient, couverts d'huile et souriant jusqu'aux oreilles.

Michael possédait aussi des talents artistiques. Il avait peint une immense fresque noire, rouge et argent sur le mur de sa chambre : un mélange fantasque et magnifique de motifs et de formes.

« C'est toi qui repeindras, si un jour on doit vendre la maison », avaient prévenu leurs parents, alors que la fresque prenait de l'ampleur.

Mais quand la maison avait finalement été mise en vente, Michael était déjà mort. Par la faute de Polly.

Elle essuya ses larmes en marchant. *Ne pense pas à lui,* s'exhorta-t-elle. *C'est de l'histoire ancienne – laisse le passé où il est.*

Elle était presque arrivée au centre du village. La vieille église et le cimetière se trouvaient à gauche, juste avant un groupe de magasins. Elle ne savait plus très bien ce qu'elle faisait là. Le prétendu bon air l'étouffait.

Un peu plus loin, une vieille dame venait à sa rencontre. Vêtue d'un pantalon d'un bleu passé et d'un chemisier beige à manches longues, elle avait d'épaisses lunettes rondes, un carré de cheveux gris et un jack russell guilleret à son côté. Son allure lui sembla familière : elle était sûre de l'avoir déjà rencontrée.

La dame regarda Sissy puis se pencha pour parler à son chien. Polly imagina qu'elle lui disait « Regarde, c'est Sissy », et fut saisie d'angoisse. Oh, non ! Ce qu'elle avait redouté était en train d'arriver. Les yeux de la femme étaient maintenant fixés sur elle, et une ride supplémentaire se creusait sur son front comme si elle essayait de la resituer.

Sentant qu'elle n'allait pas pouvoir échapper à l'interrogatoire, elle bifurqua en hâte vers le porche du cimetière et se précipita à l'intérieur. Elle l'avait échappé belle. La vieille dame ouvrait déjà la bouche pour l'interpeller. *Vous êtes… vous êtes la fille de Karen et Graham ? J'avais entendu dire que vous étiez de retour. Quel plaisir !*

Soulagée, Polly remonta le sentier qui traversait la pelouse bien tondue. Le cimetière était un endroit charmant et paisible. Au fond, un if noueux déployait ses branches qui paraissaient soupirer dans la brise. Des stèles funéraires recouvertes de lichen, certaines en forme de croix celtique, d'autres faites de grands blocs de pierre penchés, se dressaient au hasard dans l'herbe. Sur les plus vieilles stèles, les noms étaient devenus presque illisibles, effacés par des siècles de vent et de pluie, mais certaines remontaient au XVIIIe siècle.

Combien de défunts avaient été pleurés ici ? Combien de larmes versées sur cette petite parcelle de terre, au son funèbre des cloches de l'église qui résonnaient à chaque enterrement ? Cette pensée fit frissonner Polly, alors même que le soleil dispensait toujours sa chaleur brûlante. Et elle se rendit compte, avec consternation, qu'elle se dirigeait vers le jardin du souvenir, là où les cendres de son frère avaient été dispersées.

Elle savait que ses parents venaient souvent s'asseoir dans ce jardin pour parler à leur fils, comme s'il faisait encore partie de la famille. De son côté, elle n'y était pas retournée depuis le jour de l'enterrement. À chaque Noël, son père et sa mère l'encourageaient à aller sur sa tombe, en une démarche qu'elle jugeait d'un sentimentalisme écœurant. Elle avait toujours refusé. À quoi bon ? Michael n'était plus là. Visiter l'endroit où se trouvaient ses cendres n'y changerait rien. Il ne reviendrait pas.

— Excusez-moi ? Euh… pardon ?

Polly se retourna et vit un homme au visage rose se hâter vers elle, l'air contrit.

— Je suis navré, mais les chiens ne sont pas admis dans le cimetière, dit-il en joignant les mains devant lui. Vous voulez bien l'atta…

Il s'interrompit en reconnaissant l'animal.

— Oh, mais c'est Sissy. Vous êtes la fille de Karen et Graham ?

— Oui, murmura-t-elle.

Il lui présenta une large main toute rose.

— Joseph Mullins. Je suis le pasteur d'Elderchurch. Ravi de vous rencontrer. Vous êtes venue vous recueillir dans notre jardin du souvenir ?

— Euh…

Distraite par sa vigoureuse poignée de main, elle ne trouvait plus ses mots.

— Oui, finit-elle par marmonner.

Il aurait été impoli de dire le contraire.

— Donnez-moi Sissy, si vous voulez. Je l'attacherai au portail pendant que vous irez dans le jardin. Il se trouve juste derrière l'église.

Il lui prit la laisse des mains, puis secoua la tête, comme s'il s'agaçait lui-même.

— Qu'est-ce que je raconte ? Bien sûr que vous savez où c'est. Sissy ne risquera rien à côté du portail, d'accord ?

Avant qu'elle ait pu répondre, il s'était éloigné avec le chien.

Elle n'avait donc plus le choix. Merci, pasteur. Merci de m'obliger à faire la seule chose que je ne veux pas faire. Son estomac se noua. *Ce n'est qu'un jardin,* se dit-elle. Elle allait s'y asseoir pendant dix minutes, puis rentrerait chez ses parents. Et, au moins, personne ne la dérangerait là-bas.

Contournant l'église, elle suivit le sentier jusqu'au jardin clos de murs, poussa la solide porte de bois et entra. Son cœur cognait dans sa poitrine, et elle dut se forcer à respirer normalement. *C'est seulement un jardin,* se répéta-t-elle.

La porte se referma en cliquetant derrière elle, mais c'est à peine si elle le remarqua. Pendant quelques instants, elle resta là, immobile, laissant ses yeux vagabonder tout autour, les poings serrés le long du corps, comme en un mouvement défensif. Le jardin n'était pas grand, mais présentait une débauche de couleurs, avec les nombreux parterres de fleurs, le pommier, ce qu'elle prit pour un prunier, le joli kiosque de bois et son banc, tous deux peints en vert pâle. Au centre se trouvait un bassin à oiseaux en pierre, sur l'eau duquel flottait un unique pétale blanc.

Elle fit lentement le tour du sentier, remarquant les longs lys crème, les fleurs bleues des nigelles, fines comme du papier, les dahlias en forme de pompons, les premières roses jaunes aux pétales de couleur rosée à leur base, et les gros massifs d'hortensias mauves. C'était très beau. Paradisiaque.

Lorsqu'elle arriva au kiosque, elle s'arrêta puis, comme si son corps se mouvait de lui-même, y pénétra et s'assit sur le banc. Inhalant les parfums mêlés des fleurs, elle observa les abeilles qui dessinaient des motifs en butinant dans un robuste buddleia.

Sa bouche s'ouvrit. Elle avait les lèvres sèches.

— Salut, Michael, murmura-t-elle, les mains serrées sur ses genoux. Je... je suis désolée de ne pas être passée plus souvent. Mais je n'ai jamais cessé de penser à toi.

Des larmes roulèrent sur ses joues et tombèrent sur ses mains. Ses doigts tremblaient. *Si ce pasteur s'avise d'entrer dans le jardin, je ne réponds plus de moi,* se dit-elle farouchement. Elle s'imagina lui crier de s'en aller, de s'occuper de ses affaires, de la laisser tranquille, émaillant son langage de tout un tas de mots qu'on ne devrait pas prononcer dans un cimetière.

L'homme, cependant, ne se montra pas. Il n'y avait aucun bruit, hormis le murmure du vent et le bruissement mélodieux des branches autour d'elle.

Au bout de quelques minutes, elle se sentit plus apaisée. Elle s'adossa au banc et ferma les yeux. *Je suis désolée, Michael,* dit-elle en pensée. *Je suis tellement désolée. Tu me manqueras toujours.*

Le vent lui caressa le visage, et l'espace d'une seconde elle eut la sensation qu'une main l'effleurait. Elle ouvrit les yeux, mais il n'y avait personne. Seulement un papillon jaune pâle qui vola par-dessus le mur et disparut.

Michael était mort à seize ans. C'était arrivé un jeudi de mars, un jour pluvieux et tout à fait ordinaire, sans qu'aucun présage, aucun éclair ou tremblement de terre ait annoncé son dernier jour sur Terre. Depuis une semaine, il se plaignait d'un violent mal de tête, et leur mère lui avait pris un rendez-vous chez le médecin pour le vendredi.

« Moi aussi, je souffre parfois de migraines, lui avait-elle dit en le bourrant de paracétamol. C'est très douloureux. Reste au lit et essaye de dormir. »

Si seulement ils avaient su. Si seulement on avait pu obtenir un rendez-vous plus tôt. Le vendredi, il était déjà mort.

À l'époque, Polly n'avait pas pris les plaintes de son frère au sérieux. Comme il était en pleine période de contrôles au lycée, elle soupçonnait une habile stratégie pour tirer au flanc. Elle se souvenait (oh, la culpabilité) de s'être moquée de lui alors qu'il ne parvenait même plus à avaler quoi que ce soit.

« Alors, on fait un régime ? avait-elle raillé, levant les yeux au ciel en le voyant repousser son assiette et se tenir le front.

— La ferme ! » avait-il rétorqué en lui balançant un coup de pied sous la table.

Ce soir-là, Clare participait à une compétition de natation. À quatorze ans, elle était en train de devenir une nageuse prometteuse.

« On t'enverra aux prochains jeux Olympiques », ne cessait de répéter leur père chaque fois qu'elle gagnait une course.

La partie de la chambre qu'elle partageait avec Polly, alors âgée de dix-sept ans, se couvrait de certificats tandis que coupes et médailles brillaient sur le manteau de la cheminée.

Ce soir-là, c'étaient les championnats régionaux du Hampshire qui se tenaient à Waterlooville, et les deux fiers parents accompagnaient Clare.

« Garde un œil sur Michael, lui avait dit sa mère en partant. Tu peux lui donner deux autres comprimés de paracétamol à 10 heures, d'accord ? À ce soir.

— D'accord », avait répondu Polly avec insouciance.

Puis, dès qu'elle avait entendu leur voiture s'éloigner, elle avait appelé son petit ami.

« Jay ? Ils sont partis. Tu veux venir ? »

À cette époque, Jay et elle étaient inséparables. Ils allaient passer le reste de leur vie ensemble. Après leur bac, cet été-là, ils avaient projeté de travailler jusqu'à Noël – avec un peu de chance, le père de Jay leur trouverait un job à la brasserie où il était employé – avant de partir, sac au dos, faire le tour du continent. Ils envisageaient de visiter l'Italie, l'Espagne, l'Allemagne… et Jay avait promis de lui faire l'amour dans toutes les capitales européennes.

« On s'attaquera au reste du monde plus tard », lui avait-il affirmé.

L'avenir se déployait devant elle comme une aube ensoleillée, doré et éclatant, plein de promesses et d'excitation. Ce serait merveilleux.

Jay n'avait pas tardé à arriver, et ils avaient passé la soirée sur le canapé, à se câliner au son de *Pills 'n' Thrills and Bellyaches,* qu'ils considéraient comme « leur » album. Ils avaient déjà fait l'amour – des étreintes maladroites derrière le club des jeunes, des enlacements osés chez Jay, alors qu'ils étaient censés être en cours, et même une fois sous un abribus en rentrant d'une fête chez un ami –, mais jamais encore chez Polly. Elle se sentait un peu mal à l'aise, surtout sachant que Michael était en haut.

« Il n'en saura rien, lui avait murmuré Jay à l'oreille, tandis qu'il glissait la main sous son tee-shirt. Si nous ne faisons pas de bruit, il ne saura jamais. »

Elle avait pouffé de rire. Elle ne pouvait pas résister.

« Bon, mais il faut faire vite », avait-elle marmonné.

Avec des gestes maladroits, ils s'étaient déshabillés l'un l'autre et Polly s'était allongée sur le canapé bordeaux en imitation cuir, sentant le contact froid des coussins en vinyle sous ses fesses. Jay s'escrimait à ouvrir l'enveloppe du préservatif et puis, par-dessus le bruit de caoutchouc et la voix de Shaun Ryder, elle avait entendu un petit cri :

« Polly ? Polly ? »

Elle s'était figée.

« C'est Michael », avait-elle dit, soudain très consciente de sa nudité et plus très sûre que ce soit une bonne idée.

Si son frère descendait et la trouvait comme ça, mon Dieu, elle en *mourrait* ! Il se moquerait d'elle pendant le restant de ses jours.

Jay avait souri et s'était hissé sur elle.

« N'y pense pas, avait-il murmuré. Pense plutôt à ça. »

Puis il l'avait embrassée, chassant Michael de son esprit. Et à un moment, alors que Jay lui faisait l'amour et qu'elle poussait des soupirs étouffés, son frère était mort dans sa petite chambre là-haut, tout seul.

Quand elle avait réagi, il était trop tard. Le visage empourpré, les cheveux en bataille, un grand sourire aux lèvres, Jay et elle s'étaient rhabillés, avaient remis de l'ordre dans le salon, retapé le canapé et battu les coussins. Ensuite seulement elle s'était souvenue de son frère qui l'avait appelée.

« Je ferais mieux d'aller voir ce que voulait le malade, avait-elle dit, son regard s'attardant sur le visage de Jay. Je reviens. »

Ensuite, plus rien n'avait été pareil.

Polly agrippa le bord du banc, tentant de repousser les images de cette nuit épouvantable, mais elles continuaient de se bousculer dans son esprit comme si elles dataient de la veille.

Michael avait été victime d'une rupture d'anévrisme, l'éclatement d'un vaisseau sanguin dilaté dans son cerveau, qui avait provoqué une forte hémorragie.

« Une bombe à retardement, prête à exploser, leur avait-on expliqué à l'hôpital. Un cas extrêmement rare. Il n'y avait rien à faire. »

Mais Polly n'y croyait pas. Si elle était allée voir son frère à temps, si elle avait répondu à son appel au lieu de se prosterner devant Jay, elle aurait peut-être pu le sauver. Tout aurait été différent. Tout était sa faute.

Elle se leva comme une somnambule. Respirant avec peine, elle porta une main à sa poitrine. Elle devait sortir de ce jardin. Le parfum des fleurs lui paraissait à présent suffocant. Elle se sentait prise de nausée, proche du malaise. L'esprit encore encombré de souvenirs importuns, elle poussa la porte du jardin et traversa d'un pas chancelant le cimetière pour aller récupérer Sissy. De la sueur lui dégoulinait le long de la colonne vertébrale ; elle avait la langue pâteuse, la bouche sèche.

Ce retour était une erreur, une terrible erreur. Attrapant la laisse de Sissy, elle courut presque jusqu'au pavillon de ses parents.

# CHAPITRE 11

Le vendredi soir, Clare était dans sa chambre, hésitant sur la tenue à choisir, quand on frappa à la porte de la cuisine.

— Coucou ! C'est la baby-sitter ! claironna la voix de sa mère.

Une arrivée saluée par les exclamations de joie des enfants et un aboiement de bienvenue de la part de Fred.

— Je descends dans deux minutes ! cria Clare.

Elle se retourna vers son miroir et inspecta son profil. Son jean révélait son petit bourrelet sur le ventre – elle avait pris quelques kilos dernièrement. Juste au moment où sa sœur revenait avec une taille XXS : c'était typique. Cela dit, l'aspect décharné et les traits tirés de Polly n'étaient pas non plus très seyants. Au point que Clare s'était demandé si ce prétendu « travail de recherche » ne dissimulait pas plutôt quelque horrible maladie mortelle. Les cheveux de Polly, dont elle avait toujours envié le volume et l'éclat, étaient ternes et mous. Ses yeux bruns, soulignés de cernes sombres, semblaient enfoncés dans son visage, même s'ils brillaient toujours d'arrogance, comme s'ils défiaient Clare de faire le moindre commentaire sur son apparence.

Il avait pourtant suffi que Polly ouvre la bouche et lui parle de cet insupportable ton supérieur pour que Clare comprenne qu'elle n'était pas à l'article de la mort, mais tout à fait d'attaque – c'était le mot juste !

Ayant éliminé le jean, elle opta pour une jupe qu'elle détacha de son cintre. Elle devait se rendre au pot d'anniversaire de Roxie, à Amberley, où elle se retrouverait sûrement au milieu de hordes de gamines de vingt ans filiformes. À côté, elle aurait l'air déplacée en jean. Quoi de plus ridicule qu'une femme mûre voulant jouer les adolescentes ? De plus ses jambes étaient son meilleur atout (malgré quelques zébrures, résultat d'un désastreux essai d'autobronzant) : autant les montrer plutôt que de les cacher sous un pantalon.

Elle s'habilla rapidement, appliqua un peu de mascara et de rouge à lèvres et déposa une goutte de parfum sur sa nuque et au creux de ses poignets. Quelques semaines plus tôt, après avoir lu un article, elle s'était essayée à la fabrication de parfums artisanaux. Celui-ci, appelé « Reine d'Arabie », se composait d'un mélange enivrant d'extraits de fleurs d'oranger, de genièvre, de coriandre et d'encens. Frais et exotique sur sa peau, il lui avait valu des compliments chaque fois qu'elle l'avait porté. Elle en avait déjà emballé un flacon pour Roxie, ainsi qu'une bombe de bain, en guise de cadeau d'anniversaire. Un jour, elle aurait les moyens de couvrir sa famille et ses amies de présents tape-à-l'œil, comme Polly, mais pour l'instant ils devraient se contenter du fait maison.

Un dernier coup d'œil dans le miroir. Elle redonna du volume à ses cheveux bruns mi-longs, vérifia qu'elle n'avait pas de pâté de mascara sur les cils, ni de trace de rouge à lèvres sur les dents. Si seulement elle n'avait pas eu l'air aussi tendue ! Éteignant la lumière, elle dévala l'escalier et entra dans la cuisine.

Installés de part et d'autre de leur grand-mère, Leila et Alex parlaient tous deux en même temps, se disputant son attention, tandis que Fred avait posé la tête sur ses genoux.

Elle leva les yeux à l'entrée de Clare.

— Bonsoir, ma chérie. Tu es ravissante, ce soir. Hmm, et tu sens très bon.

— Merci, maman. C'est un parfum que j'ai fait. Il m'en reste pas mal, si tu en veux.

— Volontiers.

Elle adressa un clin d'œil aux enfants.

— Votre papy aura un choc quand je rentrerai dans un sillage de parfum chic.

Clare sourit.

— Bon, les enfants, allez vous mettre en pyjama. Je monterai dans cinq minutes vérifier que vos dents sont brossées.

Elle mit la bouilloire à chauffer pendant qu'ils se précipitaient dans l'escalier.

— Alors, comment ça se passe, avec ton invitée ? demanda-t-elle en remarquant l'air las de sa mère.

— Eh bien, il faut un peu de temps pour s'habituer, répondit Karen avec circonspection, en caressant les oreilles soyeuses de Fred. Mais je suis contente qu'elle soit là. Même si elle travaille énormément. Elle est toute la journée derrière le bureau, au point que je n'ose plus passer l'aspirateur ou simplement m'asseoir pour regarder mes émissions.

Elle secoua la tête et fit la moue. Un réseau de fines rides se creusa de chaque côté de sa bouche.

— J'aimerais bien qu'elle se détende un peu, mais... elle paraît tellement à cran. Ton père et moi marchons sur la pointe des pieds. Graham n'a même pas osé allumer la télévision cet après-midi, de peur de la déranger. Il est sorti tondre la pelouse, qui n'en avait pas vraiment besoin. Et ensuite, ta sœur s'est plainte du bruit, comme quoi, c'était bien la peine.

— Pourquoi ne travaille-t-elle pas dans sa chambre ? Elle est obligée de monopoliser le salon ? Tout de même, papa devrait pouvoir regarder la télé quand il en a envie.

— C'est ce qu'il dit, reconnut sa mère en grattant Fred sous le menton. On s'est déjà disputés à cause de ça. Tu sais comment il est, têtu comme une mule. Mais bon, on va tous finir par s'habituer, j'en suis sûre. C'est juste… différent.

Clare ne répondit pas tout de suite et s'occupa de préparer le thé. Sa mère était si contente d'avoir son aînée à la maison qu'elle ferait tout pour arrondir les angles. Comment lui en vouloir, sachant que, depuis des années, les visites de Polly étaient si rares ? D'un autre côté, Clare ne voulait pas que sa sœur en profite.

— Ne te laisse pas marcher sur les pieds, d'accord ? Et si elle ne se tient pas à carreau, menace-la de lui supprimer son argent de poche. Ou de la priver de sortie !

— Si seulement ! soupira sa mère. Elle se prive de sortie toute seule. Je l'ai invitée à nous accompagner quand on retrouve des amis, mais ça ne l'intéresse pas. Elle n'a même pas fait l'effort de voir Jacky Garland, qui lui a pourtant proposé de réunir d'anciens camarades d'école autour d'un café.

— Elle a refusé ?

— Un non catégorique. Qu'est-ce que je vais dire à Jean, maintenant ? C'est vraiment impoli de sa part.

Elle haussa les épaules.

— Ça lui semble peut-être un peu trop tranquille, ici, comparé à Londres. Tous ses amis doivent lui manquer. J'ai essayé de savoir si elle avait quelqu'un là-bas, mais je n'ai rien pu en tirer. Tu connais Polly, ajouta-t-elle en mimant une bouche cousue. Toujours très secrète.

Clare demeura songeuse.

C'était étrange qu'ils ne sachent rien de la vie intime de Polly. Clare ne connaissait aucun de ses amis ou relations et n'avait aucune idée de la façon dont elle occupait ses loisirs. Elle aurait très bien pu se marier plusieurs fois sans qu'ils soient au courant. Sa mère avait raison : Polly avait toujours été secrète, un livre fermé, contrairement à elle. Clare était une très mauvaise joueuse de poker : toutes ses émotions se lisaient sur son visage. C'était parfois embarrassant d'être aussi transparente, mais au moins se sentait-elle honnête. Qu'éprouvait-on dans la peau de Polly, toujours sur la réserve et tellement isolée du monde ? Comment pouvait-on supporter de vivre de cette façon ?

— Edith Lindley m'a dit qu'elle l'avait vue se précipiter dans le cimetière tout à l'heure, reprit sa mère. Je n'y croyais pas, mais elle m'a assuré que c'était Polly. En tout cas, c'était Sissy, et je ne vois pas bien qui d'autre aurait pu promener notre chien.

— Ah bon ? s'exclama Clare. Elle n'y est pas allée depuis…

— Depuis l'enterrement, termina sa mère d'une petite voix. Je n'ai pas encore eu le temps de lui en parler. J'espère qu'elle va bien.

Clare mit vingt-cinq minutes pour rejoindre Amberley, puis gara sa petite Fiat cabossée sur le parking. Elle aurait préféré éviter de conduire, mais ne pouvait se permettre la course en taxi. Cela signifiait qu'elle n'allait pas pouvoir boire d'alcool. Dans ce genre de circonstances où l'on se retrouve projeté dans le cercle d'amis de quelqu'un d'autre, un petit verre facilite le contact. Elle ne devrait donc compter que sur ses propres ressources.

Roxanne avait organisé son pot d'anniversaire au Fox and Goose, un bar chic et branché sis dans la grand-rue d'Amberley. D'élégants canapés de chintz étaient disposés autour de solides tables en bois, le tout baignant dans une lumière tamisée. Certains murs étaient en pierre apparente, d'autres couverts de papier tontisse et ornés de tableaux éclatants, de chandeliers en fer forgé portant d'épaisses bougies blanches et, bizarrement, d'une peau de vache noir et blanc.

Il y avait déjà foule quand Clare entra, et une ambiance électrique propre au vendredi soir. Elle commença à se frayer un chemin entre les tables occupées par des femmes à la chevelure brillante et des hommes au style décontracté chic. Rien à voir avec l'atmosphère chaleureuse et rassurante du King's Arms, le seul pub d'Elderchurch, aux banquettes de velours élimé et au bois sombre, où les patrons, Stu et Erica, actionnaient les pompes à bière et accueillaient les clients comme des membres de la famille.

Tentant de ne pas se laisser intimider, Clare tendit le cou pour apercevoir son amie.

— Clare, c'est vous ?

La voix grave susurrant à son oreille la fit sursauter. Elle se retourna et piqua un fard. Luke Brightside se tenait à quelques centimètres d'elle. Grand, les cheveux noirs en bataille, les yeux gris, il lui souriait et… et il était beaucoup trop jeune et trop beau pour les filles comme elle, se rappela-t-elle.

— Ah, c'est bien vous, tant mieux, ajouta-t-il. Je déteste arriver seul dans ce genre d'endroit. Où est notre princesse du jour ?

Clare sourit, contente qu'il l'ait remarquée. Il dégageait un agréable parfum, frais, masculin et boisé. Puis elle s'aperçut qu'il attendait sa réponse.

— Hum… je ne sais pas, balbutia-t-elle stupidement.

Elle se sentit rougir de plus belle. Mon Dieu, elle était transparente ! Une mère célibataire d'âge moyen, qui craquait pour le jeune et beau docteur. Pouvait-on être plus pathétique ?

— Bravons ensemble la multitude hostile, d'accord ?

— Allons-y.

Et pour cacher son embarras d'être si proche de Luke, elle se hâta de s'éloigner de lui et de plonger dans la foule.

Après avoir évité de justesse une collision avec un verre de gin tonic et manqué piétiner un pied délicat chaussé d'une fine sandale avec ses propres godillots, Clare repéra Roxie qui tenait salon dans un coin au fond. Elle portait une robe moulante, en plissé couleur mandarine, ainsi qu'un bandeau assorti, orné de plumes, dans ses boucles blondes. Sur n'importe qui d'autre, la tenue aurait été risible, mais Roxie l'arborait avec une telle assurance qu'elle paraissait époustouflante.

— Clare ! Luke ! Salut ! s'écria-t-elle.

Elle était assise contre le mur, entourée d'un groupe de filles buvant des cocktails multicolores, mais n'hésita pas à ramper sans façon sous la table pour aller accueillir les nouveaux arrivants.

Clare rit en la voyant se relever et s'épousseter, avant de les prendre tour à tour dans ses bras.

— C'est trop sympa d'être venus, dit-elle avec un large sourire. Vous êtes arrivés… ensemble ?

Elle leva un sourcil intéressé, comme si elle reniflait l'odeur du ragot, mais Clare secoua la tête.

— On s'est croisés à l'entrée, expliqua-t-elle en donnant ses cadeaux à Roxie. Tiens, bon anniversaire, ma belle.

Luke tendit une carte à la jeune fille.

— Désolé, je suis nul pour choisir des cadeaux, mais je vous offre un verre.

— Oh, vous n'êtes pas obligé, roucoula Roxie en battant des cils. Mais bon, si vous insistez, et comme c'est mon anniversaire, je prendrai un Kinky Pink, merci beaucoup.

Sa tirade, débitée d'une traite, fit rire Luke.

— Un Kinky… Pink, d'accord. Et vous, Clare, qu'est-ce que vous voulez ?

*Des draps de satin, des fraises tout juste cueillies et votre corps nu,* eut-elle envie de répondre, mais elle se contenta de dire :

— Un soda citron vert, s'il vous plaît.

Lorsqu'il s'éloigna, elle refoula un soupir de pur désir. Reprends-toi, Clare, s'admonesta-t-elle en se félicitant de devoir rester sobre. Le cocktail alcool-Luke aurait risqué d'être trop détonant pour elle.

— Quand je vous ai vus arriver ensemble, je me suis dit que tu allais avoir des choses à me raconter, plaisanta Roxie.

— Si seulement… répondit Clare en faisant la grimace. Alors, tout se passe bien ?

— Super. Tu vois le mec, là-bas – ne le dévisage pas ! –, avec la chemise lavande et la coupe au carré ? Il m'a tapé dans l'œil. J'ai l'intention de le kidnapper et de me l'offrir comme cadeau d'anniversaire.

Clare lança un regard discret au séduisant jeune homme d'une vingtaine d'années installé avec deux amis. Vêtu d'une chemise de couleur vive (Clare aurait dit « violette », mais « lavande » faisait plus sophistiqué), il avait les yeux d'un vert peu commun (des lentilles ?), le teint hâlé et une barbe de trois jours. Rien qu'à le regarder, Clare sentit sa peau la picoter en imaginant sa mâchoire lui râper la joue, mais préféra garder sa réflexion pour elle.

— Mignon, admit-elle. Alors, on peut faire la connaissance de tes amies ?

Roxie lui présenta Davina, Maz, Coco, Jodie, Amelie, Izzy et… oh, Clare perdit le fil après Izzy. Elle sourit à toutes ces jeunes et superbes créatures qui s'arrêtèrent de papoter tour à tour pour lui dire bonsoir.

— Salut, tout le monde, dit-elle en agitant la main un peu bêtement. Hum… je peux m'asseoir à côté de toi, Coco ?

— Moi, c'est Jodie, mais bien sûr, installe-toi, répondit Jodie en rejetant sa crinière auburn sur une épaule.

Clare échappa à l'obligation d'engager une conversation poussive grâce au retour de Luke, qui posa un cocktail rose devant elle.

— Désolé, annonça-t-il gaiement. Comme je ne me souvenais plus de ce que vous m'aviez demandé, je vous ai aussi pris un Kinky Pink. Roxie ! Voici pour vous.

Il s'assit à côté de Clare et leva sa bière.

— À la vôtre ! C'est sympa de prendre un verre ensemble, pour changer. On n'a pas beaucoup l'occasion de parler, au centre médical.

— Non, c'est vrai, répondit Clare en contemplant son cocktail avec circonspection.

Il lui semblait dangereusement alcoolisé.

— Hum… vous savez ce qu'il y a dedans ? Je suis venue en voiture, et je vais devoir conduire pour rentrer.

— Oh, mon Dieu, je suis navré. J'ai une mémoire épouvantable. On me dit des choses, et je les oublie dans la seconde. Qu'est-ce que vous m'aviez demandé ? Je vais retourner au bar.

Clare hésita. Elle avait exactement vingt-cinq livres dans son porte-monnaie, pour tenir tout le week-end. Elle n'avait pas du tout envie de les dépenser pour payer un taxi. D'un autre côté, il n'était pas question de raconter tout ça à Luke, de peur de passer pour une nouille ou, pis, une grippe-sou.

— Ne vous inquiétez pas, dit-elle. Un verre ira très bien. Et merci.

— Vous êtes sûre ? Ça ne me dérange pas. Et Roxie ne se fera sûrement pas prier pour boire les deux.

Clare fit un rapide calcul. Elle comptait offrir un verre à Roxie, et un à Luke aussi, maintenant qu'il avait payé la première tournée. Il lui en coûterait aux alentours de dix livres. De son côté, il lui faudrait faire durer ce Kinky Pink puis passer à l'eau du robinet.

— Non, je vous assure.

Sa décision prise, elle en but une gorgée.

— C'est délicieux, merci, ajouta-t-elle.

Il y eut un petit silence tandis qu'ils regardaient autour d'eux. Puis ils parlèrent en même temps.

— Alors, est-ce que vous savez…

— Alors, où est-ce que…

Il rit.

— À vous l'honneur.

— J'allais vous demander si d'autres personnes du centre médical venaient ce soir, dit Clare.

Quatre autres médecins travaillaient au centre : Angela Copper (la quarantaine, mariée et mère de deux adolescentes), Marcus Walter (aussi blond et fin que Luke était brun et costaud, originaire de Lancaster et gay), Edward Arkwright (approchant de l'âge de la retraite, grisonnant et grincheux) et Hilary Manning (une quinquagénaire au teint blafard et au physique de bibliothécaire, entièrement dévouée à ses quatre chats et possédant la voix la plus douce et aimable que Clare eût jamais entendue). Parmi eux, Marcus semblait le candidat le plus probable, mais Roxie était si imprévisible qu'elle avait fort bien pu convier le Dr Arkwright à boire quelques sambucas.

— Je ne sais pas, répondit Luke. Je crois que Marcus est à Londres ce week-end, et j'ai entendu Angela dire qu'elle recevait des amis à dîner. Quant à Hilary et Edward… allez savoir pourquoi, j'en doute.

Il fit pivoter sa tête pour embrasser du regard toute la tablée.

— Quel est le programme pour ce soir ? J'ai entendu Roxie évoquer une virée dans une boîte d'enfer après : vous comptez y aller ?

Il fit la grimace, ajouta :

— S'il vous plaît, dites-moi que non. Je ne supporte plus ces endroits. Ils me donnent l'impression d'être devenu un vieux croûton.

Clare éclata de rire.

— Pas de ça avec moi ! Je parie que vous êtes beaucoup plus jeune que moi. Et pour répondre à votre question, non, je n'ai pas l'intention d'aller en boîte. Je…

Elle fut sur le point d'expliquer que sa mère gardait ses enfants et qu'elle avait promis d'être de retour à minuit, telle la Cendrillon d'Elderchurch, mais quelque chose la retint. L'envie de sortir de son rôle de maman, pour une fois.

— J'apprécie beaucoup plus les pubs que les clubs, maintenant, conclut-elle.

— Ah, moi aussi. Et j'ai trente-quatre ans, donc je dois avoir… au moins dix ans de plus que vous.

Ses yeux pétillaient, il la taquinait, mais c'était mignon.

— Trente-quatre ? répéta-t-elle, prenant une mine horrifiée. Oh, alors j'enlève ce que j'ai dit. Vous êtes vraiment un vieux croûton comparé à moi, qui n'ai que trente-trois ans.

Ils rirent tous deux, et c'était si agréable, si intime, que pendant une seconde – une folle seconde – elle sentit un frémissement d'attirance entre eux.

— Clare, reprit Luke en se penchant tout près.

— Oui ?

Elle tremblait d'excitation.

À cet instant, son sac vibra et une sonnerie familière en monta. Elle avait poussé le volume de son portable au maximum pour être sûre de l'entendre par-dessus la musique.

— Euh… c'est votre téléphone ? demanda-t-il.

Clare s'arracha à contrecœur à son regard et se pencha pour le sortir de son sac.

— Désolée, dit-elle. Je vais l'éteindre.

En voyant « maman » affiché sur l'écran, elle hésita. Ce n'était sûrement rien : sans doute sa mère qui voulait savoir si elle pouvait donner les saucisses qui restaient à Fred, mais…

— Désolée, répéta-t-elle. J'en ai pour une seconde.

Elle appuya sur le rappel automatique.

— Allô, maman, tout va bien ?

— Oh, mon Dieu ! dit sa mère d'une voix anxieuse. C'est Leila. Je crois que tu ferais mieux de rentrer. Elle a vomi et elle a de la fièvre.

Clare eut l'impression de recevoir un seau d'eau glacée sur la tête.

— J'arrive le plus vite possible, répondit-elle en se levant. Désolée, Luke, je dois partir, ma fille est malade.

Cherchant Roxie des yeux, elle devina que son amie était en plein milieu d'une histoire scabreuse, à en juger par les cris poussés par son auditoire.

— Vous voudrez bien dire à Roxie que j'ai dû partir ?

Puis, sans attendre de réponse, elle attrapa son sac et se hâta vers la sortie.

# CHAPITRE 12

— CLARE, ATTENDEZ !

Mais Clare n'entendait plus rien. Elle courait dans la rue, tandis que les idées les plus sombres tourbillonnaient dans sa tête. C'était typique : le seul soir où elle osait sortir, sa fille tombait malade. Le seul soir où elle n'était pas là, à couver ses petits. Mauvaise mère. Mère négligente. Elle devait rentrer le plus vite possible. Heureusement qu'elle était venue en voiture !

— CLARE ! Attendez !

Des bruits de pas résonnèrent derrière elle, puis Luke fut à son côté.

— Je vais venir avec vous. On s'arrêtera au centre prendre ma trousse, et j'examinerai votre fille. Si vous voulez, bien sûr.

— Vous feriez ça ? Oh, ce serait adorable, merci. Ma voiture est juste là, ajouta-t-elle en montrant l'entrée du parking.

Elle ralentit un peu l'allure et porta une main à sa poitrine. Elle avait la respiration sifflante comme une vieille bouilloire et devait avoir les joues toutes rouges, mais qu'importait ? Seule comptait sa fille.

Voilà ce qui arrivait quand on ne surveillait pas ses enfants en permanence. Voilà ce qui arrivait quand on relâchait sa vigilance ne serait-ce qu'une seconde, qu'on se laissait distraire par de ridicules cocktails roses et des collègues médecins ridiculement beaux. Voilà ce qui arrivait quand on partait tranquillement à une compétition de natation, en insistant pour que nos parents nous accompagnent, en laissant notre frère malade et…

Elle eut l'impression que son cœur était serré dans un étau de fer. Stop. *Ne t'aventure pas sur ce chemin. Leila va bien.*

Elle déverrouilla la Fiat de ses doigts tremblants.

— Merci, Luke, dit-elle alors qu'il se recroquevillait dans la petite voiture. J'apprécie vraiment. Je réagis sans doute de manière excessive, mais…

Elle laissa échapper un rire forcé en faisant démarrer le véhicule, exhortant le moteur à s'allumer du premier coup.

— Mais c'est votre fille et vous ne voulez prendre aucun risque, déclara gentiment Luke.

— Oui.

Elle alluma les phares, desserra le frein à main et s'engagea sur la route, faisant fi de sa prudence habituelle. Heureusement qu'elle n'avait bu que quelques gorgées de son cocktail. Heureusement que Luke était avec elle. C'était une des choses qu'elle détestait le plus dans sa situation de mère célibataire – tenter de poser seule des diagnostics médicaux ou de prendre seule des décisions quand ses enfants étaient malades ou blessés. Elle regrettait de n'avoir personne à son côté pour lui dire « Ce n'est rien, juste une petite bosse » ou « Ce serait plus prudent de l'emmener chez le médecin ». À la moindre rougeur, à la moindre fièvre ou au plus petit mal de ventre, Clare se sentait assaillie par les doutes : était-ce la méningite ? Une pneumonie ? Une simple grippe intestinale ?

Le pire, c'était quand ses enfants se plaignaient d'avoir mal à la tête. L'anévrisme était héréditaire, elle le savait.

Et si ses enfants avaient le même profil génétique que Michael, alors...

Elle se força à se concentrer sur la route. Elle roulait trop vite.

— Désolée. Mon frère est mort jeune, dit-elle en guise d'explication. Je suis un peu sensible sur le sujet des enfants malades.

— C'est terrible. Qu'est-il arrivé ?

— Une rupture d'anévrisme, répondit-elle entre ses dents serrées.

Elle s'arrêta devant le centre médical, en laissant le moteur allumé.

— Et c'était ma faute, ajouta-t-elle.

Il la dévisagea, secouant la tête.

— Non, Clare. Non. Un anévrisme n'est la faute de personne. Jamais. Attendez-moi une minute. Je prends mes instruments et j'arrive.

Elle resta assise là, comme engourdie, dans l'habitacle où résonnait le bruit du clignotant, pendant que Luke sortait du véhicule, déverrouillait la porte du cabinet et se faisait happer par son obscurité.

En moins de deux minutes il était de retour, et elle redémarra pendant qu'il bouclait sa ceinture.

— Désolée, dit-elle une nouvelle fois. Je n'aurais pas dû me répandre comme ça à propos de mon frère. Mais j'y pense chaque fois qu'un des enfants est malade.

— C'est tout à fait compréhensible. Une autre fois, je vous expliquerai pourquoi ça ne peut absolument pas être votre faute. Maintenant, parlez-moi de votre fille. Que savez-vous ?

Clare lui répéta ce que lui avait dit sa mère, mais, en pensée, elle était de retour à la piscine de Waterlooville. En maillot et bonnet de bain, ses lunettes sur les yeux. Ligne 4. Entourée des autres participantes à l'épreuve éliminatoire. Les genoux fléchis, attendant le compte à rebours. Catégorie moins de quatorze ans. Cent mètres papillon. Sa spécialité.

Elle tentait de faire le vide dans son esprit comme le lui avait appris son entraîneur, de se concentrer exclusivement sur son corps, son rythme cardiaque, son énergie, la force de ses bras et de ses jambes. Elle pouvait gagner. Et si elle réussissait à améliorer d'une seconde son record personnel, alors...

« M. et Mme Graham Johnson sont demandés à l'accueil », avait appelé une voix dans les haut-parleurs.

Surprise, Clare avait été brusquement arrachée à ses pensées.

« M. et Mme Graham Johnson à l'accueil. »

Puis l'ordre de l'arbitre avait retenti :

« À vos marques ! »

Les autres filles s'étaient mises en position, têtes rentrées dans les épaules, hanches relevées, doigts ballants au niveau des orteils. Clare avait réagi avec un temps de retard, distraite en voyant ses parents se frayer un chemin parmi les rangées de spectateurs. Ils allaient rater sa course. Que se passait-il ?

« Prêts ? »

Cinq corps se raidirent sur leur plot. Clare était incapable de se concentrer. La voix avait bien dit « M. et Mme Graham Johnson » ? Pouvait-il y avoir deux Graham Johnson dans le bâtiment ?

*BIP !*

Au signal, toutes les filles plongèrent, et le corps de Clare se mit en pilote automatique. Elle fendit l'eau et se propulsa en avant à la force des bras. *Concentre-toi, Clare. Concentre-toi.* Elle traversait la piscine en essayant d'oublier ses parents. *Pense à la course. Tes jambes, tes bras et rien d'autre.*

Mais c'était peine perdue. Toute concentration l'avait désertée. Elle avait fini quatrième, à cinq secondes de son record personnel. La course terminée, elle s'était hissée hors du bassin et s'était précipitée pour trouver quelqu'un qui lui expliquerait ce qui se passait. C'était alors qu'elle avait entendu les mots les plus abominables qui soient. Michael était mort.

Malgré les dénégations de Luke, c'était donc bien sa faute si Michael avait perdu la vie ce soir-là. Sa mère avait voulu rester à la maison pour s'occuper de lui, mais Clare avait piqué une crise. Elle avait même tapé des pieds : zut, c'étaient les championnats régionaux ! Sa mère s'en fichait, ou quoi ?

Si seulement elle y était allée seule avec son père, sans faire tout ce cirque. Si seulement elle avait eu le bon sens de comprendre que sa mère ne s'en fichait pas, mais qu'elle tenait aussi à Michael.

Il était cependant trop tard pour les « si seulement ».

— Nous sommes arrivés, annonça-t-elle avec soulagement en tournant au coin de sa rue.

L'espace d'une seconde, elle fut intimidée à la pensée que Luke allait voir son petit cottage délabré. Étant médecin, il vivait sûrement dans un endroit plus luxueux. Mais quelle importance, une fois encore ?

— Venez.

La maison était silencieuse quand ils entrèrent.

— Maman ? appela Clare.

— Par ici, répondit une voix en provenance du salon.

C'est là qu'ils trouvèrent Leila et Karen, installées sur le canapé, en train de regarder un DVD de *Kung-Fu Panda.* Leila était allongée, la tête sur les genoux de sa grand-mère, et Fred couché à leurs pieds, comme s'il voulait protéger sa jeune maîtresse d'une nouvelle attaque de microbes.

— Maman, gémit Leila, les yeux fiévreux dans son visage empourpré. J'ai vomi.

— Bonsoir, mon trésor, lança Clare en se précipitant pour poser la main sur le front moite de sa fille. Ma pauvre chérie, mamie m'a dit que ça n'allait pas fort. Le Dr Brightside est ici, il va t'examiner. Maman, tu connais Luke ? Luke, voici ma mère, Karen.

Les mots sortaient de sa bouche à la vitesse d'un torrent.

— Oui, nous nous sommes déjà rencontrés, répondit sa mère en souriant à Luke.

Elle était passée plusieurs fois au cabinet pour son arthrite, mais prenait toujours ses rendez-vous les jours où Clare ne travaillait pas, afin de ne pas l'inquiéter.

— Bonsoir, dit poliment Luke en s'agenouillant auprès de la malade. Bonsoir, Leila. Est-ce que tu veux bien t'asseoir ? On va vérifier ta température.

Il lui mit un thermomètre dans la bouche et l'ausculta derrière les oreilles pour voir si elle avait des ganglions.

— C'est bien.

Perchée sur l'accoudoir du canapé, Clare tint la main chaude et humide de Leila tandis que Luke examinait son ventre (pas de boutons, très bien), le thermomètre (38 °C, pas si bien que ça), sa bouche et ses oreilles.

— Il n'y a pas lieu de s'inquiéter, déclara-t-il une fois l'examen terminé. Il s'agit d'un simple virus. Donnez-lui du paracétamol pour faire baisser la fièvre, et veillez à la faire boire beaucoup. Quant à toi, jeune fille, ajouta-t-il en souriant à Leila, tu seras bien mieux dans ton lit. Après une bonne nuit de sommeil, tu te sentiras beaucoup plus en forme.

Le cœur de Clare abandonna son rythme infernal ; le soulagement lui fit presque tourner la tête.

— Merci, dit-elle en pressant la main de sa fille. Je vous suis tellement reconnaissante. Je vais aller coucher Leila, et ensuite je vous raccompagnerai à Amberley.

— C'est inutile, sincèrement, répondit Luke en se levant. Je vais appeler un taxi.

— Sûrement pas, protesta Karen. Ça vous coûterait une fortune à cette heure. Je vais vous déposer, ma voiture est garée juste devant. Comme ça, Clare pourra rester avec Leila.

Luke parut gêné.

— Vous êtes sûre ? Je ne voudrais pas vous déranger.

— Pas du tout. C'est la moindre des choses.

Le soulagement de Clare laissait maintenant place à un terrible embarras d'avoir arraché Luke à sa soirée pour l'amener jusqu'à son petit cottage alors que sa fille n'avait rien de grave. Le pauvre, privé de sortie à cause d'un malheureux petit virus… tout ça par la faute d'une mère paranoïaque et hypocondriaque.

— Je suis désolée, Luke, dit-elle, bourrelée de remords. Je n'aurais pas dû vous traîner jusqu'ici. J'ai paniqué. Je vous revaudrai ça, promis. Je... je vous apporterai du café pendant toute la semaine. C'était vraiment adorable de votre part.

Il lui sourit.

— Vous ne m'avez traîné nulle part. C'est moi qui vous ai suivie et me suis presque imposé. Mais bon, j'accepte votre proposition pour ce qui est du café, poursuivit-il, les yeux brillants de malice.

Il paraissait sur le point d'ajouter quelque chose quand son téléphone sonna. Il regarda l'écran.

— Ahh.

— Tout va bien ? demanda Clare.

— Oui. C'était Corinne. Elle a fini sa garde.

— Corinne ?

— Ma petite amie. Elle est infirmière à Salisbury, précisa-t-il sans raison particulière. Je ferais mieux d'y aller. Vous êtes vraiment certaine que ça ne vous embête pas de me déposer ? demanda-t-il à Karen.

— Bien sûr que non, répondit-elle en se levant et en lissant sa jupe. Allons-y. Bonsoir, Clare. Bonsoir, ma chérie.

— Appelez-moi si ça ne va pas mieux dimanche, dit Luke à Clare sur le seuil. Tenez, voici mon numéro de portable.

Clare se sentit au plus mal, pendant qu'il griffonnait son numéro. Luke avait une petite amie. Corinne. Une fille sexy dans un uniforme d'infirmière, à n'en pas douter. À la pensée qu'elle lui avait fait les yeux doux, plus tôt, dans le bar, elle eut envie de rentrer sous terre. Il en rigolerait sûrement avec Corinne. « Une vraie *desperate housewife,* lui dirait-il. En plein fantasme délirant ! »

Non, jamais il ne parlerait de cette façon. Il était trop gentil. Mais tout de même... Heureusement qu'elle n'avait pas eu le temps de boire son cocktail. La soirée avait déjà été suffisamment embarrassante sans qu'elle s'enivre et se ridiculise davantage.

Elle donna un comprimé de paracétamol à Leila, la mit au lit, envoya un texto d'excuse à Roxie pour expliquer sa disparition soudaine, puis s'écroula devant la télévision en se sentant idiote. Pourquoi tout se passait-il toujours mal pour elle ?

« Je vous en prie, avait dit Luke quand elle l'avait remercié pour la centième fois. On n'est jamais assez prudent quand il s'agit d'enfants. Je me réjouis simplement qu'elle n'ait rien eu de sérieux. »

La gentillesse qu'il lui avait témoignée ne faisait qu'ajouter à sa gêne. Enfin, se dit-elle en posant la tête sur le canapé et en fermant les yeux, au moins avait-elle tué dans l'œuf son petit béguin, avant qu'il se développe. Au moins savait-elle à quoi s'en tenir, maintenant.

Le lendemain matin, bien que la fièvre fût retombée, Leila était encore un peu pâle et fatiguée, de sorte que Clare décida qu'une journée tranquille à la maison leur ferait à tous le plus grand bien. Les enfants et elle préparèrent des biscuits, puis ils plantèrent les fraisiers que sa mère avait apportés la veille. Après avoir avalé deux petits gâteaux (« uniquement pour les goûter »), Clare désherba le jardin, pendant que Leila lisait un *Artemis Fowl* à l'ombre et qu'Alex se lançait dans une bruyante partie de foot avec Fred. Clare cultivait des plantes qu'elle utilisait dans ses produits – de la lavande, de la menthe, du romarin et de la camomille – et avait planté des concombres après avoir lu un article sur un shampoing au citron et concombre apparemment extraordinaire. Accroupie au soleil, elle mordilla une feuille de menthe poivrée et se sentit aussitôt plus enjouée. Qui avait besoin d'un homme, de toute façon ? Les enfants et elle s'en sortaient très bien tout seuls.

Le dimanche, ils allèrent déjeuner chez ses parents, comme ils le faisaient toutes les semaines depuis dix ans. Seule différence : cette fois, Polly était là. Et sa présence modifiait totalement la dynamique d'ensemble. À table, les enfants se tenaient sur la réserve. Dans la cuisine, sa mère s'énerva en préparant la sauce, et son père découpa le poulet dans un silence de mort. Il sifflait toujours en découpant le poulet – d'une manière assez agaçante, il est vrai, mais au moins ça signifiait qu'il était heureux. Mais pas ce jour-là.

Clare aida sa mère à apporter les plats tandis que sa sœur, princesse Polly, ne levait pas le petit doigt. Elle ne se donna même pas la peine d'adresser la parole à son neveu et sa nièce qui chuchotaient entre eux, tête baissée.

— Tout est là ? Alors, servez-vous, dit sa mère, les traits un peu tendus, en s'asseyant.

Polly paraissait moins fatiguée, remarqua Clare en lui jetant un coup d'œil par-dessus le plat de légumes, alors qu'elle servait les enfants (« Pas tant de petits pois, maman », râla Alex, mais elle l'ignora). Le visage de sa sœur avait repris quelques couleurs et n'affichait plus la même pâleur cadavéreuse. Mais elle avait toujours les yeux un peu hagards, soulignés de cernes noirs, comme si elle dormait mal.

— Comment se passe ton travail ? demanda-t-elle, quand il devint évident que Polly ne ferait aucun effort pour engager la conversation.

Polly baissa les yeux sur son assiette.

— Pas mal, grommela-t-elle. Et toi ?

Mon Dieu, c'était tout ? Ne se rendait-elle pas compte à quel point elle était impolie ? Agacée, Clare décida de ne pas la laisser s'en tirer à si bon compte.

— Tu as bien avancé depuis ton arrivée ? Tu dois encore en être aux étapes préliminaires, non ?

— Hum.

Un silence inconfortable s'installa.

— Elle travaille tellement ! intervint Karen en servant la sauce. Elle a passé des heures et des heures, assise derrière son ordinateur.

— Même hier, quand j'essayais de regarder le cricket, dit Graham.

Il leva les yeux au ciel d'une manière qui se voulait affectueuse, mais son agacement était perceptible.

— D'accord, ce n'était pas une grande perte, marmonna-t-il ensuite. Les Anglais étaient affligeants.

— Ouah, tu bosses même le samedi ! s'exclama Clare en dévisageant sa sœur. Ça, c'est de la conscience professionnelle.

Elle haussa un sourcil à l'intention de son père.

— Voilà où on a péché. Travailler du lundi au vendredi, ça ne suffit pas si on veut réussir.

Le visage de Polly se crispa, mais elle ne dit rien. Et cela énerva Clare encore plus que si sa sœur avait répondu à la provocation. Elle s'apprêtait à enfoncer le clou pour obtenir une quelconque réaction, quand leur mère changea de sujet :

— Dis-moi, Leila, quel jour fais-tu ton exposé sur les Tudors, la semaine prochaine ?

— Jeudi, répondit Leila à travers une bouchée de pommes de terre. Ça va être trop cool : on a trouvé plein de trucs horribles sur les tortures qu'ils infligeaient.

Clare n'écouta que d'une oreille sa fille qui décrivait avec moult détails macabres le châtiment des poucettes et du pilori. Elle gardait un œil sur Polly, qui mangeait son poulet, tête baissée, comme si elle-même se préparait à subir quelque torture. *Je te surveille,* pensa Clare. *Je ne sais pas ce que tu mijotes, mais je te surveille.*

La princesse Polly resta assise sur son paresseux petit derrière pendant que Clare et sa mère débarrassaient, servaient le crumble puis desservaient.

— Elle ne fait jamais rien ? fulmina Clare en chargeant le lave-vaisselle un peu plus tard. Franchement, maman, il faut lui dire. Elle est chez vous, pas à l'hôtel ! Est-ce qu'au moins elle vous dédommage d'une manière ou d'une autre ? Est-ce qu'elle a proposé un peu d'argent pour la nourriture et le reste ?

— Non, et si elle le faisait je n'accepterais pas. C'est ma fille, Clare, je ne peux pas lui refuser un lit et quelques repas, surtout qu'elle ne nous a jamais rien demandé ces dernières années. Je suis sa mère. Je veux m'occuper d'elle.

Clare hocha la tête, lèvres serrées. Elle comprenait le point de vue de sa mère. En revanche, elle n'admettait pas que Polly trouve normal de se faire servir par ses parents.

— Laisse, on va le faire, dit-elle en voyant sa mère commencer à remplir l'évier pour y plonger les casseroles.

Puis, avant que celle-ci ait pu protester, elle cria :

— Polly ! Tu peux venir nous donner un coup de main avec la vaisselle, s'il te plaît ?

— Dans ce cas, je vais faire le café, annonça Karen, alors que Polly les rejoignait dans la cuisine en traînant les pieds.

— Pas question, répliqua Clare. Tu as travaillé toute la matinée pour nous préparer le déjeuner. Va te reposer dans le salon. On fera le café une fois qu'on aura fini la vaisselle.

Sa mère hésita.

— Allez ! Et ferme la porte derrière toi.

*Polly et moi allons avoir une petite conversation,* ajouta-t-elle *in petto* en lançant une giclée de liquide vaisselle dans l'évier.

Polly, quant à elle, ne semblait pas ravie de recevoir des ordres. On voyait bien qu'elle n'y était pas habituée.

— Écoute, attaqua Clare en plongeant les casseroles dans l'eau savonneuse. Il va falloir arrêter de jouer les grandes dames, ici. Papa et maman ne roulent pas sur l'or, au cas où tu l'ignorerais. Est-ce qu'il t'a traversé l'esprit qu'ils n'avaient peut-être pas les moyens d'entretenir une personne supplémentaire ? Leur as-tu proposé de les aider financièrement pendant tes trois mois de séjour ?

Tout en parlant, elle récurait furieusement une casserole.

— Laisse-moi deviner… Non.

— Ça ne te regarde pas, riposta Polly.

— Si, justement. Ça me regarde quand je vois mes parents chassés de leur propre maison. Ils marchent sur la pointe des pieds pour ne pas te déranger… Pourquoi crois-tu qu'ils ne sont jamais là ? Le pauvre papa a raté toutes ses émissions préférées. Eh bien, je ne trouve pas ça normal. Ils sont chez eux !

— Tu crois que je ne le sais pas ? s'écria Polly. Merde, inutile de me le rappeler.

— Je n'arrive toujours pas à comprendre ce que tu fiches ici, poursuivit Clare en posant la sauteuse sur l'égouttoir dans une gerbe d'eau savonneuse. Pourquoi tu ne fais pas ta foutue recherche chez toi ?

— Parce que je n'arrive pas à me concentrer, là-bas. J'avais besoin de m'éloigner de Londres pour... pour...

Elle s'était mise à bredouiller, en agitant le torchon dans l'air.

— ... pour me vider la tête.

Il y avait une pointe de tension, d'anxiété, dans sa voix, que Clare ne lui connaissait pas.

— Pourquoi tu ne t'es pas plutôt installée dans un hôtel de luxe ? Tu aurais été beaucoup plus heureuse avec un service d'étage, une piscine et que sais-je encore. Pourquoi être revenue ici ?

— Parce que... Bon, écoute, ce n'est pas ton problème, si ?

Polly se décomposait. Clare ressentit un mélange de curiosité et d'horreur à voir sa sœur, toujours parfaitement maîtresse d'elle-même, si décontenancée.

— Si, c'est mon problème, dans la mesure où ça affecte la vie de...

Clare s'interrompit quand Alex entra dans la cuisine.

— Un instant, mon chéri. Je parle à tante Polly.

— Tu parles pas, tu cries, dit-il en les regardant l'une et l'autre. Je peux avoir un biscuit au chocolat ?

— Non ! Bon sang, Alex, on sort de table ! répliqua Clare d'un ton plus agacé que nécessaire. Tu veux bien nous laisser une minute ? ajouta-t-elle plus doucement. Nous sommes en pleine conversation.

*Et c'était justement en train de devenir intéressant.*

— Ferme la porte derrière toi. Merci, mon grand.

Un silence pesant retomba quand il eut tourné les talons. Clare commença à récurer la poêle, le cœur battant vite.

— J'ai l'impression que tu nous caches quelque chose, dit-elle. Tu ferais aussi bien de cracher le morceau.

Polly essuya vigoureusement la sauteuse, alors qu'elle était déjà presque sèche. Elle restait murée dans son silence.

— Tu as rompu avec quelqu'un ? C'est pour ça que tu as fui Londres ?

Un cœur brisé expliquerait son visage émacié et son air distant.

— Non, lâcha Polly, incapable de retenir un soupir.

— Quoi, alors ? Que se passe-t-il ? Tu es malade ?

La porte s'ouvrit avant qu'elle ait pu répondre, et leur père passa la tête dans la cuisine.

— Tout va bien, les filles ?

— Très bien, répondirent-elles dans un bel ensemble, sans le regarder.

Il referma la porte. L'atmosphère était maintenant si tendue que Clare commençait à avoir mal à la tête.

— Je ne suis pas malade, murmura Polly. Je...

Elle s'interrompit. Dans la cuisine, on n'entendait plus que le tic-tac sonore de l'horloge murale. Clare pinça les lèvres en grattant le plat à rôtir. *Je découvrirai la vérité même si je dois la secouer pour la faire sortir,* décida-t-elle avec ferveur. *Je savais qu'il se passait quelque chose. Je le savais.*

— Si je te le dis, déclara Polly à voix basse, tu dois promettre de ne pas le répéter à papa et maman. Je suis sérieuse. Tu dois jurer sur ta vie.

Clare se tourna vers elle, soudain inquiète. Cela semblait plus sérieux qu'une peine de cœur. Polly avait-elle des ennuis ? Était-elle en danger, ou avait-elle commis quelque crime atroce ?

— Je ne dirai rien, c'est promis. Je t'écoute.

Polly grimaça. Ses lèvres s'étaient mises à trembler. Elle déglutit, puis leva la tête et regarda Clare dans les yeux.

— J'ai perdu mon emploi, fit-elle. J'ai tout perdu.

— Tu as... tu as perdu ton emploi ?

— Oui.

— Mais ce travail que tu fais...

— Un gros mensonge. J'essaie de retrouver du boulot. Je ne voulais pas le dire à papa et maman. Et toi non plus, tu ne leur dis rien ! Tu as promis !

— Oui, bien sûr. Enfin, non, je ne dirai rien.

Clare se mordit la lèvre. Elle avait encore du mal à y croire. Elle ne s'était pas du tout attendue à ça.

— Écoute, je suis désolée. Je ne me doutais pas. Je pensais...

— Oui, je sais très bien ce que tu pensais.

— Mais... oh, mon Dieu ! Donc, tu as aussi perdu ton appartement ?

Les yeux noirs de Polly étincelèrent, et Clare craignit qu'elle ne se mette à pleurer. Pour la première fois depuis de nombreuses années, elle eut la tentation de prendre sa sœur dans ses bras. C'était... bizarre.

Polly détourna la tête avec arrogance, comme si elle préférait mourir plutôt que d'accepter le contact d'un bras réconfortant.

— Oui, j'ai été obligée de le mettre en vente, reconnut-elle d'un ton cassant.

— Je suis vraiment désolée.

— Ah bon ?

— Bien sûr ! Je sais qu'on ne s'entend pas très bien, mais je n'ai pas un cœur de pierre.

Le silence s'ouvrit entre elles comme un gouffre. Gênée devant la fragilité palpable de sa sœur, Clare se retourna vers l'évier.

— Que vas-tu faire ? s'enquit-elle au bout d'un moment.

— Trouver autre chose. Que veux-tu que je fasse ?

— Quoi, et rester ici en attendant ? demanda Clare.

Polly grinça des dents.

— Clare, je n'ai pas d'autre endroit où aller, dit-elle en perdant patience. Je n'ai plus un sou. Je fais tout pour retrouver du boulot, mais crois-moi, ce n'est pas facile.

— Et tes amis ? Tu ne pouvais pas t'installer chez des amis, à Londres ? Ou... Non, j'imagine que non, fit-elle face au regard meurtrier de sa sœur.

La casserole que Polly essuyait lui échappa des mains et se fracassa par terre. Comme elle se penchait pour la ramasser, Clare remarqua la maigreur de ses épaules, son visage malheureux. Elle avait l'air défaite : rien à voir avec l'image triomphante qu'elle affichait depuis quelques années.

« Je n'ai pas un cœur de pierre », avait-elle affirmé quelques minutes plus tôt. Mais la vérité, c'est qu'au fil des années elle s'était cuirassée face à Polly. Comment aurait-il pu en être autrement ? Elle repensa à sa soirée d'enterrement de vie de jeune fille durant laquelle Polly avait pris ses amies de haut puis quitté la boîte de nuit avant tout le monde. Au jour de son mariage où Polly était arrivée en retard et s'était installée tout au fond de la chapelle en gardant ses lunettes de soleil. Et, pire que tout, à la naissance de ses enfants, pour laquelle sa sœur n'avait pas montré le moindre intérêt. Comment ne se serait-on pas endurci après toutes ces rebuffades ?

Il n'empêche que Polly était sa sœur. Son unique sœur.

Clare posa la dernière casserole et ouvrit la bonde. Toutes deux regardèrent l'eau tournoyer dans l'évier, avant de s'évacuer en glougloutant. Puis Clare respira un grand coup.

— Écoute, je crois que c'est dur pour papa et maman de t'avoir chez eux…

— C'est dur *pour eux* ? Parce que tu t'imagines que pour moi c'est une partie de plaisir ?

Devant la réaction hautaine de sa sœur, Clare fut sur le point de changer d'avis, de retirer la proposition qu'elle n'avait pas encore formulée. C'est alors qu'elle remarqua le tremblement des lèvres de Polly.

*Vas-y, dis-le, Clare. Elle refusera sûrement, mais toi, au moins, tu auras la conscience tranquille.* Elle allait essayer d'arranger les choses : elle le devait à Michael. Elle n'avait pas été là pour lui, et n'avait cessé depuis de le regretter. Aussi imbuvable que soit sa sœur, elle ne pouvait pas la laisser tomber au moment où elle avait besoin d'aide.

Aussi se força-t-elle à afficher un air aimable.

— Et… pourquoi tu ne viendrais pas t'installer avec moi et les enfants ?

Polly la dévisagea.

— Je…

— Évidemment, ce ne serait pas comme ici, où maman te fait tout.

Clare préférait mettre les choses au point tout de suite.

— Tu serais obligée de me donner un coup de main dans la maison.

En voyant l'expression stupéfaite de sa sœur (elle était muette de reconnaissance), elle se radoucit et conclut :

— Mais bon, tu es la bienvenue chez nous. Les enfants ne verront sûrement pas d'inconvénient à partager la même chambre, le temps que tu retombes sur tes pieds.

— Mais… dit Polly, qui ne l'avait pas quittée des yeux. Est-ce qu'il y a… euh… une entourloupe quelque part ?

Clare cilla. Ce n'était pas la réponse à laquelle elle s'était attendue. *Merci, Clare, j'apprécie. Merci, Clare, c'est vraiment gentil de ta part.* Ah ! Et dire qu'elle avait cru lire de la reconnaissance sur le visage de sa sœur ! Du dédain, plus sûrement. Du soupçon.

Elle croisa les bras, sur la défensive. Comment Polly osait-elle faire sa pimbêche face à une offre aussi généreuse ?

— Enfin, à toi de voir, conclut-elle froidement.

Polly fit la moue. Espèce de peau de vache, pensa Clare, sentant sa fureur monter.

— Je… je vais y réfléchir, murmura Polly.

# CHAPITRE 13

Et puis quoi, encore ? avait pensé Polly. S'installer chez Clare, pour que sa sœur la couvre de sa pitié et de sa condescendance ? Plutôt mourir. Clare avait toujours jalousé le succès de Polly : nul doute qu'elle avait hâte de se réjouir de sa chute. Rêve, ma grande ! « Je vais y réfléchir », avait-elle répondu, juste pour la faire taire, bien qu'elle n'en ait nullement l'intention. Sauf que, le lendemain, une chose affreuse se produisit.

Elle travaillait dans le salon – ou plutôt, elle cliquait discrètement sur le site de l'agent immobilier pour contempler avec nostalgie les photos de son appartement, entre ses sempiternelles visites aux sites d'offres d'emploi – lorsqu'elle entendit un bruit curieux. Comme un gémissement étouffé. Ce maudit chien s'était-il enfermé dans un placard ? Un oiseau était-il tombé dans la cheminée ?

Immobile dans le silence, elle tendit l'oreille. Le bruit persistait.

Elle était seule dans la maison. D'humeur un peu sombre ce matin-là, ses parents n'avaient rien dit de leurs projets pour la journée. Polly ne leur avait pas posé de questions, mais avait entendu la porte d'entrée se refermer et la voiture de son père s'éloigner une heure plus tôt. Alors, d'où provenait ce bruit ?

Elle traversa la pièce sur la pointe des pieds, gagnée par l'appréhension. Mon Dieu, et si un oiseau était bel et bien entré dans une pièce et cherchait frénétiquement la sortie ? Elle avait la phobie des oiseaux : leurs étranges petits yeux ronds, leurs pattes griffues, leurs becs préhistoriques. Il y aurait des plumes et des fientes partout : elle devrait sortir et prétendre n'avoir rien entendu, pour éviter d'avoir à nettoyer.

Le bruit était maintenant plus distinct. Ce n'était pas un oiseau. C'était quelqu'un qui pleurait. Quelqu'un qui ressemblait beaucoup à sa mère. Oh, flûte ! Qu'était-elle censée faire ?

Clare, à n'en pas douter, se serait précipitée, les bras ouverts, tel l'ange du réconfort, tandis qu'elle-même restait paralysée, totalement démunie.

Elle avança vers la porte à pas feutrés, espérant que les pleurs allaient cesser. À son grand déplaisir, le volume augmenta. De véritables sanglots lui parvenaient maintenant de la chambre de ses parents. Oh, à l'aide ! Si seulement elle était sortie dans le jardin ou partie promener ce satané chien... Elle était incapable de consoler sa propre mère. Elle ne savait même pas comment procéder.

Elle devait pourtant faire quelque chose.

Elle frappa un coup timide à la porte.

— Je peux entrer ?

Il n'y eut pas de réponse. Ça devait vouloir dire non, n'est-ce pas ? Sa mère ne voulait sûrement pas être dérangée, si elle avait un moment d'abattement. Soulagée, Polly s'apprêtait à battre en retraite quand elle entendit un « oui » faible et larmoyant.

Raté.

Karen Johnson était toujours enjouée et optimiste, toujours souriante et chaleureuse. C'était dans son caractère. Mais là, Polly la trouva affalée sur son lit, le visage marbré, les yeux débordant de larmes.

Polly s'assit à côté d'elle et posa une main légère sur son dos parcouru de tremblements.

— Maman, qu'est-ce qu'il y a ?

À son grand étonnement, sa question parut irriter sa mère.

— Qu'est-ce qu'il y a ? répéta celle-ci d'une voix aiguë. Qu'est-ce qu'il y a ? Tu ne sais vraiment pas ? C'est le 13 juin, Polly. Ne me dis pas que tu avais oublié ?

Pendant un instant, Polly eut le souffle coupé. Le 13 juin était le jour anniversaire de Michael. Bien sûr qu'elle le savait. Simplement, elle avait perdu la notion des dates depuis qu'elle était ici.

— Oh... mon Dieu, balbutia-t-elle. Je... je n'avais pas réalisé.

— Il aurait eu trente-cinq ans, dit sa mère dans un sanglot. Il serait peut-être marié et aurait des enfants. Mais nous ne le saurons jamais.

Elle se couvrit les yeux pour pleurer. Encore une fois, Polly se sentit accablée par la culpabilité et totalement inutile. C'était horrible. Elle aurait voulu que sa mère arrête de pleurer, ou du moins qu'elles puissent pleurer ensemble, partager la douleur. Aucune de ces deux solutions ne semblait possible.

Elle tapota le bras de sa mère.

— Ça va aller, maman, dit-elle d'une voix faible. Ça va aller.

Mais c'était faux, elles le savaient toutes les deux.

L'image de sa mère en pleurs hanta Polly pendant tout le reste de la journée. Elle ne se doutait pas que son chagrin était encore aussi intense, à vif ; elle avait supposé que, comme elle, ils avaient tous relégué Michael au fond de leur mémoire. En quoi elle se trompait. En fin d'après-midi, Clare et les enfants revinrent pour le thé. Un gâteau avait été préparé et surmonté de bougies, qu'ils allumèrent très cérémonieusement. Silencieuse, Clare semblait perdue dans ses pensées, et même leur père avait les yeux d'un rouge suspect.

— Tu nous manques, Michael, dirent-ils en chœur et en choquant leur verre de vin.

Apparemment, il s'agissait d'un rituel qu'ils répétaient tous les ans.

Le visage de Polly brûlait de honte. Elle avait toujours essayé de traiter le 13 juin comme un jour ordinaire, quoi qu'à passer le plus vite possible. Mais dans cette région du pays, des bougies brûlaient encore pour Michael, et ce depuis vingt ans. Face à cette découverte, elle éprouva un grand vide à l'intérieur, et se fit l'effet d'être minable.

« Trente-cinq ans, avait dit sa mère en sanglotant. Peut-être marié et avec des enfants. » Contrairement à sa grande sœur qui avait complètement raté sa vie, songea-t-elle dans son lit ce soir-là.

Le lendemain matin, cependant, ses parents semblaient redevenus normaux. Sa mère lui fit un câlin au petit déjeuner et s'excusa pour ses larmes de la veille.

— Son anniversaire me met toujours dans cet état, expliqua-t-elle d'une petite voix. Mais ça va mieux. Du café ?

Polly accepta avec circonspection. Elle n'avait pourtant pas besoin de s'inquiéter. Sa mère fredonnait en beurrant un toast, et son père riait en écoutant la radio, comme si le chagrin et le recueillement de la veille avaient été un mirage.

Elle se sentait néanmoins désolée pour eux. Était-ce ainsi qu'ils supportaient la douleur ? En dissimulant les failles la plus grande partie de l'année, alors qu'un puits de tristesse demeurait sous la surface ?

Quelle naïveté de croire que la vie avait continué pour eux comme si de rien n'était pendant toutes ces années. Pourquoi n'avait-elle rien remarqué ?

Elle grignota son toast sans appétit. Elle connaissait la réponse à cette question.

— Clare ? C'est moi, Polly. Salut.

On était mercredi après-midi, et Polly avait fini par craquer. Elle ne supporterait pas d'être réveillée une fois de plus par les sifflements de son père sous la douche, de passer une journée supplémentaire à détourner les yeux des photos de Michael sur la cheminée, ou de boire une autre tasse de café instantané au goût de lavasse. Elle ne supportait plus non plus les épouvantables séries télévisées que ses parents dévoraient. Et elle ne voulait plus jamais revivre l'éprouvante expérience d'une « bonne petite conversation » avec Jacky Garland, élue raseuse de l'année, et sa vieille sorcière de mère, que la sienne avait insisté pour inviter à prendre le café.

— Salut, Polly, comment ça va ?

Polly soupira.

— Je suis en train de devenir dingue, avoua-t-elle.

C'était vrai. Elle en venait à se détester chaque fois qu'elle mentait à ses parents à propos de son « travail ». Elle avait la sensation que les murs se refermaient sur elle dans cet endroit où elle se sentait de plus en plus à l'étroit.

— Je me demandais... lança-t-elle d'un ton hésitant. Est-ce que ta proposition tient toujours ?

— De t'installer avec nous ? Oui, bien sûr. De toute façon, j'allais t'appeler. Je t'ai trouvé un boulot.

— Un *boulot* ?

Puis Polly baissa la voix, consciente d'avoir braillé le mot.

— Que... comment ça ?

— Ce n'est pas le job du siècle, je le crains, dit joyeusement Clare. Mais ça te permettrait de gagner un peu d'argent. Si tu viens vivre avec nous, tu devras participer financièrement, Polly. Je suis encore plus fauchée que papa et maman, et je ne peux pas t'entretenir.

— D'accord.

Polly déglutit pour se débarrasser de la boule qui s'était logée dans sa gorge. Elle avait l'horrible sensation que sa sœur ne lui laissait pas le choix.

— C'est... c'est quoi, ce boulot ?

— Je t'en parlerai plus tard. Quand veux-tu venir ?

— Ce soir ? répondit Polly, morose.

— Cache ta joie, surtout ! Bon, d'accord pour ce soir. Ce n'est pas comme si j'avais autre chose à faire. Écoute, je te laisse, j'ai un plat au four. À ce soir.

Pendant un instant, Polly resta assise sur son lit, se demandant si elle avait pris la bonne décision. Elle doutait que ce « boulot » que sa sœur prétendait lui avoir trouvé soit très intéressant, ou qu'il lui rapporte ne serait-ce qu'une fraction de son ancien salaire. Et comment imaginer qu'il puisse y avoir un poste dans la finance ou les affaires à Elderchurch ou Amberley ? À moins que Clare ne lui ait déniché une mission de comptabilité en free-lance, voire de conseil dans la région…

Polly attrapa sa valise et commença à y ranger ses affaires. Son travail lui manquait tant. Elle avait besoin de faire fonctionner ses neurones, d'effectuer des calculs, de résoudre des problèmes. Elle regrettait même le temps où elle était obligée de mettre un tailleur et de se maquiller tous les matins. Même si elle devait rétrograder d'un échelon dans la carrière, ce boulot promis par Clare serait peut-être précisément ce dont elle avait besoin.

— Du ménage ? Tu veux que je fasse du putain de ménage ? Dis-moi que c'est une blague.

Clare secoua la tête. Il était 20 heures, les enfants étaient couchés – tous deux dans la chambre de Leila, ce qui avait provoqué une mutinerie d'au moins quarante minutes, que Clare n'avait pu résoudre qu'en ayant recours à la subornation –, et elle venait de porter le dernier carton de sa sœur dans la chambre d'Alex, qui serait le refuge (temporaire) de Polly.

— Je croyais que tu serais contente.

Ce n'était pas entièrement exact. Clare savait très bien que sa sœur renâclerait à travailler comme femme de ménage au pub de la ville, mais elle estimait aussi que Polly n'était pas en position de cracher dans la soupe. Surtout quand c'était sa patiente et gentille petite sœur qui fournissait ladite soupe.

— *Contente* ? Tu te fiches de moi ?

Polly avait l'impression d'avoir reçu une gifle. Comment sa sœur osait-elle faire une proposition aussi ridicule ? Imaginer qu'elle, Polly Johnson, puisse accepter un emploi aussi subalterne, dégradant et sûrement scandaleusement mal payé ? D'ailleurs, elle ne savait pas faire le ménage – et n'avait jamais voulu apprendre. Le ménage, c'était pour les autres, point final.

— Non, bien sûr que non, répliqua Clare. Ne sois pas aussi snob. Écoute, je ne plaisantais pas non plus en te parlant de participation financière. J'arrive à peine à joindre les deux bouts. Mais quand on est fauché, on ne peut pas faire le difficile. Tu n'es pas obligée d'accepter ce boulot. C'était juste une idée, d'accord ? Une manière de gagner un peu d'argent en attendant une meilleure offre. Mais si tu te sens trop supérieure pour enfiler une paire de gants Mapa...

Trop « supérieure » ? Cela faisait à peine une demi-heure qu'elle était dans la petite maison minable de Clare, et celle-ci avait déjà commencé à la rabaisser.

— Je me trouverai un boulot moi-même, merci beaucoup.

— Comme tu veux, dit Clare, remontant ses jambes sur le canapé et se détournant.

Pour meubler le silence maussade qui menaçait de s'installer, elle appuya sur la télécommande.

— Oh, génial, c'est *Florida Mansions* ! Tu connais ?

Polly faillit répondre avec mépris que non, elle ne s'intéressait pas à ce genre de bêtises, mais, dans la période régressive ayant suivi son licenciement, elle l'avait en effet souvent regardé.

— Vaguement, répondit-elle en s'asseyant à côté de sa sœur.

L'avantage, chez Clare, c'est qu'elle pourrait se repaître d'émissions de télé pourries, se dit-elle en essayant de trouver une position confortable sur le vieux canapé défoncé. Elle sentait les ressorts à travers les coussins et le dossier de bois à travers le fin revêtement : une sensation peu agréable. Le cottage, aux pièces minuscules et aux plafonds bas, n'était certes pas luxueux, et Clare sûrement pas la personne la plus chaleureuse au monde, mais au moins y avait-il *Florida Mansions,* un soap intellectuellement si nul que l'expression « plaisir coupable » semblait avoir été inventée pour lui. Soupirant d'aise, elle se cala sur le canapé, alors que le générique défilait sur l'écran.

— Quel crétin, celui-là ! dit Clare en s'esclaffant gaiement.

Un des personnages (Jed, un bellâtre sans cervelle apparemment adepte de la gonflette) était en train de se méprendre sur le sens de la conversation qu'il avait avec Marcella, la rousse excentrique qui venait d'emménager dans leur immeuble.

— Incroyable, renchérit Polly, incapable de réprimer un accès d'hilarité. Un vrai débile.

— Tu as vu l'épisode, il y a quelques semaines, dans lequel il essayait de décrocher un job auprès de… comment elle s'appelait déjà ?… Tina, chez le concessionnaire de voitures ?

— Oh oui, je l'ai vu ! La tête de Tina !

— N'empêche qu'il n'est pas mal, surtout quand il n'ouvre pas la bouche. Disons que je ne le virerais pas même s'il mangeait des chips dans mon lit.

Lorsque Clare se pencha pour poser la télécommande sur la table basse, son tee-shirt se souleva, et Polly remarqua le petit oiseau bleu tatoué au bas du dos de sa sœur. Mon Dieu ! Quand Clare s'était-elle fait faire un tatouage ? Est-ce que leurs parents étaient au courant ?

— C'est tout à fait le genre à manger des chips au lit ! fit-elle en ramenant ses yeux vers l'écran, où le visage d'imbécile heureux de Jed s'était décomposé lorsqu'il avait compris (enfin) qu'il venait de faire une gaffe face à Marcella. Mais bon, j'imagine que je pourrais passer là-dessus… s'il les partageait avec moi, bien sûr.

— Oui, et s'il n'oublie pas de jeter le paquet dans la poubelle ensuite. C'est un truc qui me rendait dingue quand je vivais avec Steve. Il n'a jamais saisi l'utilité des poubelles ; il laissait tout traîner n'importe où, comme s'il s'imaginait que la fée des Ordures allait apparaître par enchantement et tout ranger derrière lui. Quant au linge sale… quel cauchemar ! Ma vie est tellement plus agréable maintenant que je n'ai plus à ramasser ses caleçons et ses chaussettes puantes par terre…

— Berk, dit Polly en fronçant le nez.

Non pas qu'en matière d'hygiène personnelle elle ait pu en remontrer à quiconque dernièrement…

Le titre de l'émission clignota en haut de l'écran, annonçant une page de pub, et elles restèrent silencieuses un instant. C'était comme si l'agréable petite bulle qui les avait enveloppées pendant le programme venait d'éclater.

— Est-ce qu'il te manque ? demanda Polly quand une pub tonitruante pour une marque de pizza résonna.

Elle s'étonna elle-même d'avoir posé cette question : Clare et elle n'avaient pas l'habitude d'aborder des sujets intimes.

— Parfois, répondit Clare, en tripotant son bracelet. À Noël ou aux anniversaires des enfants, dans ces occasions faites pour le bonheur familial. Et quand il n'est pas là lors d'événements qui comptent pour eux, le concert de l'école ou la journée des sports, par exemple. Lorsque je vois à quel point ils sont déçus, c'est horrible. J'ai un gros pincement au cœur, comme s'il y avait une injustice. Mais globalement… non, conclut-elle en levant le menton avec une expression de défi. On se débrouille bien sans lui.

Comme le silence retombait, Polly chercha désespérément quelque chose à dire – des mots qui ne seraient ni condescendants ni à côté de la plaque. Mais elle n'avait aucune idée de ce que c'était que d'élever deux enfants seule.

— Je n'ai jamais aimé la façon dont il essayait de te rabaisser, déclara-t-elle sans réfléchir.

Clare plissa les yeux.

— Qu'est-ce que tu veux dire ?

*Tout doux, Polly.*

— Eh bien, on avait l'impression qu'il ne supportait pas de te voir réussir quoi que ce soit. Comme à ce Noël où tu avais réalisé ce magnifique tableau en mosaïque pour papa et maman, et où il a fait un commentaire désagréable comme quoi, l'année suivante, vous leur offririez un « vrai » cadeau.

Clare s'empourpra.

— J'avais oublié, marmonna-t-elle.

Pas Polly. Elle avait eu de la peine en voyant l'expression de fierté de Clare laisser place à la gêne. Leurs parents avaient protesté, s'extasiant sur le tableau et insistant sur le temps que Clare avait dû y consacrer. C'est vrai qu'il était ravissant, même Polly le reconnaissait, bien qu'elle détestât en général les cadeaux faits main. Hélas, Steve avait gâché tout le plaisir que Clare avait eu à le leur offrir.

— Et cette autre fois, je crois que c'était encore à Noël, quand Leila était toute petite...

— OK, OK, la coupa Clare. Inutile de ressortir tout ça maintenant.

— Je voulais seulement...

— Oui, je sais. Mais mieux vaut ne pas aller sur ce terrain.

Oups. Donc, taper sur l'ex n'était pas encore à l'ordre du jour. Par chance, Polly trouva exactement ce qu'il fallait dire à la place.

— Oh, j'allais oublier ! Je t'ai apporté une bouteille de vin pour te remercier de m'accueillir. Tu veux qu'on l'ouvre ?

— Oui, dit Clare, bonne idée !

Et le soulagement s'entendait dans sa voix.

Une bouteille de vin californien plus tard (l'épicerie du village n'était pas franchement pourvue en grands crus), Polly eut l'impression que sa sœur et elle n'étaient peut-être pas loin d'une trêve. D'abord, elles s'étaient rapprochées en regardant *Florida Mansions,* puis découvert un goût commun pour *Embarquement immédiat,* la série avec les hôtesses de l'air sexy, qui avait été rediffusée récemment. Enfin, alors qu'elles avaient attaqué la réserve de gin que Clare gardait pour les urgences, vint le moment des confessions. Clare avoua avoir cassé la précieuse poupée en porcelaine de leur mère à l'âge de six ans (à l'époque, c'était Michael qui avait été puni, malgré ses protestations d'innocence), et Polly confessa qu'elle avait chipé cinquante pence dans la corbeille de la quête à l'école du dimanche, quand elle avait neuf ans et économisait pour s'acheter des patins à roulettes.

Le sujet de l'argent dut réveiller la mémoire embrumée de Clare, parce qu'elle demanda ensuite :

— Bon, alors, tu vas réfléchir à ce boulot au pub, finalement ?

Il n'en fallut pas davantage pour faire voler en éclats la confiance qui commençait tout juste à s'installer entre elles. Polly changea de position sur l'inconfortable canapé – elle était sûre qu'elle aurait mal au dos le lendemain matin – et se renfrogna.

— Non ! Je te l'ai déjà dit ! Je...

Elle abattit le poing sur l'accoudoir du canapé.

— Ce genre de boulot ne m'intéresse pas. Je veux retourner à Londres. Il n'est pas question que je reste dans cet endroit minable plus longtemps que...

Elle s'interrompit, effrayée par l'expression furibarde de Clare. Ah ! Peut-être n'aurait-elle pas dû s'cxprimer aussi franchement.

— Eh bien, je suis navrée qu'on ne soit pas assez bien pour toi, répliqua Clare en se levant tant bien que mal. Et je suis surtout navrée que tu ne te donnes même pas la peine d'essayer, alors qu'on t'offre un emploi parfaitement respectable. J'aurais dû me douter que tu le prendrais de haut. Tu as toujours tout méprisé ici, et depuis toujours. Tu as raison, plus vite tu retourneras à Londres, mieux ça vaudra pour tout le monde.

— Oh, ne sois pas comme ça, je ne voulais pas...

Mais Clare avait déjà tourné les talons. Quelques secondes plus tard, des pas furieux résonnèrent dans l'escalier, et Polly déduisit que sa sœur était partie se coucher. Bonne nuit à toi aussi, Clare.

Irritée, elle pencha la tête en arrière. L'agressivité systématique, telle était l'attitude de Clare ; harceler Polly et tenter de l'humilier avec ce foutu job de femme de ménage.

Eh bien, elle n'avait pas du tout l'intention de se laisser faire. Son boulot pourri, sa sœur pouvait se le garder, songea-t-elle en vidant son verre de gin. Et à l'avenir, elle serait bien avisée de se mêler de ses affaires.

Cette nuit-là, Polly se tourna et se retourna sous la couette aux motifs d'extraterrestres d'Alex. Des planètes lumineuses miniatures pendaient du plafond, un réveil Wallace et Gromit égrenait bruyamment les secondes, et une odeur caractéristique de chaussettes sales émanait de sous le lit. Ce n'était pas un palace.

— Un galetas, plutôt, marmonna-t-elle en roulant sur elle-même pour la centième fois.

« Plus vite tu retourneras à Londres, mieux ça vaudra pour tout le monde », lui avait jeté Clare. Elle-même n'aurait su mieux dire. Jamais plus elle ne se plaindrait de la vie citadine quand elle la retrouverait. Le smog, la circulation, l'insécurité : elle les embrasserait tous comme de vieux amis ! Quant à la pensée d'un nouveau travail, avec un vrai bureau pour elle, un PC, un assistant... Elle serait la recrue de rêve, dès qu'elle en aurait la possibilité.

Si seulement on lui donnait cette possibilité !

*Quand je me réveillerai demain matin, quelqu'un m'aura envoyé un e-mail pour me proposer un entretien,* se dit-elle avec ferveur. *Demain, la roue de la fortune tournera : le job parfait se libérera, je serai contactée par des chasseurs de têtes, mon téléphone recommencera à sonner et tout se remettra en place. Je n'ai pas besoin d'un boulot de femme de ménage. Je vaux mieux que ça !*

— Voilà, dit-elle à voix haute.

Elle frappa l'oreiller *Pirate des Caraïbes* pour lui redonner une forme et se retourna encore. La visualisation positive, telle était la clé. Elle devait continuer à se répéter que la chance allait bientôt lui sourire. L'autre possibilité était trop épouvantable à contempler.

# CHAPITRE 14

— Alex ronfle, annonça Leila en bougonnant au petit déjeuner le lendemain.

— Non, c'est pas vrai.

— Si, c'est vrai.

— Non !

Il lui donna un coup de pied.

— Si !

Elle le poussa.

— Oh, arrêtez de vous chamailler, pour l'amour du ciel ! intervint Clare.

Elle avait une migraine lancinante (qu'est-ce qui lui avait pris de puiser dans la réserve d'urgence de gin ?) et s'était presque fait peur en voyant sa mine de déterrée dans le miroir de la salle de bains. Polly, une chance pour elle, devait encore être plongée dans un sommeil réparateur. Enfin, si son neveu et sa nièce ne l'avaient pas réveillée en se disputant.

— Quand est-ce que je peux récupérer ma chambre ? grommela Alex en faisant une hideuse grimace à sa sœur.

— Dans quelques mois. Ce n'est pas si long, répondit Clare pour tenter de l'apaiser.

Bon sang, il ne restait pratiquement plus de café, remarqua-t-elle en fouillant en vain dans le placard à la recherche d'un nouveau paquet.

— On la dépanne le temps nécessaire. C'est à ça que sert la famille.

Si l'intonation se voulait bienveillante, la pointe de sarcasme était perceptible. Elle n'avait pas été ravie, en descendant ce matin, de trouver la bouteille de gin ouverte, toujours posée sur la table basse, à côté des verres. Il restait même un fond de gin dans l'un d'eux. Et si l'un des enfants l'avait avalé en croyant que c'était de l'eau ? Ça n'avait pas traversé l'esprit de Polly de les nettoyer avant d'aller se coucher ?

Apparemment pas.

— Quelques mois ? geignit Leila. C'est presque jusqu'à Noël !

— Mais non, dit Clare. Ce sera seulement pour l'été. Et peut-être même moins que ça.

— Alex ne peut pas aller dormir avec Babs et Marjorie ? Ou dans la cuisine ?

— Bien sûr que non. Écoutez, Polly fait partie de la famille. C'est ma sœur. C'est sympa de l'avoir à la maison.

Ses paroles manquaient de conviction même à ses propres oreilles. Leur conversation de la veille ne s'était pas vraiment terminée de manière *sympa*.

— Pas vraiment, non, rétorqua Leila, comme en écho. Tout ce qu'elle sait nous dire, c'est : « Comment ça va à l'école ? » On s'en fout, de l'école. Elle est nulle, comme tante. Elle ne nous achète même pas de bonbons.

— Ça, c'est vrai, acquiesça Alex. Moi, j'inviterai jamais Leila chez moi quand je serai grand. Les sœurs, c'est nul.

— Pas autant que les petits morveux de frères, répliqua Leila. De toute façon, j'aurai jamais envie d'aller habiter chez toi.

— Tant mieux, parce que t'es pas invitée, riposta Alex, avant de lui tirer la langue. Jamais.

— Contentez-vous de manger votre petit déjeuner, tous les deux, conclut Clare en beurrant un toast qu'elle posa sur la table.

Elle avait trop peu dormi la nuit précédente pour faire preuve de patience. La soirée avait été étonnamment plaisante au début, une fois passé le premier mouvement d'humeur de Polly concernant l'emploi au pub. Elles avaient même bien ri toutes les deux, s'étaient découvert des penchants partagés pour certains adonis de la télé, et la conversation avait coulé avec autant de facilité que le vin.

Hélas, elle n'avait pas pu s'empêcher ensuite d'en remettre une couche sur ce boulot de femme de ménage, et la situation avait dérapé. Pis, même, puisqu'elle avait fini par attaquer Polly en lui reprochant son attitude hautaine. Ça, c'était l'effet du gin : il la rendait toujours agressive.

Elle grignota son toast, pensive. Peut-être s'était-elle montrée trop dure envers sa sœur. Pendant presque toute la soirée, Polly avait paru plus humble, moins arrogante qu'elle ne l'était ces dernières années, comme si son licenciement avait sapé une partie de son assurance. Quel petit démon avait donc poussé Clare à lancer sa pique inutile, rompant le fragile équilibre auquel elles étaient parvenues ?

— Alex ! rugit-elle, surprenant son fils en train de nourrir le chien sous la table. Le toast est pour toi, pas pour Fred. Dépêchez-vous. On doit être partis dans un quart d'heure, et vous n'êtes même pas habillés.

Tous les matins d'école ressemblaient à une course contre la montre, ou plutôt à un concours de bousculade. C'était là le sort du parent isolé : Clare ne pouvait compter sur personne d'autre pour les faire se dépêcher. Une fois le petit déjeuner avalé et la table débarrassée, elle devait veiller à ce qu'ils s'habillent, se brossent les dents et les cheveux, puis vérifier le contenu des cartables, avant la dernière ligne droite consistant à enfiler chaussures et manteaux quand il faisait mauvais, mettre de la crème solaire et un chapeau si le soleil pointait son nez.

Clare savait d'expérience que si un seul maillon rompait – si on ne mettait pas tout de suite la main sur la brosse à cheveux, par exemple, ou si l'un des enfants se souvenait à la dernière minute (comme ils avaient une fâcheuse tendance à le faire) qu'il fallait arriver déguisé à l'école ce jour-là – c'était toute la chaîne qui déraillait. Aussi, quand elle s'aperçut que sa sœur était enfermée dans la salle de bains, en train de prendre une longue douche, alors qu'elle-même avait besoin de se débarbouiller et qu'aucun des trois ne s'était encore lavé les dents, pressentit-elle que la mécanique allait se gripper.

Elle frappa à la porte.

— Tu en as pour longtemps là-dedans ?

Pas de réponse, hormis le bruit de l'eau.

— J'ai envie de faire pipi, dit Alex en dansant d'un pied sur l'autre.

— Désolée, mais tu vas devoir attendre, ou aller dans le jardin, répondit Clare avec lassitude.

— Mais je veux aussi faire caca.

Prenant une profonde inspiration, Clare frappa de nouveau, plus fort cette fois.

— Dépêche-toi ! cria-t-elle à travers la cloison.

Elle avait presque envie de se taper la tête dessus. Elle allait devoir fixer des règles concernant l'utilisation de la salle de bains, en plus de celles régissant les bouteilles de gin.

Formidable. Sa nouvelle pensionnaire allait adorer ça.

Le jeudi était son jour de congé. Après avoir déposé les enfants à l'école (sans qu'ils se soient lavé les dents, et alors qu'elle-même s'était contentée d'une toilette sommaire dans l'évier de la cuisine), elle rentra chez elle et tenta de dissiper sa mauvaise humeur en dressant la liste des tâches de la journée. Passer au supermarché, faire une machine, le ménage, donner un coup d'aspirateur, essayer de retrouver la basket égarée par Leila (qu'avait-elle donc bien pu en faire ?) et s'offrir une longue balade avec Fred. Même si le jeudi était en général consacré aux corvées ménagères, elle aimait bien cette journée. Elle avait l'impression de se recentrer, de remettre une fois encore de l'ordre dans le chaos.

Elle avait d'autres raisons de se réjouir de ne pas aller travailler. Toute la semaine, elle avait ressassé la soirée du vendredi avec Luke. Les jours passant, ses souvenirs lui renvoyaient d'elle-même une image de plus en plus hystérique : une femme aux yeux exorbités et aux doigts griffus, qui attirait Luke dans sa voiture, conduisait comme une folle et lui débitait toute son histoire à propos de Michael. Que devait-il penser d'elle ? Elle s'était complètement ridiculisée. Même si, lundi, il s'était enquis de la santé de Leila et avait balayé les excuses de Clare, et se montrait depuis aussi amical que d'habitude, elle se sentait rougir chaque fois qu'il approchait. C'était atroce.

Elle laissa sortir Babs et Marjorie, qui descendirent la rampe de leur poulailler.

— Merci, mesdames, fit-elle en ramassant deux œufs tout chauds. Au moins, je peux compter sur vous.

Elle entra dans la cuisine, où elle trouva Polly attablée devant un bol de corn flakes et une grande tasse de café noir. Voyant le lait renversé sur la table, la traînée de sucre en poudre à côté du bol, Fred qui faisait un sort aux céréales tombées sous la table, elle sentit aussitôt son énervement se ranimer.

— Bonjour, dit-elle sèchement en allumant la bouilloire.

Polly sursauta en découvrant sa sœur.

— Tu n'es pas partie travailler ?

— C'est mon jour de congé. Tiens, il y a des œufs si tu veux, ajouta-t-elle en les rangeant dans le frigo.

Elle ouvrit le placard pour prendre le café, avant de remarquer le pot ouvert et vide sur le plan de travail.

— Ah. Tu as fini le café ?

— Oui, répondit Polly. J'irai en acheter tout à l'heure. Je crois que tu n'as plus de lait non plus, sauf s'il y a un réfrigérateur secret que je n'ai pas encore trouvé.

Clare esquissa un sourire.

— Pas de réfrigérateur secret, non.

— Au fait, c'était quoi, tout ce boucan, ce matin ? demanda Polly en enfournant une cuillerée de corn flakes. Les enfants font toujours autant de bruit ?

— C'était moi, répondit Clare, la mâchoire crispée. C'était moi, qui tapais à la porte de la salle de bains parce qu'on avait besoin de se brosser les dents. Et le pauvre Alex a failli faire pipi dans sa culotte sur le chemin de l'école parce qu'il n'a pas pu aller aux toilettes.

Elle croisa les bras.

— Si tu pouvais éviter de prendre une longue douche le matin à cette heure-là, j'apprécierais beaucoup. C'est déjà suffisamment la panique pour partir à l'heure, sans que…

Polly leva les yeux au ciel, ce qui donna à Clare l'envie de l'étrangler.

— D'accord, d'accord, je ne m'étais pas rendu compte.

— Bon, dit Clare, alors que le sifflement de la bouilloire allait crescendo, et bien inutilement maintenant. Je vais passer au supermarché. Tu as besoin de quelque chose en particulier ?

— De café digne de ce nom, répondit aussitôt Polly. Oh, et un bon shampoing. J'aime bien le Salon Class, tu vois lequel ? Dans les bouteilles argentées ?

Clare voyait très bien. C'était le plus cher du rayon. Polly s'attendait-elle à ce qu'elle le lui paye, en plus du café hors de prix ? Si c'était le cas, elle allait déchanter. Sa grande sœur allait devoir se contenter du shampoing « 2 en 1 » de la marque du distributeur.

— C'est ça, répliqua-t-elle en se détournant pour ne pas lui montrer son irritation.

Elle attrapa son sac et ses clés de voiture, et se dirigea vers la porte, Fred trottinant, plein d'espoir, derrière elle.

— Non, toi, tu restes ici, mon vieux, dit-elle en lui caressant la tête. Je te promènerai plus tard. Sauf si…

Elle se retourna vers Polly.

— Tu pourrais peut-être sortir Fred, si tu n'as rien d'autre à faire ?

Polly secoua la tête.

— Pas le temps, désolée.

Clare repensa à l'histoire *La Petite Poule rousse* qu'elle lisait aux enfants quand ils étaient petits.

— Bon, alors je ferai tout moi-même, marmonna-t-elle en claquant la porte.

— Je ne pensais jamais dire une chose pareille, mais quel bonheur de venir travailler, déclara Clare le lendemain matin.

Avec un soupir, elle se laissa tomber dans son fauteuil derrière le bureau de réception.

— Euh… qui êtes-vous ? demanda Roxie. Physiquement, vous ressemblez à Clare Berry, mais vous n'êtes pas la Clare que je connais.

Clare réussit à sourire.

— C'est pourtant bien moi. Enfin presque. Un moi en pleine démence, prêt à tout pour sortir de la maison et m'éloigner de mon invitée.

Elle secoua la tête.

— Elle me rend dingue.

Roxie parut amusée. Les cheveux coiffés en macarons, telle la princesse Leia, elle portait ce jour-là un chemisier sans manches couleur citron vert, aux boutons argentés en forme de cœur, et une minijupe en toile rose effilochée.

— Qu'est-ce qui s'est passé ? Elle n'a pas découvert que tu refourguais ses cadeaux sur eBay, si ?

— Non, et si un jour tu la rencontres, je compte sur toi pour rester discrète. Le problème, c'est qu'elle n'a absolument pas compris qu'elle n'était pas seule dans la maison. Elle est pire qu'un homme ! Elle ne range jamais rien derrière elle, elle passe des heures dans la salle de bains le matin quand on se dépêche de se préparer pour l'école, elle ne lève pas le petit doigt pour m'aider, et elle a pratiquement annexé la cuisine pour son prétendu travail.

Elle esquissa des petits guillemets dans l'air en prononçant ce dernier mot.

— Même si je l'ai surprise devant la télé en rentrant du supermarché hier matin. Comme quoi, elle ne se tue pas à la tâche. L'ironie, c'est que quand je me suis plainte de Steve sous prétexte qu'il n'en fichait pas une rame à la maison, elle avait l'air de compatir, disant « oh, c'est affreux, quel enfer ! »… Sauf qu'elle est encore pire. Et moi qui croyais que ce n'était humainement pas possible !

— Bonjour, Luke, roucoula Roxie juste à ce moment-là, en papillonnant de ses faux cils qui étaient si longs qu'ils envoyèrent une petite brise à travers le bureau de réception.

— Bonjour, marmonna Clare, honteuse d'être surprise en pleine récrimination.

Luke semblait distrait en passant devant elles.

— Bonjour.

Fort à propos, Roxie se mit à siffler l'air d'« Always Look on the Bright Side », mais il ne parut pas l'entendre et disparut dans son bureau.

— Qu'est-ce qu'il a, ce matin ? demanda-t-elle.

Puis elle tapota le bras de Clare.

— Ne t'inquiète pas, ma grande. Je vais te préparer une bonne tasse de thé, puis je t'annoncerai une nouvelle très excitante. Tu vas voir, ça te remontera le moral.

Clare sourit faiblement, en se demandant si la grande nouvelle avait encore à voir avec les amants imaginaires de sa collègue. Quoi qu'il en soit, elle ne refusait pas de se voir apporter un thé, pour une fois. Polly n'était là que depuis deux jours, et déjà Clare avait l'impression de tenir une maison d'hôte, doublée d'un restaurant.

— Merci, dit-elle en décrochant le téléphone. Centre médical d'Amberley, bonjour.

Quelques minutes plus tard, Roxie déposa devant elle un mug fumant et reprit sa place dans son fauteuil pivotant.

— Alors, la nouvelle très excitante, c'est que je t'ai peut-être trouvé du boulot. Je sais, je suis incroyable, je suis la meilleure, tu m'aimes. Inutile de le dire, on le sait déjà.

— De quoi parles-tu ? demanda Clare, les yeux rivés sur son écran alors qu'elle inscrivait un nouveau rendez-vous.

— Je parle de ma tatie Kate qui a dormi à la maison hier soir, répondit Roxie en faisant un tour complet avec son fauteuil. Je t'ai déjà parlé d'elle ?

— Non.

Une vieille dame s'approcha de leur bureau, les yeux chassieux.

— Bonjour, Madame Atkins, asseyez-vous, dit Clare. Le Dr Copper sera à vous dans une minute.

Elle se retourna vers Roxie.

— Qui est tatie Kate ?

— Elle est acheteuse chez Langley's. Tu connais Langley's, la chaîne d'hôtels branchés ?

— Non. Tu vas être étonnée, mais je ne suis pas allée à l'hôtel récemment, branché ou pas.

Elle fit défiler la liste des patients attendus dans la matinée. Comme d'habitude, la journée s'annonçait sans répit.

Roxie ignora le sarcasme.

— Ils sont assez chouettes. À la fois glamour et funky, genre le vintage rencontre l'art contemporain. Bref, ils ouvrent un nouvel hôtel-boutique dans la région, à Lovington. Et d'après tatie Kate, ils en profitent pour lancer un nouveau concept, ce qu'ils appellent « chez soi loin de chez soi ». L'idée, c'est qu'on a l'impression de loger chez des amis bohèmes et un tout petit peu excentriques, pas dans un de ces hôtels standardisés qui se ressemblent tous...

Le téléphone sonna et Roxie décrocha. Puis ce fut au tour du deuxième, auquel Clare répondit. Ensuite, trois patients se présentèrent pour leur rendez-vous, le facteur passa et il fallut signer des papiers.

— Continue, dit Clare, quand elles purent enfin souffler.

Elle n'avait aucune idée de la raison pour laquelle Roxie s'était embarquée dans cette histoire d'hôtels branchés.

— Non, ne me dis pas, ajouta-t-elle. Ta tatie Kate a proposé d'installer ma sœur pendant quelque temps dans un de ces hôtels de charme, et de m'en débarrasser. Non, mieux ! C'est moi qu'elle a décidé d'accueillir pour des petites vacances, et je vais me faire dorloter de la tête aux pieds. C'est ça ?

— Pas exactement. Mais, écoute, elle est acheteuse pour la chaîne, c'est-à-dire qu'elle est chargée d'équiper l'hôtel en meubles, en linge de maison, en couverts... en tout ! Tu imagines ? Être payé pour faire du shopping ! C'est son job ! Je suis folle de jalousie. Enfin passons, comme c'est Langley's, ce sont des trucs à la fois marrants et branchés. Tu vois, par exemple, la vaisselle a l'air kitsch et dépareillée, ce n'est pas du blanc Ikea qu'on voit partout…

Surprenant le regard de Clare, elle finit par en venir au fait :

— Bref, elle doit aussi les approvisionner en produits de toilette, pour les salles de bains de l'hôtel. Et c'est là que tu interviens, conclut-elle avec un grand sourire.

Clare cilla.

— Quoi ?

— Elle cherche une nouvelle gamme de produits de toilette pour l'hôtel de Lovington, répéta patiemment Roxie. Elle m'a dit qu'elle préférait faire appel à une entreprise locale, bio si possible, proposant des produits de qualité mais sortant des sentiers battus. Je lui ai donc dit que je connaissais la personne qu'il lui fallait. Toi !

— Moi ?

Clare éclata de rire, puis recouvra son sérieux en voyant l'air vexé de son amie.

— Tu n'es pas sérieuse ?

— Bien sûr que si ! Tes produits sont géniaux. Je lui ai montré mon parfum. Je n'ai pas pu lui montrer la boule de bain que tu m'as donnée, parce que je l'avais déjà utilisée. Je crois qu'elle a été impressionnée. Ce que tu fais irait tout à fait pour Langley's : ce n'est pas un lieu snob ni intimidant, où les gens comme nous auraient peur d'utiliser la mauvaise fourchette ou le mauvais couteau, mais plutôt cool et décalé… joli. Tu vois ? Comme toi.

Quoique profondément touchée par l'enthousiasme de Roxanne, Clare secoua la tête.

— C'est adorable de ta part, Rox, mais sincèrement, ce ne sont que des petits produits artisanaux, concoctés sur un coin de table. Je m'amuse, je fais ça pour la famille et les amis, ce n'est pas une véritable activité…

Comme le téléphone sonnait, Roxie décrocha.

— Centre médical d'Amberley, bonjour. Vous pouvez patienter une seconde ? dit-elle poliment.

Elle posa la main sur le combiné et lança un regard sévère à Clare.

— Moi, je pense que tu devrais essayer. Qu'est-ce que tu as à perdre ?

Et, avant que Clare ait pu formuler une réponse, elle avait retiré sa main et repris le correspondant.

— Désolée. En quoi puis-je vous aider ?

Roxie insista tant et plus, si bien que Clare consentit à y réfléchir.

« Ta tante ne voudra jamais de mes trucs », n'avait-elle cessé de répéter.

Mais Roxie refusait cette approche défaitiste.

— Comment tu le sais ? répliqua-t-elle pour la énième fois. Si ça se trouve, elle va les adorer. Ce serait formidable, non ?

— Oui, mais…

— Écoute, Clare, c'est une occasion en or de te développer un peu. Elle revient la semaine prochaine, pour rencontrer plusieurs entreprises. Tu pourrais préparer quelques échantillons – disons, un bain moussant, du shampoing et du savon –, une liste de prix, ainsi qu'un argumentaire à lui présenter.

Un argumentaire ? Une liste de prix ? Clare secoua la tête.

— Je ne crois vraiment pas que…

— Inutile de décider maintenant. Réfléchis, et tu me répondras lundi.

Roxie lui donna un coup de coude.

— Et ne viens pas dire après ça que je ne fais rien pour toi.

— Merci, Rox, mais…

Roxie décrocha le téléphone, avant que Clare ait pu reprendre la litanie des « mais », et lui tira la langue.

— Centre médical d'Amberley, bonjour.

Lorsqu'elle quitta le cabinet, à 14 h 30, Clare avait déjà tiré un trait sur cette idée loufoque. Roxie était mignonne d'avoir pensé à elle, mais comment imaginer que ses modestes produits maison puissent convenir à un hôtel haut de gamme ? C'était fou. Elle n'était pas une cheffe d'entreprise, point final. Toute cette histoire n'était qu'une chimère que l'on pouvait caresser pendant quelques minutes, pas davantage.

De retour chez elle, elle trouva la cuisine sens dessus dessous : des piles de journaux éparpillées sur la table au milieu de tasses de café vides, une assiette pleine de miettes de sandwich, un trognon de pomme, une cannette de Coca light. Malgré son abondante consommation de caféine, Polly n'avait manifestement pas eu assez d'énergie pour ranger. Pas de quoi surprendre Clare, cependant. Il y avait même des fientes de poule par terre, indiquant que sa sœur avait dû laisser la porte de derrière ouverte. Babs et Marjorie adoraient avoir une excuse pour entrer dans la maison, et en avaient bien profité aujourd'hui.

Clare soupira. Le fait que sa sœur la prenne pour une bonne à tout faire n'était pas seulement exaspérant, mais aussi blessant. Qu'est-ce qui lui avait pris de lui ouvrir sa porte et de l'accueillir chez elle ? Si elle avait su que la présence de Polly s'accompagnerait d'autant de désordre, elle aurait réfléchi à deux fois avant de faire cette proposition. Pourquoi sa sœur était-elle incapable de lui témoigner la moindre gratitude, alors que Clare chamboulait toute sa vie de famille pour lui faire de la place ?

Encore une fois, qu'aurait-elle pu espérer venant de son aînée ? Même quand Polly perdait son emploi, elle ne pouvait pas le faire discrètement, comme la plupart des gens. Eh non ! Il fallait qu'elle perde tout de manière spectaculaire et fasse un cirque pas possible. Bien sûr, tout le monde devait ensuite la dorloter et se plier à ses désirs comme si elle était une victime. Eh bien, c'en serait fini des câlins dans cette maison, décida-t-elle, tant que sa sœur la prendrait pour un hôtel.

Polly choisit ce moment précis pour entrer dans la cuisine, toujours en pyjama. Elle ne s'était même pas brossé les cheveux.

— Oh, salut, dit-elle, comme si elle était surprise de trouver Clare dans sa propre cuisine. Comment s'est passée ta matinée de travail ?

— Bien.

Elle siffla Fred, qui somnolait sous la table.

— Je vais promener le chien, avant d'aller chercher les enfants à l'école. À moins que tu ne l'aies déjà sorti ce matin ?

Polly baissa les yeux sur son pyjama, comme si ça expliquait tout.

— Ben non. Tu voulais que je le fasse ?

— Ça me rendrait service que tu y penses de temps en temps, répondit Clare en tentant de maîtriser sa voix. Et ce serait encore mieux si tu pouvais éviter de laisser la porte ouverte, sinon les poules en profitent pour entrer. Il va falloir passer la serpillière avant le retour de Leila et d'Alex.

Elle montra les fientes par terre, et Polly ouvrit la bouche, dégoûtée.

— Ah, et j'oubliais. Ce soir, je sors. Je dois retrouver quelques amies au pub. Ça te dit de m'accompagner ?

L'expression de Polly exprimait mieux que des mots ce que l'invitation lui inspirait.

— Une autre fois, merci, marmonna-t-elle.

— Comme tu veux.

Elle se doutait que sa sœur ne daignerait pas sortir avec elle et ses amies ; elle avait toujours refusé.

— Dans ce cas, je vais dire à maman qu'elle n'aura pas à se déplacer pour venir garder les enfants, puisque tu seras là. Bon, à plus tard.

Sans laisser à sa sœur le temps de protester, Clare traversa avec précaution la cuisine et sortit, Fred sur les talons. Une fois dehors, dans l'air doux et parfumé, Clare sourit en se rappelant l'expression contrariée apparue sur le visage de Polly. Plus vite sa sœur atterrirait dans le monde réel, mieux ce serait pour tout le monde.

Ce soir-là, Clare retrouva Debbie, Tracey, Maria et Jane à leur table attitrée au King's Arms. Elles se connaissaient toutes depuis l'école, hormis Jane, qui avait épousé Neil, le frère de Maria, dix ans plus tôt, et demeurait donc une nouvelle venue selon les critères d'Elderchurch. On ne l'aurait pourtant jamais deviné. Jane travaillait à la poste et elle était au courant de tout. Elle avait le visage en forme de cœur, les cheveux bruns et bouclés, une bouche rieuse et le décolleté le plus voluptueux du village. Elle avait aussi l'habitude de donner des sucettes aux enfants quand ils commençaient à s'agiter dans la file d'attente à la poste. Pas étonnant que tout le monde l'apprécie.

Si Jane était ronde et joyeuse, Maria était maigre, pâle, et affichait un visage grave. Elle n'allait pas fort depuis qu'elle avait découvert la récente infidélité de son mari, mais, avec trois enfants, elle était déterminée à sauver son couple, même si l'atmosphère demeurait tendue chez eux. Commerciale dans une chaîne de cafés, elle passait la plupart de ses journées sur les routes.

Enfin, il y avait Tracey, aussi drôle que sarcastique : entre son mari – le troisième –, une fille de quatorze ans et des jumeaux d'un an, elle était occupée à plein temps.

« Une adolescente, plus deux gamins qui font leurs dents : c'est ce qu'on appelle tirer le gros lot ! » disait-elle en levant les yeux au ciel.

Au moment où elle ouvrait la deuxième bouteille (la première avait été vidée en un clin d'œil), Debbie se pencha vers Clare.

— Oh, avant que j'oublie : ma mère voudrait te commander du bain moussant. Celui à la rose, si c'est possible.

Clare rougit de plaisir. Elle avait encore un petit frisson chaque fois que quelqu'un réclamait ses produits.

— Bien sûr. Je passerai lui en déposer un flacon. C'est drôle que tu en parles, parce que…

Puis elle se tut, regrettant déjà d'avoir ouvert la bouche. C'était l'effet du vin. Pourquoi répéter les paroles de Roxie, puisqu'elle n'avait pas l'intention de donner suite ?

— Oh ! s'exclama Jane en écarquillant les yeux. Une pause dramatique pour ménager le suspense ! Qu'est-ce qui se passe ? Raconte.

Tous les regards se braquant sur elle, Clare s'empourpra.

— Rien. Laissez tomber.

Debbie croisa les bras.

— C'est quoi, ce rien ? Allez, parle.

— Boots l'a appelée pour obtenir ses recettes secrètes, plaisanta Tracey. Ne leur dis rien tant qu'ils n'auront pas doublé leur offre !

Clare rit.

— Si seulement ! Non, ce n'est pas ça. C'est juste...

Et comme ses amies continuaient de la contempler, dans l'expectative, elle leur rapporta sa conversation avec Roxie, en se sentant ridicule d'avoir abordé le sujet.

— Ouah ! s'exclama Maria. Les hôtels Langley's sont vraiment géniaux. Nous avons eu un séminaire dans celui de Brighton l'année dernière : c'était extra. Comme un palace Régence, avec des meubles d'époque et des œuvres d'art contemporain partout.

Elle se pencha en avant avec empressement.

— Vous avez déjà pris rendez-vous ? Si tu veux, je pourrais t'aider à peaufiner ton argumentaire.

— Eh bien... soupira Clare en tripotant un dessous de verre. Je ne vais pas le faire, c'est pour ça que je n'aurais même pas dû en parler.

— Quoi ? s'écria Tracey.

— Refuser une opportunité pareille ? renchérit Jane. Impossible !

— Pourquoi tu ne le ferais pas ? demanda Debbie. Tu n'as rien à perdre à la rencontrer.

Clare voulut boire une gorgée de vin pour se donner une contenance, mais s'aperçut que son verre était vide. Tracey la resservit généreusement.

— Eh bien...

Elle détestait se retrouver ainsi au centre de la conversation. D'ordinaire, elle préférait occuper une position plus confortable sur le côté, plutôt que d'être en pleine lumière.

— Eh bien, je sais qu'elle ne s'intéressera pas à ma petite gamme de produits, dit-elle, s'efforçant de rire pour cacher sa gêne. Soyons réalistes, ce n'est pas du Molton Brown, si ?

— D'accord, mais elle cherche un fournisseur local, répliqua Maria. Et original. D'un point de vue commercial, tu as aussi une histoire à raconter : une maman qui fait pousser dans son jardin les plantes qu'elle utilise, et qui a monté son entreprise dans sa cuisine… c'est très vendeur.

— Maria a raison, acquiesça Jane.

— Tu ne peux pas laisser passer cette chance, renchérit Tracey. Ça pourrait te lancer. Tu seras peut-être la future Anita Roddick !

— Je ne crois pas. Franchement, vous me voyez me présenter là-bas avec mes petits flacons et leurs étiquettes poisseuses écrites à la main ? Je ne serais pas crédible.

Les yeux de Debbie se mirent à pétiller.

— Tu as peut-être besoin d'une graphiste… Moi ! Je pourrais te dessiner un logo et t'imprimer quelques étiquettes sans problème. Qu'en dis-tu ?

— Je…

Clare se sentit prise de court. Apparemment, ses amies prenaient l'affaire très au sérieux.

— Eh bien, il faudra aussi que je parle de prix et tout ça…

— Mets ta sœur à contribution, suggéra Debbie. C'est un petit génie de la finance, n'est-ce pas ? Elle peut s'occuper de cette partie-là.

— Je te préviens, ma grande, si tu ne dis pas tout de suite que tu vas t'y mettre, la bande de Clare va devoir intervenir, l'avertit Jane.

*La bande de Clare.* N'était-ce pas adorable ? Un peu plus, et Clare aurait eu les larmes aux yeux. Ces femmes avaient été présentes à ses côtés quand son mariage avait sombré, puis pendant l'épreuve du divorce : chacune était la sœur loyale et affectueuse que Polly n'avait jamais été pour elle. Le simple fait de voir leurs visages souriants et encourageants réussit à vaincre ses dernières résistances. Elles avaient raison. Qu'avait-elle à perdre, sinon peut-être sa dignité au moment où tatie Kate l'éconduirait ?

— OK, dit-elle. Après tout, pourquoi pas ? Je vais me lancer.

Et tandis que ses amies applaudissaient, remplissaient les verres et commençaient à discuter sérieusement du projet, Clare se sentit envahie par un sentiment inhabituel. Elle ne réussit pas à l'identifier tout de suite, puis elle comprit. De l'excitation. C'était cela, de l'excitation !

# CHAPITRE 15

POLLY N'ÉTAIT PAS RAVIE DE PASSER SON VENDREDI SOIR à faire du baby-sitting. Clare avait un sacré toupet de partir se balader en lui abandonnant ses mômes et de profiter ainsi de la bonne nature de sa sœur. Elle s'était vraiment bien moquée d'elle.

« De ton côté, sens-toi libre de sortir n'importe quel soir, avait dit Clare en vérifiant son rouge à lèvres dans le miroir.

— Avec qui ? Je n'ai plus aucun ami ici.

— Hum, je me demande bien pourquoi… »

Avant que Polly ait pu riposter, elle leur avait souhaité à tous une bonne soirée (avec une désinvolture agaçante) et était partie au pub.

Il était 19 h 30, et la soirée s'étendait devant Polly comme un champ de mines. Bon sang. Elle détestait les enfants !

— Tu me lis une histoire ? demanda Alex.

— Une histoire ? Tu ne peux pas la lire tout seul ? En plus, c'est l'heure d'aller au lit, non ?

— L'heure d'aller au lit ? répéta Leila en rejetant ses cheveux en arrière d'un grand mouvement théâtral.

Elle portait un tee-shirt décoré d'une tête de mort, un short en jean et un collant rayé sans pieds. D'une certaine manière, elle avait un look plus cool que Polly n'en avait jamais eu.

— Tu rêves, tante Polly. Maman nous laisse nous coucher à 9 heures le week-end.

Polly plissa les yeux.

— Elle ne m'a jamais dit ça. Neuf heures, ce n'est pas un peu tard pour une enfant de neuf ans ?

Leila se jeta sur le canapé à côté de Polly, qui fit un bond dans les airs.

— J'ai dix ans !

Elle croisa les bras : le portrait de sa mère.

— Et moi, j'en ai quatorze, dit Alex.

Il fit le poirier au milieu du salon puis s'écroula, ses pieds manquant la télé de quelques centimètres.

— Je suis peut-être une vieille tante décrépite, mais je ne suis pas idiote. Je vois bien que tu n'as pas quatorze ans. Et tu es sûr que tu as le droit de faire le poirier ici ?

— Je le fais tout le temps, lui assura Alex en lançant de nouveau ses jambes maigres en l'air.

Son haut de pyjama glissa jusqu'aux aisselles, révélant son ventre blanc.

— J'arrête si tu me lis une histoire.

Cette fois, il retomba dangereusement près de la table basse, et Polly tressaillit. Sa sœur la tuerait si, à son retour, elle découvrait que son petit chéri s'était cassé la jambe en faisant de la gym sous la prétendue surveillance de sa tante.

— Bon, d'accord. Quelle histoire veux-tu que je te lise ? Celle du petit pingouin qui avait un gros bobo ?

— Ça n'existe pas, dit Leila. Tu viens de l'inventer.

— Je suis pas un bébé, protesta Alex en se relevant, les joues rouges. Et j'aime pas les histoires comme ça. Maman me lit *Harry Potter*.

Leila examina ses ongles.

— Tante Polly sera pas capable de le lire, affirma-t-elle. Tu ferais mieux d'en choisir un autre, Alex.

— Et pourquoi ne serais-je pas capable de lire *Harry Potter* ? Je sais lire, tout de même !

— Ouais, mais maman prend plein de voix pour les personnages. Elle le fait super bien.

— Moi aussi, je sais faire des voix différentes.

Quoique apparemment peu convaincue, Leila ne répondit rien, comme si elle était trop polie pour insister.

— Bon, alors montre, dit Alex en laissant tomber un gros volume sur les genoux de Polly. On en est au chapitre sept.

À en juger d'après les petits sourires qu'échangeaient à présent son neveu et sa nièce, Polly eut la nette impression de s'être fait manipuler. Aussi se prépara-t-elle à ce qui s'annonçait comme la plus longue soirée de sa vie. Après avoir lancé un regard à la pendule – 19 h 45 seulement – elle commença à lire.

La dernière fois qu'elle avait lu quelque chose à voix haute, ç'avait été une présentation lors d'une conférence à Munich, en février. Son auditoire, en costume-cravate soigné, l'avait écoutée poliment en prenant des notes et en hochant la tête aux moments voulus. Des applaudissements avaient même crépité dans la salle à la fin.

Et maintenant, regardez-la : coincée sur le canapé le plus inconfortable du monde, un enfant appuyé contre elle de chaque côté, avec un livre sur les sorciers entre les mains. Pas franchement glorieux.

Pourtant, au bout de quelques pages seulement, elle fut surprise de découvrir qu'elle s'amusait bien. Une fois absorbée par l'intrigue, elle modula sa voix et prit des accents angoissants aux endroits voulus. Arrivée au suspense clôturant le chapitre, elle s'interrompit, ne sachant si elle devait ou non poursuivre.

— Encore un ! demanda Alex. S'il te plaaaîîît !

— Tu ne t'en sors pas trop mal, concéda Leila, pour quelqu'un qui n'a jamais fait la lecture. Tu veux bien nous en lire encore un, s'il te plaît ?

Polly hésita. Pour dire la vérité, elle avait assez envie de connaître la suite.

— Bon, allez, d'accord. Mais uniquement parce que je suis très gentille.

Le chapitre suivant était drôle, et Leila et Alex éclatèrent de rire à plusieurs moments. Polly aussi rit – surtout à cause de leur réaction ravie. Ils constituaient indéniablement un public plus gratifiant et plus facile à dérider que celui auquel elle s'était adressée dans des salles de conférences aseptisées du monde entier.

— C'est super, déclara-t-elle à la fin du chapitre. Et dire que j'ignorais que *Harry Potter* était aussi bien.

— T'en as jamais lu aucun ?! demanda Leila, atterrée de découvrir une telle lacune dans la culture de sa tante.

— Aucun.

— Tu as dû quand même voir les films, intervint Alex. Tout le monde a... Non ?! Nous, on les a tous vus, des tonnes de fois.

— Et si on regardait le premier ? suggéra Leila en bondissant du canapé. On a le DVD. Tu veux bien, tante Polly ? Je t'assure, tu vas adorer.

— Eh bien...

Polly lança un coup d'œil à la pendule. Un peu plus de 20 heures. Puisqu'il restait encore presque une heure avant le coucher, autant mettre un film. Elle pourrait finir de consulter le *Financial Times* sur son portable pendant que les enfants le regardaient, puis elle les enverrait au lit à 21 heures.

— Et si on mangeait du pop-corn ? Je sais le faire, dit Alex. Allez, tante Polly ! On peut descendre les couettes et se coucher par terre en éteignant la lumière. C'est ce qu'on fait d'habitude pendant nos soirées cinéma.

— S'il te plaît ! appuya Leila.

— Bon, si vous voulez, acquiesça Polly, vaincue par leur enthousiasme. Mais alors, seulement le début. À 9 heures, vous allez tous les deux vous coucher, on est bien d'accord ?

À 22 h 30, ce soir-là, Polly porta un Alex endormi à l'étage, tandis que Leila trottait à côté d'elle.

— Surtout, tu ne dis pas à ta mère que vous vous êtes couchés aussi tard, promis ? murmura-t-elle. Sinon, elle me donnera une fessée et me privera d'argent de poche.

Leila pouffa de rire.

— Promis, dit-elle en entrant dans la salle de bains et en s'asseyant sur le siège des toilettes. Attends ! Alex ne s'est pas lavé les dents.

Polly, qui s'était détournée à la vue de sa nièce, le short descendu sur les chevilles, hésita.

— Pour une fois, il n'en mourra pas, répliqua-t-elle.

Elle entra dans la chambre obscure de sa nièce et posa le pied sur un objet dur et plein de bosses. Aïe ! Mais quel genre de personne laissait traîner des Lego par terre, bon sang ?

— Tu devrais quand même lui faire faire pipi ! cria Leila dans son dos. Sinon, il risque de mouiller son lit. Tu sais comment sont les garçons.

Une fois encore, Polly hésita. En fait, non, elle ne savait plus comment étaient les garçons. Plus vraiment. Jusqu'à ce soir, elle ne savait pas non plus comment étaient les enfants, puisqu'elle les avait évités comme la peste durant toute sa vie d'adulte. Elle baissa les yeux sur son neveu endormi qui pesait étonnamment lourd dans ses bras, lui qui était si maigre. Ses longs cils noirs papillotèrent et un petit sourire joua sur ses lèvres, comme s'il était plongé dans un rêve des plus agréables. Elle avait réellement eu l'intention de les coucher à l'heure dite, Leila et lui, mais le film les amusait tant qu'aucun des trois n'avait pu se résoudre à l'interrompre. Et puis Alex avait fini par s'endormir par terre, roulé en boule au-dessus de la couette comme une petite souris.

— Hum… fit-elle pour toute réponse à Leila.

Une petite souris, c'était bien joli, mais elle n'avait pas du tout envie de « faire faire pipi » à son neveu, comme Leila le suggérait. Elle n'avait aucune idée de la façon dont il fallait s'y prendre et aucune envie de le découvrir.

— Tu n'as qu'à le réveiller, lui conseilla Leila en tirant la chasse d'eau.

Elle la rejoignit dans sa chambre et se pencha au-dessus de lui.

— Alex ! Hé, Alex ! dit-elle en le poussant doucement.

Puis elle lui pinça le nez.

— Alex !

Il se réveilla, gigota, et Polly le posa doucement sur ses pieds.

— Tout va bien, Alex ? C'est l'heure d'aller au lit. Euh... passe d'abord aux toilettes et je viendrai te border.

Elle l'abandonna le temps d'aller chercher leurs couettes en bas. Lorsqu'elle remonta, les enfants étaient couchés, et Alex s'était même rendormi. Elle le recouvrit de son duvet, donna le sien à Leila, et elle s'apprêtait à quitter la chambre quand sa nièce se pendit soudain à son cou.

— C'était chouette, ce soir, dit-elle d'une voix endormie.

Chouette ? songea Polly, surprise. Au début de la soirée, elle n'avait eu qu'une envie : mettre les enfants au lit, et bon débarras. Et puis, elle avait fini par se détendre et même s'amuser.

— Oui, répondit-elle. Très.

Polly éteignit la lumière et resta quelques instants sur le pas de la porte à écouter leur respiration. Elle en conçut une drôle de sensation... une sorte de chaleur.

Puis elle se reprit. De la chaleur ? N'importe quoi. Elle était épuisée, voilà tout. Crevée après s'être occupée de ces petits singes pendant toute la soirée. Elle alla se coucher, espérant s'endormir avant le retour de Clare, qui ne manquerait pas de lui demander comment s'était passé le baby-sitting.

En descendant le lendemain matin, Polly trouva sa sœur en train de pester dans la cuisine. À peine avait-elle mis le pied dans la pièce que Clare l'attaqua :

— Est-ce vraiment trop te demander que de ranger le désordre que tu mets ici ?

La casserole de pop-corn était posée sur le plan de travail, et les tasses de chocolat sales dans l'évier.

— Je sais que tu n'as pas l'habitude de ranger derrière toi. Je sais que tu avais sûrement une femme de ménage ou une armée de domestiques à Londres pour tout faire à ta place, mais...

— Bonjour à toi aussi, la coupa Polly d'un ton glacial en se dirigeant vers la bouilloire. J'espère que tu as passé une bonne soirée au pub, pendant que je gardais tes enfants.

Et vlan, Madame la donneuse de leçons ! songea Polly en voyant sa sœur bouche bée au milieu de sa tirade.

— Désolée, marmonna Clare. Et merci de t'être occupée des enfants. Tout s'est bien passé ? Leila m'a dit que tu avais regardé *Harry Potter* avec eux.

— Sans problème, répondit Polly, peu désireuse de s'attarder sur le sujet du film et de l'heure du coucher. Et toi ? Tu as passé une bonne soirée ?

Clare se mit à essuyer la table, le dos tourné.

— Pas mauvaise. Enfin, comme d'habitude quand on se retrouve avec les filles, mais…

Comme elle s'interrompait, Polly lui lança un regard interrogateur.

— Quoi ? Tu as un air bien mystérieux. Il s'est passé quelque chose ?

— Non, pas vraiment.

Elle marqua un temps de silence et secoua la tête.

— Non, rien. Le vin aidant, je me suis peut-être un peu laissé emporter.

Polly contempla sa sœur, perplexe, en se demandant ce qu'elle taisait. Y avait-il un homme dans le tableau, dont elle ne voulait pas parler ? Un ragot de village très croustillant qu'elle ne voulait pas partager ? Polly allait devoir ouvrir l'œil. Il se passait quelque chose, ça, c'était sûr.

— Nous avons eu beaucoup de personnes intéressées après le surplace, mais elles trouvent le prix un tout petit peu trop élevé. Quoi qu'il en soit, ne vous inquiétez pas, mademoiselle Johnson, je suis sûr que la vente se réalisera très vite. Faites-moi confiance.

Polly soupira en terminant sa conversation avec l'agent immobilier. Lui faire confiance ? Si seulement elle le pouvait. Alors maintenant, il affirmait que le prix – le prix qu'il avait lui-même fixé ! – était excessif. Elle ferma les yeux, tâchant de faire le calcul. Si elle le baissait un tout petit peu, elle pourrait encore s'en sortir, d'après son comptable, sauf que personne ne payait le prix demandé, si ? Elle ne pouvait pas se permettre de consentir une baisse importante, sinon elle resterait endettée. Bon sang ! Se rallongeant sur la chaise longue, elle se força à ne pas gémir tout haut.

Le jardin, contrairement à Vince, lui procurait une certaine forme de réconfort. Clare et les enfants étant partis à la piscine, Polly avait pu se prélasser tranquillement au soleil pendant une heure, avec Fred à ses pieds et le tome suivant de *Harry Potter* à lire (Leila le lui avait fourré dans les mains au petit déjeuner, en affirmant qu'elle allait l'adorer). Elle devait reconnaître qu'il était agréable de vivre dans une maison avec jardin, surtout quand l'été s'annonçait chaud et ensoleillé comme cette année. Les fleurs embaumaient, les abeilles s'affairaient en bourdonnant, et le ciel avait encore sa pâleur brumeuse du matin. Jamais elle ne s'était octroyé ce genre de pause, à Londres : s'installer dehors avec un livre, laisser son esprit vagabonder. Pendant les vingt dernières années, elle avait passé la plus grande partie de ses journées dans des immeubles climatisés, sans remarquer le temps qu'il faisait, sans voir les saisons changer.

Elle observa un papillon blanc comme un chou-fleur, qui dansait dans l'air devant ses yeux. Dans le passé, non seulement elle n'avait jamais envié quoi que ce soit à Clare, mais elle avait toujours été en profond désaccord avec ses choix de vie. Passer toute son existence à Elderchurch ? Pas question. Épouser Steve ? Il fallait être folle. Accepter l'emploi le plus ennuyeux qui soit, afin d'être disponible pour ses enfants ? Pour rien au monde.

Aujourd'hui, elle enviait au moins une chose à sa cadette : son jardin, et la sérénité apaisante qu'il procurait. Attention, elle ne lui enviait pas ses poules, qu'elle voyait se promener autour d'elle, levant haut les pattes comme si elles marchaient au pas de l'oie, s'arrêtant par moments pour picorer par terre. Elles l'angoissaient.

— Houhou ! s'écria alors une voix. Clare ! Je vous ai apporté des… Oh, vous n'êtes pas Clare.

Au temps pour la sérénité apaisante. Polly lança un regard noir à la vieille dame qui venait d'entrer dans le jardin en brandissant une botte de carottes.

— Bonjour, dit-elle froidement.

— Ah, vous devez être la sœur, n'est-ce pas ?

Elle avait des yeux bleu vif qui pétillaient de malice dans son visage ridé et tanné.

Polly n'avait aucune idée de l'identité de cette vieille bonne femme qui agitait ses carottes par leurs longues fanes, comme s'il s'agissait d'un martinet végétal.

— Je suis la sœur de Clare, oui.

*Et maintenant, barre-toi.*

— Eh bien, je suis ravie de vous rencontrer, ma chère. Je suis Agatha. La voisine de Clare…

— Elle ne m'a pas parlé de vous, répliqua Polly sans se soucier de sa grossièreté.

— Oh, Dieu merci ! Elle est bien trop polie pour raconter que je me retrouve régulièrement à la porte de chez moi après avoir laissé les clés à l'intérieur, ou que je parle à mes plantes. Quel soulagement ! Enfin. Les carottes. Cadeau !

Et avant que Polly ait pu réagir, Agatha avait lancé la botte de carottes sales sur ses genoux, projetant de la terre sur ses jambes nues. Puis la voisine repartit comme elle était venue, en fredonnant sur un ton aigu.

Polly fusilla son dos d'un regard noir.

— Ils sont tous fous dans ce village, marmonna-t-elle.

— N'est-ce pas merveilleux ? lança Agatha par-dessus son épaule.

Babs, à moins que ce ne soit Marjorie, vint glousser avec curiosité autour d'elle, et Polly la chassa d'un coup de carotte.

— Toi aussi, tu ferais mieux de te barrer, siffla-t-elle entre ses dents. Allez, ouste !

Une fois les enfants et elle de retour, accompagnés d'une forte odeur de chlore, Clare suspendit les maillots de bain mouillés et les serviettes sur la corde à linge et entra dans la cuisine en parlant d'un pique-nique. Polly eut une impression bizarre, mais sans parvenir à la définir.

Leila sautilla vers elle, les cheveux mouillés, les pieds chaussés de Crocs violettes.

— Tu as avancé dans le livre, tante Polly ? Tu aimes bien ?

Polly lui sourit. Au fil des jours, elle découvrait que sa nièce était plutôt sympa.

— Oui, beaucoup. Il est très prenant. C'était bien, la piscine ?

— Super, répondit Leila en s'élançant pour faire un équilibre.

Elle portait un tee-shirt orné d'un dragon furieux, un pantalon de treillis et un bracelet à tête de mort.

— On a commencé à apprendre les techniques de sauvetage. Il fallait plonger jusqu'au fond pour récupérer un mannequin. C'était super lourd. Presque personne n'a réussi, sauf moi !

— Bravo, répondit Polly, alors que sa nièce retombait gracieusement en arrière pour former un pont. Tu es comme ta maman. Elle a toujours été une brillante...

C'est là qu'elle comprit ce qui lui avait paru étrange une minute plus tôt : seuls deux maillots de bain séchaient sur la corde à linge.

— Ta mère ne s'est pas baignée, aujourd'hui ?

Leila se remit à l'endroit.

— Non, dit-elle en grattant une piqûre d'insecte sur sa cheville. Elle ne se baigne jamais. Je crois qu'elle n'aime pas nager.

Remontant ses lunettes de soleil sur sa tête, Polly lança un regard étonné à sa nièce.

— C'est bizarre. Elle adorait ça, autrefois. Tu sais qu'elle était vraiment douée, n'est-ce pas ? Elle nageait dans un club et participait à des compétitions régionales. Elle a gagné tout un tas de coupes et...

Elle s'interrompit devant l'air déconcerté de Leila.

— Elle ne t'en a jamais parlé ?

— Non.

À cet instant, la voix de Clare résonna par la fenêtre de la cuisine :

— Qu'est-ce que vous voulez comme sandwichs ?

Et Leila s'éloigna pour aller passer sa commande.

— Vraiment bizarre, murmura de nouveau Polly.

La natation avait toujours occupé une place de choix dans la vie de Clare. À une époque, ç'avait même été *toute* sa vie. Quand elles étaient adolescentes, Polly se plaignait de l'odeur de chlore qui imprégnait leur chambre en permanence ; ça la rendait dingue quand Clare mettait le réveil à une heure indue afin d'aller s'entraîner à la piscine avant l'école. Sa sœur affichait une énergie et une motivation qui, avec le recul, lui paraissaient extraordinaires. Elle enfourchait son vélo pour aller à la piscine d'Amberley, alors que le reste de la maisonnée dormait encore, nageait un ou deux kilomètres, puis rentrait se préparer pour l'école.

Polly ne se rappelait plus pourquoi Clare avait abandonné la natation. La puberté, probablement. Elle avait sans doute été embarrassée quand son corps avait commencé à changer ; à moins qu'elle n'ait plus voulu être différente de ses amies. Peut-être son intérêt pour les garçons avait-il pris le pas sur sa passion de la piscine ?

Elle quitta sa chaise longue, songeant qu'elle pouvait peut-être donner un coup de main à sa sœur – même *elle* était capable de préparer des sandwichs sans mettre toute la cuisine sens dessus dessous.

— Je peux t'aider ? demanda-t-elle, clignant des paupières en entrant dans la pièce sombre, après être restée si longtemps au soleil.

Clare la regarda en ouvrant de grands yeux, puis pouffa.

— Quoi ? Qu'est-ce qu'il y a de drôle ?

— Rien, répondit Clare en lui passant un bol d'œufs durs et de la mayonnaise. Tu peux écraser ça. Merci.

Lorsqu'ils eurent mangé leur pique-nique dans le jardin, efficacement aidés par Fred, le ciel se voila de nuages.

Clare était en train de proposer une balade à vélo quand une femme aux cheveux courts et colorés au henné fit son apparition, accompagnée d'une ribambelle d'enfants et d'un chien surexcité, d'une race indéterminée. Aussitôt, ce fut la pagaille. Les chiens aboyaient, les enfants couraient partout, et Polly sentit la tête lui tourner à cause de tout ce vacarme. Elle se rendait compte à quel point la vie de sa sœur était *bruyante*. Et toujours remplie de tout un tas de monde.

— Bonjour, Polly ! Ça fait un bail ! s'exclama Debbie.

Elles ne s'étaient pas revues depuis le mariage de Clare où Debbie avait tenu le rôle de demoiselle d'honneur en chef, normalement dévolu à la sœur de la mariée. Polly n'avait toujours pas digéré la vexation.

— Je suis venue harceler ta sœur à propos de Langley's, expliqua Debbie.

Polly vit Clare piquer un fard.

— Et je t'ai apporté quelques propositions de logos, poursuivit-elle sur sa lancée, apparemment inconsciente de la gêne de son amie. J'ai préféré m'y mettre tout de suite et jeter quelques idées sur le papier. J'ai ordonné à Will d'aller dehors avec les enfants toute la matinée, allumé le Mac et...

Elle s'arrêta net. Son regard passa de Clare à Polly.

— Pourquoi vous me regardez comme ça ? Ce n'est pas le bon moment ?

— Non, non, s'empressa de répondre Clare. Seulement... À la lumière crue du matin, on remet les choses en perspective. Tu sais comment c'est ? On s'est peut-être un peu trop emballées, hier soir. Je ne suis plus sûre que ce soit une si bonne idée...

— Pas une bonne idée ? s'exclama Debbie. Arrête, je t'en prie. Dis-lui, Polly ! Ils vont l'adorer, chez Langley's !

Polly regarda alternativement sa sœur et l'amie de celle-ci, souhaitant que l'une d'elles veuille bien éclairer sa lanterne. Le seul Langley's qu'elle connaissait, c'était la chaîne d'hôtels, mais elles ne parlaient sûrement pas de ce Langley's-là. Personne n'avait dû en entendre parler à Elderchurch.

— Je ne vous suis pas, dit-elle.

Debbie lança à Clare un coup d'œil sévère.

— Tu ne lui en as pas parlé, n'est-ce pas ? dit-elle, comme on gronde un enfant. Clare Berry, tu es insensée. Dans ce cas, c'est moi qui vais lui raconter.

Elle s'assit sur la couverture de pique-nique et se tourna vers Polly.

— Ta sœur a l'opportunité de gagner pas mal d'argent avec ses produits de bain, et elle fait sa timorée. Voilà ce qui se passe.

— Je ne suis pas timorée, je suis réaliste.

— Euh… je ne comprends toujours pas, dit Polly, que la conversation commençait à irriter.

Après un nouveau regard noir à Clare, Debbie lui expliqua toute l'histoire.

— Tu es une femme d'affaires, n'est-ce pas, Polly ? Tu vas donc m'aider à convaincre ta sœur qu'elle serait folle de ne pas répondre à cet appel d'offres.

Polly fut prise de court. Clare répondant à un appel d'offres ? Ça paraissait incroyable. Les flacons sans étiquette qui s'alignaient dans la salle de bains étaient donc ses créations ? Et elle qui s'imaginait que c'étaient d'affreuses potions concoctées par les enfants.

— Eh bien… oui, réussit-elle à balbutier au bout d'une minute. Il est évident que tu dois essayer, Clare. Langley's est une belle entreprise, en plein développement en ce moment. Je suis déjà descendue dans un de leurs hôtels, à York, je crois. Un brin excentrique, mais c'est là leur force, d'après ce que j'ai cru comprendre.

Debbie lui adressa un grand sourire, comme si elles étaient deux conspiratrices.

— Bien, fit-elle, avant que Clare ait pu placer un mot. Je crois que tu es en minorité. Maintenant, les logos…

Elle sortit une pile de feuilles d'une enveloppe au format A4.

— Je me rends compte que j'ai pris quelques libertés, et que tu n'as pas encore décidé du nom de ta marque, mais… que penses-tu de Berry Botanique ?

— Berry Botanique, répéta Clare, comme si elle testait l'effet produit.

Puis elle hocha la tête.

— Ça fait sain et fruité, et en plus il y a mon nom dedans. Parfait !

Elle feuilleta les dessins que Debbie avait apportés.

— Oh, ouah ! C'est magnifique, Debs.

Toutes trois les étudièrent. Debbie avait créé une forme stylisée de vigne vierge, aux branches entrelacées de fleurs et de différents fruits. Elle avait fait en sorte de laisser un espace ovale au centre du motif, pour y inscrire le nom *Berry Botanique* et, en plus petits caractères, *Shampoing à l'églantine.* D'une écriture cursive encore plus petite, suivant la courbe de l'ovale en bas, elle avait ajouté : *Fabriqué avec amour pour Langley's.* Elle avait décliné le dessin en plusieurs couleurs, et en utilisant différentes polices de caractères. L'effet était joli et raffiné.

Polly était restée silencieuse pendant un instant. Elle ne parvenait pas à admettre la folle idée que sa sœur allait proposer son bain moussant fait maison à Langley's. À Langley's ! Très franchement, c'était grotesque. Son premier mouvement aurait été de doucher les espoirs de sa sœur et de lui dire, en termes sans équivoque, qu'elle allait se ridiculiser. Mais quelque chose l'arrêta.

— Que penses-tu du logo, Polly ? lui demanda Clare.

Ah, elles se souvenaient enfin qu'il y avait ici quelqu'un doté d'un peu d'expérience professionnelle. Elle fit semblant d'étudier les dessins. Ils ne manquaient pas de charme, elle devait l'admettre.

— Je me demande si ça ne fait pas un peu trop fifille, fit-elle remarquer. Beaucoup d'hommes d'affaires fréquentent ce genre d'établissements. Je ne suis pas sûre qu'ils apprécieraient les fleurs roses, par exemple.

— Tu as raison, acquiesça Debbie. On devrait peut-être s'en tenir à des bleus ou des verts foncés pour le fond, et faire ressortir le lettrage avec du rouge vif ou du turquoise. Ça fera plus unisexe.

— Et on doit aussi réfléchir au nom des produits, dit Clare. Shampoing à l'églantine, bain moussant au citron vert, ce n'est pas très excitant. Mais dans l'ensemble, je crois que ce sera sensationnel. Et je pense que tu es sensationnelle, ajouta-t-elle d'une voix étranglée, à l'intention de Debbie. Et là, j'arrive à considérer mes produits comme de vrais articles de toilette, comparables à ceux qu'on voit dans les magasins. Et j'adore le nom de ma marque.

Elle pouffa de rire.

— J'ai bien dit « ma marque » ? Incroyable. J'ai une marque à moi !

Bien qu'elle doutât de la viabilité du projet, Polly ne put s'empêcher de sourire. Sa sœur était beaucoup trop émotive – elle ne ferait jamais une femme d'affaires aguerrie comme elle –, mais elle semblait si enthousiaste que c'en était touchant. Et aussi assez communicatif. Il se passait enfin quelque chose d'intéressant ici, pour changer.

# CHAPITRE 16

CLARE EUT L'IMPRESSION D'AVOIR EMBARQUÉ dans un train fou une fois Berry Botanique sur des rails. Tout allait si vite ! Au cours de l'après-midi, Debbie et elle se creusèrent la cervelle pour trouver des noms de produits, et se décidèrent pour « Bain moussant Bulles de gingembre », « Shampoing Sublime Citron » et un savon appelé « Velouté Vanille ». Ensuite, elle mit Polly à contribution pour l'élaboration d'un devis. Le dimanche, elle prépara quelques échantillons à présenter, mélangeant, reniflant, testant. Puisqu'elle avait décidé de se lancer sérieusement dans l'entreprise, elle voulait que tout soit parfait.

Le dimanche soir, une fois les enfants couchés, Polly l'aida à travailler sur sa présentation. Clare n'ayant pas la moindre expérience en la matière, les conseils et les suggestions de sa sœur furent une bénédiction.

— Ce qui l'intéresse, c'est de connaître tes prix, ta capacité d'adaptation, de savoir en combien de temps tu peux répondre à sa demande, lui expliqua Polly. Les coûts de revient que nous avons établis hier soir sont assez bas, puisque tu n'as pratiquement pas de frais généraux, donc tâche d'être un peu confiante. Tu proposes des produits de qualité à des prix compétitifs ; tu as une production locale ; et tu utilises des ingrédients que tu as fait pousser toi-même, dans la mesure du possible. Tout ça, ce sont tes atouts.

Clare s'aperçut que Polly s'adressait à elle différemment. Elle avait abandonné ses grands airs et remisé au placard son mépris distant. Une nouvelle dynamique s'était instaurée entre elles : elles se parlaient comme des partenaires, œuvrant ensemble à la poursuite d'un but commun. Dire qu'il s'agissait d'un progrès relevait de l'euphémisme.

— Crois-tu que je doive lui parler de moi ? demanda-t-elle. Je veux dire, je n'ai pas une longue histoire professionnelle à raconter.

— Concentre-toi sur les points positifs, et tourne à ton avantage ce qui pourrait apparaître comme des faiblesses. Au lieu de dire, par exemple, que tu n'as aucune expérience, arrange-toi pour faire passer le message que tu es une jeune entreprise innovante et que Langley's serait ton client le plus important : ils aiment ce genre d'exclusivité. Explique aussi que tu es prête à travailler en collaboration avec eux pour leur offrir ce qu'ils souhaitent. Tu n'es pas rigide sur ce que tu peux ou ne peux pas produire.

Polly tapota la main de sa sœur.

— Essayons de faire ressortir les points clés de ta présentation…

Elles étaient installées à la table de la cuisine, l'ordinateur portable entre elles, et Clare se sentit submergée de gratitude pour tout ce que faisait Polly.

— Merci, fit-elle doucement. J'avoue que je ne connais strictement rien à la partie financière et commerciale. J'aurais été incapable de m'en sortir toute seule.

Polly continua de pianoter sur son clavier pendant un petit instant, puis frappa la touche « Entrée » avec un moulinet du poignet.

— C'est la moindre des choses, dit-elle avec un rire timide. Tu m'héberges ou, devrais-je dire, tu me supportes, jusqu'à ce que je retombe sur mes pieds financièrement.

Je suis ravie d'apporter une petite contribution avec mes idées. Plus que ravie.

— En tout cas, j'apprécie.

Il y eut un nouveau silence gêné, puis Polly changea de sujet :

— Je voulais te demander quelque chose : c'est bien un tatouage que j'ai vu sur ton dos, l'autre jour ?

— Mon oiseau bleu ? Oui. Les filles et moi, on s'est toutes fait tatouer le même quand on a eu trente ans. Je crois que c'était une idée de Tracey ; elle avait peur de devenir une mémère.

Clare rit.

— Maintenant, nous sommes juste des mémères avec un tatouage, donc ce n'est pas mieux. Mais je l'aime bien. Il me donne l'impression de faire partie d'une bande, tu vois ?

Elle passa la main dans son dos pour toucher l'oiseau, en se remémorant le jour où elles étaient allées ensemble dans un salon de tatouage à Andover, en rigolant comme des gamines. Elles avaient choisi l'oiseau bleu, parce que c'était un symbole de bonheur et de liberté, puis s'étaient fait tatouer l'une après l'autre, en poussant des petits cris de douleur tandis que l'aiguille imprimait le motif en bourdonnant. Après l'épreuve, elles avaient trouvé un bar à vins et trinqué au sauvignon blanc, avant de se dépêcher de rentrer pour aller chercher leurs enfants, tout en s'amusant de la réaction des autres mères en les voyant arriver, empestant l'alcool et le dos tatoué. *Ma bande,* songea-t-elle avec un sourire, en se rappelant la façon dont ses amies l'avaient encouragée dans ce projet pour Langley's. Elle avait vraiment de la chance de les avoir.

Comme Polly ne disait rien, Clare se demanda si ses amis de Londres lui manquaient. Peut-être faisait-elle preuve d'un manque de tact en parlant ainsi de ses proches devant elle.

— Et toi, tu as un tatouage ? demanda-t-elle. Je parie que oui. Allez, dis-moi ce que c'est. Le symbole de la livre sterling sur une fesse ?

— Moi ? Non, je ne pourrais pas. Jamais, lâcha Polly. Je suis bien trop trouillarde.

— Trouillarde, toi ? Je n'en crois pas un mot.

Sa sœur était la personne la plus assurée et déterminée qu'elle connaissait. Elle s'étonnait même que le mot « trouillarde » figure dans son vocabulaire.

Polly fronça le nez, mais son sourire était dénué de sentiment. Une fois encore, Clare se demanda ce qui pouvait bien se passer dans la tête de sa sœur.

Le lundi matin, le premier mot que Roxie adressa à Clare fut :

— Alors ?

Clare sourit.

— Je suis partante.

— OUIIIII ! cria Roxie, à la grande surprise de Luke, qui entrait juste à ce moment-là. Ohhh, je suis trop contente !

— Eh bien, dit Luke en s'arrêtant devant elles. Qu'est-ce que j'ai manqué ? Nous avons tous droit à une augmentation de salaire, ou quoi ?

— Oh, ça n'a rien à voir avec ici, répondit Roxie en levant les yeux au ciel, comme si le cabinet était la dernière chose qui pût susciter son enthousiasme. Non. Clare se lance dans les affaires, annonça-t-elle d'un ton grandiloquent.

Clare gigota sous le regard curieux de Luke.

— Ce n'est pas aussi extraordinaire que ça, fit-elle, sentant son visage s'enflammer.

— Ah bon, moi, ça m'a l'air extraordinaire, répliqua Luke.

Il paraissait amusé.

— Dites-moi. Quel genre d'affaires ? Avons-nous le futur Richard Branson parmi nous à Amberley ?

— N'importe quoi ! le rabroua Roxie. Clare est bien plus jolie que lui.

Clare allait protester, quand Luke lui adressa un clin d'œil charmant en déclarant :

— Oui, ça, je l'avais remarqué.

— Clare fabrique de merveilleux bains moussants et d'autres produits qui sentent divinement bon, expliqua Roxie, telle une maman pleine de fierté. Et si tout se passe bien, croisons les doigts, elle va devenir fournisseuse de Langley's, la chaîne hôtelière.

— Vraiment ? Bravo, Clare, c'est remarquable.

— On n'en est pas encore là, marmonna Clare, regrettant que Roxie l'ait fait mousser plus que nécessaire.

Elle serait extrêmement embarrassée le jour où il lui faudrait avouer à Luke et à tout le monde qu'elle n'avait pas décroché la commande.

— C'est même assez peu probable, mais...

— Si vous vous y prenez bien, Luke, poursuivit Roxie en battant des paupières chargées de mascara (aujourd'hui d'une époustouflante couleur lilas), elle vous offrira peut-être un échantillon.

— Je ferais donc mieux de montrer patte blanche, n'est-ce pas, et de me mettre au travail. Je ne veux pas prendre du retard avec mes patients avant même d'avoir commencé.

Dès qu'il se fut éloigné en sifflotant, Roxie donna un coup de coude à Clare.

— Tu lui plais sacrément !

— N'importe quoi ! De toute façon, il a une petite amie. Il n'a pas le droit d'aimer quelqu'un d'autre.

Roxie se frappa le front.

— Mon Dieu, Clare Berry ! J'ai du mal à croire que tu as seulement dix ans de plus que moi, quand tu sors des âneries pareilles. Pfff ! C'est un mec ! Avec un zizi qui le mène par le bout du nez.

Elle secoua la tête, semblant désespérée.

— Vraiment, ma grande, tu devrais...

— Roxanne, Clare ! Vous pourriez baisser d'un ton, s'il vous plaît ? demanda une voix cinglante.

Clare se tourna et se retrouva face au regard noir du docteur Copper.

— Il y a des malades dans la salle d'attente. Ils n'ont pas envie de vous entendre crier et pouffer. Quelqu'un s'est déjà plaint ce matin. Je ne veux pas avoir à m'excuser de votre attitude une nouvelle fois, est-ce clair ?

— Désolée, dit Clare en baissant les yeux.

— Oui, docteur, marmonna Roxie entre ses dents, telle une écolière désobéissante.

Dès que le docteur Copper eut tourné les talons, elle sortit son portable et se mit à pianoter un message à une vitesse d'experte.

— J'envoie juste un petit texto à tatie Kate, lui demandant de t'appeler pour fixer un rendez-vous. Tu verras, quand j'en aurai fini avec toi, même Richard Branson viendra te demander des tuyaux.

Rendez-vous fut pris avec tatie Kate (Clare ne cessa de se répéter qu'elle ne devait surtout pas l'appeler comme ça à voix haute) le jeudi suivant sur le site du nouvel hôtel. Le jour J, elle revêtit son seul et unique tailleur et enfila les escarpins noirs vernis L.K. Bennett que lui prêta Polly. Ils avaient une demi-pointure de trop, mais comme ils étaient cent fois plus chics que toutes ses propres paires de chaussures, elle fourra du papier toilette au bout en priant pour réussir à marcher. Puis elle rangea ses documents et ses échantillons dans une serviette élégante (également empruntée à sa sœur), et répéta une dernière fois son petit discours devant le miroir de la salle de bains. Le teint pâle et les traits tirés, elle avait la tête d'un personnage de film d'horreur plutôt que celle d'une gagnante.

— Prête ? demanda Polly. Honnêtement, tu n'as pas à t'inquiéter. Reste succincte et professionnelle, montre-lui les produits et les chiffres, et tout se passera bien.

Comme Clare ne répondait pas, elle lui tapota le bras.

— Tu veux que je t'accompagne ?

— J'adorerais que tu m'accompagnes. J'adorerais que tu viennes et que tu fasses la présentation à ma place, pendant que je me planquerais dans la voiture. Mais en même temps, je veux le faire moi-même.

— Bien sûr. C'est ton bébé. Je ressentirais la même chose à ta place. Bon, alors bonne chance. Appelle-moi quand tu arrives là-bas si tu as besoin d'encouragements. Et essaye de t'amuser.

S'amuser ? Clare avait presque envie de vomir lorsqu'elle démarra la Fiat et se mit en route. Elle n'était pas encore convaincue que ce ne serait pas une perte de temps pour tout le monde, mais... Après tout, qui ne tente rien n'a rien. Et tant pis si le rendez-vous se passait mal. Au moins aurait-elle gagné quelques points de respect aux yeux de sa sœur, ne serait-ce qu'en étant allée jusque-là.

Niché au fond de la campagne boisée du Hampshire, Lovington se situait à environ une demi-heure en voiture. Même si elle connaissait très bien les routes de la région, Clare eut un peu de mal à trouver l'hôtel puisqu'il n'était encore indiqué par aucun panneau. Après plusieurs demi-tours, nombre de jurons et un coup de fil paniqué à Roxie, elle finit par arriver au bon endroit, au bout d'un petit kilomètre sur une route qu'elle avait d'abord prise pour un chemin de ferme. Cahoteuse et creusée de nids-de-poule, elle avait besoin d'une bonne remise en état, mais était bordée de magnifiques cèdres qui formaient une voûte au-dessus. Les rayons de soleil qui la traversaient tachetaient le pare-brise de lumière. À un tournant, le manoir apparut, et Clare en eut le souffle coupé.

C'était un antique bâtiment de briques rouges, à la façade agrémentée de deux rangées de grandes fenêtres cintrées et d'une glycine. Des bouquets de cheminées rondes émergeaient du toit, lui-même percé de chiens-assis là où devaient se trouver autrefois les chambres des domestiques. Une allée circulaire, décorée d'une fontaine de pierre en son centre, menait à la demeure, et Clare imagina un ballet de calèches tirées par des chevaux dont l'haleine montait dans le matin froid, des valets de pied et des femmes de chambre alignés sur les marches du perron...

L'endroit était splendide. Bien trop majestueux pour les gens comme elle. Se sentant un peu nauséeuse, elle gara sa Fiat hors de vue derrière une camionnette de chantier, puis coupa le moteur. Et voilà. La chimère était devenue réalité et se dressait, toute de briques et de mortier, devant elle.

Elle parcourut une dernière fois son dossier de présentation, rafraîchit son rouge à lèvres et s'exerça à afficher un sourire assuré dans son rétroviseur. Tu en es capable, Clare.

Les jambes tremblantes, les mains moites et le cœur pompant comme un moteur à piston, elle descendit de voiture, traversa l'allée d'un pas chancelant sur des talons dont elle n'avait pas l'habitude et gravit les impressionnantes marches de pierre.

Le hall d'entrée était en pleins travaux. Deux ouvriers posaient un élégant papier peint à rayures vert d'eau, tandis que le crissement d'une scie et des coups de marteau lui parvenaient des entrailles du futur hôtel. Le vestibule avait dû autrefois être grandiose, avec son large escalier de bois montant au premier étage à gauche et son grand lustre scintillant au plafond. Clare se représenta les soirées et les bals somptueux qui avaient dû se tenir ici au fil des ans, les jeunes beautés des années 1920 avec leurs robes perlées et leurs longs fume-cigarette à la main, les flûtes de champagne qui tintaient, les vieux disques éraillés qui passaient sur le phonographe…

Sa rêverie s'évanouit d'un coup quand un des ouvriers se mit à siffler un air discordant. Elle était là pour un rendez-vous d'affaires. Mais où était-elle censée aller ?

À cet instant, le clic-clac décidé de hauts talons se fit entendre dans un couloir et une femme d'une quarantaine d'années, aux cheveux noirs et brillants coupés au carré, apparut. Elle portait un tailleur gris soigné, égayé par un chemisier turquoise à col pointu.

— Bonjour, dit Clare, plaquant un grand sourire sur ses lèvres et s'avançant vers la nouvelle venue. Kate Hendricks ? Je suis Clare Berry.

— Clare, bonjour, excellent timing ! répondit la femme. Je suis Kate. Excusez la gêne, mais, comme vous le voyez, nous sommes en plein chantier. Venez avec moi, je vous emmène dans un endroit plus calme pour parler.

Clare la suivit dans un couloir lambrissé.

— C'est un superbe manoir, dit-elle timidement.

Au passage, elle jeta des coups d'œil par les portes ouvertes, apercevant des plafonds peints, d'immenses canapés encore enveloppés de bâches en plastique, de lourds rideaux de velours bouillonnants.

— De quand date-t-il ?

— Du XVII^e siècle, principalement. Il est resté dans la même famille pendant des générations. Les jardins de derrière sont également splendides. Ce sera un lieu magnifique quand nous aurons appliqué la touche magique de Langley's.

— L'ouverture est prévue pour quand ?

— En septembre, si tout se passe bien. Roxie a dû vous expliquer que c'est le premier établissement que nous ouvrons dans cette région, raison pour laquelle nous tenons autant que possible à nous approvisionner chez les producteurs locaux. En plus d'un hôtel, nous espérons en faire un country club pour nos membres.

Elle s'arrêta devant une porte sur le côté droit du couloir et fit entrer Clare dans une vaste pièce lumineuse, au papier peint vert de cobalt orné de motifs de colibris. L'un des murs était occupé par une large cheminée, à l'impressionnant manteau de marbre, et un autre par de hautes fenêtres à meneaux donnant sur un jardin d'agrément où une femme taillait les haies. Un canapé rose vif, garni d'une multitude de coussins, invitait à s'y blottir, tandis que deux gros fauteuils rembourrés, en tissu liberty, lui faisaient face et qu'un énorme bouquet de lis et de gypsophiles trônait sur une petite table en marbre posée entre eux. Ajoutez à cela des étagères surchargées de livres : l'ancien et le moderne se mariaient pour former un ensemble exquis.

— Ouah ! s'exclama Clare.

Intimidée par tant de luxe et de beauté, elle ne parvenait pas à se départir tout à fait d'un sentiment d'imposture. Ce n'était pas son monde, et ça ne le serait probablement jamais. Elle se faisait l'effet d'être une enfant, le nez collé à la vitrine du marchand de bonbons.

— Ravissant, n'est-ce pas ? Nous n'avons pas encore choisi les œuvres d'art qui décoreront cette pièce, même si j'ai déjà rencontré plusieurs artistes du coin. Mais ça vous donne une idée du style que nous voulons imprimer à tout l'hôtel.

— Je suis impressionnée, déclara Clare. Vous avez trouvé le juste équilibre entre la tradition et… et la fantaisie.

— C'est exactement le but que nous recherchons, confirma Kate, semblant satisfaite. Le luxe, avec un supplément d'âme. Le glamour d'autrefois qui rencontre la bohème d'aujourd'hui, le tout dans une ambiance décontractée. Nous voulons que nos hôtes se sentent ici chez eux. Asseyez-vous, ajouta-t-elle en désignant l'un des fauteuils. Puis-je vous offrir un thé ou un café ?

— Un thé serait très bien, merci.

En prenant place dans le fauteuil, Clare sentit sa motivation redoubler. Maintenant qu'elle était là, qu'elle avait vu l'endroit, elle avait d'autant plus envie de faire partie de l'aventure.

Kate passa un bref coup de fil pour qu'on leur apporte le thé.

— Bien, dit-elle. Et si nous regardions votre ligne de produits ?

Clare se réjouit que Kate ne mentionne pas Roxie durant leur entretien. Elle avait eu peur de n'être pas prise au sérieux, compte tenu de la manière non conventionnelle dont cela avait été organisé. Redoutant que Kate ne lui fasse sentir qu'elle la recevait uniquement par égard pour sa nièce, elle avait même envisagé de commencer par s'excuser de lui faire perdre son temps.

Polly le lui avait formellement interdit.

« Si tu ne réussis pas à considérer ça comme une proposition de collaboration valable, comment veux-tu qu'elle le fasse ? n'avait-elle cessé de marteler. Surtout, je dis bien surtout, ne te présente pas là-bas avec un air de chien battu d'avance, et ne commence pas à te disqualifier toi-même avant même qu'elle ait pu prendre sa décision. Tu vaux mieux que ça. »

Les mots de sa sœur résonnant à son oreille, Clare disposa ses échantillons sur la table devant Kate et expliqua qu'ils étaient fabriqués avec des produits naturels qu'elle cultivait en partie elle-même. Puis elle détailla comment elle avait mis au point chacune des formules. Au début, elle s'exprima de manière hésitante, et ses mots lui semblèrent peu naturels même à ses propres oreilles, mais, une fois lancée, elle se détendit : elle était sur son terrain quand elle parlait de ses potions et de ses petits secrets de fabrication, et connaissait son sujet sur le bout des doigts.

— Je suis une petite entreprise, avoua-t-elle, et si vous me choisissiez comme fournisseur, l'hôtel serait mon plus gros client. Mais cela signifie aussi que je peux m'adapter facilement à vos besoins, et créer des parfums et des produits dont vous auriez l'exclusivité.

Oh, ça, ça sonnait bien. Exactement comme quand Polly et elle avaient répété. Et Kate hochait la tête d'un air satisfait, remarqua Clare, avec un frisson d'excitation. En dépit de la certitude qu'elle avait eue ces derniers jours que rien ne sortirait de cette chimère, elle sentait le désir monter en elle : elle voulait vraiment réussir.

Kate prit le flacon de Bulles de gingembre et sourit en découvrant l'étiquette : *Fabriqué pour Langley's avec amour.*

— J'apprécie l'attention, assura-t-elle. Le design aussi est joli, frais et séduisant.

Elle retira le bouchon et renifla le contenu.

— Hum, ça me plaît. Et pas trop féminin, ce qui est un plus. Si vous voulez bien, je vais garder les échantillons pour les montrer à mon équipe. Maintenant, j'aimerais que nous discutions des prix.

Une fois l'entretien terminé, Kate raccompagna Clare jusqu'à la porte principale. Une Audi gris métallisé remontait l'allée dans un ronronnement feutré, en projetant des graviers sur son passage. La voiture se gara devant l'hôtel et, au moment où Clare faisait ses adieux, deux femmes en descendirent. En tailleurs élégants sur des chemisiers impeccables, arborant un bronzage permanent et des coiffures structurées dont aucun cheveu ne dépassait, elles portaient des sacs Mulberry et exsudaient le pouvoir et la confiance en soi.

Était-ce la concurrence ? Clare eut l'impression que son cœur faisait une chute brutale. Si c'était le cas, elle n'avait aucune chance.

— Ah, je crois que c'est mon rendez-vous suivant, déclara Kate. Merci encore, Clare. Je reprendrai contact avec vous, ajouta-t-elle de manière un peu distraite, en affichant un nouveau sourire pour accueillir ses visiteuses. Bonjour, mesdames. Je suis Kate Hendricks.

— Bonjour, Kate. Je suis Jacqueline Wade, et voici Annabel Palmer-Thompson, de chez Brownes.

Clare s'efforça d'adresser un sourire professionnel à ses rivales quand elle les croisa sur les marches, mais sa cheville, peu habituée à se trouver perchée sur de si hauts talons, choisit ce moment précis pour se tordre. Clare chancela, perdit l'équilibre et s'étala de tout son long sur le gravier.

— Oups ! s'exclama une des amazones, avec ce qui ressemblait fort à un gloussement.

— Oh, mon Dieu, Clare, tout va bien ? s'écria Kate en se précipitant vers elle. Certaines marches sont un peu inégales, j'aurais dû vous prévenir. Je suis confuse…

— Ça va, je vous remercie, répondit Clare en se relevant, avant que Kate ne se sente obligée de l'aider.

Elle avait filé ses collants, et des petits cailloux pointus s'étaient incrustés dans sa paume, mais la douleur n'était rien comparée à la honte qu'elle éprouvait. Elle sentait leurs regards sur elle : celui des deux femmes tirées à quatre épingles de chez Brownes, qui devaient sûrement se moquer de son imbécillité, et celui de Kate, qui se demandait peut-être si elle avait un problème d'alcool. Quelle maladroite ! Quelle bougre d'idiote !

— Désolée, marmonna-t-elle en s'époussetant.

Elle garda délibérément le dos tourné pour ne pas montrer son visage empourpré. C'est alors qu'elle s'aperçut qu'une bande de papier toilette froissé sortait d'une de ses chaussures, qu'elle tâcha de fourrer à l'intérieur avec son pied. *Surtout, ne pleure pas !* s'exhorta-t-elle en se sentant de plus en plus mal.

— Mer... merci encore, bredouilla-t-elle.

Et elle se hâta de s'éloigner, en priant pour que sa cheville instable la porte jusqu'à sa voiture. Foutus talons !

— OK, entendit-elle Kate dire dans son dos d'une voix incertaine. Au revoir, alors.

Puis, après une pause délicate, s'adressant aux nouvelles venues :

— Si vous voulez bien me suivre à l'intérieur. Il me tarde de découvrir vos produits.

Et elles passèrent les vieilles portes en chêne, un sillage de Chanel flottant derrière elles.

Clare laissa échapper un gémissement. Merde, merde, et triple merde ! Quelle gourde ! Après s'être bien sortie de l'entretien, avoir réussi à tenir un discours cohérent et sans s'emmêler dans ses chiffres, la voilà qui gâchait tout en tombant les quatre fers en l'air et le nez dans le gravier. Mais pourquoi donc avait-elle accepté ce rendez-vous grotesque ? Cette petite chute au bas de l'escalier lui avait rappelé où était sa vraie place : étalée sur le sol, pendant que les authentiques femmes d'affaires lui marchaient dessus pour aller signer un juteux contrat.

Seule la crainte d'être surprise par l'élégante Kate en train de pleurer dans sa vieille Fiat minable lui donna la force de tourner la clé de contact et d'allumer le moteur.

# CHAPITRE 17

*DÉSOLÉ, AUCUN RÉSULTAT NE CORRESPOND à vos critères de recherche.*

*Malheureusement, nous n'avons aucun poste disponible dans votre domaine. Nous vous conseillons de réessayer plus tard : nos bases de données recrutement sont mises à jour régulièrement.*

*Pour la dernière fois, il n'y a aucun job pour vous. Laissez tomber et admettez une fois pour toutes que vous êtes une ratée, d'accord ?*

Polly finissait par loucher à force de contempler l'écran de son ordinateur. Les sites d'offres d'emploi avaient beau se targuer d'être actualisés en permanence, ils lui semblaient désespérément familiers et douloureusement inutiles lorsqu'elle les consultait tous les matins. À première vue, l'emploi d'analyste des risques de marché n'était pas inintéressant, jusqu'à ce qu'on remarque le salaire. Il y avait toujours le vieux poste de chef de projet, encore dans le domaine du risque de marché, auquel elle avait déjà postulé (elle croisait les doigts, mais l'entreprise semblait avoir prolongé la date limite de candidature, ce qui était mauvais signe). Un ou deux postes à Bruxelles. Un autre à Édimbourg. Des CDD, parfois d'une semaine seulement, qui n'étaient plus pour elle, maintenant qu'elle avait quitté Londres. Pour pouvoir envisager un retour là-bas, il lui faudrait un contrat de travail solide, à montrer à des propriétaires de beaux appartements.

Le sien lui manquait tellement ! Tout comme le fait de vivre seule. Habiter chez Clare était… bon, pour être honnête, ce n'était pas aussi épouvantable qu'elle l'avait imaginé, mais il n'y avait pas d'équipement high-tech, pas de vue époustouflante sur la ville, et on était loin de l'énergie trépidante de la capitale. De plus, elle avait beaucoup plus de mal à se concentrer que prévu, avec ses parents qui passaient sans arrêt pour prendre le café ou discuter, sans parler des fréquentes visites d'Agatha, la vieille folle d'à côté, avec ses offrandes de légumes pourris.

Elle se força à ramener son attention sur l'écran. Il lui fallait regarder la réalité en face : il n'y avait pas d'emploi susceptible de lui convenir pour l'instant. Rien. Même les perspectives professionnelles de Clare paraissaient meilleures que les siennes – bien que, à en juger par l'air abattu de sa sœur à son retour de son entretien chez Langley's la semaine précédente, elle n'eût pas misé sur la réussite de sa petite entreprise. Il n'empêche qu'au moins Clare avait un espoir, un projet pour aller de l'avant. L'avenir de Polly était complètement bouché. À ce train-là, elle ne retrouverait jamais d'emploi ; elle ne pourrait jamais retourner à Londres ; elle serait condamnée à rester à Elderchurch pour toujours, où elle mourrait, vieille bique malheureuse et amère.

La sonnerie de son téléphone la tira de sa torpeur. Voyant le numéro de l'agent immobilier s'afficher sur l'écran, elle appuya d'un doigt rageur sur la touche de réception.

— Allô ?

— Mademoiselle Johnson ? Vince à l'appareil. Comment allons-nous, aujourd'hui ?

— Nous allons très bien. Où en sont les choses ?

— Ça se présente bien. J'ai une bonne nouvelle à vous annoncer. Nous avons reçu une offre pour votre appartement : un couple charmant, prêt à payer comptant. Leur offre est cependant légèrement inférieure au prix demandé.

— Inférieure de combien ?

Il ménagea une pause théâtrale. S'ils avaient été dans la même pièce, c'est à cet instant que Polly lui aurait mis son poing dans la figure.

— De quarante mille.

— *Quarante mille ?* Qu'ils aillent se faire voir !

Vince émit un petit rire, comme si elle plaisantait. Or pour Polly, la situation n'avait rien de comique.

— D'accord, mademoiselle Johnson, au moins, c'est clair. Je vais retourner vers eux avec la mauvaise nouvelle.

Une fois la communication coupée, elle fit la grimace, en se demandant si elle ne venait pas de commettre une erreur. Non, ils se fichaient d'elle avec une offre pareille. Elle devait serrer les dents et attendre, en espérant qu'ils reviendraient avec une meilleure proposition.

— Oh, je vous en supplie, revenez avec un chiffre supérieur, dit-elle tout haut d'un ton plaintif.

Fred, qui flemmardait sous la table, dressa les oreilles et émit un petit gémissement, comme s'il compatissait.

Polly se retourna vers son ordinateur, mais c'était inutile, elle était incapable de se concentrer. Elle éteignit l'appareil et repoussa sa chaise, qui crissa sur l'ardoise.

— Allez, Fred, on va se promener ! Un peu d'air frais nous fera du bien.

Fred ne se le fit pas dire deux fois et sortit de sous la table en battant la queue. Polly s'agenouilla et l'étreignit. Elle commençait à s'attacher à l'animal, même s'il sentait très mauvais la plupart du temps. C'était agréable d'avoir « quelqu'un » – façon de parler – qui était toujours content de la voir et prêt à lui faire un câlin quand elle se sentait seule et malheureuse.

— On y va, lui dit-elle en lui mettant sa laisse.

Chaussant ses grosses lunettes de soleil, Polly se mit en route avec Fred à son côté, la langue pendante en un grand sourire canin. Il ne lui fallut que quelques minutes pour traverser le village puis, après avoir escaladé sans beaucoup d'élégance un échalier en bois, elle se retrouva dans un champ verdoyant, parsemé de boutons-d'or et de marguerites et bordé dans le fond de grands chênes et de châtaigniers.

Elle sourit en se remémorant toutes ces ennuyeuses promenades familiales qu'elle avait endurées dans son enfance, durant lesquelles son père récitait le nom de chaque arbre, de chaque plante et de chaque oiseau qu'ils rencontraient. Elles avaient pourtant dû se loger très profondément dans son subconscient, puisqu'elle se découvrait encore capable de nommer la plupart des arbres. Cette science arboricole, il est vrai, ne lui avait guère été utile à Londres.

L'herbe bruissait contre son jean tandis qu'elle traversait la prairie. Clare, Michael et elle avaient passé la moitié de leurs étés ici, à s'éclabousser dans la rivière glacée, à fabriquer des cabanes avec leurs amis, à faire des pique-niques, à jouer au cricket...

— C'était le bon temps, Fred, dit-elle, en lui retirant sa laisse et en caressant sa fourrure brune avant de le laisser gambader.

Une époque heureuse, malgré les petits accidents. Elle essaya de se souvenir de quel arbre Michael était tombé, le jour où il s'était cassé le bras – c'était peut-être l'immense marronnier, chargé de fleurs semblables à des chandelles. Elle se souvenait encore du cri qu'il avait poussé en se fracassant sur le sol, et de son bras tout tordu. Clare avait été dépêchée à la maison la plus proche (celle de Mme Warren) pour téléphoner à leurs parents, pendant que Polly était restée avec Michael, tenant son autre main, effrayée de voir ses taches de rousseur ressortir sur son visage blême, terrorisée par la vitesse à laquelle battait son propre cœur et par les gémissements d'animal blessé que poussait par moments son frère.

Oh, Michael. Elle aurait tant voulu pouvoir encore lui tenir la main et lui dire à quel point elle regrettait qu'il soit mort. Elle aurait tant voulu lui dire qu'elle était désolée.

— Eh bien, regardez qui voilà ! C'est drôle de te voir ici.

Elle se retourna et, interdite, découvrit un homme souriant, dont les yeux sombres pétillaient sous une crinière de cheveux noirs. Mon Dieu, ce n'était pas possible. D'où avait-il surgi ?

— J'ai entendu dire que tu étais de retour à Elderchurch, Polly.

Il la dévisagea en plissant les yeux, semblant offensé.

— Ne me dis pas que tu ne te souviens pas de moi ?

Comment aurait-elle pu l'oublier ? À l'instant même, elle était en train de se souvenir qu'elle avait couché avec lui sur le canapé familial, le soir où sa vie avait volé en éclats.

— Salut, Jay, répondit-elle, la bouche soudain sèche. Je... Ça fait longtemps.

— Très longtemps. Combien... vingt ans ?

— À peu près.

Il y eut un silence gêné. Soudain, le soleil parut brûlant sur le visage de Polly, et elle se félicita de porter ses énormes lunettes noires qui dissimulaient le fait qu'elle n'était pas maquillée. Si elle avait pu aussi cacher sa pauvre queue-de-cheval, son vieux jean et le tee-shirt rose qu'elle avait enfilé un peu plus tôt...

— Alors ? reprit-elle. Qu'as-tu fait pendant ces vingt dernières années ?

Une chose était sûre : il ne les avait pas passées à soigner son apparence. Il avait une barbe de trois jours, les cheveux trop longs, portait un jean troué et des vieilles baskets.

— Un peu de tout. J'ai pas mal voyagé. J'ai travaillé en Australie avec quelques copains.

Elle ne s'attendait pas à ça.

— Oh, super ! À Sydney ?

— Perth. Rien de passionnant : j'ai surtout bossé sur des chantiers, mais j'adorais le pays. Ensuite, Rachel et moi nous sommes mariés...

— Tu l'as épousée ? Tu as épousé Gros Lolos ?

Jay était sorti avec Rachel Lewis, après leur rupture. Elle avait de plus beaux seins que Polly, et ses parents possédaient une villa dans le sud de la France. À part ça, Polly n'avait jamais compris ce que Jay lui trouvait.

— Oui, j'ai épousé Gros Lolos, répondit-il sèchement. Mais ça n'a pas duré longtemps. Elle m'a quitté pour un autre. Mais c'est déjà loin. Je n'ai pas d'enfants. Et toi ?

— Je suis dans la finance, déclara-t-elle en se redressant pour se grandir dans ses sandales. J'ai travaillé un peu partout dans le monde et je me suis installée à Londres il y a douze ans. Un boulot de dingue dans la City, à brasser des millions, enfin, tu vois...

Elle lâcha un petit rire. Non, apparemment, il ne voyait pas, mais elle ne pouvait s'empêcher de vouloir le rabaisser. *Je suis bien mieux sans toi, mon vieux.*

Il secoua la tête.

— J'ai eu de tes nouvelles par Clare. J'ai cru comprendre que tu étais une de ces tradeuses en tailleur chic et talons hauts, qui passent leur temps à vendre et acheter.

Était-ce la paranoïa de Polly, ou il jetait un regard moqueur sur sa tenue du jour ?

— Un peu trop stressant à mon goût.

— Pas du tout. Personnellement, j'adore. Et je n'en peux plus d'être dans ce trou perdu. J'ai hâte de retrouver la vie urbaine.

Elle leva le nez et observa le pré pour repérer Fred qui s'ébattait gaiement en compagnie d'une espèce de bâtard agité. Le chien de Jay, à tous les coups. Il semblait aussi peu soigné que son maître.

— Fred, viens ici, mon grand ! s'écria-t-elle en pure perte, car Fred ne lui prêtait pas la moindre attention.

— Un trou perdu, vraiment ? répéta Jay en s'esclaffant. Bon, à un de ces jours, alors.

Il mit quatre doigts dans sa bouche et émit un sifflement assourdissant. Les deux chiens dressèrent immédiatement la tête et galopèrent vers eux.

— Bonne fille, dit Jay, se baissant pour caresser son chien, dont une patte était maculée de bouse de vache puante. On y va.

Sans ajouter un mot, il se retourna et s'éloigna, tandis que sa chienne trottait à côté de lui en lui lançant des regards adorateurs.

Polly le regarda s'éloigner, très irritée par cette rencontre. Franchement. Quel abruti. Quel ringard ! Qu'est-ce qu'elle avait bien pu lui trouver un jour ? Et avec quel dédain il venait de la traiter. Presque du mépris.

Eh bien, elle avait eu raison de le larguer après la mort de Michael. Bon débarras.

Leur conversation tourna cependant en boucle dans sa tête, comme un disque rayé, alors qu'elle reprenait sa promenade. Mais pourquoi s'était-elle donc sentie obligée de se vanter de sa brillante carrière ? Elle rougit en se rappelant comment il s'était moqué de son boulot : « tailleur chic et talons hauts », « qui passent leur temps à vendre et acheter ». Un total manque d'éducation de sa part, doublé d'une bonne dose d'aigreur, sans doute, parce qu'il n'avait jamais rien fait de sa vie. Comme si elle s'était permis de critiquer sa carrière – sur des chantiers à Perth, en plus ! Non. Elle avait des bonnes manières. Et un peu de courtoisie. Contrairement à lui.

Foutu Jay Holmes ! Et foutue vie à la campagne ! Plus que jamais, elle regrettait l'anonymat de Londres où elle pouvait se promener tranquillement sans craindre de tomber sur des ex-petits amis. Certes, ceux-là n'étaient pas si nombreux. La nuit de la mort de Michael avait mis un terme à tout ça. Comment aurait-elle pu avoir une histoire d'amour avec Jay ou un autre, alors qu'elle était responsable de la mort de son frère ? Elle ne le méritait pas, point final.

Ayant atteint l'autre bout du pré, elle se réfugia dans l'ombre projetée par un des châtaigniers et s'adossa au tronc, reconnaissante pour son appui. Si seulement il ne l'avait pas prise ainsi par surprise, la conversation n'aurait pas déraillé aussi vite. Déstabilisée, elle s'était montrée hautaine, et lui, à son tour, avait répondu par le sarcasme... Pourquoi avaient-ils tous deux réagi de cette façon ? Et pourquoi était-elle soudain si affectée ? Elle avait à peine pensé à lui ces dernières années. Ce n'était pas maintenant qu'elle allait déterrer les vieilles histoires et les chagrins d'autrefois.

Et puis zut, songea-t-elle en reprenant le chemin de la maison de Clare avec le chien. Elle préférait accepter un job à Bruxelles plutôt que de passer plus de temps que nécessaire dans le voisinage de Jay Holmes.

Le téléphone sonnait quand elle arriva, aussi se dépêcha-t-elle de déverrouiller la porte et d'entrer. La réception sur le portable n'étant pas toujours parfaite dans le village, elle avait inscrit le numéro de fixe de Clare sur le CV qu'elle avait envoyé à plusieurs entreprises, et sursautait donc chaque fois que l'appareil retentissait.

— Allô ? dit-elle d'une voix essoufflée.

Son pouls s'était accéléré d'un coup. C'était peut-être Vince, l'agent immobilier, qui la rappelait avec une meilleure offre ? Ou, mieux encore, un chasseur de têtes qui avait trouvé un poste parfait pour elle ? Cette conversation serait peut-être le premier maillon d'une chaîne d'événements qui finirait par la ramener dans la bonne vieille capitale. Et toc, Jay Holmes, prends ça !

— Allô ? C'est Clare ?

La déception se répandit en elle comme de l'encre dans de l'eau. Pendant une seconde, elle ne réussit même pas à parler.

— Non, Clare est absente.

Elle lança un coup d'œil à la pendule.

— Elle ne devrait pas tarder à rentrer, ajouta-t-elle. Voulez-vous que je lui transmette un message ?

— Je veux bien, merci, dit sa correspondante. Ici Kate Hendricks, de chez Langley's. Je vais vous laisser mon numéro...

Oh, un appel de Langley's ! Polly fut si surprise qu'elle n'eut pas le réflexe de saisir un stylo pour le noter et dut demander à la femme de répéter. C'était sûrement une bonne nouvelle. Prendrait-elle la peine de téléphoner pour signifier un refus ? Polly fut très tentée de glaner quelques miettes d'information, mais parvint à se retenir. Non, c'était à Clare d'entendre la nouvelle.

— Très bien, je lui dirai de vous rappeler, conclut-elle, l'esprit bruissant de questions.

Lorsqu'elle était revenue de son entretien la semaine précédente, Clare, décomposée, lui avait raconté une invraisemblable histoire de chute dans un escalier, de papier toilette lui sortant de la chaussure et de concurrence ayant pris les traits de Barbie gloussantes. Si Polly avait essayé de consoler sa sœur avec des paroles compatissantes, un néon clignotait dans sa tête, disant : RATÉ.

Mais si la présentation ne s'était pas si mal passée que Clare le prétendait ? Polly se demanda comment elle réagirait si sa sœur décrochait le contrat.

Non, c'était presque impossible. Cette Kate Hendricks avait peut-être uniquement rappelé parce qu'elle était la tante de Roxanne, l'amie de Clare. Simple courtoisie vis-à-vis de sa nièce, accompagnée peut-être d'un message utile. « Merci, mais la réponse sera hélas négative ; nous avons préféré choisir une véritable entreprise, suivant une véritable démarche professionnelle. Un conseil : n'abandonnez pas votre emploi actuel. »

Reprenant sa place derrière son ordinateur, Polly ouvrit sa messagerie, mais elle eut du mal à se concentrer et son regard ne cessa d'aller vers la fenêtre, guettant le retour de Clare. De toute façon, tous ses e-mails avaient un air de déjà-vu : un message de refus, un accusé de réception, son identifiant pour un nouveau site de recrutement dédié à la finance, encore un refus, et la newsletter de chez Waterman, à laquelle elle était toujours abonnée. Aucune fenêtre qui s'ouvrait sur l'écran pour dire : *Bonne nouvelle, Polly !*

Enfin, elle entendit la pétarade familière du vieux tacot de Clare dans l'allée. Incapable d'attendre, elle sortit par la porte de derrière et se précipita.

— Elle vient d'appeler ! La femme de chez Langley's. Il faut que tu la rappelles !

Clare écarquilla les yeux et, s'immobilisant, porta la main à sa bouche.

— Oh, mon Dieu ! Elle avait l'air comment ? Elle ne t'a rien dit d'autre ?

Poly secoua la tête.

— Non. Elle a juste demandé que tu la rappelles. J'ai noté son numéro.

— Mon Dieu, répéta Clare en lâchant un petit rire nerveux, pendant qu'elles rentraient dans la cuisine. J'ai le trac ! Je ne m'attendais pas à ce qu'elle appelle. J'avais plutôt pensé recevoir une lettre type, disant « merci beaucoup », mais nous ne voulons pas travailler avec quelqu'un qui fourre du papier toilette au fond de ses chaussures.

— Oui, je sais, je ne pensais pas que… commença Polly, avant de s'arrêter juste à temps. Appelle-la tout de suite, pour en avoir le cœur net.

Clare posa la main sur le combiné.

— Ce sera sans doute un non, pas vrai ? Allez, autant en finir.

Clare composa le numéro pendant que Polly s'adossait au comptoir, bras croisés. Elle ne put s'empêcher d'avoir un peu le trac elle-même en entendant la tonalité.

— Allô, bonjour, dit Clare, ses joues virant au rose. Ici, Clare Berry. Pourrais-je parler à Kate Hendricks, s'il vous plaît ?

Elle fit une affreuse grimace à sa sœur.

— Oh, Kate, bonjour. Vous avez cherché à me joindre ?

Polly retint son souffle.

— Je vois… euh… bien.

Puis Clare se redressa d'un coup.

— Vraiment ? C'est vrai ? Oh, c'est merveilleux !

*Mon Dieu,* songea Polly, incrédule. Elle avait réussi !

Les yeux de Clare scintillaient comme des étoiles, et sa bouche était ouverte en un *O* d'émerveillement.

— Oui, bien sûr, dit-elle en notant quelques chiffres, comme dans un brouillard. Il vous les faudrait pour quand ?

Polly n'en revenait pas. Sa petite sœur, devenant fournisseur du nouvel hôtel Langley's. Sa petite sœur qui faisait affaire avec une chaîne d'hôtellerie nationale, tandis qu'elle-même restait sur le bord de la route ? Elle en était malade de jalousie. Oh... merde ! C'était injuste.

— Très bien, poursuivait Clare. Bien sûr. Je m'en réjouis d'avance... Merci encore, Kate. À très bientôt.

Elle raccrocha le téléphone et poussa un cri.

— Elle adore les produits, elle les trouve tout à fait assortis à Langley's... C'est oui !

Mobilisant toute sa maîtrise de soi pour faire taire sa jalousie, Polly jeta les bras autour du cou de sa sœur. Avec une volonté méritoire, elle réussit même à se montrer magnanime.

— C'est extraordinaire, Clare ! Bravo ! Tu as réussi !

Une seconde, Clare riait, la seconde d'après, elle pleurait.

— C'est de la folie. De la folie pure. Je ne rêve pas, n'est-ce pas ? Elle a vraiment appelé ? Je n'en reviens pas.

Elle se prit la tête entre les mains.

— Maintenant, il faut que je fabrique trois mois d'approvisionnement pour chaque produit. Et elle veut me revoir la semaine prochaine pour discuter d'autres possibilités.

Elle parut soudain accablée.

— Mais dans quoi est-ce que je me suis lancée ? Je n'y arriverai jamais !

— Trois mois d'approvisionnement ? Donc, on parle de centaines de savons et de bains moussants ? fit Polly, stupéfaite.

C'était une commande gigantesque, qui dépassait de loin tout ce qu'elles avaient envisagé dans leurs projections.

— Et tu as dit que tu pouvais la fournir ? Ouah !

— Je sais... je ne m'en sortirai jamais, si ?

Non, sans doute pas, songea Polly. Mais ses instincts de manageuse reprirent le dessus.

— Bien sûr que si, affirma-t-elle. Et je t'aiderai. Maintenant, assieds-toi, et répète-moi tout ce qu'elle t'a dit. Ensuite, nous établirons un plan d'action.

Le lendemain matin, Polly se réveilla préoccupée. La veille au soir, Clare avait invité leurs parents et ses amies, et leur avait demandé à tous de mettre la main à la pâte pour l'aider dans son entreprise. L'énormité de ce à quoi elle s'était engagée avait manifestement commencé à lui apparaître, surtout quand Polly lui avait fait remarquer qu'elle devrait payer d'avance ses fournisseurs et risquait donc de connaître un problème de trésorerie. C'était bien joli de cueillir des brins de lavande dans le jardin lorsqu'elle concoctait des tubes de crème pour les mains destinés à ses copines, mais cette fois on lui demandait de fabriquer neuf cents mini-bouteilles de shampoing et de bain moussant, et neuf cents savons… Nul besoin d'être un génie pour comprendre que tout ça nécessitait une très longue liste de courses.

La mention des fonds à avancer avait immédiatement douché Clare. En fait, elle s'était empressée de changer de sujet, passant sur ces détails comme si elle n'avait pas encore la force de les affronter. Le problème, c'est qu'elle n'avait pas le premier sou à dépenser pour les fournitures. Clare était fauchée : elle parlait toujours de ce que Steve lui devait, entre deux remarques sur le fait qu'elle n'avait pas les moyens d'offrir de nouvelles chaussures aux enfants ou de payer la facture de gaz.

Malgré les sentiments mitigés que lui inspirait la carrière de sa sœur, Polly regrettait sincèrement de ne pas pouvoir l'aider financièrement.

Quand elle pensait aux sommes qu'elle avait gaspillées ces dernières années – pour acheter des choses inutiles qui ne représentaient plus rien pour elle aujourd'hui –, elle s'en voulait de ne rien avoir mis de côté, de n'avoir prévu aucune économie pour parer à un coup dur. Tout cet argent dépensé pour de soi-disant amis (amis dont, incidemment, elle n'avait eu aucune nouvelle depuis qu'elle avait quitté Londres) – « C'est pour moi ! C'est ma tournée ! Non, j'insiste ! » Résultat : elle ne pouvait même pas dépanner sa sœur au moment où celle-ci en avait réellement besoin. Et quand bien même Vince la rappellerait aujourd'hui pour lui annoncer qu'il avait reçu une offre au prix demandé, l'argent mettrait des semaines à être disponible.

Ruminant ces sombres pensées, elle se faisait l'effet d'être assez superficielle. Assez minable. Et la veille au soir, lorsque le sujet des dépenses avait été abordé, elle avait senti le poids de leurs espoirs peser sur elle. Ses parents l'avaient regardée droit dans les yeux, s'attendant à ce qu'elle propose d'avancer la somme nécessaire pour couvrir les besoins de Clare. Elle n'était évidemment pas en mesure de dire une chose pareille, et s'était sentie misérable. Après leur départ, elle avait entendu ses oreilles siffler : sûrement ses parents et les amies de Clare qui déblatéraient sur sa pingrerie tout le long du chemin.

« Sa propre sœur, et même pas capable de mettre la main au portefeuille !

— Alors qu'elle est censée être pleine aux as !

— Ce sont toujours les plus riches qui sont les plus radins, n'est-ce pas ? »

Ce n'était pas tenable. Elle allait devoir se remuer pour apporter une quelconque contribution à ce projet Langley's. Bien obligé si elle ne voulait pas être chassée du village par les amies en colère de Clare brandissant des torches enflammées.

Et c'est ainsi que, le cœur lourd et la démarche traînante, Polly sortit ce matin-là, bien consciente que ce qu'elle s'apprêtait à faire marquait l'étape ultime de sa dégringolade professionnelle. Elle avait appelé Vince, dans l'espoir qu'il aurait reçu une meilleure offre pour l'appartement, en pure perte. Elle avait vérifié le cours des dernières actions et obligations qu'elle possédait, au cas où elles auraient miraculeusement remonté, mais non : à l'heure actuelle, elles ne valaient quasiment rien. Encore un gigantesque gâchis d'argent. Encore un ratage retentissant dans la gestion des finances de Polly Johnson. Pour une prétendue experte en matière de risques, ceux qu'elle avait pris avec son patrimoine personnel n'avaient pas été très payants.

La situation était devenue désespérée. Elle n'y aurait jamais cru six mois plus tôt, et voilà pourtant qu'elle se dirigeait vers le King's Arms. Eh oui, elle était prête à ravaler sa fierté et à se renseigner sur cet emploi de femme de ménage. Même si, quand elle s'aventura à l'intérieur du pub, cillant dans la pénombre, elle faillit se dégonfler et commander plutôt un verre de chardonnay.

Un petit remontant pour se donner du courage. Elle n'en avait jamais eu plus besoin que maintenant.

Le patron parut surpris de la voir entrer à 11 heures pile. Il venait d'ouvrir et sirotait un café en parcourant les pages sport du *Mail,* qu'il avait adossé aux pompes à bière. Elle eut presque l'impression de le déranger.

— Bonjour, dit-elle en s'éclaircissant la gorge. Vous êtes le patron ?

— C'est bien moi, répondit-il en la dévisageant.

C'était un homme costaud, au cou de taureau, sûrement un ancien joueur de rugby d'après la taille de ses bras et son nez cassé. Il tourna une page de son journal en s'enquérant :

— Qui le demande ?

Elle déglutit avec difficulté. Pouvait-elle vraiment faire ça ? Était-elle vraiment tombée aussi bas ?

C'est alors qu'elle se rappela les regards désapprobateurs qu'avaient échangés les amies de Clare la veille, la déception dans les yeux de ses parents quand elle s'était abstenue de proposer d'investir dans l'entreprise en train d'éclore.

— Hum, je suis Polly Johnson. La sœur de Clare Berry. La fille de Karen et Graham.

— Ah !

Sa curiosité piquée, il se redressa un peu et oublia son journal.

— La banquière de haut vol rentrée au bercail ?

Elle hésita. Plutôt la banquière de haut vol qui avait fait un atterrissage en catastrophe et bousillé l'avion.

— Plus ou moins, répondit-elle. Seulement… Eh bien… Oh, ce que c'était difficile !

— Vous savez garder un secret ?

Il se pencha en avant et se tapota la narine.

— Un patron de pub a beaucoup de secrets, dit-il.

En une seconde, elle prit sa décision. L'homme paraissait digne de confiance, honnête. C'était un risque à courir. Encore un.

— Vous devez me promettre de ne pas en parler à mes parents, d'accord ? Ni à personne d'autre. Sérieusement. Mais j'ai subi, euh… un sévère revers professionnel.

Elle se sentait comme au confessionnal.

— Et je me demandais si l'emploi de femme de ménage était toujours disponible…

# CHAPITRE 18

AU COURS DES SEMAINES SUIVANTES, Clare s'efforça de maîtriser sa nouvelle activité et de s'organiser. Ses parents lui prêtèrent cinq cents livres pour qu'elle puisse acheter ses matières premières et, les mains moites et la peur au ventre, elle souscrivit un emprunt de deux cents livres supplémentaires à la banque. Après avoir fait des calculs, Polly lui avait assuré qu'elle pourrait tout rembourser, intérêts compris, une fois qu'elle aurait livré sa première commande à Langley's (s'ils l'acceptaient, bien sûr, mais Clare ne voulait même pas envisager la possibilité de ne pas réussir leur test de qualité). Lors d'un nouveau rendez-vous avec Kate à l'hôtel, elle avait cosigné d'une main tremblante le bon de commande par lequel elle s'engageait à fournir trois mois de produits avant la fin du mois d'août, soit huit semaines plus tard. Si l'hôtel et les clients se révélaient satisfaits, Kate lui avait affirmé que le contrat serait étendu, après quoi les deux parties pourraient en renégocier les termes.

« Nous sommes tellement fiers de toi », lui avait dit sa mère, les larmes aux yeux, quand Clare lui avait montré le document, le dimanche suivant le rendez-vous.

Polly, Leila, Alex et elle étaient allés chez ses parents pour un barbecue, et Karen avait fait couler à flots le prosecco pour les adultes, et la limonade pour les enfants.

Derrière le barbecue, où il faisait griller les saucisses, son père avait levé joyeusement sa pince vers elle.

« Deux femmes d'affaires dans la famille ! Heureusement que vous avez hérité de l'intelligence de votre père, hein ? »

Même Polly avait bien accueilli le petit succès de Clare, et elle l'avait complimentée.

« Ça va être génial, lui avait-elle dit, avec dans la voix ce qui ressemblait fort à une chaleur sincère. Bravo. Et si tout se passe comme prévu, tu toucheras de bons bénéfices. Et tu pourras offrir aux enfants des vacances de rêve, quand les choses seront redevenues plus calmes. »

*Si* tout se passait comme prévu. Un tout petit mot, chargé d'un poids formidable. Clare n'était pas encore certaine de réussir à s'en sortir, et l'angoisse lui faisait déjà passer des nuits blanches. Du moins la perspective de vacances de rêve lui mettait-elle du baume au cœur. L'année précédente, Leila, Alex et elle étaient partis camper une semaine dans le Dorset, semaine durant laquelle il avait plu sans discontinuer. Ils avaient dépensé plus d'argent à la laverie du camping, où ils faisaient sécher sacs de couchage et vêtements, qu'en crème solaire et crèmes glacées. En fait de vacances de rêve, ç'avait plutôt été un cauchemar.

Tandis que l'idée de s'envoler pour un pays chaud, de s'allonger sur la plage et de redécouvrir la sensation du soleil sur sa peau, lui apparaissait comme une carotte très efficace au bout du bâton.

Une routine s'installa. Après avoir fait ses heures habituelles au centre médical, elle préparait le dîner et s'occupait des enfants, puis, une fois qu'ils étaient couchés, se consacrait à sa deuxième activité, avec Polly dans le rôle de l'assistante. Les bouteilles et les moules qu'elle avait commandés avaient été livrés et, en travaillant efficacement, elles réussissaient à fabriquer chaque soir deux fournées de bain moussant, soit cinquante petites bouteilles, ainsi qu'un lot de vingt savons, qu'elles mettaient à durcir durant la nuit. Lydia, la fille aînée de Debbie, qui attendait les résultats du bac, passait leur donner un coup de main dès que possible, et se révéla particulièrement douée dans le processus de production.

« Je ne serai pas en mesure de te payer tant que je n'aurai pas été payée moi-même », lui avait expliqué Clare.

Heureusement, Lydia s'était montrée accommodante.

« Ne t'inquiète pas. C'est ma cagnotte pour l'université. Au moins, comme ça, je suis sûre de ne pas dépenser l'argent avant même d'être partie. »

Tout cela signifiait de très longues journées de travail, mais Clare ressentait un frisson d'émotion à voir les cartons pleins de bouteilles prêtes à partir s'entasser les uns au-dessus des autres. Ses parents et ses amies venaient prêter main-forte quand ils le pouvaient. Quant à Roxie et Luke, ils se tenaient régulièrement informés de l'avancement du projet. Elle se félicitait souvent de sa chance d'être si bien entourée et secondée. Tracey n'avait pas tort quand elle avait parlé de « la bande de Clare ».

Certes, elle n'était pas encore au bout de ses peines, loin de là. La fin du trimestre approchant, il lui faudrait réussir le numéro de jonglerie exigé de toutes les mamans actives pendant les six semaines de vacances scolaires. Elle avait inscrit Leila et Alex respectivement à un stage de théâtre et un autre de football d'une semaine à Amberley, et ses parents et amies avaient accepté de s'occuper d'eux le reste du temps. Elle s'était aussi arrangée avec Roxie pour aménager ses horaires afin de pouvoir poser ses quinze jours de congé en août, en espérant pouvoir passer un peu de temps avec les enfants. L'été s'annonçait compliqué.

Ce week-end-là, c'était au tour de Steve de prendre les enfants. D'ordinaire, Clare éprouvait un peu de vague à l'âme quand il venait les chercher chez elle, mais pas cette fois. Devait-elle attribuer cela à la présence de Polly, sa nouvelle alliée ? Clare n'était pas idiote. Elle avait bien vu la manière dont sa sœur avait réagi quand elle avait reçu le coup de fil de Langley's. Elle savait que Polly lui enviait ce succès, et elle avait craint que sa sœur ne lui fasse la tête ou ne tente de dénigrer son entreprise. Mais Clare s'était trompée. Contre toute attente, Polly n'avait pas seulement mis la main à la pâte comme les autres, elle s'était donnée à fond. La tension initiale qui couvait entre elles paraissait se dissiper, et Clare se réjouissait que Polly semble être la dernière recrue de sa bande. Qui l'eût cru ?

Steve n'avait pas été franchement ravi de revoir Polly. Ils ne s'étaient jamais entendus : elle le prenait de haut, tandis qu'il la jugeait prétentieuse. « Miss glaçon », l'appelait-il derrière son dos. Très malin, Steve, songea Clare à ce souvenir : quand une femme vous intimide, rabaissez-la en la taxant de frigidité. Qu'avait-elle pu un jour lui trouver ? Elle avait de plus en plus de mal à se le rappeler.

— Bonjour, dit Polly quand il entra dans la cuisine ce matin-là.

Elle se préparait du café, mais se garda de lui en proposer un.

Les narines de Steve frémirent en sentant les arômes mêlés de café, de gingembre, de vanille et de citron vert, et ses yeux furetèrent dans la cuisine, s'arrêtant sur les cartons de bouteilles dans un coin et les réserves de paillettes de savon de Marseille et de glycérine liquide.

— Qu'est-ce qui se passe, ici ?

— Je travaille, répondit sèchement Clare. Et si ça ne t'ennuie pas, je dois continuer.

— Comment ça, tu travailles ? Et c'est quoi, tous ces trucs ?

Il affichait cette moue dédaigneuse qu'elle n'avait jamais aimée chez lui. Eh bien, elle ne lui donnerait pas l'occasion de critiquer son entreprise, décida-t-elle en ignorant sa question.

— Leila ! Alex ! Votre père est là, dépêchez-vous ! cria-t-elle. À dimanche, ajouta-t-elle à son intention, en sortant de la pièce.

Dix minutes plus tard, la porte se referma sur eux, et Clare se prépara à lutter contre le sentiment de désolation qui la gagnait toujours dans ces moments-là. Ç'avait été affreux, les premières fois où Steve avait emmené les enfants pour « son » week-end, comme stipulé dans l'accord sur la garde. Restée seule, elle avait eu l'impression qu'on lui lacérait le cœur. Même maintenant, un an plus tard, elle ne s'était toujours pas habituée au profond silence qui envahissait la maison en l'absence de ses petits.

Au moins, ce week-end, elle ne serait pas seule, et elle aurait largement de quoi s'occuper.

— Ça va ?

Elle sentit la main timide de Polly dans son dos.

— Ça va. Il faut s'y remettre, répondit-elle vivement.

— Il est toujours comme ça quand il vient chercher les enfants ? demanda Polly en nouant un tablier et en ouvrant la fenêtre de la cuisine pour laisser la brise entrer.

L'odeur chaude et entêtante du chèvrefeuille pénétra à l'intérieur. La plante grimpait sur tout le mur de derrière et bruissait de gros bourdons, attirés par les délicates fleurs rose et blanc qui s'ouvraient comme des bouches vers le soleil estival.

— Tu veux dire, comme un sale con ? Hélas, oui. Je le regarde et je me demande comment il a pu me plaire, comment j'ai pu être follement amoureuse de lui.

Elle secoua la tête.

— C'est bizarre, n'est-ce pas ? Un jour on adore quelqu'un et on le connaît intimement… et six mois plus tard on ne veut plus jamais avoir affaire à lui.

Le visage de Polly demeura sans expression.

— Euh… j'imagine, oui.

Elle plongea la tête dans le frigo et en ressortit les plaques sur lesquelles étaient disposés les savons qu'elles avaient fabriqués la nuit précédente. Elle en tâta un délicatement.

— Ils ont l'air bien.

Clare lui lança un regard curieux.

— Tu *imagines* ? Je sais que tu as toujours été très discrète en ce qui concerne ta vie privée, mais il y a forcément un ancien petit ami infâme qui rôde dans ton passé ?

— Pas vraiment.

La tête baissée, Polly avait commencé à démouler avec précaution les petits savons. Clare sentait leur parfum sucré de vanille alors qu'ils glissaient l'un après l'autre sur la table.

— Tu ne me feras pas avaler ça, dit-elle. Il y a fatalement eu quelqu'un que tu as aimé. Dont tu as été très proche. N'est-ce pas ?

L'espace d'une seconde, Clare crut voir une certaine mélancolie voiler le regard de Polly, une incertitude sur ses traits, qu'on y voyait rarement. Puis sa sœur se renferma et secoua la tête de nouveau.

— Non. J'ai toujours été trop occupée pour avoir des relations amoureuses.

Trop occupée ? Quel mauvais prétexte ! Depuis quand le fait d'avoir un emploi exigeant empêchait toute vie à côté ? Cela relevait nécessairement d'un choix de la part de Polly de refuser toute relation. Enfin, si elle disait la vérité, ce que Clare était loin de croire.

— Bon, je suis beaucoup sortie, j'ai eu tout un tas d'amants, reprit Polly. Je ne suis pas en train de te dire que je suis une adepte de la chasteté. Mais c'étaient toujours des histoires sans lendemain. Je n'ai jamais pris la peine d'approfondir. Et je n'ai jamais aimé aucun de ces hommes.

Quel aveu affreux ! Et Polly l'avait fait d'un ton désinvolte, comme si elle s'en fichait pas mal. Clare ne pouvait rien imaginer de plus déprimant. Mieux valait avoir aimé et tout perdu, comme elle, même si cela signifiait avoir épousé Steve.

— Je ne dois pas être du genre à me ranger, ajouta Polly.

Elle démoula le dernier savon, emporta les plaques dans l'évier et se mit à les laver avec de grandes éclaboussures.

Clare comprit qu'elle n'obtiendrait rien de plus de sa sœur sur ce sujet. Elle se demanda si elle devait l'admirer ou la plaindre. Une chose était sûre : elle n'aurait pas voulu de ce mode de vie.

Clare mit de la musique et toutes deux se concentrèrent sur leur tâche. Tandis qu'elle faisait fondre les paillettes de savon, elle s'avisa que pour la première fois elle n'était pas montée directement dans la chambre des enfants après leur départ. D'habitude, elle allait s'asseoir tristement sur le lit de l'un ou de l'autre, se demandant ce qu'ils faisaient sans elle, si Steve et Denise allaient encore les gaver de sucreries, combien d'activités ils allaient leur offrir, si Alex serait malade sur le trajet de retour et si Leila allait rentrer la bouche pleine de sa balade à poney ou de ses tours de karting.

À leur retour, Clare faisait toujours de gros efforts pour ne pas leur poser de questions sur la vie que Steve et Denise menaient à Basingstoke, même si une partie d'elle-même se languissait de tout savoir.

« Denise se maquille pour le petit déjeuner », lui avait raconté Leila un jour.

Sa fille avait un ton plutôt moqueur, au grand soulagement de Clare, qui n'en avait pas moins passé une nuit blanche à se retourner dans son lit en imaginant la pimpante Denise dans son petit déshabillé de soie, le visage bien hydraté, poudré et pomponné dès le lever.

Son portable bourdonna à cet instant et elle vit le texto de Steve apparaître sur l'écran : *Bien arrivés. T'appelle + tard. S.*

Anxieuse comme elle l'était quand il s'agissait du bien-être de ses enfants, elle lui avait demandé, plusieurs mois plus tôt, de lui faire savoir que le trajet s'était bien passé lorsqu'il venait les chercher. Mais pourquoi devrait-il l'appeler plus tard ? Il ne lui téléphonait jamais. Avait-il une grande nouvelle à lui annoncer, dont il n'avait pas eu le courage de lui parler en face ?

Quelques mois auparavant, Alex était rentré à la maison en racontant que Denise avait été malade pendant tout le week-end. Il se délectait de la situation.

« C'était dégoûtant. On entendait le vomi tomber dans les toilettes, comme… »

Et alors qu'il se lançait dans une imitation de sa belle-mère en émettant d'affreux raclements de gorge, Clare avait été saisie de la crainte que Denise ne soit enceinte.

Aussitôt, bien sûr, son esprit s'était emballé, et elle avait imaginé le nouveau bébé Berry, couvé et choyé, tout de Baby Dior vêtu par sa mère obsédée par le look, tandis que Leila et Alex se trouvaient délaissés…

Jusqu'ici, cependant, Steve n'avait annoncé aucune grossesse, et les enfants n'avaient pas fait allusion à un gros ventre ou à des photos d'échographie que leur aurait montrées Denise. Cependant, Steve n'avait pas fait mystère de leur volonté de fonder une famille. C'étaient même précisément les mots qu'il avait prononcés : *fonder une famille.* Comme s'il n'en avait pas déjà une.

Une chose était sûre, elle allait devoir s'entraîner à avoir l'air ravie pour le jour où Steve lui ferait part de la nouvelle, afin que l'angoisse qu'elle ressentait dans son cœur ne s'entende pas dans sa voix.

En réalité, aucun heureux événement ne fut annoncé. Steve l'appela pour lui parler d'un sujet totalement inattendu : la négligence dont elle faisait preuve en tant que mère.

— J'ai parlé aux enfants, et je suis choqué d'apprendre ce qui se passe chez toi, attaqua-t-il sans préambule. Ça ne va pas, Clare. Ça ne va pas du tout.

— Quoi ? Mais de quoi tu parles ?

— Je parle du laboratoire que tu as installé dans *notre* cuisine pour ta prétendue entreprise. Je parle des dangereux produits chimiques auxquels tu exposes *nos* enfants ! C'est tout à fait inacceptable, Clare.

La première surprise passée, Clare fut scandalisée.

— Attends une minute ! Ce n'est pas « notre » cuisine, et ce que j'y fais ne te regarde pas…

— Là, tu te trompes. Ça me regarde dans la mesure où ça affecte mes enfants.

Son ton moralisateur la mit en rage. *Ses* enfants, maintenant ? C'était fort, venant d'un homme à qui il fallait constamment rappeler leurs dates d'anniversaire !

— Ils ne sont pas incommodés en quoi que ce soit, répliqua-t-elle, luttant pour garder une voix calme et posée. Il n'y a aucun produit chimique dangereux. Et ils ne sont en rien négligés. Pour qui tu me prends ?

— C'est ta sœur qui t'a monté la tête ? Avec cette histoire d'entreprise ridicule ? Eh bien, ça ne me plaît pas du tout, Clare. Non mais alors pas du tout.

— Ça ne te plaît pas ? Que je gagne un peu d'argent pour nourrir nos enfants ? J'aurais cru que tu serais soulagé. C'est bien toi qui as toujours traîné les pieds quand il s'est agi de participer financièrement à leur entretien ? C'est toi qui nous laisses tirer le diable par la queue depuis si longtemps.

— Ah, donc tout est de ma faute, je vois.

Sa voix dégoulinait de sarcasme.

— C'est moi qui t'ai poussée là-dedans ? Écoute-toi, Clare, tu racontes n'importe quoi. Et je parlerai de tout ça avec mon avocat dès lundi à la première heure.

Clare se laissa lourdement tomber sur l'accoudoir du canapé, comme si elle venait de recevoir un coup de poing dans le ventre.

— Ton avocat ? Mais pourquoi diable as-tu besoin d'en parler à ton avocat ?

— Parce que je ne trouve pas normal que tu gères ta petite affaire – fabriquant ces produits dans la fumée, la poussière et que sais-je encore – dans la cuisine où vivent mes enfants.

— Mais ça ne les gêne en rien ! cria-t-elle.

Elle s'était mise à trembler, de rage et aussi de peur à l'idée de ce qu'il pouvait faire.

— Il n'y a aucune fumée, aucune poussière, et il n'y a absolument rien de dangereux pour eux. Tu ne te rends pas compte, espèce de…

*Clic.* Il lui avait raccroché au nez.

— Que s'est-il passé ? lui demanda Polly en pénétrant dans le salon, les yeux écarquillés, les cheveux enturbannés dans une serviette de toilette. Je t'entendais crier pardessus le bruit de la douche…

Des larmes piquaient les yeux de Clare, et elle dut renifler plusieurs fois avant de pouvoir parler.

— C'était Steve. Qui déblatérait sur le fait que mon travail nuisait à la santé des enfants. Comme si je pouvais leur faire du mal, Polly ! Comme si je n'avais pas toujours tout fait pour éviter de les blesser !

— Quoi ? Mais à quoi il joue ? Il sait très bien à quel point tu tiens à eux. Il délire complètement.

— Je sais, mais il m'a dit qu'il allait consulter son avocat.

Clare se prit la tête dans les mains.

— Et ensuite, que se passera-t-il ? Je ne sais pas du tout quelles conséquences ça peut avoir pour nous.

— Ignore-le, rétorqua Polly en s'asseyant à côté de Clare et en l'entourant de son bras. Il est terrifié parce qu'il vient de se rendre compte que ton entreprise risquait de marcher, et ça le blesse dans son orgueil de mâle.

Mais Clare n'était pas sûre de pouvoir l'ignorer. Elle resta assise là, engourdie et tremblante, en regrettant d'avoir laissé ses enfants s'éloigner d'elle ce matin-là. Son seul réconfort, c'était d'avoir sa sœur à son côté, qui lui répétait que tout irait bien. Si seulement elle parvenait à la croire !

# CHAPITRE 19

Si, professionnellement parlant, l'étoile de Clare était en phase ascendante, celle de Polly semblait avoir explosé en vol pour disparaître du ciel, carbonisée. Depuis trois semaines, elle était employée comme femme de ménage au King's Arms. Voilà à quoi elle en était réduite.

Le premier jour où elle était allée prendre son service au pub, malade de déception devant la tournure que prenait sa vie, elle s'était revue la dernière fois qu'elle était partie travailler, vêtue de son plus beau tailleur et chaussée de talons vertigineux, attaché-case à la main, pénétrant à grandes foulées conquérantes dans l'immeuble de la CFW. En jean et vieux tee-shirt, les cheveux attachés en queue-de-cheval, elle n'avait plus franchement l'air d'une battante.

Il n'était pourtant pas désagréable de découvrir Elderchurch à l'aube. À 6 h 50, l'air était vif, et le ciel bleu pâle laissait présager une nouvelle journée superbe. C'était drôle comme on remarquait le temps qu'il faisait, à la campagne. Regardant les champs qui s'étendaient autour du village, elle fut récompensée par le spectacle d'un rapace – un épervier ? une crécerelle ? Son père aurait su le lui dire – qui planait majestueusement sur un courant d'air. Jamais on ne voyait ça en se rendant au bureau, à Londres.

Erica, la patronne bien en chair, l'avait accueillie le premier jour et lui avait expliqué le boulot. Et du boulot, il n'en manquait pas. Polly devait non seulement passer l'aspirateur dans le bar et la salle de restaurant, mais aussi nettoyer le carrelage derrière le comptoir, vider et laver les égouttoirs à bière puants, astiquer les cuivres, essuyer les tables et pousser le chariot de bouteilles vides à l'arrière du pub. Elle n'avait pas osé avouer à la joyeuse Erica qu'elle ne s'était jamais servie d'un aspirateur : au contraire, elle s'était empressée d'acquiescer à tout et s'était ensuite débrouillée comme elle pouvait. Une fois ses heures accomplies, elle empestait l'eau de Javel et frôlait l'évanouissement, mais au moins avait-elle gagné un peu d'argent pour la première fois depuis des mois. Quand on avait touché le fond, on ne pouvait que remonter.

Les jours passaient, et Polly se levait scrupuleusement avec le soleil pour aller travailler au pub. Elle connaissait maintenant toutes les ficelles et maîtrisait l'aspirateur au tempérament capricieux. Elle était capable d'astiquer les cuivres du bar jusqu'à ce qu'ils rutilent, de repérer un morceau de couenne de porc tombé par terre à vingt mètres, et l'odeur des verres vides ne lui donnait plus de haut-le-cœur. Par certains côtés, elle préférait même produire un effort physique intense mais de courte durée, plutôt que de passer d'interminables heures derrière un écran d'ordinateur à taper sur un clavier comme un robot. En plus, après avoir mis de l'ordre dans le chaos, elle voyait le résultat concret de son labeur, et en retirait une certaine satisfaction...

Cette pensée la fit rire. Non mais écoutez-la, exagérant l'importance de son boulot de femme de ménage comme si c'était une brillante avancée professionnelle... Si seulement Magda, son ancienne employée, avait pu la voir !

Le souvenir de la jeune femme la mettait mal à l'aise. Il faut dire qu'il la titillait comme un remords persistant depuis qu'elle avait été embauchée au pub. Quand elle repensait à la manière dont elle avait traité la Polonaise, elle était morte de honte. Magda ne lui avait jamais témoigné que de la bienveillance : elle avait compati lorsque Polly avait fondu en larmes, avait été suffisamment délicate pour ne pas lui poser de questions gênantes, et avait toujours travaillé consciencieusement sans jamais recevoir un merci. Résultat ? Polly avait appelé l'agence pour se plaindre d'elle et avait exigé son renvoi. Comment avait-elle pu agir de manière aussi ignoble ? Comment avait-elle pu faire une chose pareille, alors qu'elle connaissait les soucis financiers de Magda ?

Si elle me voyait aujourd'hui, elle me cracherait probablement à la figure, songea Polly un matin, en branchant l'aspirateur. À moins qu'elle ne s'esclaffe devant la chute des puissants !

Sa seule consolation était de savoir qu'elle avait changé depuis cette époque ; plus jamais elle ne dénoncerait quelqu'un dont le seul tort avait été de vouloir réconforter autrui. Plus jamais elle ne prendrait de haut une femme de ménage, ou quiconque employé à des tâches subalternes. Elle savait maintenant à quel point ces métiers étaient pénibles, et combien peu ils rapportaient.

La chanson de Donna Summer lui revint en mémoire et elle se mit à chanter en manœuvrant l'aspirateur sous les tables et dans les coins.

— *She works hard for the money ! So ha-a-a-rd for the...*

Elle poussa un cri quand, se retournant, elle se retrouva face à un homme. Portant une main à sa poitrine, elle éteignit l'appareil, puis sentit son visage se décomposer. Oh, non ! Jay ! La dernière personne qu'elle voulait croiser ici.

— Inutile de t'arrêter de chanter pour moi, dit-il.

— Tu m'as fait une de ces peurs. Qu'est-ce que tu fabriques ici ?

Il rit.

— Ce que je fais ici ? Je pourrais te poser la même question. Tu arrondis tes fins de mois entre deux transactions financières à plusieurs millions de livres ?

Et merde ! Maintenant, elle ne pourrait plus se cacher derrière l'histoire de congé sabbatique qu'elle s'était inventée comme couverture. Elle soupira, détestant le petit sourire moqueur qu'il affichait. Nul doute qu'il prenait son pied. Et qu'il avait hâte de mettre tout le village au courant. « Vous ne devinerez jamais… »

— C'est une longue histoire, déclara-t-elle après un pénible silence. En résumé…

Elle fit la grimace, incapable de finir sa phrase. Elle aurait voulu s'en sortir par une pirouette, l'éconduire d'une pique bien sentie, mais le regard intense qu'il posait sur elle la désarmait. Elle ne s'en tirerait pas à si bon compte.

— C'est sans intérêt.

— Au contraire, moi, ça m'intéresse. Aux dernières nouvelles, tu te faisais des fortunes. Maintenant, tu fais la poussière.

Il s'accouda au comptoir, sans se départir de cet insupportable petit sourire.

— Allez, raconte-moi. Je brûle de tout savoir.

Elle lui lança un regard noir.

— Je n'ai pas le temps, j'ai du travail à finir, répondit-elle en rallumant l'aspirateur.

*Si je l'ignore, il s'en ira. Il disparaîtra et on pourra tous les deux faire semblant que ça n'est jamais arrivé.*

Elle lui tourna le dos et se remit à pousser le suceur pour aspirer les miettes éparses, se penchant pour ramasser un emballage de chips. *Ne pense plus à lui. Fais comme s'il n'était pas là.*

Mais l'aspirateur émit un gémissement et se tut. Faisant volte-face, elle découvrit que Jay l'avait débranché. Il disposait deux tabourets autour d'une table.

— Assieds-toi, dit-il. Et raconte-moi.

Elle parcourut la salle des yeux, craignant que Stuart ou Erica n'entrent et ne s'aperçoivent qu'elle ne travaillait pas.

— Je ne peux pas. Écoute, je sais que tu trouves ça hilarant, mais je suis employée ici et j'ai encore beaucoup de choses à faire.

Il se contenta de rire une nouvelle fois.

— Tu ne comprends toujours pas, si ? Je travaille ici, moi aussi. Enfin, pour la brasserie. Je suis directeur régional, ce qui fait plus ou moins de moi ton patron. Et je te demande de t'asseoir.

Polly le dévisagea une seconde, avant que les pièces du puzzle se mettent en place. Oh, mon Dieu ! Son père occupait un poste important à la brasserie quand ils étaient adolescents. Jay avait donc suivi ses traces, jusqu'à devenir directeur régional… Aaah ! Jay Holmes, son supérieur hiérarchique ? Quel cauchemar !

— Oh !

Ce fut tout ce qu'elle trouva à dire. Il tapota le tabouret à côté de lui.

— Bon, que s'est-il passé ?

Il n'existait personne à qui elle ait moins envie de raconter son triste revers de fortune, mais elle n'allait apparemment pas pouvoir l'éviter. Elle s'assit avec lassitude et posa les coudes sur la table.

— J'ai tout perdu, déclara-t-elle de but en blanc. Mon boulot, mon appartement, ma vie entière. OK ? Satisfait ? Alors, bravo. Tu as gagné. J'espère que tu prendras plaisir à le raconter à tout le village.

Elle regardait ailleurs, incapable de supporter le triomphe sur son visage.

— Quelle poisse, lâcha-t-il d'un ton léger.

— « Quelle poisse » ? répéta-t-elle, réprimant un rire hystérique. C'est tout ce que tu trouves à dire ? Alors que je t'explique que j'ai tout perdu ? J'avais extrêmement bien réussi. J'étais au top dans mon domaine. J'avais un bureau d'angle ! J'avais un appartement extraordinaire donnant sur la Tamise. J'avais… j'avais un coupé Mercedes gris métallisé.

Enfin, elle le regarda en face, le mettant au défi de se moquer d'elle. Il se contenta de hausser les épaules.

— Oui, j'avais entendu dire que tu te débrouillais bien.

Après un silence, il ajouta :

— Et ils te rendaient heureuse, ton bureau d'angle, ton appartement extraordinaire et ton coupé Mercedes ?

Sa façon de répéter ses mots l'agaça prodigieusement.

— Bien sûr que j'étais heureuse, répliqua-t-elle, même si ses paroles sonnaient creux.

Avait-elle été heureuse ? Difficile de répondre à cette question. Elle adorait son travail, pas de doute là-dessus. Sa réussite et la reconnaissance de ses pairs la rendaient heureuse. Mais son style de vie ? Les faux amis qui l'avaient laissée tomber dès qu'elle avait été licenciée. La paranoïa permanente dans ce secteur où tout le monde surveillait tout le monde... On ne peut pas dire qu'elle regrettait tout ça. Puis elle se remémora sa solitude dans son grand appartement vide, dans les chambres d'hôtel où elle était descendue aux quatre coins du monde. Soudain, son précieux bureau d'angle ne lui paraissait plus le nec plus ultra comme elle l'avait cru à une époque.

— Enfin, comme tout le monde. J'imagine que toi aussi, tu es heureux, ajouta-t-elle d'un ton acerbe. Devenir directeur régional, comme papa. Ça vous pose quelqu'un, pas vrai ?

Il haussa les épaules.

— Pour être honnête, il m'a fallu du temps pour me poser, justement. J'ai vadrouillé pendant pas mal d'années, sans réussir à me fixer, cherchant toujours autre chose de plus excitant, tu vois ce que je veux dire ?

Elle hocha la tête. Si elle-même n'avait jamais « vadrouillé », elle comprenait parfaitement ce sentiment d'insatisfaction qui vous incite à aller voir plus loin si l'herbe y est plus verte. C'était cette même force qui l'avait aiguillonnée, la poussant à convoiter toujours plus de pouvoir, plus de succès, plus d'argent.

— Puis je suis rentré à Elderchurch et j'ai renoué avec mes anciens amis. Je suis retourné travailler à la brasserie et, pour une fois, j'ai décidé de m'accrocher. Crois-le ou non, moi aussi, pendant quelque temps, je me suis laissé aspirer par la vie de l'entreprise.

Polly fit la moue. Jay, en costume-cravate ? Elle ne l'imaginait même pas rasant cette barbe de trois jours pour un rendez-vous d'affaires, alors arborant des boutons de manchette et des chaussures cirées ? À l'instant même, il portait un vieux jean, un tee-shirt vert mousse et des Converse. Pas vraiment la panoplie du cadre dirigeant.

— Incroyable, hein ? J'ai mis quelques années à comprendre que je faisais ça pour les mauvaises raisons. Mon père avait toujours travaillé dans cette brasserie, et j'essayais de faire mieux que lui. Puis j'ai été promu directeur régional – un poste plus élevé que tous ceux qu'il avait jamais occupés – et, presque du jour au lendemain, j'en ai eu marre. J'avais des journées de dingue, je parcourais des kilomètres, devais gérer des tonnes de paperasse… ça ne m'amusait plus.

— Que s'est-il passé ?

— Un jour, j'ai eu un déclic. À quoi bon se tuer à la tâche, si je n'avais jamais le temps de voir mes amis, d'aller me promener avec mon chien ou même de m'asseoir pour jouer de la guitare ? C'étaient ces choses-là qui me rendaient vraiment heureux, et je travaillais tellement que je n'avais plus de temps à y consacrer. Donc, j'ai démissionné.

— Tu as démissionné ?! Tu n'es plus directeur régional ?

— J'ai donné ma démission, mais elle n'a pas été acceptée. La direction et moi avons négocié un accord. J'ai accepté de travailler quatre jours par semaine. Quatre jours par semaine, je suis esclave de l'entreprise, le reste du temps, je suis moi-même.

Polly ne savait pas très bien pourquoi il lui racontait tout ça. Dans le but de l'enfoncer, peut-être ?

— Et aujourd'hui, tu es… esclave de l'entreprise ?

Il rit.

— Ça ne se voit pas ? Mais je n'ai pas de réunion : je supervise les livreurs en tournée et je dois rencontrer quelques patrons de pub. Pas de raison de s'habiller pour ça.

— Eh bien, tant mieux pour toi, fit-elle en se levant avec une certaine brusquerie. Tu m'excuseras, mais l'aspirateur m'attend.

— Écoute, je ne t'ai pas raconté tout ça pour marquer des points, dit-il en se levant à son tour. Et je ne dévoilerai pas ton secret, Polly, d'accord ?

— Hmm, marmonna-t-elle en rebranchant la bête.

*Cause toujours,* comme dirait Leila.

Jay fourra les mains dans ses poches et resta immobile un instant.

— Je dois juste faire signer le bon de livraison et vérifier les comptes avec Stu, reprit-il, mais après... Que fais-tu plus tard ?

— Je dois aider Clare pour un travail qu'elle effectue. Et continuer à chercher un véritable emploi.

— Et ce soir ?

— Euh... rien, répondit-elle avec circonspection.

— Tu veux qu'on aille prendre un verre ? Pour renouer correctement ?

Elle écarquilla les yeux. Est-ce qu'il la faisait marcher ? Elle était là, habillée n'importe comment, sans maquillage, les cheveux pas coiffés ramenés sous une casquette de base-ball, elle venait de lui avouer qu'elle avait tout perdu, et il lui proposait d'aller boire un verre ? Elle examina son visage, ses yeux bruns, mais n'y lut que de l'attente et... oui, de la sincérité.

Elle n'était pas sortie depuis des semaines. Ce serait sympa de passer une soirée dehors, pour une fois, même avec lui.

— D'accord, dit-elle en haussant les épaules. Mais pas ici, si ça ne te dérange pas.

— Pas de problème. Je passerai te chercher à 20 heures. On ira se balader sur la route des souvenirs.

La route des souvenirs ? C'était un chemin que Polly souhaitait particulièrement éviter, *a fortiori* avec lui. Elle fut sur le point de balbutier qu'elle s'était trompée, qu'elle n'était pas libre ce soir, mais il s'éloignait déjà en sifflotant.

Mon Dieu ! Dans quoi s'était-elle fourrée cette fois ?

Alors qu'elle s'en retournait chez Clare, son portable sonna. C'était Vince.

— Bonjour ! s'exclama-t-il. J'ai une excellente nouvelle pour vous, mademoiselle Johnson. Une deuxième offre !

Elle s'arrêta net dans l'allée.

— Vraiment ?

Cela faisait si longtemps qu'elle n'avait pas reçu de nouvelle positive qu'elle conçut d'abord une certaine méfiance. *Mon Dieu, faites que ce soit une offre acceptable, cette fois !* pria-t-elle.

— Oui, à dix mille livres de moins que le prix affiché. Et les acheteurs paient comptant, en plus.

C'était un grand progrès par rapport à la précédente. D'autant qu'un paiement comptant signifiait une transaction plus rapide. Polly tenta de ne pas penser à la vue fabuleuse qu'on avait de son appartement, et qu'elle ne reverrait plus.

— C'est d'accord, dit-elle d'une petite voix.

— Vous acceptez ?

Elle l'imagina se rengorgeant, gonflant la poitrine de satisfaction.

— Oui, j'accepte cette offre.

— Parfait ! Je vais les appeler tout de suite pour les en informer. Passez une bonne journée, conclut-il, avant de couper la communication.

Voilà. Il ne leur restait plus qu'à demander à leurs notaires respectifs de préparer les actes. La roue tournait enfin. Il n'y aurait pas de retour en arrière possible.

Une fois chez Clare, Polly chercha le numéro de l'entreprise de nettoyage à laquelle elle faisait appel à Londres et le composa.

— Je voulais savoir si vous employez toujours une femme de ménage prénommée Magda, dit-elle en s'asseyant sur la table de la cuisine. Une Polonaise.

— Vous faites partie de nos clients ? demanda la réceptionniste à la voix pointue.

— Euh, plus maintenant, mais je l'ai été pendant des années. Enfin… je voulais juste savoir si Magda était toujours là, car j'aimerais lui envoyer quelque chose. Mais il se peut qu'elle ait été... euh... renvoyée, donc je voulais vérifier d'abord.

Il y eut un silence embarrassé. Puis :

— Je suis désolée de ne pouvoir vous fournir ce genre d'information par téléphone, si vous n'êtes plus une cliente. Nous nous devons de respecter la vie privée des femmes que nous employons.

— J'avais seulement l'intention de lui écrire pour la remercier de son travail, insista Polly en balançant ses jambes sous la table.

— Je suis navrée de ne pas pouvoir vous aider, répondit sa correspondante, qui ne paraissait pas navrée du tout.

— Oh, dans ce cas, allez vous faire foutre, répliqua Polly en raccrochant.

Franchement ! Alors qu'elle voulait seulement bien faire. Pourquoi les gens se montraient-ils si bornés ?

Clare entra à cet instant par la porte de la cuisine.

— Voilà, les enfants sont casés pour la journée... Que se passe-t-il ? demanda-t-elle en voyant l'expression rageuse de Polly.

— Rien, juste le monde entier qui conspire contre moi. Je voulais m'excuser auprès de quelqu'un que je n'avais pas bien traité il y a quelque temps, mais je me suis fait rembarrer par une espèce de prétentieuse petite... petite...

— Vas-y, lâche-toi !

— ... *pétasse,* qui a refusé de m'aider.

— Quoi, elle t'a raccroché au nez ? Quelle impolitesse. Quand je veux me débarrasser de quelqu'un, je réponds toujours que j'ai quelque chose dans le four. C'est bien plus courtois.

Polly éclata de rire.

— C'est ce que tu m'as dit la dernière fois. Quand je t'ai appelée à propos de mon emménagement ici.

Clare porta la main à sa bouche.

— Oups ! Désolée. J'espère que tu ne m'en veux pas.

Quelques semaines plus tôt, Polly aurait sans doute été vexée, mais plus maintenant. Elle trouvait même ça plutôt drôle.

— Mais non. D'autant que c'est moi qui lui ai raccroché au nez, à cette bêcheuse. Ça soulage sur le moment, mais j'ai peut-être compromis mes chances de retrouver cette… personne.

Polly descendit de la table où elle était perchée et sortit sa paie de la poche de son jean.

— Tiens, c'est pour toi.

— Qu'est-ce que c'est ?

— L'argent que j'ai gagné au pub. Ce n'est pas grand-chose, mais… prends-le. Et je viens d'accepter une offre pour l'appartement, donc, si tout se passe bien, je serai bientôt de nouveau solvable.

— Tu as réussi à vendre ton appartement ? Ça, c'est une bonne nouvelle… n'est-ce pas ?

Polly haussa les épaules.

— J'imagine. Oui, ajouta-t-elle en essayant de paraître positive. Au moins, je n'aurai plus l'établissement de crédit sur le dos. Mais c'est bizarre. Encore un pont coupé.

— Je comprends.

Clare pressa le bras de sa sœur.

— Mais ça ne signifie pas que tu ne retourneras jamais à Londres. Tu verras, il y aura d'autres appartements.

Polly esquissa un pauvre sourire, reconnaissante pour ces paroles de réconfort.

Clare ouvrit l'enveloppe, en sortit les billets et en rendit la moitié à Polly.

— Merci, dit-elle. Mais on partage. Tu ne peux pas tout me donner si c'est la dèche pour toi aussi. Fais-toi un petit plaisir. Je ne sais pas… Achète-toi ce shampoing hors de prix que tu aimes. Dévalise le rayon coiffure !

Polly ne s'attendait pas à ça. Elle fut sur le point de protester, quand elle se rappela son rendez-vous avec Jay. Elle ne pouvait pas sortir sans un peu d'argent sur elle.

— D'accord. Je vais en avoir besoin pour ce soir.

— Ce soir ?

— Je… je sors, annonça-t-elle, soudain intimidée.

— Ah bon ? Avec qui ?

— Avec Jay, en fait.

Elle ne savait pas très bien pourquoi elle avait ajouté ce « en fait », qui donnait l'impression qu'elle faisait sa coquette.

— Ne me regarde pas comme ça ! s'exclama-t-elle en voyant Clare hausser un sourcil. On va juste prendre un verre, c'est tout. Il m'a vue ce matin au pub, et j'ai fini par lui raconter ma situation de chômeuse sans domicile fixe. Il a dû me prendre en pitié parce qu'il m'a proposé de sortir ce soir. Et je dois vraiment être une gourde parce que j'ai accepté.

— Ouah !

Clare avait un sourire jusqu'aux oreilles et le regard pétillant d'amusement.

— Ne commence pas avec tes « ouah », l'avertit Polly, même si elle-même avait soudain envie de pouffer comme une gamine. On va sûrement passer tout notre temps à se disputer. Je parie que c'est un beau traquenard qu'il me tend pour pouvoir se moquer de moi.

Clare secoua la tête.

— Non, je ne crois pas. Il a toujours eu le béguin pour toi.

— Sûrement pas.

— Si, je t'assure. Il m'a souvent demandé de tes nouvelles au fil des années. Il ne t'a jamais oubliée, ça, c'est sûr.

Polly gigota, mal à l'aise.

— Je ne sais pas, dit-elle, se détournant et allumant son ordinateur portable. Il n'a peut-être pas apprécié de se faire larguer, tout bêtement. Je parie qu'il rêve de se venger, depuis.

Si c'était le cas, il avait déjà eu sa vengeance, en la voyant plus bas que terre : en train de faire le ménage au King's Arms.

S'efforçant de ne plus penser à ça ni à lui, elle cliqua sur le navigateur et fit apparaître la liste des cabinets de recrutement.

— Oh, au fait, je compte aller passer une journée à Londres très bientôt, reprit-elle, désireuse de changer de sujet. J'essaie d'organiser des rendez-vous en tête à tête avec des recruteurs, pour les faire bouger un peu.

Elle se mordit la lèvre.

— Je me rends compte que ma présence est pesante, pour les enfants et toi. Ils doivent en avoir marre de partager la chambre de Leila, et je sais que je prends de la place...

— Ne t'inquiète pas pour ça. Je t'assure. D'autant que tu m'as été d'une aide inestimable avec ma petite entreprise.

Clare noua un tablier et sortit un sac de paillettes de savon.

— Tu es la bienvenue tout l'été. Je suis sincère.

— Merci, répondit Polly. Je vais appeler quelques cabinets tout de suite pour essayer de caler des rendez-vous, et ensuite je suis tout à toi.

— Polly ? demanda Clare, une expression étrange passant sur son visage. Cette personne à qui tu voulais demander pardon... qui était-ce ?

La bouche de Polly esquissa un petit sourire crispé.

— Juste... rien d'important, répondit-elle finalement. Je me débrouillerai.

Ce soir-là, en commençant à se préparer pour sortir, Polly regretta qu'ils ne se soient pas mis d'accord sur un lieu précis. « Une balade sur la route des souvenirs », avait dit Jay. Ses mots lui semblaient de plus en plus inquiétants. Pourvu qu'il ne songe pas à revisiter tous les affreux troquets qu'ils fréquentaient adolescents : le Green Man, le Dog and Duck, le Chequers. Ils avaient passé tant de soirées à se bécoter dans ces jardins à bière, des demi-pintes devant eux et de fausses pièces d'identité en poche parce qu'ils n'avaient pas l'âge légal pour consommer de l'alcool.

Comment devait-elle s'habiller ? La plupart de ses vêtements étaient encore entreposés dans le garage de ses parents, mais elle avait apporté quelques jolies tenues chez Clare, pour le cas bien improbable où elle aurait une occasion de les porter. Sa robe rouge scintillante de chez Karen Millen, peut-être ? Non. Trop glamour pour Elderchurch. La dernière fois qu'elle l'avait mise, ç'avait été pour la soirée de Noël au bureau, où elle avait abusé de la tequila.

Et pourquoi pas la bleu paon, de style vintage, à la jupe très années 1950 ? Elle avait des escarpins qui allaient très bien avec. Non, trop chic aussi. Et si Jay était aussi débraillé que les deux fois où elle l'avait croisé, elle aurait l'air ridicule.

Quoi d'autre ? En fouillant parmi ses affaires, elle eut l'impression de plonger dans le vestiaire de quelqu'un d'autre : il y avait si longtemps qu'elle n'avait pas fait d'effort vestimentaire. Elle contempla la longue robe vieux rose de chez Jigsaw, qu'elle avait portée pour le bal d'été l'année précédente… Non. Trop longue pour elle : elle n'avait pas du tout envie de se prendre les pieds dedans et de se retrouver par terre.

— Ouah, tout ça, c'est à toi, tante Polly ? demanda Leila.

Elle se tenait à la porte de la chambre, les yeux écarquillés devant sa tante entourée de tant de vêtements colorés.

— Oui. J'essaie de décider ce que je vais mettre ce soir. Tu viens m'aider ?

Leila s'approcha, enjambant les affaires éparses. La chambre d'Alex était méconnaissable : les tenues de designers étalées sur sa couette décorée d'extraterrestres et sur la moquette élimée lui donnaient un air de caverne d'Ali Baba.

— J'adore cette couleur, dit-elle en ramassant une chemise à lavallière en soie d'un rouge profond. Mais je ne suis pas sûre d'aimer le col. Ça fait trop fifille.

Elle se mit à fouiller dans une pile de robes.

— Tu n'as pas de pantalons ? Ou de shorts ?

— Si. Mais je me disais qu'une robe ou une jupe seraient plus élégantes.

Elle pencha la tête en regardant sa nièce, qui ne paraissait pas convaincue.

— Tu n'es pas fan des tenues habillées, si je comprends bien.

— Non, je déteste les robes et les jupes. On ne peut pas faire de gym avec une jupe, sinon tout le monde peut voir notre culotte.

Et soudain, elle parut chagrinée, comme si une idée venait de la frapper.

— Bon, enfin... parfois, des gens m'envoient de très belles robes pour mon anniversaire...

— Leila, dis-moi, est-ce que je t'ai envoyé une robe pour ton dernier anniversaire ?

Leila hocha la tête, les yeux baissés comme si elle craignait d'avoir commis une énorme bourde.

— Elle était vraiment horrible ? demanda Polly. C'est bon, allez, tu peux me le dire.

Leila surprit le regard amusé de sa tante et hocha de nouveau la tête.

— Elle était à froufrous, répondit-elle avec un frisson.

Ce seul mot suffisait.

Polly ressentit un accès de culpabilité à l'idée qu'elle n'avait jamais pris la peine de s'assurer que ce genre de cadeau plairait à sa nièce, avant de demander à Jake, son ancien assistant, de s'en occuper. C'était minable. Elle n'avait aucune idée des goûts de Leila, et ne savait rien d'Alex ni de Clare, ni même de ses parents. Elle les avait évités, alors qu'ils se révélaient les personnes les plus charmantes qu'on pût imaginer. Soudain, toutes les années qu'elle avait passées à les ignorer lui semblaient un affreux gâchis.

— Je te promets de ne plus jamais t'offrir d'immondes robes à froufrous, d'accord ? Sauf si tu me le demandes, bien sûr.

— Alors ça, jamais, affirma Leila.

Puis elle sourit.

— Mais j'adorerais avoir un hamster.

Polly éclata de rire et la serra dans ses bras.

— C'est bon à savoir.

S'accroupissant devant les tas de vêtements, elle en sortit une robe vert menthe sans manches, froissée, qui portait toujours son étiquette. Deux cents livres chez Selfridges

– et encore, en solde. Quand elle songeait à tout le travail qu'elle avait abattu au pub cette semaine pour gagner soixante malheureuses livres, elle avait envie d'étrangler l'ancienne acheteuse compulsive qu'elle avait été.

— Hum, la couleur est pas mal, reconnut Leila. Mais ça ne se met pas avec un jean, si ?

— Non, mais j'en ai assez, des jeans. Je ne porte que ça depuis des semaines. Celle-là ira très bien pour ce soir.

Une certaine excitation s'empara d'elle, alors qu'elle se relevait.

— Direction… la planche à repasser ! Et au galop !

À 20 heures, quand un coup fut frappé à la porte, Polly avait les nerfs à fleur de peau. Elle avait pris une douche et s'était rasé les jambes. Après avoir enfilé la robe fraîchement repassée, attaché un simple collier d'argent à son cou et chaussé des sandales à talons, elle avait pivoté devant le miroir, hésitante, tandis que Leila et Clare lui assuraient que la tenue était très bien, même sans jean. Puis elle avait fait un brushing, s'était maquillée et aspergée d'un parfum de Clare. Elle se sentait bien.

— Salut, dit-elle en ouvrant à Jay. Je prends mon sac et j'arrive.

Lui aussi avait fait un effort, il fallait le reconnaître. La barbe de trois jours avait disparu, tout comme les vêtements défraîchis et les Converse. Il avait enfilé un jean noir et une chemise rouge à manches courtes, et Polly eut la chair de poule en voyant ses bras bronzés et musclés. La route des souvenirs devenait une destination de plus en plus attrayante.

— Oh, fit alors Leila derrière son dos. Tante Polly, tu ne vas pas sortir avec lui, si ?

— Maman lui en veut à mort, ajouta Alex, apparemment ravi.

Les deux enfants, en pyjama, se tenaient dans l'escalier et paraissaient se délecter à l'idée d'assister à un soap opera en direct.

— Elle a dit…

— Bon, ça suffit, tous les deux, intervint Clare en pénétrant dans l'entrée. C'est de l'histoire ancienne. Jay et moi nous sommes expliqués il y a des lustres.

— Mais tu as dit que tu allais le tuer, insista Alex.

— Et Carly, dans ma classe, en parle encore, renchérit Leila en croisant les bras.

Le regard de Polly passa des visages sévères et désapprobateurs de ses neveu et nièce à celui, embarrassé, de Jay. Qu'avait-elle raté ?

— Je peux tout vous expliquer, dit-il, autant à l'intention des enfants que de Polly.

Puis il s'adressa directement à eux :

— Votre mère a vraiment dit qu'elle voulait me tuer ?

— Ça, tu peux les croire, déclara Clare. Mais bon, on ne voudrait pas vous retenir. Amusez-vous bien, tous les deux. Polly, un conseil tout de même : n'achète aucun objet d'occasion à cet homme. Bonsoir !

# CHAPITRE 20

POLLY REGARDA, BOUCHE BÉE, sa sœur et les enfants monter l'escalier.

— Tu veux bien m'expliquer ce qui se passe ? demanda-t-elle en se tournant vers Jay.

Il leva les mains.

— Un regrettable malentendu, je te le jure ! Allez viens, partons d'ici avant l'arrivée des renforts. Je t'expliquerai dans la voiture. Tu es ravissante, au fait.

— Merci. Tu n'es pas mal non plus. Avec des chaussures dignes de ce nom et tout. Je suis flattée.

Elle attrapa son sac et referma la porte, saisie par le trac. Ils allaient seulement prendre un verre, se rappela-t-elle. Prendre un verre et discuter, rien d'autre. Malgré tout, Jay et elle ensemble, c'était… bizarre. Qui l'aurait prédit ?

Son téléphone vibra et elle consulta discrètement le message en descendant le sentier devant la maison. *Amuse-toi bien. À demain. T'attendrai pas. C.*

Elle envoya une brève réponse : *Ah ah. Serai là ds 1 h si on ne s'est pas disputés avant.*

— Tout va bien ? demanda Jay.

Il l'attendait à côté d'une vieille Land Rover maculée de boue. On était loin du carrosse de Cendrillon.

— Tu l'as empruntée à un fermier du coin ?

Il posa une main protectrice sur le capot.

— Je t'en prie ! C'est une authentique voiture de collection !

« Un authentique vieux tacot, oui », faillit-elle rétorquer. Devant son air vexé, elle préféra déclarer :

— Elle est très jolie.

Il éclata de rire.

— Tu la détestes, hein ? Ce n'est pas du tout ton style. J'aurais dû prendre la BMW de fonction, exprès pour toi. Mais je n'avais pas envie de la planter dans une haie après avoir trop bu.

Elle pouffa en se rappelant le triste sort qu'avait connu la Toyota de son père, trois jours après que Jay eut décroché son permis.

— J'avais oublié cet épisode ! Tu n'avais pas été puni pendant un an ?

— C'est l'impression que j'ai eue, à l'époque.

Il lui ouvrit la portière côté passager et contourna le véhicule.

— Mon père commence tout juste à me pardonner.

Elle grimpa à l'intérieur et, en bouclant la ceinture de sécurité, perçut l'étroitesse de l'espace dans lequel ils se trouvaient confinés tous les deux. Elle sentait le parfum épicé de son après-rasage, mêlé à l'odeur de chien mouillé émanant d'une vieille couverture à l'arrière.

— J'espère que tu conduis un peu mieux aujourd'hui, fit-elle remarquer, préférant rester sur le terrain de la boutade.

— Non, toujours aussi mal. Tu mets littéralement ta vie en jeu, tu en as conscience ?

— Eh bien, je travaillais dans le secteur du risque, répondit-elle, espiègle. Je n'ai jamais eu peur d'en prendre.

— Tant mieux, dit-il en accélérant. Parce que c'est une de ces soirées où tout peut arriver.

— Ah bon ? Je savais bien que j'aurais dû mettre des bottes en caoutchouc !

— Il y a un équipement de plongée dans le coffre. Et j'ai pris la liberté d'emporter une tente.

Elle rit, commençant à se détendre.

— Alors, où allons-nous ? Ne me dis pas que c'est au Green Man d'Amberley, sinon, je vais être obligée de faire un arrêt d'urgence et de sauter de cette vieille guimbarde. Enfin, je veux dire, de cette très belle voiture.

— Dommage, j'avais réservé la table pour deux près de la piste du jeu de quilles…

Il lui lança un regard en coin, avant de reprendre :

— Non, en fait, je ne fréquente presque plus les pubs. J'y passe la moitié de mon temps à cause de mon travail, je me vois mal y retourner le soir.

— Je comprends. Donc… ?

— Donc, j'ai eu une meilleure idée. Comme tu n'avais pas l'air franchement ravie d'être de retour à la campagne, quand on s'est croisés l'autre jour, je me suis dit qu'il fallait te faire redécouvrir la beauté du Hampshire.

S'étaient-ils embarqués dans une soirée de randonnée ? Polly lança un regard consterné à ses magnifiques sandales à talons.

— Euh… j'aurais donc vraiment dû mettre des bottes ?

Un sourire joua sur les lèvres de Jay.

— Ne t'inquiète pas, tout ira bien, assura-t-il alors qu'ils laissaient le village derrière eux.

Ils parlèrent de tout et de rien pendant une vingtaine de minutes, et Polly eut l'explication de la réaction de Leila.

— Je te jure sur ma vie que j'ignorais que c'était un vélo volé, dit-il, martelant le volant pour donner plus de poids à ses mots. Je l'ai eu par le frère d'un copain. Je pensais que c'était un gars honnête. Je me suis senti très mal quand Clare m'a agoni d'injures le lendemain. Et en plein milieu de la rue, qui plus est.

Polly se retint de rire.

— Oh là là ! Ma sœur peut se montrer féroce, quand elle est de mauvaise humeur.

— Ne m'en parle pas. Quant à Leila, elle ne me laissera jamais l'oublier.

— Jamais, renchérit Polly.

Jay mit son clignotant pour quitter la grand-route.

— On est presque arrivés.

Polly essaya de se repérer. Ils roulaient au milieu de la forêt, sur un chemin de terre, et une colline se profilait à l'horizon.

— Je crois que je suis déjà venue ici…

— Je te le confirme. Tu ne t'en souviens pas ?

Il s'arrêta et se gara sur un petit parking désert. Quand le moteur se tut, Polly entendit les feuilles des arbres bruisser tout autour d'eux.

— Eh bien… fit-elle, fouillant dans sa mémoire.

— La journée à Whistledown, en terminale ? lui souffla-t-il. Allez ! Tu n'as pas pu oublier !

— Whistledown… Oh ! On est sur la colline de Whistledown ?

— Tout en bas. Je me suis dit qu'on pourrait aller voir notre arbre, puis se promener jusqu'en haut pour admirer le coucher du soleil.

*Notre arbre.* Pourquoi avait-il pris ce ton-là ? Ce n'était qu'*un* arbre, un petit arbuste malingre qu'ils avaient planté autrefois, lors d'une ennuyeuse sortie scolaire organisée par la mairie. La mémoire lui revenait, et les images défilaient dans sa tête. Ils devaient avoir seize ou dix-sept ans. Toute la classe avait pris un car pour venir ici, puis on les avait divisés en petits groupes. Jay et elle étaient avec Carolyn Dawson, sa meilleure copine de l'époque, et son petit ami, dont elle ne se rappelait plus le nom.

— Carolyn sortait avec qui, à ce moment-là ? demanda-t-elle en descendant du véhicule.

— Donno. Ian Donnelly.

Il la regardait comme s'il espérait une réaction plus enthousiaste à l'excursion qu'il proposait.

— Donno Donnelly, tu as raison. Tout ça me paraît tellement loin.

— Vingt ans, dit-il en attrapant un petit sac à dos. Des provisions, ajouta-t-il en surprenant son regard. Viens, je vais te montrer.

Quand ils quittèrent le parking ensemble, Polly eut l'impression d'effectuer un voyage dans le temps. Elle s'attendait presque à apercevoir l'adolescente qu'elle avait été courant devant eux, sa queue-de-cheval se balançant, sans le moindre souci.

Après avoir marché un moment sur un sentier empierré, ils arrivèrent à ce qui, d'après les souvenirs de Polly, aurait dû être un champ.

Mais l'endroit où on les avait lâchés autrefois, armés de pioches, de compost et de jeunes arbrisseaux, s'était métamorphosé en un bois dense. Des grands chênes et des frênes formaient une haute voûte, tandis que de plus petits arbres plantés entre eux composaient un autre étage d'ombres et de lumière. Le chaud soleil du soir brillait à travers les feuilles, conférant à la forêt une sérénité presque magique.

— Ouah ! s'exclama-t-elle. Il peut s'en passer des choses, en vingt ans.

Elle revoyait leur arbuste chétif et le tube en plastique qui protégeait son jeune tronc fragile. Et maintenant…

— C'est bien un chêne que nous avons planté, n'est-ce pas ? s'enquit-elle en se rappelant ses feuilles dentelées. Je me demande lequel c'est.

— Il est là-bas, dit Jay en la prenant par la main. C'est le plus éloigné, tu te souviens ? On est allés tout au fond pour pouvoir s'en griller une loin de Mme Morris.

Il avait raison, mais elle était distraite par le contact des doigts chauds et robustes de Jay noués autour des siens, par son cœur qui battait fort, alors qu'ils marchaient côte à côte entre les arbres. Soudain, elle ne fut plus si sûre de vouloir s'enfoncer dans cette forêt du souvenir. Après tout, elle avait laissé le passé derrière elle pour de bonnes raisons.

Ils passèrent devant des aubépines épineuses et de jolis noisetiers, puis Jay s'arrêta devant un chêne vigoureux.

— C'est lui, dit-il en tapant sur le tronc.

Polly posa la main dessus, songeuse, et leva les yeux vers les grosses branches disposées comme les rayons d'une roue au-dessus d'elle. Vu la manière désinvolte avec laquelle ils l'avaient mis en terre, c'était un miracle qu'il ait continué à croître pendant toutes ces années. À l'époque, avant tout occupée à avoir l'air cool devant Jay, elle était restée allongée dans l'herbe, ses lunettes de soleil sur le nez, pendant que les garçons creusaient un trou pour l'arbuste. Et regardez-le aujourd'hui. *Notre arbre.*

— Ouah, c'est fou !

Puis elle se força à rire, afin que Jay ne remarque pas à quel point ces souvenirs de leur adolescence la déstabilisaient.

— Un coup d'œil suffit pour voir qu'il a été brillamment planté. Manifestement, nous avions des talents horticoles exceptionnels.

La main posée sur l'écorce à côté de la sienne, Jay lui souriait, d'un sourire amusé et doux. L'intensité qu'elle lisait dans son regard l'inquiétait et l'électrisait tout à la fois.

Un frisson la parcourut – allait-il l'embrasser ? Elle retira vite sa main et se frictionna les bras.

— Il fait un peu froid, à l'ombre, non ? dit-elle, s'écartant pour rompre le charme. On va le prendre, ce verre ?

— OK. Partons à l'assaut de Whistledown.

La colline de Whistledown était un haut lieu de promenade dans la région, en raison de la vue magnifique qu'elle offrait sur la campagne environnante. Polly se rappelait tous ces dimanches après-midi où on l'avait traînée là autrefois, et comment elle râlait contre ces ennuyeuses balades en famille. Ses parents ne cessaient de s'extasier sur la beauté des lieux et de se féliciter de vivre dans cette vallée, mais Polly s'en fichait pas mal. Elle passait toute la promenade à se plaindre, à réclamer une glace ou à pousser son frère et sa sœur dans les fougères.

— C'est magnifique, fit-elle avec un petit soupir, alors qu'ils gravissaient la pente abrupte.

L'herbe était constellée de pâquerettes qui se refermaient pour la nuit. Dans le jour déclinant, on distinguait encore la campagne vallonnée qui s'étendait sur des kilomètres, les champs cultivés et les vieilles églises en silex, dans la direction d'Andover et de la plaine de Salisbury.

— C'est vraiment le paysage anglais type, non ? poursuivit-elle.

Au même instant, son pied s'enfonça dans un terrier de lapin et elle trébucha. Jay la retint par le bras.

— Oups, dit-elle, consciente de sa proximité physique. Désolée.

— Et ça, c'est le terrier anglais type. Ça ne doit pas courir les rues, à Londres, si ? Tu ne dois pas non plus avoir beaucoup de vues comme celle-ci.

— C'est vrai, acquiesça-t-elle en retirant ses sandales. Je ne me souvenais plus de cet endroit. C'est très beau.

Mais les mots semblaient insuffisants. C'était *extraordinairement* beau. Et il lui sembla soudain qu'au cours des dix dernières années elle avait oublié de regarder le monde. Jamais elle n'avait pris le temps de s'arrêter pour contempler un panorama semblable à celui qui se déployait en majesté devant elle. Et elle fut titillée par la pensée que peut-être, seulement peut-être, ses priorités n'avaient pas été les bonnes. Que la voie qu'elle avait choisie n'était peut-être pas la meilleure.

Elle se hâta de chasser cette idée importune. Ce qui était fait était fait. Les regrets, c'était pour les perdants, non ?

— On s'installe ? proposa Jay quand ils arrivèrent devant un banc de bois.

Sans attendre de réponse, il posa son sac à dos et l'ouvrit.

— J'ai du vin, annonça-t-il en exhibant une bouteille dans son fourreau glacé. J'ai des verres, miraculeusement indemnes, et des framboises qui ne sont qu'à peine écrasées.

Polly sourit, un peu étourdie. Cette soirée prenait des allures irréelles. Elle avait la sensation d'être un cerf-volant au fil coupé qui flottait dans l'air, emporté au gré du vent. Il avait fait tout ça pour elle. Elle n'avait pas le souvenir d'un homme qui se soit déjà montré aussi prévenant. Pourquoi était-il si gentil ?

— C'est très tentant, reconnut-elle en s'asseyant à côté de lui.

De son pied nu, elle donna un coup dans les fleurs de pissenlit qui poussaient à côté du banc, et regarda leurs aigrettes arachnéennes s'éparpiller, pareilles à des vœux, dans la brise du soir.

Jay déboucha la bouteille, déballa les deux verres enveloppés dans un torchon et les remplit.

— Tiens, dit-il en lui en tendant un. C'est sympa que tu sois de retour ici, Polly.

— C'est sympa d'être de retour, répondit-elle en faisant tinter son verre contre le sien.

Mais alors même qu'elle prononçait ces mots, elle se sentit gagnée par l'appréhension. Dans quoi s'engageaient-ils ? Un verre au Green Man aurait finalement été plus rassurant que ces retrouvailles en tête à tête dans un lieu si enchanteur. C'était trop tôt. Trop tôt, et trop intime. Polly avait passé les vingt dernières années à fuir toute intimité. L'intimité la terrifiait. Si on baissait sa garde ne serait-ce qu'une seconde, on risquait de tout perdre.

Elle détourna la tête, se rappelant Michael. Son propre frère était mort la dernière fois que Jay et elle s'étaient trouvés aussi proches. Tout à coup, la pensée que l'histoire se répétait entre eux lui apparut comme une trahison ; c'était comme si elle n'avait rien appris de ses erreurs.

— Enfin, c'est sympa d'être de retour temporairement, se hâta-t-elle d'ajouter, s'écartant un petit peu et ramenant sa jupe autour de ses jambes. Jusqu'à ce que je puisse retrouver la pollution et la délinquance de notre merveilleuse capitale, bien sûr.

— Londres te manque tant que ça ?

— Tout le temps, répondit-elle en buvant son vin sans le savourer. J'ai l'impression que ma vie est entre parenthèses. J'ai hâte d'y retourner.

Elle devinait les yeux de Jay sur elle, mais n'avait pas le courage de le regarder.

— Ça doit être dur, dit-il au bout d'un moment.

Et, parce qu'elle se sentait coupable de sa froideur alors qu'il faisait tant d'efforts, et en pleine confusion parce qu'elle ne savait plus ce qu'elle voulait, elle repassa en mode flirt.

— Bon, il y a des compensations…

Elle pencha la tête d'une manière aguicheuse et, voyant Jay tout décontenancé, se fit l'effet d'être la pire des hypocrites.

Le soir de sa rupture avec Jay était imprimé si clairement dans sa mémoire que ça aurait pu se passer la veille. Rongée par le chagrin et la culpabilité après la mort de Michael, elle l'avait repoussé en hurlant qu'elle le détestait et ne voulait plus jamais le voir.

Il l'avait contemplée, impuissant, alors qu'elle lançait des accusations et lui martelait la poitrine, les yeux exorbités comme une démente. Il lui avait saisi les poignets pour la calmer.

« Je sais que tu es bouleversée à cause de Michael…

— Bouleversée ? Bouleversée ! avait-elle crié en se débattant. Tu n'as aucune idée… »

Puis sa rage s'était éteinte comme une flamme qu'on mouche, et elle avait éclaté en sanglots, tremblante, inconsolable.

« Oh, Polly, Polly, répétait-il en lui tapotant timidement le dos, comme s'il craignait qu'elle n'explose de nouveau. Ça va aller.

— Non, ça n'ira plus jamais. Tu ne vois pas ? Tu ne comprends pas ? C'est pour ça qu'on doit rompre. Parce que ça n'ira plus jamais. »

Là-dessus, au moins, elle ne se trompait pas. Ils s'étaient séparés et ne s'étaient plus adressé la parole de toute l'année de terminale. Deux semaines plus tard, il sortait avec Rachel Gros Lolos, tandis qu'elle-même se murait dans une attitude renfrognée pour cacher le désespoir et la rage qui bouillaient en elle. Plus vite elle quitterait Elderchurch et les oublierait tous les deux, mieux elle se porterait.

Et elle pensait avoir réussi à oublier Jay. Mais il lui avait suffi d'une soirée en sa compagnie, à partager du vin, des framboises et des souvenirs, pour découvrir qu'elle éprouvait encore des sentiments très forts sous la surface. Des sentiments qui la renvoyaient vingt ans en arrière, à une époque heureuse, avant que tout déraille. Peut-être ne l'avait-elle pas autant oublié qu'elle l'avait cru.

Au moment où Jay la déposa devant chez Clare, un peu plus tard, elle fut saisie par l'appréhension. Et maintenant, quoi ? Un baiser ? Une étreinte ? Un regard de braise en se penchant vers elle et en lui prenant la main ?

Son cœur s'emballa quand il mit le frein à main, mais il se contenta de sourire.

— Voilà, dit-il poliment.

Il était à peine 22 heures.

— Jay, à propos de ce qui s'est passé... fit-elle, hésitante. Je suis désolée... tu sais... pour la façon dont ça s'est terminé. Pour ce que je t'ai dit...

Elle sentait une grosse boule logée dans sa gorge.

— J'étais... j'étais dévastée. Je crois que j'ai un peu pété les plombs.

— Ne t'en fais pas pour ça. Sincèrement. Je sais que c'était une période épouvantable pour ta famille. Et...

À présent, c'était lui qui semblait mal à l'aise.

— Moi aussi je suis désolé. J'ai été complètement insensible, égoïste. Je ne savais pas comment te consoler. Je ne savais pas quoi faire non plus.

Elle hocha la tête, serrant les lèvres, terrifiée à l'idée de lâcher un sanglot.

Il lui tapota le bras.

— Sans rancune, alors ?

— Sans rancune, acquiesça-t-elle d'une voix rauque, en s'efforçant de sourire.

Mon Dieu, que c'était dur d'être adulte, songea Polly ce soir-là dans son lit. Pourquoi tout était-il si compliqué ?

Toute sa vie, elle avait tenté de faire les bons choix, de devenir quelqu'un dont sa famille serait fière. Et pendant très longtemps elle avait été complètement sûre d'elle, convaincue qu'elle avait pris la meilleure voie possible. Or, son retour à Elderchurch avait ébranlé ses convictions et chamboulé sa vie. Contre toute attente, elle regrettait d'avoir rompu si brutalement avec les gens qu'elle aimait, tout ça parce qu'elle avait mauvaise conscience et la conviction chevillée au corps qu'elle n'était pas quelqu'un de bien et ne méritait pas mieux. Avec le recul, elle doutait que ce fût la meilleure voie possible.

À partir de maintenant, elle résolut de tenter une nouvelle approche pour réparer les dégâts du passé. Elle commencerait par renouer tous les liens qu'elle avait brisés autrefois, elle essaierait d'être une meilleure sœur, une meilleure fille et une meilleure amie. Et peut-être, seulement peut-être, réussirait-elle même à devenir le genre de femme dont Jay pourrait retomber amoureux…

# CHAPITRE 21

Clare n'avait plus eu de nouvelles de Steve depuis son étrange coup de fil du week-end précédent. Elle avait interrogé les enfants, à leur retour de chez leur père, pour essayer de savoir ce qu'ils auraient pu dire qu'il risquait d'utiliser contre elle, mais tous deux avaient eu l'air perplexes.

— Votre papa semble s'être mis en tête qu'en fabriquant des savons et du bain moussant dans la cuisine je mettais notre santé en danger, déclara-t-elle du ton le plus désinvolte possible. À votre avis, qu'est-ce qui a bien pu lui faire croire une chose pareille ? Lui auriez-vous dit quelque chose qui aurait pu lui donner cette impression ?

Leila se mordit la lèvre.

— J'ai peut-être dit que les odeurs me faisaient éternuer, avoua-t-elle. Mais c'est tout.

Elle lança un coup d'œil à son frère.

— Oh, et il a posé des questions à propos de la jambe d'Alex…

La jambe d'Alex ? Clare ne comprit pas de quoi elle parlait, avant de remarquer le gros bleu couronnant le genou de son fils.

— J'essayais d'attraper Leila et j'ai trébuché sur un de tes cartons dans la cuisine, expliqua-t-il. J'ai dit à papa que c'était rien, mais il a fait toute une histoire.

Clare n'en fut pas étonnée.

— Eh bien, ça me paraît beaucoup de bruit pour rien, mais peu importe. Merci de me l'avoir dit.

Alex détala aussitôt vers le jardin, mais Leila s'attarda.

— Est-ce que papa est fâché contre toi ?

— Je crois. Mais il a tort. Je n'ai rien fait de mal.

— Je suis désolée de lui avoir dit que j'éternuais. Je ne voulais pas te causer des ennuis.

Clare la prit dans ses bras.

— Je ne vais pas avoir d'ennuis, ma chérie. Ton papa n'a pas bien compris, c'est tout.

Des mots rassurants, qu'elle prononça en croisant les doigts. Mais la bombe explosa la semaine suivante, sous la forme d'une lettre qui atterrit sur le paillasson un matin. Le papier à en-tête de l'avocat de Steve et le langage formel utilisé n'étaient que le gant de velours enveloppant une main de fer : *Mon client m'a chargé de vous faire part de son mécontentement à propos de conditions de vie inadaptées au domicile des enfants… Ne souhaite pas voir ses enfants vivre dans un environnement industriel… Les autorités étaient-elles informées que le lieu de résidence servait de local commercial ?… Mon client espère que la situation pourra être réglée sans délai… serai sinon dans l'obligation de prévenir les services sociaux…*

Elle lut la missive une fois, puis la relut, n'en croyant pas ses yeux. Quel salaud ! Quel misérable salaud, d'oser la menacer. Mais pourquoi ?

— Franchement, quel imbécile ! s'exclama Polly quand Clare lui tendit la lettre au cours du petit déjeuner. Ignore-le. Tout ça, c'est du flan. Il essaie juste de te faire peur, cet âne bâté.

— C'est qui, l'âne bâté ? demanda Leila.

Assise par terre, elle tentait d'apprendre à Fred à faire le mort.

— C'est quoi, un âne bâté ? demanda Alex, qui entrait à ce moment-là dans la cuisine, en bas de pyjama et les cheveux emmêlés.

Clare se retint de justesse de répondre « ton père », et jeta la lettre à la poubelle, où était sa juste place.

— Allez, Fred, espèce d'âne bâté, couche-toi, dit Leila en s'étendant à côté du chien. Comme ça !

Pour toute réaction l'âne bâté et poilu agita gaiement la queue. Un autre jour, Clare aurait sans doute ri en voyant Leila le pousser pour le faire obéir, mais cette fois elle en était incapable. Elle ignorait ce que manigançait Steve, mais ça ne lui disait rien qui vaille.

L'été suivit son cours. Au soleil de juillet succéda un mois d'août lourd et orageux, et Steve continua de se montrer minable. Lorsqu'il vint chercher les enfants, la fois suivante, il mit un point d'honneur à se précipiter dans la cuisine comme s'il venait inspecter les lieux. Clare se hérissa en le voyant faire le tour de la pièce, cherchant sans nul doute des preuves de son « activité industrielle ». Il n'avait pas besoin de savoir qu'elle avait temporairement délocalisé son « usine » dans l'abri au fond du jardin : en ce qui le concernait, elle avait obtempéré et fait ce qu'il demandait.

Certes, il n'avait pas le droit de lui imposer ses règles, mais parfois il valait mieux accepter un compromis pour avoir la paix.

Il renifla ostensiblement – dans l'espoir manifeste de détecter des fumées polluantes, ou même de se faire éternuer : ah, une preuve ! –, mais Clare avait pris la précaution d'ouvrir les fenêtres et la porte de la cuisine plusieurs heures avant son arrivée. Dans l'air ne flottait que l'odeur de l'herbe qu'elle avait tondue ce matin-là.

— Bien, dit-il au bout d'un moment, comme s'il était satisfait de son inspection.

Clare se retint de l'assommer avec son rouleau à pâtisserie. Quel imbécile prétentieux !

Mais si elle avait pensé voir la fin de ses problèmes avec lui, elle se trompait. Le lendemain, il l'appela pour l'informer qu'il avait décidé de garder les enfants un jour supplémentaire, puisqu'ils n'avaient pas besoin de rentrer à cause de l'école.

— Comme nous avons la garde conjointe, j'ai le droit de les avoir la moitié du temps, lui rappela-t-il d'un ton sans réplique. Je te les ramènerai demain.

— Mais…

Elle n'eut pas la possibilité d'en dire davantage : il avait déjà raccroché. Elle resta là, debout dans le salon, à écouter la tonalité, furieuse qu'il se conduise de manière aussi puérile. Elle détestait sa façon d'utiliser Alex et Leila comme des pions pour s'attaquer à elle. « J'ai le droit de les avoir », avait-il déclaré, comme s'il s'agissait d'objets qu'il pouvait prendre ou laisser à sa guise, de choses qui lui appartenaient de droit divin. Ça la rendait malade. S'il s'était donné la peine de lui poser la question, elle lui aurait expliqué que Leila devait aller faire du poney avec une amie le lendemain matin. Ce n'était donc plus à l'ordre du jour. Et ce serait à Clare de passer un coup de fil pour se décommander. Merci beaucoup, Steve.

Le pire, c'était qu'elle n'y pouvait pas grand-chose. Il disait vrai : il avait le droit de s'occuper d'eux la moitié du temps. Ce n'était pas à elle non plus de décider systématiquement quand il pouvait les avoir.

Jusqu'ici, elle s'était enorgueillie de la maturité dont Steve et elle avaient fait preuve dans leur divorce, de leur volonté d'épargner les enfants et de maintenir des relations cordiales, même au début, quand il l'avait quittée pour Denise et qu'elle avait eu envie de lui arracher les yeux. Mais voilà qu'il se comportait comme un gosse capricieux qui refusait désormais de partager gentiment. Et bien qu'elle aussi fût capable de jouer à ce jeu-là, elle ne voulait pas tomber aussi bas que lui. Du moins, pas encore.

Avec tous ces soucis et sa lourde charge de travail, ses cauchemars étaient revenus de plus belle. Elle se réveillait plusieurs fois par nuit, le cœur affolé. Ensuite, elle restait allongée pendant des heures, inquiète à la pensée qu'elle serait trop fatiguée pour travailler le lendemain, angoissée à l'idée de ne pas réussir à satisfaire la commande pour Langley's, et se reprochant de ne pas passer assez de temps avec les enfants. Elle avait déjà dépensé tout l'argent de son emprunt et se trouvait de nouveau dans le rouge, tout en sachant que la situation n'avait aucune chance de s'améliorer avant le mois de septembre.

L'été était pourtant censé être une période agréable, une parenthèse, faite de journées tranquilles, dehors en famille, et pas une suite abominable de conflits avec son ex, ni un marathon de sorcière où elle transpirait toutes les nuits au-dessus de son chaudron bouillonnant. D'habitude, Clare avait le don de voir le bon côté des choses, mais cette fois, elle avait l'impression de frôler dangereusement le bord du gouffre.

En définitive, elle avait un tel besoin d'une bonne nuit de sommeil qu'elle prit rendez-vous avec le Dr Copper, lors de son jour de congé. Avec un peu de chance, Angela lui prescrirait quelques somnifères qui la plongeraient dans l'oubli tous les soirs et lui permettraient de tout mener de front dans la journée sans être à cran en permanence.

Mais dès qu'elle arriva au centre médical, Roxie lui fit signe d'approcher.

— Angela vient d'appeler, elle est souffrante, et Luke va assurer ses rendez-vous à sa place. Ça te va ?

— Oh, non !

Autant elle était prête à s'épancher devant le Dr Copper, voire à la supplier de lui donner des somnifères, autant elle rechignait à exprimer ses angoisses devant Luke. Si, serment d'Hippocrate oblige, il était tenu à la confidentialité, elle n'en trouvait pas moins très embarrassant de discuter de ses problèmes avec lui.

Elle fut sur le point d'annuler le rendez-vous et de rentrer chez elle, mais la perspective d'une nouvelle nuit blanche, à se tourner et se retourner dans son lit, l'arrêta. Il fallait qu'elle se procure une ordonnance aujourd'hui même, sans quoi elle n'allait pas tenir le coup.

— Bon, d'accord, dit-elle, découragée.

Et elle alla s'asseoir dans la salle d'attente, loin de Roxie, afin que son amie ne commence pas à la questionner sur la raison de sa présence ici.

Si Luke fut surpris de la voir entrer dans son cabinet de consultation, il n'en montra rien.

— Bonjour, Clare, dit-il en lui indiquant une chaise. En quoi puis-je vous aider ?

Elle prit une profonde inspiration.

— J'ai du mal à dormir. Je me demandais si vous ne pourriez pas me prescrire quelque chose qui m'aiderait à fermer l'œil.

De fines rides apparurent sur le front de Luke. Ce n'était pas bon signe.

— Y a-t-il quelque chose de précis qui vous empêche de dormir ? demanda-t-il, apparemment peu pressé de rédiger une ordonnance. Du bruit, peut-être ? Ou la lumière du soleil qui vous réveille à l'aube ?

Elle secoua la tête.

— Seulement les inquiétudes quotidiennes, fit-elle d'un ton léger, préférant ne pas entrer dans les détails tant qu'elle n'y était pas obligée. La vie, vous savez ce que c'est ?

Il prit sa tension et la nota sur son ordinateur.

— Elle est un peu basse, dit-il. Vous vous sentez fatiguée, en ce moment ?

— Crevée. C'est bien ça, le problème. Je suis épuisée, mais je n'arrive pas à m'endormir le soir.

— Je vois. Eh bien, l'insomnie est assez courante, mais, plutôt que de commencer directement par des somnifères, je vous suggérerais d'essayer d'abord d'autres méthodes.

Elle se retint de soupirer. Elle avait lu suffisamment d'articles de magazines sur le sujet pour savoir qu'il allait lui parler de bains relaxants à la lavande et de tasses de lait chaud. Alors que ce qu'elle voulait, c'étaient des jolies petites pilules blanches qui bloqueraient toutes ses angoisses galopantes et la plongeraient dans un trou noir pour la nuit.

— Vous faites du sport, en ce moment ? reprit-il.

— Du sport ? Euh… non, aucun, avoua-t-elle, penaude.

Maintenant, il allait la prendre pour une paresseuse.

— Je promène le chien, mais je suis tellement occupée en ce moment que même ces balades ont été écourtées.

Pauvre Fred. Polly lui accordait maintenant plus d'attention qu'elle-même ne le faisait.

— Hum. Il serait bon que vous fassiez un peu plus d'exercice. Si vous êtes physiquement fatiguée, cela vous aidera à mieux dormir. Trente minutes par jour peuvent faire une grosse différence – promener le chien, c'est bien, mais vous pourriez aussi penser au jogging ou à la natation.

Elle tressaillit en entendant le mot « natation », et il la regarda curieusement.

— Je ne sais pas… dit-elle, confuse, sentant qu'elle s'empourprait.

— Vous ne savez pas nager ? Il n'y a pas de honte à cela. Il y a d'excellents cours pour adultes débutants au centre de loisirs d'Amberley.

Elle se mit à rire en voyant son regard doux et bien intentionné. S'il savait !

— Je sais nager. Le problème n'est pas là. Le problème, c'est… c'est… rien, ce n'est pas important.

Luke laissa le silence s'installer, attendant qu'elle vide son sac, mais ses lèvres demeuraient hermétiquement fermées.

— S'agit-il de quelque chose pour lequel je peux vous aider ? finit-il par demander.

— Non, répliqua-t-elle, avec une brusquerie frisant l'impolitesse. Merci, ajouta-t-elle en grommelant.

Il y eut un nouveau silence inconfortable, avant qu'il reprenne :

— Bon, je vous conseille donc de faire une cure de fruits frais et de légumes, de diminuer la caféine et l'alcool, de prendre l'air et de pratiquer un sport. Et essayez de vous relaxer le soir avec un bain et un lait chaud… Quoi ? J'ai dit quelque chose de drôle ?

— Non, répondit-elle avec un faible sourire. Merci.

— Si vous ne sentez pas d'amélioration dans les quinze jours, revenez me voir et nous essaierons autre chose. Et, bien sûr, vous pouvez toujours me parler comme à un ami, et pas seulement en tant que médecin, si vous avez des soucis, d'accord ?

Il hésita, comme s'il s'apprêtait à ajouter autre chose, mais Clare s'était déjà levée.

— Prenez bien soin de vous, conclut-il.

— Merci, dit-elle en sortant le plus vite possible.

Quelle perte de temps !

Pour fêter la fabrication des trois quarts de la commande pour Langley's, Clare leur octroya, à Polly et elle, une soirée de repos et ouvrit une bouteille de vin. Quel bonheur de s'installer tranquillement dans le jardin avec un verre ! Elle avait été tellement occupée ces derniers temps qu'elle était à peine sortie, sinon pour aller ouvrir aux poules le matin et les rentrer le soir. Elle s'apercevait maintenant que la végétation avait connu une de ces spectaculaires poussées de croissance, que les plantes s'étaient couvertes de boutons et de fleurs odorantes. Les roses avaient une couleur de crème et leurs pétales formaient comme de jolies rosettes veloutées. Les tournesols brillaient comme d'aimables fanaux dorés, et la pelouse, épaisse et élastique, chatouillait ses pieds nus.

Après avoir enfermé Marjorie et Babs dans le poulailler, elle sortit de l'abri de jardin deux transats pleins de toiles d'araignée et les épousseta. Elle s'allongea sur l'un d'eux et but une gorgée de vin. Mmm. Délicieux. Un véritable élixir, sûrement le meilleur des remèdes. Elle ferma les yeux, savourant le goût dans sa bouche et la fraîcheur du soir. C'était exactement ce dont elle avait besoin.

Polly la rejoignit peu après, et elles profitèrent ensemble des derniers rayons du soleil dans un silence agréable. Sa sœur était une pensionnaire bien différente à présent. Plusieurs fois, elle avait insisté pour préparer le dîner et, même si on avait du mal à reconnaître un hachis parmentier ou une croquette de saumon dans ses premières offrandes carbonisées, Clare avait mis un point d'honneur à manger sa part jusqu'à la dernière miette. Polly se montrait également beaucoup plus attentionnée : elle faisait les courses au supermarché, participait au ménage, lisait des histoires aux enfants le soir et jouait beaucoup avec eux. Et la veille, leur mère l'avait appelée, encore tout étonnée, après que Polly lui eut apporté des fleurs et eut passé l'après-midi dans le jardin, à sarcler le potager en papotant avec leur père.

« Elle m'a même demandé de sortir les vieux albums, et nous avons regardé les photos de toutes nos vacances. C'était un moment formidable, Clare. Vraiment formidable. »

Tout n'avait pas changé cependant. Polly ne lâchait toujours rien concernant sa vie privée, à la grande déception de Clare. Il y avait bien eu ce mystérieux coup de fil que sa sœur voulait passer pour s'excuser auprès de quelqu'un – un homme, Clare en était sûre –, mais Polly avait-elle divulgué la moindre information là-dessus ? Que nenni. Encore plus agaçant, Clare n'avait pas réussi à lui soutirer le moindre commentaire à propos de sa soirée avec Jay.

— Comment s'est passé ton rendez-vous chez le médecin ? lui demanda Polly. Tu as réussi à obtenir des petites pilules du bonheur ?

Clare lui fit les gros yeux et montra la fenêtre ouverte au-dessus de leurs têtes. Celle de la chambre de Leila, où les deux enfants étaient sûrement encore éveillés, puisqu'ils venaient de monter en se plaignant amèrement de devoir se mettre au lit alors qu'il faisait encore jour.

— Il ne manquerait plus qu'ils aillent raconter à leur père que je prends des substances bizarres ! Tu imagines le cirque !

Elle grimaça en imaginant sa réaction et la lettre de son obséquieux avocat, qui ne manquerait pas de suivre : *Des inquiétudes concernant la santé mentale fragile de la mère... Des enfants manifestement perturbés par sa consommation médicamenteuse... Mon client estime qu'il serait mieux à même d'assurer la garde...*

— Désolée, répondit Polly dans un murmure. Mais qu'est-ce qu'elle a dit ? Elle t'a prescrit une potion magique qui guérit tous les maux ?

— Non. Angela, le médecin avec qui j'avais rendez-vous, était absente. J'ai dû voir Luke à la place.

Elle se sentit rougir en prononçant son prénom.

— Il m'a sorti le couplet attendu sur le sport et les bains chauds. Pas de potion magique. Il m'a dit de reprendre la natation – quelle blague !

— Pourquoi ? rétorqua Polly. Justement, je voulais te demander pourquoi tu n'allais pas à la piscine avec les enfants. Tu n'aimes plus ça ?

— Plus vraiment, non, marmonna Clare, sans vouloir entrer dans les détails.

Polly l'observa attentivement.

— Il te plaît, n'est-ce pas, ce Luke, dit-elle d'un ton affirmatif. Comment est-il ?

Clare rougit de plus belle.

— Oh, il est adorable.

À moins que ce ne soit le vin qui ait parlé à sa place – sinon, elle ne l'aurait jamais avoué devant sa sœur.

— Il est... vraiment sympa. Gentil, amical, drôle, attentionné...

— Mignon ? Sexy ? Je t'en supplie, ne me dis pas qu'il a cinquante ans et une grande mèche pour cacher sa calvitie !

— Non, répondit Clare en s'esclaffant. Mais...

— Mais quoi ?

— Par où commencer ? Mais il a une petite amie. Mais il est beaucoup trop bien pour moi. Mais... oh, je ne sais pas, il y a des milliers de raisons. C'est juste un petit béguin. Il ne se passera jamais rien.

Comme la conversation la mettait mal à l'aise, elle tenta de la réorienter vers sa sœur :

— Bon, et toi ? Quand vas-tu me raconter ce qui se passe avec Jay ? Tu caches vraiment bien ton jeu.

Cette fois, ce fut au tour de Polly de soupirer, l'air gêné.

— Tu parles ! Je ne suis même plus sûre de savoir comment on joue, c'est bien là le problème. La dernière fois que j'ai eu une relation de plus de quinze jours, c'était...

Elle avait le regard fuyant, et remit ses lunettes de soleil pour dissimuler ses yeux.

— C'était... ?

— Eh bien, c'était avec Jay, justement, quand j'étais ado. C'est triste, hein ?

Clare n'en revenait pas.

— Eh bien...

— C'est bon, inutile de faire comme si ça n'était pas bizarre. Je sais que c'est atroce. Ça fait de moi une espèce de... de monstre, incapable de nouer des relations affectives.

Elle leva un sourcil.

— De la graine de psychopathe, hein ?

— Tu n'es pas une psychopathe...

— Je sais, mais reconnais tout de même que ce n'est pas tout à fait normal.

Elle soupira de nouveau. Recroquevillée sur le transat, elle paraissait minuscule et vulnérable.

— Comment ça se fait, à ton avis ? demanda Clare avec précaution. Je veux dire, qu'est-ce qui a pu t'empêcher de tomber amoureuse de quelqu'un ?

— Je crois que... que ça me fait peur.

Elle prit une gorgée de vin.

— D'habitude, je n'ai pas peur de grand-chose, mais le fait de s'ouvrir à quelqu'un d'autre, ça me terrifie. Qu'est-ce qui se passe si tu te donnes à quelqu'un en disant « voilà, je suis à toi », et... et qu'il te rejette ?

Clare avait du mal à croire ce qu'elle entendait. Jamais elle n'avait vu Polly si peu sûre d'elle, si anxieuse.

— Eh bien, ça signifie que tu es tombée sur un con, et tant pis pour lui, répondit-elle. Et dans ce cas, tu dis plein de mal de lui à tes copines, tu te relèves et tu continues, en songeant que, Dieu merci, tous les hommes ne sont pas comme ça.

Le silence s'épaissit entre elles, et Clare sentit la chaleur lui monter au visage. À l'entendre, on aurait pu la croire beaucoup plus assurée et insouciante qu'elle ne l'était en réalité, quant à l'épineux sujet des relations amoureuses.

— Je sais que j'étais adolescente, mais, quand Jay et moi avons rompu, ça a été une telle déflagration que je me suis sentie... anéantie, dit Polly. J'avais l'impression que plus rien ne serait jamais comme avant. Et c'est ce qui s'est passé. Après, je me suis fermée à double tour. Je me disais : pas question de revivre une épreuve pareille. L'indépendance avant tout. Plus personne ne me rendra malheureuse. Évidemment, tout ça était mêlé à la mort de Michael. Je me sentais tellement coupable, je m'en voulais tellement et...

Clare la regarda avec surprise. Le visage de sa sœur était devenu livide, son expression hagarde, comme si ces mots lui avaient échappé.

— Tu t'en voulais, mais pourquoi ?

Polly vida le fond de son verre. Il y eut un long silence chargé.

— Il me faut un autre verre si on se lance sur le sujet, répondit-elle, tremblante.

# CHAPITRE 22

POLLY BATTIT EN RETRAITE DANS LA CUISINE, où elle remplit leurs verres. Elle sentait un flot d'adrénaline palpiter dans son corps. Oh, mon Dieu, qu'avait-elle dit ? Maintenant, elle allait devoir avouer à Clare la chose épouvantable qu'elle avait faite, et sa sœur la détesterait. Elle en parlerait ensuite à leurs parents qui lui tourneraient le dos. Polly serait chassée du village – ou du moins de la famille – dans les heures qui suivraient.

Non. Elle ne pouvait pas s'y résoudre. Mais pourquoi s'était-elle aventurée sur cette route ? Pourquoi s'être épanchée de cette façon en révélant le vide absolu qu'était sa vie sentimentale ? Clare devait être en train de pouffer et d'envoyer des textos à ses copines, disant : *Vous ne devinerez jamais à quel point ma grande sœur est pathétique. Elle n'a eu qu'un seul petit ami dans sa vie ! Et elle a trente-sept ans !*

Non, jamais Clare ne ferait une chose pareille. Elle n'était pas comme ça, n'était ni moqueuse ni médisante. En elle, il n'y avait que bonté et bienveillance. Mais le fait d'apprendre que sa sœur était responsable de la mort de leur frère risquait fort d'éprouver cette bonté et cette bienveillance.

Quel gâchis. Quel gâchis complet et absolu. Qu'est-ce qui lui avait pris de laisser ainsi entrevoir son secret le plus noir et le mieux gardé ? Il y avait de quoi empoisonner la confiance toute neuve qui s'était développée entre elles, étouffer sur-le-champ leur complicité naissante.

— Tu es en train de fouler le raisin toi-même, ou quoi ? s'exclama Clare.

— J'arrive, répondit Polly en prenant les verres dans ses mains mal assurées.

Le sort en était donc jeté. Adieu, cuisine, songea-t-elle en regardant le plaisant désordre familier de la pièce, ça a été sympa de te connaître. Il y a des chances qu'on me fiche dehors avant la fin de la soirée et que je ne te revoie plus jamais. Mais merci pour tout. J'ai passé des heures merveilleuses avec toi à chercher en vain du boulot.

Elle fit la grimace. Voilà qu'elle parlait à une cuisine, maintenant.

Chaque pas qui la ramenait vers sa sœur était chargé d'appréhension.

— Tiens, dit-elle en lui tendant son verre et en reprenant place sur sa chaise longue.

*Alors, où en étions-nous ? Ah oui, j'étais sur le point de tout détruire entre nous.*

— Que voulais-tu dire en affirmant que tu te reprochais la mort de Michael ? demanda Clare, lui laissant à peine le temps de s'asseoir.

Polly eut la sensation de s'effondrer. Il n'y avait donc pas d'échappatoire – sa sœur n'avait pas été victime d'un trou de mémoire providentiel au cours des deux dernières minutes.

— Parce que… tu vois… eh bien, moi aussi, je me suis toujours sentie coupable, ajouta Clare.

— Quoi ? Mais tu n'étais même pas là !

— Non.

Clare pinçait les lèvres, comme si elle retenait ses larmes.

— Mais ce soir-là, j'ai fait tout un cinéma pour que papa et maman assistent au championnat de natation. Tu ne t'en souviens pas du tout ? J'avais ma compétition. Je savais que Michael n'était pas bien, mais j'étais tellement égoïste et en quête d'attention, que j'ai pratiquement obligé maman à venir. Pour qu'ils puissent me regarder tous les deux… Et si je n'avais pas…

— Non, tu te trompes, l'interrompit Polly.

Elle baissa la tête et regarda ses genoux.

— J'ai fait bien pire, Clare. Moi, je suis restée à la maison, et j'étais censée garder un œil sur lui, mais en fait j'ai passé la soirée à me rouler sur le canapé du salon avec Jay. J'ai même entendu Michael appeler, mais je ne suis pas montée le voir. Je l'ai ignoré. Et il… il est mort. Tout ça parce que j'étais en train de coucher avec Jay.

Voilà, elle l'avait fait. C'était dit.

— Oh, mon Dieu, fit Clare, d'une voix qui se perdit dans un sanglot.

— Je sais, dit Polly, consumée par la honte. Je n'ai jamais pu me pardonner. Je me sens tellement mal à cause de ça. Si je pouvais remonter le temps et modifier le déroulement des choses, je le ferais, crois-moi. Je suis tellement désolée.

Il y eut un moment de silence assourdissant. Le sang de Polly tambourinait dans ses veines, alors qu'elle attendait que la haine déforme le visage de Clare, que les accusations fusent. C'était tout ce qu'elle méritait.

Mais au lieu de ça, Clare tendit la main dans l'espace entre leurs transats et prit celle de Polly.

— Tu n'as pas à t'excuser, déclara-t-elle. Ce n'était pas ta faute.

L'espace d'une seconde, Polly douta d'avoir bien entendu. Mais les doigts de Clare enfermaient solidement les siens, et ses yeux étaient pleins de compassion.

— Ce n'était pas ta faute non plus, réussit-elle à dire, la gorge nouée.

Elles restèrent assises pendant plusieurs minutes, accrochées l'une à l'autre, et ce fut comme si une malédiction avait été rompue par leur confession et leur pardon mutuels. Polly eut presque l'impression tangible de sentir le poids de son coupable secret glisser de ses épaules. La bile noire qu'elle avait cru à jamais logée au fond de son âme parut s'évacuer, comme si Clare lui avait donné l'autorisation de s'en aller. Et dire que pendant tout ce temps elles avaient toutes deux été tourmentées par la même culpabilité et une haine de soi dévorante ; dire qu'il leur avait fallu tant d'années pour, enfin, avoir cette conversation. Une conversation qui changeait tout. Que de temps perdu !

— Eh bien, reprit-elle au bout d'un long moment, en essayant d'alléger l'atmosphère. On a l'air de quoi !

— Je sais… Moi, je ne me suis plus jamais autorisée à nager, et toi, tu ne t'es plus jamais autorisée à aimer quiconque. Les psys s'en donneraient à cœur joie avec nous.

Elle fit mine de composer un numéro sur un téléphone imaginaire.

— Je voudrais parler au Dr Freud, s'il vous plaît…

— Tu ne t'es plus jamais autorisée à… Oh, c'est pour ça que tu as arrêté la natation ?

— Oui. Je sais que ça a l'air dingue. *C'est* dingue. Un stupide blocage psychologique m'a empêchée de continuer.

Elle prit une gorgée de vin.

— Je devrais surmonter ça maintenant, n'est-ce pas ?

— Tu devrais, oui. Vraiment.

Elle lui adressa un petit sourire.

— C'est une sacrée conversation que nous avons ce soir, hein ? Pas de blabla entre nous. Tout de suite les grands sujets, l'amour et la mort… lâcha Polly.

— Ça fait du bien de parler, répliqua Clare en une mauvaise imitation de Bob Hoskins, qui les fit rire plus fort et plus longtemps que nécessaire. Sérieusement, je comprends maintenant pourquoi cette histoire avec Jay te tracasse. Mais tu sais quoi ? Parfois, il faut prendre des risques. Se mettre en danger. Le pire qui puisse arriver est déjà arrivé. Alors, pourquoi ne pas considérer ça comme un flirt de vacances, une aventure agréable, puisque tu es là pour l'été ?

— Tu ne penses pas que ce serait… trahir Michael ?

— Non. Absolument pas. Michael ne voudrait pas que tu gâches une occasion d'être heureuse. En plus, il n'était pas rancunier, si ?

Polly secoua la tête. C'était vrai. Michael n'était pas du genre à ruminer sa mauvaise humeur ou à faire la tête pendant des heures. Et, en toute honnêteté, Polly adorerait apprendre à avoir une relation avec un homme séduisant, drôle et intéressant, sans courir se mettre à l'abri. Si, bien sûr, elle n'avait pas déjà réussi à décourager Jay. Elle n'avait plus eu de nouvelles depuis leur soirée à Whistledown.

— D'accord, je vais essayer. Mais si toi aussi tu essaies !

— Quoi ? De sortir avec Jay ? Merci pour la proposition, mais...

— Non, si toi aussi tu te lances. Avec Luke.

— Aah. Mais c'est différent. Il est avec quelqu'un. Et je prends déjà des risques, avec mon entreprise. Un risque à la fois me suffit.

— Hum, on verra.

Polly n'avait pas l'intention de laisser sa sœur s'en tirer à si bon compte.

Le lundi matin suivant, Polly avait posé sa matinée de congé au pub. Elle se réveilla aussi monstrueusement tôt que les autres jours, mais au lieu d'enfiler son vieux short en jean et un tee-shirt décoré de taches d'eau de Javel, elle se vêtit d'un chemisier blanc à manches courtes fraîchement repassé et d'un élégant pantalon gris à fines rayures. Elle coiffa ses cheveux en chignon et se maquilla avec soin. Puis elle prit une veste, son sac Mulberry couleur rubis et vérifia qu'il contenait bien les basiques : rouge à lèvres, plan de Londres, téléphone, portefeuille, miroir de poche et Kleenex.

— Londres, me voici ! dit-elle à son reflet, en passant derrière son oreille une mèche de cheveux échappée de son chignon.

C'était comme de revenir en arrière, de se voir ainsi pomponnée et prête à l'action. À une différence près, cependant : elle avait le visage bronzé et plein de taches de rousseur après avoir passé du temps dans le jardin de Clare, et ses yeux n'avaient pas paru aussi brillants depuis longtemps. Les cernes et les rides s'étaient estompés, et ses joues s'étaient un peu remplies grâce aux repas faits maison qu'elle prenait tous les soirs.

Le vieux dicton n'était peut-être pas dénué de fondement : un changement valait autant que des vacances. Elle paraissait incontestablement plus détendue et, depuis que Clare et elle avaient eu leur discussion à cœur ouvert, elle dormait mieux qu'elle ne l'avait fait depuis des années. Clare connaissait son secret, et pourtant elle était restée de son côté. Il lui semblait que c'était le plus beau cadeau qu'elle ait jamais reçu.

Elle était tout émoustillée à l'idée de retourner à la capitale et n'avait pensé à rien d'autre de tout le week-end. Après des semaines d'exil, elle était prête à aller sonner les cloches à quelques cabinets de recrutement. Pas question de rentrer à Elderchurch, se promit-elle, sans avoir réalisé quelques progrès, que ce soit sous la forme d'un entretien, d'une recommandation ou ne serait-ce que d'un tuyau à propos d'un poste futur.

Ces dernières semaines, elle avait un peu négligé sa recherche d'emploi, passant beaucoup de temps à aider sa sœur à lancer sa petite entreprise. Il était temps qu'elle se recentre sur elle. Elle était prête à bousculer les recruteurs pour consulter elle-même leurs banques de données, s'il fallait en arriver là. Après tout, le temps pressait. Dans quelques semaines, l'été ferait place à l'automne. Si elle voulait que l'histoire du congé sabbatique qu'elle avait servie à ses parents reste crédible, elle devait trouver quelque chose, et fissa.

Clare et les enfants dormaient encore quand elle quitta sans bruit la maison. Elle prit le bus pour aller d'Elderchurch à Amberley, puis marcha jusqu'à la vieille gare en brique rouge. Avec ses abris décorés d'ornements en fer chantourné sur le quai et l'échoppe aux vitres sales qui vendait des journaux et du thé à emporter, elle paraissait inchangée depuis l'époque victorienne. Durant la guerre, des enfants des villes avaient été évacués à Amberley et dans les environs, et Polly imagina les vieux trains entrant en gare dans des nuages de vapeur et les hordes de petits Londoniens aux visages noirs de suie qui en descendaient, leur petite valise à la main, en clignant des yeux face au soleil.

Dieu merci, elle faisait le chemin inverse aujourd'hui et retournait vers sa chère métropole animée, aux rues pavées d'or. Prête pour la bagarre !

Quand le train entra en gare de Waterloo, une heure et demie plus tard, Polly eut envie de se précipiter vers la ville, les bras ouverts. Hello, vous tous qui courez de-ci de-là, le portable vissé à l'oreille et l'ordinateur à la main. Hello, les boutiques hors de prix et les bars branchés. Hello, petits délinquants et prostituées. Hello, les ados aux jeans en bas des fesses. Hello, les touristes exténués, tentant de se repérer sur des plans de poche. Ils lui avaient tous tellement manqué.

Elle acheta le *Financial Times* pour survoler les nouvelles du jour dans le métro qui l'emmenait à Piccadilly Circus. La livre sterling remontait face au dollar, et les marchés semblaient sortir de leur récente torpeur, ce qui était une bonne nouvelle. Et si, hélas, ses propres placements étaient toujours stagnants, Morton's, l'entreprise anglaise de logiciels, semblait enfin se redresser un peu.

Ressortant dans le vacarme de Shaftesbury Avenue, elle sourit en contemplant les bons vieux bus articulés, les taxis noirs, les coursiers à moto qui défilaient à vive allure. Un peu plus loin se trouvait le quartier de Soho, avec ses magasins excentriques et ses cafés italiens, et derrière elle il y avait Fortnum & Mason, Mayfair et la Royal Academy… Oh, Londres, je me suis tant languie de toi, songea-t-elle joyeusement, prenant d'un pas allègre la direction du premier cabinet de recrutement.

*Finance Professionals UK, me voici !*

— Couvrez-moi, j'entre, marmonna-t-elle en poussant la porte, prête à faire des étincelles.

Ce fut une épuisante journée marathon. Elle avait enchaîné cinq rendez-vous – deux dans le West End, un à Chancery Lane et deux autres près de Liverpool Street – sans pouvoir souffler une minute, s'accorder une pause-café ni encore moins regarder les vitrines des magasins. Heureusement, elle n'avait pas perdu son temps. Et quel plaisir, ne serait-ce que de se retrouver dans un environnement professionnel, de parler boutique dans le jargon bancaire qui lui était revenu aussi naturellement que si elle n'avait jamais quitté ce monde.

Polly savait qu'elle avait réussi ses entretiens ; elle avait montré qu'elle avait l'esprit vif, s'exprimait clairement et maîtrisait parfaitement son domaine. Le seul sujet un peu délicat était le trou dans son CV, laissé par ces derniers mois oisifs. Tous les consultants qu'elle avait rencontrés lui avaient évidemment demandé ce qu'elle avait fait depuis son licenciement, mais elle s'y attendait. Elle avait donc préparé sa réponse.

« Cette compression de personnel a été un véritable choc, avait-elle admis, mais je ne suis pas du genre à paniquer ou à baisser les bras. J'ai consacré ce temps à aider ma sœur à créer son entreprise – en m'occupant notamment de la partie financière – et j'en ai aussi profité pour mettre à jour mes connaissances en droit des affaires, un secteur qui m'a toujours passionnée. »

Étonnamment, elle n'avait mentionné ni son job au pub, ni sa nouvelle expertise dans la fabrication du bain moussant, ni les longs après-midi déprimants passés devant son écran d'ordinateur à constater l'absence totale d'offres d'emploi, avec pour toute compagnie celle d'Agatha et des poules.

Son explication parut convaincante, Dieu merci. Chez Finance Professionals, on lui avait tout de suite présenté deux postes bientôt vacants en lui promettant de transmettre sa candidature ; la femme qui l'avait reçue chez

Compass lui avait parlé d'un futur remplacement de congé de maternité chez Arthur Andersen, qui pourrait déboucher sur un CDI ; et dans les trois autres agences, on lui avait affirmé que le marché de l'emploi était en pleine reprise et qu'on avait bon espoir de la recontacter dans les semaines à venir.

À presque 17 heures, Londres s'apprêtait à passer au rythme de l'*Happy hour*. Il restait un endroit où elle voulait se rendre. Elle replongea dans les profondeurs suantes du métro, direction London Bridge, en espérant qu'il n'était pas trop tard.

Le nom de l'agence, les Anges domestiques, aurait pu suggérer une adresse de rêve, avec colonnes doriques, chérubins musiciens et nuages duveteux, mais la réalité était plus prosaïque : un petit immeuble de bureaux un peu sale, aux vitres teintées, un hall de réception au plafond jauni par la nicotine, meublé d'un vieux canapé beige. Quand Polly finit par le localiser, il n'était pas loin de 18 heures. Elle avait les pieds endoloris après avoir arpenté le bitume toute la journée.

— Bonsoir, dit-elle à la réceptionniste au teint cireux, qui était rivée à sa page Facebook et faisait des bulles avec son chewing-gum rose. J'ai raté Magda ? On devait se retrouver ici, mais je suis restée bloquée dans les embouteillages. On avait l'intention d'essayer le nouveau bar à vins, là-bas. Je vais l'attendre ici, si elle n'est pas déjà partie. Je n'aime pas arriver toute seule dans ce genre d'endroit. Je me sens idiote, pas vous ?

Embobiner la fille en la noyant sous un flot d'informations inutiles, telle était la tactique de Polly. C'était un pari, certes, mais elle avait déjà essayé la requête polie au téléphone, qui ne l'avait menée nulle part.

La réceptionniste cligna des yeux sous cette avalanche de détails.

— Magda ? Elle est encore à Kipling Street.

— Oh, flûte, je me suis trompée ! s'exclama Polly, jouant l'écervelée. J'ai bien fait de vous poser la question. Je repasserai plus tard, au revoir !

— Qui la demande ? s'écria la fille.

Mais Polly fit mine de ne pas l'avoir entendue et ressortit sans perdre de temps.

Son cœur battait à cent à l'heure. Le pari avait réussi. Magda travaillait toujours pour cette agence et se trouvait au moment même à Kipling Street. Polly feuilleta son plan de Londres et partit la chercher.

Coup de chance, Kipling Street était une petite rue. Perchée sur un muret, d'où elle pouvait la surveiller d'un bout à l'autre, Polly attendit. Vingt minutes plus tard, elle vit Magda sortir d'une maison de ville : fine silhouette au dos droit et cheveux au carré, portant un seau jaune rempli de matériel de nettoyage.

— Magda ! s'écria Polly en sautant du muret et en agitant le bras. Magda !

La jeune femme s'arrêta et la contempla avec surprise. Puis son expression se modifia et se fit soupçonneuse.

— Mademoiselle Johnson, dit-elle d'un ton glacial, alors que Polly la rejoignait en courant.

Ses yeux de chat s'étaient étrécis, et son langage corporel était tout sauf amical.

— Qu'est-ce que vous faire là ?

— Je suis venue pour m'excuser, répondit Polly.

Elles se tenaient à deux mètres l'une de l'autre. Mal à l'aise, Polly avait conscience que son élégant chignon du matin s'était défait, qu'elle avait de la sueur sous les aisselles et dans le dos, et que ses pieds devaient sentir mauvais, comprimés dans ses horribles escarpins à talons.

— Je suis vraiment navrée. Je me suis comportée comme une idiote. J'espère que vous n'avez pas eu d'ennuis à cause de moi.

Magda expira lentement, le regard impassible.

— J'ai eu des ennuis, oui. Beaucoup d'ennuis. Ils veulent virer moi, et je dois…

À court de vocabulaire, elle s'interrompit, posa son seau et joignit les mains comme en prière.

— Vous avez dû les supplier, traduisit Polly. Je suis désolée. Mais vous avez conservé votre emploi, au moins, n'est-ce pas ?

— Je perds meilleurs clients, expliqua Magda. Ils disent je suis pas... confiance. Ils donnent travail merdique.

Polly se mordit la lèvre.

— Je suis sincèrement désolée, répéta-t-elle.

Et tout à coup, elle se demanda ce qui avait bien pu lui passer par la tête de venir là. À quoi bon ? Que pourrait-elle faire pour réparer le tort qu'elle avait causé à cette femme quelques mois plus tôt ?

— J'ai essayé d'appeler pour vous laisser un message, mais à l'agence ils ont refusé de le prendre, fit-elle au bout d'un moment.

Magda demeura muette. « Et alors ? semblait dire son regard. Ça m'avance à quoi ? »

— Vous savez, moi aussi j'ai un emploi de femme de ménage, maintenant, et...

— Vous ? Vous, femme de ménage ?

Polly acquiesça.

— Eh oui. Et c'est un travail très dur. Je ne me rendais pas compte.

— Oui, très dur.

Puis Magda pouffa, et ses yeux pétillèrent d'amusement.

— Vous, vraiment femme de ménage ?

— Oui. Je sais que c'est difficile à croire. Mais à présent je mesure tout le travail que vous avez fait pour moi pendant des semaines.

— Des mois.

— Pendant des mois, se corrigea Polly, les yeux baissés. C'est pour ça que je suis passée. Pour vous demander pardon. Si vous voulez, je peux écrire à la patronne de l'agence pour lui expliquer que j'ai commis une erreur.

Magda hocha la tête.

— Oui, vous leur dites. Vous dites que moi suis bonne femme de ménage.

— Je leur dirai que j'ai été injuste, et que vous ne méritez pas les emplois merdiques.

— C'est vrai.

— Et qu'ils devraient vous augmenter et vous accorder davantage de congés payés.

Au moins, Magda souriait à présent. Elle donna une petite bourrade dans le bras de Polly.

— D'accord, fit-elle. Merci.

— C'est moi qui vous remercie. Vous avez été tellement gentille avec moi, au moment où j'étais au plus bas. Je ne l'ai pas apprécié à l'époque, mais… vous êtes quelqu'un de bien. Je ne vous méritais pas.

— C'est vrai, répéta Magda.

Et toutes deux se mirent à rire. Magda passa les bras autour de Polly et lui tapota le dos comme si elle consolait une enfant.

— Vous avez un nouveau travail ? demanda-t-elle en s'écartant.

— Pas encore. Mais je cherche activement.

— Je souhaite bonne chance. *Dobre szczęście*, comme on dit en Pologne.

— Merci. Merci pour tout, et bonne chance à vous aussi. Ça m'a fait plaisir de vous revoir, Magda. Prenez soin de vous.

— Vous aussi. Vous êtes différente, maintenant. Mieux.

Polly la regarda ramasser son seau plein de bouteilles et de sprays (pas très différent de celui qu'elle utilisait au pub) et s'éloigner dans la rue.

« Vous êtes différente, maintenant. Mieux. » Les mots de Magda résonnaient encore dans l'esprit de Polly, qui se surprit à hocher la tête toute seule dans la rue, comme si elle n'avait pas toute sa raison. C'était vrai qu'elle avait changé depuis cette époque où elle avait si mal agi. Et le fait que Magda l'ait remarqué lui mettait du baume au cœur.

Mission accomplie, se dit-elle en se dirigeant vers le métro. Avec un peu de chance, elle réussirait à attraper le train de 18 h 57 pour Amberley et serait chez Clare à 21 heures. Et elle réparerait l'injustice causée à Magda, en rédigeant une belle lettre à l'agence : pourquoi n'y avait-elle pas pensé plus tôt ?

À cet instant, son téléphone sonna, et un numéro inconnu s'afficha.

— Allô ?

— Polly Johnson ? Ici Anne-Marie, de chez Finance Professionals. Après notre conversation, j'ai transmis votre dossier au groupe Walkley pour le poste de risk manager, et ils ont déjà repris contact avec moi. Ils veulent vous rencontrer. Pourrions-nous fixer un rendez-vous pour la semaine prochaine ?

Polly s'immobilisa au beau milieu de la rue.

— Euh... pour un entretien ?

— C'est exact. Ils avaient l'air enthousiastes. Votre profil paraît parfaitement correspondre à ce qu'ils cherchent.

Elle eut envie de rire, en repensant à toutes les semaines de recherches infructueuses, aux heures passées à éplucher les sites d'offres d'emploi et les petites annonces des journaux, en essayant de rester optimiste chaque fois qu'elle envoyait un CV et une lettre de candidature, sans résultat. Par moments, elle avait été près de supplier qu'on lui donne une opportunité. Or, il avait suffi que Magda lui souhaite bonne chance pour qu'elle reçoive le coup de téléphone qu'elle attendait depuis si longtemps.

— C'est une excellente nouvelle, répondit-elle en sentant la joie monter en elle comme des bulles dans le champagne. Je suis libre n'importe quand.

# CHAPITRE 23

POLLY SE TROUVAIT DANS LE TRAIN qui la ramenait à Amberley quand son portable sonna de nouveau. C'était Jay. Un frisson la parcourut alors que la conversation qu'elle avait eue avec sa sœur lui revenait en mémoire. « Prends des risques. Ne ferme pas la porte. Et n'aie pas peur ! »

— Salut ! s'exclama-t-elle gaiement. Comment ça va ?

— Bien, et toi ? Où es-tu ? J'entends du bruit.

— Je suis dans le train. J'ai passé la journée à Londres, répondit-elle en regardant par la fenêtre.

Ils avaient déjà dépassé les concentrations urbaines proches de la capitale et traversaient la lointaine banlieue, Esher, puis Hersham, où les jardins étaient plus vastes et les rues plus verdoyantes. *Au revoir, grande ville. À la semaine prochaine ! J'ai déjà hâte de te retrouver.*

— Ah bon ? Pour le boulot ou pour le plaisir ?

Elle hésita une seconde.

— Pour voir de vieux amis, finit-elle par répondre.

Quel mensonge ! D'autant qu'elle n'avait pour ainsi dire pas de vieux amis. Mais une espèce de superstition l'avait empêchée de lui avouer la vérité, comme si, en parlant de son entretien, sa chance toute neuve risquait de l'abandonner.

— Sympa. Tu arrives à quelle heure ?

— Vers 20 h 30, je crois. Pourquoi ?

— Je vais passer te chercher. On pourrait peut-être aller prendre un verre.

— Ce serait super. Mais…

Elle se souvint un peu tard qu'elle n'était pas très fraîche après sa journée marathon.

— Mais quoi ?

— Mais je suis toute sale et débraillée, avoua-t-elle sans réfléchir.

— Encore mieux ! dit-il en riant.

Avant qu'elle ait eu le temps de trouver une repartie cinglante, il ajouta :

— Alors, à tout à l'heure.

Hum… Elle avait juste le temps de faire un petit tour dans les toilettes du train en espérant pouvoir se rendre présentable, avant de passer la frontière du Hampshire. Elle espérait aussi que Jay ne se demanderait pas pourquoi elle avait mis un tailleur-pantalon et des escarpins pour aller voir d'imaginaires « vieux amis ». Il n'empêche qu'elle souriait en descendant l'allée du compartiment brinquebalant. La perspective de son entretien d'embauche la semaine prochaine lui permettait de relativiser son histoire avec Jay. De toute façon, elle aurait bientôt quitté Elderchurch, alors pourquoi s'en faire ? Ils pouvaient passer du bon temps ensemble, sans que ça tourne au drame émotionnel.

Il semblait qu'enfin tout rentrait dans l'ordre.

En la voyant, Jay émit un sifflement sonore des plus gênants, d'autant que les tentatives de Polly pour se refaire une beauté n'étaient pas aussi réussies qu'elle l'aurait souhaité : son chignon n'était qu'une triste réplique de celui du matin, et ses vêtements étaient tout froissés. Du moins avait-elle réussi à se rafraîchir un peu, à remettre du rouge à lèvres et à se poudrer le nez.

Cependant, Jay lui lançait un regard si admiratif qu'elle se sentit récompensée de ses efforts. En fait, elle aussi fut tentée de siffler, en le voyant rasé de frais, bronzé, en chemise d'un blanc étincelant et pantalon noir.

— Bonsoir, dit-elle en souriant timidement. Comment vas-tu ?

— Je vais bien, maintenant que je te revois, répondit-il en l'attirant contre lui une seconde.

L'odeur fraîche et citronnée de son eau de Cologne lui donna la chair de poule, et elle se sentit chavirer. *Reprends-toi, Polly.*

— Tu as dîné ? demanda-t-il en la libérant.

— Non. D'ailleurs, je meurs de faim. Si on s'arrêtait au *fish and chips* de la grand-rue sur le chemin ?

— Oh, je pense qu'on peut faire mieux que ça. Pourquoi ne pas aller chez moi ? Je te préparerai quelque chose.

— Parfait, dit-elle, feignant un air détaché. J'espère que tu cuisines mieux que tu ne conduis.

— Eh bien, je n'ai encore jamais tué personne. Même s'il y a un début à tout, j'imagine. Je suis garé au coin.

Au moment où Jay démarra la Land Rover, Polly s'avisa qu'elle n'avait aucune idée de l'endroit où il vivait, ni du genre d'intérieur qu'il s'était créé. Lorsqu'il était adolescent, sa famille habitait une de ces maisons mitoyennes modernes près de l'école primaire, avec son carré de pelouse devant, mais où avait-il choisi de s'installer, une fois adulte ? Elle tenta de l'imaginer dans un petit pavillon comme celui de ses parents, mais ça ne collait pas. Dans une des maisons du nouveau lotissement, à la sortie du village ? Polly n'y était jamais entrée, mais elle avait entendu ses parents en parler comme de verrues qui dénaturaient le paysage. Elle était curieuse de découvrir son style, ses goûts. Et si elle se retrouvait dans un de ces épouvantables intérieurs de célibataire, tout noir et chrome, avec des peaux de léopard jetées sur les canapés de cuir, comme dans ces maisons de footballeurs qu'on voyait dans les magazines de déco ? Elle étouffa un rire, et Jay lui lança un regard étonné.

— Quoi ?

— Rien. Je vais envoyer un texto à Clare, pour qu'elle sache où je suis, annonça-t-elle en sortant son portable de son sac. Je ne voudrais pas qu'elle s'inquiète.

*Salut. J'espère que tout va bien. Super journée : entretien la semaine prochaine ! Vais prendre 1 verre chez Jay. A +.*

La réponse ne se fit pas attendre. *BRAVO ! N'oublie pas ta promesse : lâche-toi !*

Elle pouffa et rangea son portable.

— Quoi, encore ? demanda Jay. Tu ne peux pas continuer à ricaner comme ça. Il n'y a rien de tel pour rendre un homme nerveux.

Elle rit franchement cette fois, songeant qu'il devait en falloir beaucoup plus pour inquiéter un type aussi cool que lui.

— Désolée, dit-elle. Ignore-moi.

— Comme si j'avais jamais réussi à t'ignorer.

Il plaisantait, bien sûr, mais elle sentit le feu lui monter aux joues.

— Jay Holmes, tu n'es pas en train de flirter avec moi, tout de même ?

— Tu appelles ça flirter ? répliqua-t-il en lui adressant un clin d'œil. Attends que je m'y mette.

— J'espère que tu seras à la hauteur. Je déteste voir les grands garçons pleurer.

— Tu me connais, j'adore les défis.

Ralentissant en passant devant le panneau « Bienvenue à Elderchurch », il quitta peu après la grand-rue pour s'engager dans une ruelle bordée de hautes herbes et de cerfeuil sauvage.

— On est presque arrivés.

— Tu vis à Mill Lane ? demanda Polly, étonnée.

C'était la partie la plus ancienne du village, là où se trouvaient autrefois la première ferme céréalière et la minoterie. La ferme avait été vendue depuis longtemps et le moulin transformé en une luxueuse propriété, achetée par un homme d'affaires excentrique, qui avait fait scandale en tirant au fusil à air comprimé sur les corneilles qui nichaient au fond de son jardin.

« Ces satanées bestioles me réveillent tous les matins », avait-il expliqué, comme si ça justifiait tout.

— Oui, répondit Jay. Mais pas dans le moulin, ne t'emballe pas. J'ai acheté un des anciens bâtiments de ferme et je l'ai restauré.

— Tu vis dans un hangar, c'est ça que tu es en train de me dire ?

— Oui, c'est ça, confirma-t-il, roulant au ralenti sur un petit pont enjambant le bief. Tiens, ce hangar, là-bas.

Il s'arrêta dans l'allée de gravier, et Polly fut réduite au silence. En fait de hangar, c'était une ancienne grange magnifiquement restaurée, avec un beau porche en chêne, un toit d'ardoises et une façade blanchie à la chaux. Deux oliviers aux feuilles argentées, dans de grands pots de terre, flanquaient la porte d'entrée, et une clématite à petites fleurs blanches poussait le long du mur. Telle était donc la maison que Jay s'était construite. Elle était ravissante.

— Ouah ! s'exclama Polly. Magnifique ! Et moi qui t'imaginais dans un horrible appartement tape-à-l'œil.

— Petite peste, dit-il en descendant de voiture. Allez, viens. C'est encore mieux à l'intérieur.

Il n'avait pas tort. La porte d'entrée ouvrait sur un vaste espace à vivre, dont les grandes fenêtres donnaient sur les champs et les collines au loin. Une cheminée à la maçonnerie en épi occupait le mur du fond, et il avait conservé les belles poutres apparentes au plafond. Le mobilier était simple et rustique : un grand canapé rouge, une robuste table basse en bois, un vieux repose-pieds en cuir noir, une bibliothèque en bois remplie de livres de poche, et sa chère guitare posée dans un coin. Si l'ensemble était spacieux et aéré, elle imaginait sans peine combien la pièce devait être douillette l'hiver, réchauffée par un bon feu de cheminée.

Pour compléter le tableau, le chien leur fit fête à leur entrée, en battant joyeusement de la queue.

— La cuisine est par là, indiqua Jay en retirant ses chaussures et en se dirigeant vers l'autre bout de la maison.

Polly retira ses escarpins, lâcha son sac et le suivit.

La cuisine aussi était simple et de bon goût. Une alcôve en brique accueillait un fourneau, et de simples planches de bois, sur des éléments blancs, servaient de plan de travail.

— Très jolie, approuva Polly.

Elle remarqua les casseroles de cuivre suspendues sur un mur et une étagère couverte de flacons d'épices qui ne semblaient pas là uniquement pour la décoration.

Jay sourit et frappa le plan de travail.

— Tu le reconnais ?

— Je devrais ?

— Il vient d'un des labos du lycée. Quand le bâtiment des sciences a été refait, j'ai entendu dire qu'ils se débarrassaient de tous les vieux établis. J'en ai récupéré quelques-uns dans une benne, et j'ai poncé celui-là. C'est du teck recyclé. Neuf, il vaudrait une fortune.

— Il est chouette, reconnut Polly en passant la main sur la surface lisse. C'est drôle de penser à tous les becs Bunsen et les trépieds qui ont dû être posés là au fil des années.

— Et tous les adolescents comme nous qui ont gravé des graffitis dessus. Enfin, pas moi, bien sûr, j'étais beaucoup trop sage pour faire ce genre de bêtises.

— Bien sûr.

— Enfin, passons aux choses sérieuses : le repas. Des pâtes et une salade, ça te va ? Et j'ai une bouteille de blanc au frais, si tu veux bien nous en servir un verre.

— Tout ça m'a l'air parfait, merci, dit-elle en ouvrant la porte du frigo, dont elle inspecta le contenu.

Des œufs. Un paquet de bacon. Des blancs de poulet. De la salade. Au moment où elle saisissait la bouteille de vin, deux idées la frappèrent du même coup.

La première : s'il se mettait à boire, il ne pourrait pas la ramener chez Clare. En théorie, elle pourrait rentrer à pied, mais elle aurait du mal à retrouver son chemin dans le noir et à marcher dans les ruelles avec ses talons hauts. Il était également possible qu'il lui propose de rester ici pour la nuit. Auquel cas, elle répondrait... Quoi ? Elle n'en avait aucune idée.

La deuxième : elle était déjà tellement survoltée après sa journée à Londres qu'un seul verre de vin suffirait à lui faire perdre toutes ses inhibitions. Et avec le texto d'encouragement de Clare au fond de son esprit – *Lâche-toi !* –, rien ne pourrait l'arrêter. Mon Dieu, c'était terrifiant... et également très excitant.

Elle remplit deux grands verres, en tendit un à Jay et leva le sien.

— Santé !

Elle ignorait si la soirée serait une réussite, mais elle avait le sentiment qu'elle allait tout de même s'amuser.

Lorsqu'ils eurent dégusté un grand plat de pâtes à la crème, à l'ail et au bacon, ainsi qu'une bonne salade verte, le ciel s'était assombri et avait pris des nuances de pourpre et de bleu marine. Ils étaient installés dehors, à une petite table en fer à l'arrière de la maison. La campagne était tellement silencieuse que Polly eut l'impression qu'ils étaient seuls au monde.

— C'était délicieux, dit-elle, un peu pompette. Et maintenant ? C'est le moment où tu me joues la sérénade sur ta guitare ?

— Tu crois que tu l'as mérité ? Non. Ce qui se passe maintenant, c'est... ça.

Et avant qu'elle ait pu réagir, il se pencha vers elle et l'embrassa sur la bouche. Polly faillit protester, puis remarqua la douceur de ses lèvres sur les siennes et la tendresse avec laquelle il avait pris sa main. Les mots qu'elle aurait pu prononcer s'évanouirent, le sang lui monta à la tête puis irrigua d'autres parties sensibles de son corps.

Oh, mon Dieu, je suis en train d'embrasser Jay, songea-t-elle, stupéfaite. Et c'est bon. C'est trop bon. Si seulement ça pouvait ne jamais s'arrêter.

— Hum, murmura-t-elle en se levant en même temps que lui.

Elle posa les doigts sur son bras aux muscles tendus.

— Autre chose ? demanda-t-elle.

— Peut-être… ceci, chuchota-t-il en commençant à déboutonner son chemisier.

Elle soupira en sentant ses doigts effleurer sa peau, et des frissons délicieux lui parcourir tout le corps. C'était extraordinaire. Garde la tête froide, Polly, lui dit le peu de bon sens qui lui restait, mais elle l'ignora. Marre de garder la tête froide. Marre d'avoir peur.

— Et si tu me montrais ta chambre ? dit-elle dans un souffle.

— J'ai cru que tu ne me le demanderais jamais.

Ce fut sans aucun doute l'expérience la plus sexy, la plus sensuelle, la plus exquise de sa vie. Jay était encore plus beau nu qu'il l'était à dix-huit ans, malgré la cicatrice au bras qu'elle sentit sous ses doigts et le tatouage celtique à demi effacé sur son épaule. Faire l'amour avec lui était à la fois différent et merveilleusement familier. Elle eut le sentiment d'être rentrée au port.

Que dire de toutes les nuits désastreuses qu'elle avait passées depuis la dernière fois où elle avait couché avec lui ? Toutes les étreintes maladroites avec des hommes qui n'étaient pas faits pour elle, afin de tromper sa solitude et de sentir simplement des bras autour d'elle. Le dernier en date, rencontré au printemps précédent à une conférence sur l'avenir de la banque mobile – Patrick quelque chose –, avait les mains moites, le teint rougeaud et pas mal de kilos en trop. Il s'était acharné sur son soutien-gorge comme s'il en voyait un pour la première fois. Quant à l'acte lui-même… mieux valait ne pas s'en souvenir.

Tandis qu'avec Jay… Avec Jay, elle se sentait belle. Elle se sentait désirable et désirée. Il l'avait tenue dans ses bras, l'avait caressée, l'avait contemplée. Et elle n'avait pas eu peur, pas une seconde.

Ensuite seulement, alors qu'ils étaient étendus côte à côte, le doute et l'anxiété revinrent. Oh, mon Dieu, se dit-elle alors que son pouls reprenait son rythme normal. La vie de qui avait-elle foutu en l'air, cette fois ?

Et tandis qu'il lui caressait les cheveux, la panique déferla sur elle. Elle n'aurait jamais dû faire ça. Jay et elle : mauvaise idée. Elle avait eu beau succomber à ce moment de folie, elle avait eu beau adorer coucher avec lui, elle devait s'en aller au plus vite, avant que les choses ne deviennent trop compliquées. Arrêter tant qu'il en était encore temps. Parce qu'elle était nulle en matière de relations amoureuses, point final. Et avec lui… eh bien, ça n'avait pas franchement marché, la première fois.

— Je suis en train de tomber amoureux de toi, déclara-t-il à cet instant, et ce fut comme un saphir qui égratignait un disque.

Elle se raidit et s'écarta d'instinct.

— Ne dis pas ça.

*Ne le dis pas, ne le dis pas, ne le dis pas.* Il ne pouvait pas être sérieux. Pourquoi ne pouvaient-ils pas s'en tenir au sexe ? Elle n'était pas prête pour autre chose.

— Pourquoi ? C'est vrai. Je me suis toujours interrogé sur nous deux, toujours demandé ce qui se serait passé si nous étions restés ensemble, et…

Elle ne supporterait pas d'en entendre davantage.

— Bon, eh bien, ça ne s'est pas fait, si ?

Il se redressa sur un coude et la regarda. Aussitôt, elle remonta le drap, consciente de sa cellulite et – horreur ! – d'un poil noir qui semblait pousser sous le bout d'un sein.

— Qu'est-ce qu'il y a ? s'enquit-il.

Elle roula sur le ventre et se mit à plier le tissu de la taie d'oreiller entre ses doigts.

— Je ne vois pas l'intérêt de parler d'amour alors que…

Elle haussa les épaules.

— Alors que je suis seulement là pour l'été.

— Vraiment ?

— Oui, je croyais te l'avoir dit.

Cette fois, ce fut lui qui détourna les yeux.

— J'imagine que j'espérais…

— Non.

— Non quoi ?

— Ce que tu espérais n'arrivera pas.

Le silence s'installa, inconfortable, et Polly perçut un grondement de tonnerre au loin. Un orage s'annonçait dehors, de même qu'à l'intérieur de la chambre.

— Qu'est-ce qui te permet d'en être si sûre ? demanda-t-il au bout d'un instant. Comment peux-tu le savoir ?

Les doigts de Jay qui couraient sur son dos la distrayaient. Or, elle ne devait pas se laisser distraire.

— Écoute, je serai repartie dans quelques semaines, dit-elle, se tournant pour lui faire face. Inutile de donner trop d'importance à ce qui vient de se passer.

Elle était délibérément blessante, mais sa franchise valait mieux pour tous les deux. Comment imaginer une relation, sachant qu'elle allait très bientôt retourner à Londres ? Quel intérêt de prétendre le contraire ?

Il la regardait comme si elle venait de le gifler. Le chagrin était visible dans ses yeux.

— Bon… très bien. Tu as peut-être raison. Merci quand même pour la baise. C'était généreux de ta part de me donner au moins ça.

— Ne le prends pas comme ça ! J'ai passé une soirée délicieuse. Je t'apprécie beaucoup, et ça m'a fait plaisir de me réconcilier avec toi, mais…

— Mais quoi ? Pourquoi doit-il y avoir un « mais » ?

— Tu sais très bien pourquoi il doit y avoir un « mais ». Parce que tu es toi et que je suis moi. Nous voulons des choses différentes. Nous n'avons rien en commun.

Les yeux braqués sur le plafond, il ne répondit pas.

— Écoute, ce n'est pas toi…

— Ah non, la coupa-t-il d'une voix rageuse. Ne commence pas avec ça ! Si tu te lances dans ces conneries de « Ce n'est pas toi, c'est moi », je te jure que je vais… que je vais sortir à poil et hurler des insanités dans la nuit !

Elle rit. Nerveusement.

— Désolée. Mais je sais que ça vient de moi. Je suis nulle pour tous les trucs romantiques. Ça me donne envie de me sauver en courant.

Il agita la main.

— Vas-y. Je ne te retiens pas.

Mon Dieu, elle avait vraiment tout gâché. Ou plutôt, il avait tout gâché le premier, en prononçant l'affreux mot en *A*, et elle avait complété le gâchis en paniquant.

Elle se sentait dégrisée, gênée et fatiguée. Et puisqu'il venait de lui dire de s'en aller de cette manière désinvolte, elle n'avait pas de raison de ne pas obtempérer.

Elle se redressa, rassembla ses affaires et commença à s'habiller, au moment même où une pluie torrentielle se mettait à tomber.

— Qu'est-ce que tu fais, là ?

Il paraissait exaspéré. Ce n'était pas le moment de s'éterniser.

— À ton avis ? Je rentre chez Clare.

— Oh, je t'en prie, arrête ton cinéma. Comment tu comptes repartir ? On a trop bu tous les deux, et ce n'est pas par ici que tu trouveras un taxi.

Elle lui lança un regard noir.

— Je vais rentrer à pied.

— Dans le noir ? Sous ce déluge ? N'importe quoi ! Toi, tu restes là et j'irai dormir sur le canapé, puisque tu ne peux pas supporter de partager un lit avec moi.

Elle se prit la tête dans les mains, regrettant de ne pas pouvoir rembobiner la soirée.

— Attends, dit-elle d'une voix faible.

Mais il avait déjà quitté la chambre, furieux.

Eh bien, bravo, tout s'était déroulé brillamment. Merci à Clare et à ses textos ! « Prends des risques ! Lâche-toi ! » C'était exactement ce qu'elle avait fait, et pour quel résultat ? Un désastre. Et en plus, Jay devait maintenant la détester.

Elle donna un coup de poing dans l'oreiller et écouta la pluie tomber. Pourquoi les gens étaient-ils si *compliqués* ?

# CHAPITRE 24

Plus qu'une journée au cabinet, et Clare serait en congé pour deux semaines. Elle se sentait déjà d'humeur vacancière en allumant son ordinateur et en affichant le planning des rendez-vous. Elle avait tellement travaillé ces dernières semaines qu'elle méritait un vrai break. Les parents de Debbie possédaient une caravane à Bournemouth, qu'ils mettaient à sa disposition pour une semaine. Clare avait l'intention de faire les bagages et de prendre la route lundi, après un dernier coup de collier pour finir sa commande pour Langley's. Avec un peu de chance, elle pourrait la livrer au cours du week-end et partir en vacances la conscience tranquille. Youpi ! Les prévisions météo étaient bonnes, et Clare rêvait déjà de longues journées sur la plage. Elle s'était même acheté un nouveau maillot de bain, au cas où elle oserait piquer une tête, la première depuis des années. Ou simplement barboter. Quoi qu'il en soit, elle était décidée à profiter au maximum de son séjour.

Mais chaque chose en son temps. Avant d'attaquer cette dernière journée de travail, elle devait découvrir ce qui se passait dans la vie de sa sœur. À mesure que les heures filaient, la veille au soir, et alors que Polly ne rentrait pas, elle s'était sentie de plus en plus excitée. Et ce matin, elle s'était aperçue qu'elle n'avait pas dormi à la maison. Ce qui ne pouvait signifier qu'une chose !

Clare savait depuis le début que Polly et Jay étaient faits l'un pour l'autre. Il était temps qu'ils se rendent à l'évidence, eux aussi.

*T'as vu l'heure, petite coquine ?* rédigea-t-elle sur son portable. *Appelle ! Je veux TOUT savoir.*

— Bonjour ! s'exclama Roxie au même moment, poussant son sac vert fluo sous le bureau et remontant ses lunettes de soleil.

Elle portait une salopette en jean par-dessus un chemisier lilas en broderie anglaise, et s'était teint les cheveux en un flamboyant roux cuivré. Cheveux retenus d'un côté par une barrette à pois Hello Kitty, et de l'autre par une fleur en strass.

— Je suis un peu en retard, désolée. George était insatiable, il a absolument voulu remettre ça sur la table de la cuisine, avant de me laisser partir.

Clare pouffa.

— George ?

— Clooney, répondit Roxie en allumant son PC. Tu sais comment il est.

— Il est un peu vieux pour vous, Roxanne, non ?

Clare et Roxie se retournèrent d'un même mouvement, pour découvrir que Luke se tenait là, amusé.

— On le partage, ma mère et moi, expliqua Roxie du tac au tac. Je l'ai le lundi, le mercredi et le vendredi, elle le garde les autres jours. On lui laisse le dimanche pour rattraper son sommeil en retard dans un hôtel de luxe.

— Ah, dit Luke, très sérieusement. Bien sûr.

— En parlant d'hôtel de luxe… reprit Roxie, avant de s'interrompre, comme si elle venait seulement de s'apercevoir de la présence de Luke. Désolée, vous vouliez quelque chose ?

— Je ne retrouve plus mes notes sur Mme Ellington. Elle a rendez-vous aujourd'hui, et je sais que nous avons récemment reçu une lettre de l'hôpital la concernant, mais elle n'apparaît pas dans le système.

— Oh, fit Clare, embarrassée, en montrant la bannette pleine de papiers devant elle. Désolée, je voulais scanner tout ça. Elle est probablement là-dedans. Je vous prie de m'excuser.

Elle se mit à feuilleter le tas de courrier, écoutant d'une oreille distraite le bavardage de Roxie.

— Je disais donc, à propos des hôtels de luxe, que Langley's est presque prêt à ouvrir. Tatie Kate est passée prendre le thé hier et elle nous a emmenés faire une petite visite privée : ouah, si tu voyais ça, Clare ! Les chambres sont stupéfiantes. Et la piscine – oh, mon Dieu, à mourir ! Il y a une cascade, un espace jacuzzi et...

— La voici, dit Clare en tendant la lettre à Luke.

Il lui effleura les doigts, et Clare se sentit devenir toute rouge... Une vraie gamine.

— Merci.

— Clare, tu m'écoutes ? J'essaie de te dire des choses importantes, là.

— Oui, répondit-elle, tâchant de cacher son impatience. Je t'écoute, Roxie, mais ça ne me concerne pas vraiment, si ? Je ne suis qu'une fournisseuse, pas une cliente, hélas.

Roxie fit la moue.

— Très bien. Dans ce cas, je ferais peut-être mieux de donner mes chèques-cadeaux à Luke, non ? Il aura peut-être envie d'emmener sa petite amie y passer un week-end torride, puisque tu n'es pas intéressée...

Clare se retourna brusquement vers son amie à la mention de chèques-cadeaux, regrettant de ne pas s'être montrée plus enthousiaste.

— Je n'ai pas dit...

Mais Luke levait déjà les mains.

— Ne me mêlez pas à tout ça, coupa-t-il. De plus, je n'ai plus de petite amie, donc...

Il haussa les épaules et tourna les talons.

Roxie leva un sourcil à l'intention de Clare, inclina la tête vers la silhouette du médecin qui s'éloignait et passa sa langue sur ses lèvres d'un mouvement suggestif.

— Intéressant, ronronna-t-elle.

— La ferme ! rétorqua Clare, le visage écarlate.

Roxie fit mine de fermer sa bouche comme s'il s'agissait d'une fermeture Éclair, de tourner une clé et de la balancer par-dessus son épaule. Ensuite, elle se mit à taper sur son clavier telle une employée modèle, bien qu'en jetant un coup d'œil à l'écran, Clare crut reconnaître le site de Lonely Planet.

Clare ne put s'empêcher de rire.

— Merci pour les chèques-cadeaux, dit-elle. Ma sœur aura peut-être envie d'un week-end torride avec son nouveau petit ami, même si, moi, je n'ai personne avec qui y aller.

— Pas de problème, répondit Roxie d'un ton léger, étudiant une carte du Pérou sur son écran.

Alors que Clare emportait la pile de lettres puis commençait à les scanner, elle se sentit soudain découragée. Pour la première fois depuis sa séparation, elle regrettait de n'avoir personne à inviter à l'hôtel, personne pour qui s'habiller, personne à qui tenir la main pendant un dîner en tête à tête. Y aurait-il de nouveau une telle personne dans sa vie ?

Elle ne reçut aucune nouvelle de Polly de toute la matinée. Bizarre. Peut-être dormait-elle encore après ses folies de la nuit ? À moins qu'elle ne se soit lancée dans de nouvelles folies matinales ? Ou alors, elle était en train de déménager ses affaires chez Jay et… Non. Du calme, Clare.

Son téléphone sonna alors qu'elle prenait sa pause dans le jardin ensoleillé à l'arrière du cabinet, et elle se hâta de répondre. Mais c'était Steve.

— Tout va bien ? demanda-t-elle d'un ton circonspect.

— Oui. Je t'appelle pour te prévenir que j'ai pris quelques jours de congé la semaine prochaine et que j'envisage de partir avec les enfants.

Elle se passa la main dans les cheveux, déjà fatiguée par cette conversation.

— Eh bien, le problème, c'est que j'ai déjà...

— Je pensais prendre l'Eurostar et aller visiter Paris. Peut-être même passer une journée à Disneyland.

— Mais, Steve...

— Je viendrai donc les chercher jeudi matin...

— Steve, attends ! s'écria-t-elle. Nous ne serons pas là la semaine prochaine. On va à Bournemouth.

Il y eut un long silence. Puis :

— Tu ne m'as pas demandé si j'étais d'accord.

— Comment ça, je ne t'ai pas demandé ton accord ? Je n'ai pas besoin de ta permission. Je suis leur mère, et je les emmène en vacances.

— Oui, mais c'est mon week-end. Et puisque j'ai quelques jours de congé, j'ai droit à la moitié de la semaine, donc...

Clare vit ses vacances disparaître en fumée, avant même d'avoir commencé.

— Tu ne peux pas les emmener la semaine suivante ? suggéra-t-elle en essayant de ne pas perdre son calme. Écoute, je suis sûre qu'ils seraient ravis d'y aller, mais...

— Non, impossible.

— Mais j'ai tout organisé. Nous partons lundi.

— Eh bien, tu aurais dû voir ça avec moi avant. Tu violes mes droits de père en...

— Steve, arrête, tu es ridicule !

Elle dut presque crier pour se faire entendre.

— Pourquoi est-ce que tu te comportes comme ça ? Pourquoi ne peut-on pas en discuter de manière raisonnable ?

— Parce que tu ne respectes pas les règles, voilà pourquoi. Et...

— Moi, je ne respecte pas les règles ? Écoute, je suis au cabinet, et je n'ai pas envie de me disputer avec toi maintenant. Nous en reparlerons plus tard et trouverons une solution, d'accord ?

— Je t'en prie, Clare, arrête de jouer les petites saintes. Comment réagiront les enfants, à ton avis, quand ils sauront que tu refuses que je les emmène à Disneyland ? Qu'est-ce qu'ils vont ressentir, d'après toi ?

Elle en resta bouche bée. Et si Hilary Manning n'avait pas choisi cet instant pour sortir dans le jardin avec un café fumant et s'installer sur un banc à proximité, elle se serait mise à hurler.

— Je refuse de te parler quand tu es comme ça, réussit-elle à articuler, la colère montant en elle comme de la lave juste avant l'éruption d'un volcan. Nous verrons ça plus tard.

Là-dessus elle raccrocha, bouillonnant de rage.

— Tout va bien, Clare ? demanda Hilary en la dévisageant par-dessus le bord de ses lunettes.

Clare grinça des dents.

— Les hommes ! lança-t-elle en retournant au cabinet. Quelle plaie !

Au moment où elle s'asseyait à son bureau, elle reçut un texto de Polly. *Désastre total, j'ai tout gâché, Jay me hait. Ah, les hommes !*

Apparemment, c'était contagieux.

Lorsqu'elle rentra chez elle avec les enfants, Clare trouva Polly à la table de la cuisine, en train de taper sur le clavier de son ordinateur portable avec une expression meurtrière.

— Salut, dit-elle en ouvrant le frigo, cherchant une idée pour le dîner. Ça va ?

— Ouais, répondit Polly, comme on tire un boulet de canon. J'étais en train de réviser pour mon entretien de la semaine prochaine.

— Ah, oui, tu m'en as parlé dans ton message.

Elle hésita.

— Et... Jay ?

— On oublie.

— Bon. Enfin, si tu veux en parler plus tard...

— Non.

— OK.

Ah, c'était à ce point-là ? Clare referma le frigo, peu inspirée par son contenu. Il y avait des betteraves en tas et pleines de terre sur le plan de travail (sans doute un nouveau cadeau d'Agatha), qui ne lui disaient rien non plus.

— Des spaghettis, ça vous va, les enfants ? cria-t-elle en posant une casserole d'eau sur la plaque sans attendre leur réponse.

Les spaghettis leur allaient toujours, heureusement.

— Bon alors, c'est quoi ce travail ? demanda-t-elle à Polly, qui avait recommencé à pianoter sur son clavier.

Cette fois, le visage de sa sœur s'illumina.

— Oh, c'est génial ! Ça ressemble à mon ancien poste, mais avec davantage de responsabilités. Et un salaire encore supérieur.

Son regard se perdit dans les étoiles.

— Je dois absolument décrocher ce boulot. C'est pourquoi je veux réussir le meilleur entretien de toute l'histoire de l'humanité. Je dois les convaincre que je suis la personne dont ils rêvent.

— C'est super. Bravo. Et tu le mérites, après tous les efforts que tu as faits.

La seconde suivante, elle eut un pincement au cœur à la pensée que sa sœur allait repartir pour Londres et disparaître. Elle n'avait pas envie de la perdre de nouveau, cette sœur intelligente et loyale qu'elle s'était découverte.

— Mais tu vas me manquer, tu sais, ajouta-t-elle. Il faudra qu'on se promette de ne pas perdre le contact, de se voir le week-end, de s'appeler plus souvent...

— Absolument.

Elles se regardèrent un instant, et Polly sourit.

— Absolument, répéta-t-elle. Bon, je sauvegarde ça, et je t'aide à préparer le dîner. Même moi, je sais faire des spaghettis.

Plus tard ce soir-là, Clare rassembla son courage avant une nouvelle confrontation avec Steve. Elle prit plusieurs inspirations profondes pour se calmer et décrocha le téléphone. Mais à peine avait-elle composé les premiers chiffres qu'elle entendit des bruits de pas et vit Alex apparaître à la porte.

— Qu'y a-t-il ? lui demanda-t-elle.

Elle savait qu'il avait du mal à s'endormir quand il faisait encore jour dehors, mais ces derniers temps il avait pris la mauvaise habitude de se relever tous les soirs sous un prétexte ou un autre.

— J'arrive pas à dormir.

Elle ouvrit les bras et il vint s'asseoir sur ses genoux.

— Tu n'as même pas essayé, dit-elle en lui faisant un câlin. Allez, retourne au lit et reste allongé tranquillement en fermant les yeux. Et je ne veux pas te revoir ici.

Il se dégagea en se tortillant des bras de sa mère.

— Et si ma dent tombe ?

— D'accord, tu peux redescendre si ta dent tombe.

— Si je suis malade ?

— Tu ne seras pas malade, sinon, tu m'appelles.

— Et si la fenêtre se casse ?

— Elle n'a aucune raison de se casser. Allez, remonte te coucher.

— Et si je fais un cauchemar ?

— Dans ce cas, pense à quelque chose de drôle et rendors-toi.

— Et si…

— Alex, va te coucher. Pense aux magnifiques vacances qu'on va passer la semaine prochaine.

Il s'attarda à la porte.

— Et s'il y a un cambrioleur ?

Clare secoua la tête.

— Alex…

— Mais si ça arrive ?

— Fred lui réglera son compte, ne t'inquiète pas, déclara Polly en entrant dans la pièce. Et je lui taperai sur la tête avec un rouleau à pâtisserie jusqu'à ce qu'il se mette à pleurer en appelant sa maman.

Alex jeta un coup d'œil au chien qui paressait sur le tapis, l'air aussi féroce qu'une banane.

— D'accord. Bonsoir.

Et il repartit.

Clare et Polly rirent.

— De la violence imaginaire, il n'en fallait pas plus, fit remarquer Clare en entendant les pas de son fils dans l'escalier. Ah, les garçons !

— Il est tellement mignon, dit Polly.

Elle s'assit et ouvrit un livre qu'elle avait emprunté à la bibliothèque, intitulé *Réussir votre entretien d'embauche.*

— Ils le sont tous les deux. Mignons, drôles, adorables. Et dire qu'il m'a fallu tant de temps pour m'en rendre compte, imbécile que j'étais.

Clare sentit une boule dans sa gorge. Elle avait toujours eu de la peine en voyant le total manque d'intérêt de Polly, sa propre sœur, pour Leila et Alex. Heureusement, cette époque-là était révolue.

— Merci. C'est vrai qu'ils sont sympas.

Elle désigna le téléphone et lâcha un petit soupir.

— C'est pour ça que je dois m'expliquer avec leur père, avant que ça ne me rende folle.

— Vas-y. Et s'il t'embête, dis-lui qu'il y a un rouleau à pâtisserie à son nom, ici.

Clare l'appela d'abord sur son portable, pour tomber immédiatement sur la messagerie. Elle composa donc son numéro de fixe, écouta sonner pendant de longues secondes et s'apprêtait à raccrocher quand une Denise à bout de souffle répondit.

— Allô ?

— Bonsoir, Denise, c'est Clare. Steve est là, s'il vous plaît ?

— Euh… il est sous la douche.

Denise parut hésiter, puis ses mots se bousculèrent, comme si elle venait juste de décider de les prononcer :

— Écoutez, Clare, je sais que ça ne me regarde pas, mais il est vraiment contrarié en ce moment. Je ne veux pas m'en mêler, mais je ne supporte pas de le voir dans cet état. N'y aurait-il pas un moyen de vous faire changer d'avis à propos de… enfin, vous savez. À propos de ce que vous avez dit.

Clare était perplexe.

— Ce que j'ai dit sur Disneyland ?

— Non, répondit Denise, semblant un peu confuse elle aussi. Sur le fait que vous ne le laisseriez plus voir les enfants dans le cas où on déménagerait.

Clare tomba des nues. Mais avant qu'elle ait pu répondre, Denise reprit d'un ton paniqué :

— Oh, le voilà ! Trésor, c'est pour toi. Désolée, je ne savais pas que tu étais descendu.

Décontenancée par les propos de Denise, Clare remarqua à peine le ridicule « Trésor ».

— Bonsoir, dit-elle quand Steve prit la communication. Qu'est-ce que c'est que cette histoire de déménagement ? Et pourquoi Denise a-t-elle l'air de penser que je refuserais de te laisser voir les enfants ?

Elle l'entendit grogner, puis il dut poser la main sur le combiné car sa voix lui parvint étouffée.

— Qu'est-ce que tu es allée lui raconter ? Je t'avais dit de rester en dehors de ça !

— Qu'est-ce qui se passe ? chuchota Polly de l'autre bout de la pièce.

— Je ne sais pas, répondit Clare, caressant Fred du bout du pied. Steve ? Steve, tu es là ?

— Désolé, fit-il en revenant en ligne. Euh... je crois que... qu'il y a un petit, euh... malentendu.

— Quel genre de malentendu ? Je ne te suis pas. Vous déménagez ?

Nouveau grognement de mécontentement.

— Je ne veux pas en parler au téléphone. Je peux passer ? Il faut qu'on discute.

Clare adressa une grimace exaspérée à Polly.

— Bon, d'accord.

Puis elle se rappela la cuisine reconvertie en atelier et ne se sentit pas le courage de déménager tous ses produits et ustensiles dans l'abri de jardin pour donner le change. Vu l'humeur de Steve, elle jugea également préférable de choisir un terrain neutre.

— Et si on se retrouvait à mi-chemin ?

Il soupira. L'attitude de son ex commençait à inquiéter Clare.

— Steve, tu n'es pas malade, au moins ? demanda-t-elle comme il ne répondait pas.

Elle entendait Denise pépier en fond sonore – anxieuse, contrite.

— Quoi ? Attends deux secondes ! la rabroua Steve.

Puis, d'un ton plus conciliant, à l'intention de Clare :

— D'accord. On se retrouve au Red Lion à Nettleside. Dans une heure ?

Et il raccrocha.

Nettleside se situait à environ vingt minutes de voiture d'Elderchurch. Le Red Lion était un pub agréable, en bordure de la route, possédant une grande terrasse à l'arrière et une carte bien fournie. Ils allaient souvent y dîner, quand ils étaient ensemble, parce que Steve avait une passion pour leur tourte à la viande. Chaque fois, il en commandait une et passait le doigt autour du bord de la petite cocotte pour ne rien gâcher. C'était drôle, les minuscules détails qu'on gardait en tête, pensa Clare en garant sa voiture.

Elle s'était sentie fébrile pendant tout le trajet, en s'inquiétant de ce que Steve allait lui annoncer. Il agissait de manière tellement bizarre depuis quelques semaines : apparemment, il avait de grandes révélations à faire. Heureusement que Denise avait laissé filtrer quelques informations au téléphone, sinon, elle aurait dû rester dans l'ignorance jusqu'à ce que Steve décide qu'il était suffisamment adulte pour lui en parler tout seul comme un grand. Il était question d'un déménagement, ça, c'était sûr. Mais pourquoi avait-il menti à Denise, en lui faisant croire que Clare lui interdirait de voir les enfants ? Jamais elle ne ferait une chose pareille !

En se dirigeant vers l'entrée du pub, elle remarqua sa BMW sur le parking. Elle était stationnée légèrement en biais : une première, pour un homme qui s'était toujours vanté de ses talents de conducteur. La seule vue des roues de travers, comme s'il s'était garé en hâte, l'inquiéta. Ça lui ressemblait si peu.

Steve était assis à une table dans un coin, un verre de vin rouge devant lui, et semblait ruminer des pensées si sombres qu'on voyait presque un champignon atomique au-dessus de sa tête. Elle prit un Coca light au bar, ainsi qu'une profonde inspiration. Prochain arrêt : la cage au lion.

— Salut, dit-elle fraîchement en s'asseyant face à lui.

En bon prince charmant, il s'était installé dans le confortable fauteuil rembourré et lui avait laissé le tabouret, mais elle ne fit aucun commentaire. Elle posa les coudes sur la table, mains jointes, dans l'expectative.

— Salut, répondit-il.

C'est vrai qu'elle lui avait déjà vu meilleure allure. Il n'était pas rasé, avait des cernes sous les yeux, et son tee-shirt froissé ajoutait à son apparence négligée.

— Écoute, je suis désolé pour tout ça, déclara-t-il en s'agitant sur son siège. Les derniers temps ont été difficiles.

Clare prit une gorgée de Coca. Comme il ne semblait pas pressé d'expliciter ses propos, elle insista :

— Que se passe-t-il ?

— Professionnellement, ça a été, disons, compliqué, avoua-t-il en faisant tournoyer son vin dans son verre.

Toute son attention paraissait concentrée sur le tourbillon qu'il était en train de créer. *Allez, crache le morceau,* avait-elle envie de lui dire. Combien de temps allait-il lui falloir pour en venir au fait ?

— L'année dernière, les têtes pensantes de la maison mère ont décidé qu'on économiserait beaucoup d'argent en déménageant, lâcha-t-il enfin. Mais la nouvelle a été très mal accueillie par la plupart des salariés. Dont moi.

Steve travaillait au service comptabilité d'un grand cabinet d'assurances basé à Reading, à une courte distance de Basingstoke par l'autoroute.

— Où est-ce qu'ils veulent vous faire déménager ?

— À Liverpool, répondit-il d'un ton si sinistre qu'il paraissait lire son propre arrêt de mort. À des kilomètres d'ici et des enfants.

Il se prit la tête dans les mains.

— Je ne sais pas quoi faire.

— Qu'en pense Denise ?

— Oh, elle est ravie. La moitié de sa famille vit à Stockport. Elle adorerait qu'on s'installe dans le Nord, mais...

— Mais tu n'as pas envie d'y aller, termina Clare à sa place. Donc, tu lui as raconté que je refuserais de te laisser voir les enfants si vous partiez ? C'était ça, ton idée de génie ?

— Je suis désolé. Je ne savais pas quoi lui dire d'autre.

— Eh bien, tu aurais pu lui dire la vérité. Que tu ne veux pas vivre à des centaines de kilomètres de Leila et d'Alex.

— J'ai essayé, marmonna-t-il, l'air coupable.

Apparemment pas assez, songea Clare.

— C'est insensé. Même si Denise s'était rangée à ton point de vue, en disant « OK, puisque Clare fait des histoires, on ne peut pas déménager », qu'est-ce que tu aurais fait ? Si ton entreprise déménage, tu seras bien obligé de suivre.

— Pas forcément, répondit-il en s'attaquant à son dessous de verre dont il commença à déchirer un coin. Il y a un plan de départ volontaire...

— Quoi ? Tu préférerais perdre ton emploi plutôt que de déménager ?

Elle s'attendait à tout sauf à ça. Steve adorait son boulot : les plaisanteries de bureau, les objectifs de vente, le costume-cravate tous les jours ; il adorait l'importance que lui conféraient son ordinateur portable et son Smartphone.

— C'est une décision difficile. Tout ce que je sais, c'est que je ne veux pas perdre le contact avec mes gosses.

En le voyant si abattu, Clare ne put s'empêcher de se sentir désolée pour lui. Du moins l'espace d'une seconde, jusqu'à ce qu'elle se remémore ses récents agissements.

— Attends un peu, dit-elle. C'était quoi, ce cinéma avec ton avocat, et cette lettre épouvantable qu'il m'a envoyée ? Sans parler de ce soudain désir d'aller à Disneyland et du chantage aux sentiments : « Qu'est-ce que les enfants vont penser de toi, quand je leur dirai que tu leur interdis d'y aller ? » Quel besoin avais-tu de faire ça ?

Il baissa la tête.

— Je... j'étais en colère.

C'était tout ? C'était tout ce qu'il allait lui fournir comme explication ? Elle le dévisagea, sidérée.

— Pour ça, je veux bien te croire, répliqua-t-elle, sarcastique. Donc, tu as décidé de passer ta colère sur moi. C'était quoi ? Une petite crise d'autoritarisme pour te sentir mieux ?

Et soudain, elle se rappela les paroles qu'avait prononcées Polly le soir de son emménagement : « Je n'ai jamais aimé la façon dont il essayait de te rabaisser. On avait l'impression qu'il ne supportait pas de te voir réussir. » Ce jour-là, les remarques de Polly l'avaient irritée : comment se permettait-elle de le critiquer, alors qu'elle ne s'était jamais donné la peine d'apprendre à le connaître ? En fait, sa sœur s'était fait de lui une image assez juste.

— Je suis désolé, reprit-il. Leila a mentionné le fait que tu avais démarré cette entreprise et...

Il se tordit les mains.

— J'ai trouvé ça injuste, que tu réussisses juste au moment où ça allait si mal pour moi.

— Donc, tu t'es dit que tu allais essayer de me mettre des bâtons dans les roues, c'est ça ? Me remettre à ma place. Joli, Steve. Et généreux.

— Non, ce n'est pas ça, je...

— Alors, c'est quoi ? Explique-moi, je suis tout ouïe.

Elle avait bonne envie de l'étrangler, cet idiot.

— Je suis désolé, dit-il encore une fois. Je me suis conduit comme un con. Je me disais que si on finissait par déménager dans le Nord, je pourrais peut-être... prendre les enfants avec moi.

Clare eut l'impression que son cœur cessait de battre.

— Quoi ? Qu'est-ce que tu essayais de faire : de prouver que je n'étais pas une bonne mère ?

Elle était estomaquée qu'il soit tombé si bas.

— Jamais, tu m'entends, cela n'arrivera jamais, déclara-t-elle à haute et intelligible voix.

Elle regrettait qu'un regard ne puisse tuer, ou du moins blesser gravement.

— Tu comprends ce que je dis ?

— Oui.

— Ne recommence jamais. C'est dégueulasse, Steve. Vraiment… ignoble.

— Je suis désolé, dit-il pour la énième fois, mais avec une humilité qu'elle ne lui connaissait pas.

Et sous le regard horrifié de Clare, ses yeux injectés de sang se remplirent de larmes.

— Je te l'ai expliqué, j'ai vécu des moments difficiles.

Cette fois, cependant, elle ne ressentit pas la moindre compassion. Elle se leva, impatiente de rentrer dans sa maison, de retrouver ses enfants endormis, sa sœur, et un verre d'une boisson un peu plus corsée que le Coca light.

— Tiens-moi au courant de ta décision, conclut-elle, glaciale. Et sache bien que je ne t'empêcherai jamais de voir tes enfants, même si tu déménages. On trouvera une solution, d'accord ? Mais n'essaie pas de me piétiner au passage. Plus jamais.

Elle tourna les talons, avant qu'il ait pu ajouter un seul mot, et quitta le pub. Elle avait bien mérité ses vacances, cela au moins ne faisait aucun doute.

Aussi éprouvante qu'ait été cette conversation avec Steve, elle sembla aussi avoir insufflé à Clare une nouvelle force. Elle ne pouvait plus lui faire confiance, à l'évidence, mais, au lieu de la décourager, cette prise de conscience lui donnait un sentiment d'autonomie et de contrôle. C'était à elle de s'assurer que ses enfants et elle aient une vie heureuse ; et elle ferait tout son possible pour qu'il en soit ainsi.

Avec cette idée en tête, elle travailla comme un forçat jusqu'à la fin de la semaine, de manière à pouvoir livrer Langley's le dimanche après-midi, avec un glorieux sentiment de devoir accompli. Une fois le dernier carton de savons sorti de son coffre et le bon de livraison signé, elle se sentit légère et rentra chez elle en chantant à tue-tête, ne s'arrêtant que pour acheter une bouteille de prosecco afin que Polly et elle puissent dignement célébrer l'événement. Elle avait réussi ! Ou plutôt, ils avaient réussi, Clare et sa formidable équipe d'amies et de parents.

*Je suis cheffe d'entreprise,* songeait-elle avec délices au volant de sa voiture, le sourire aux lèvres. *J'ai honoré mon contrat. Je viens de livrer de fantastiques produits artisanaux à une chaîne hôtelière haut de gamme.* Plus encore, elle savait que rien de tout cela ne serait arrivé si elle était restée mariée à Steve.

Plus tard ce soir-là, enhardie par le succès et le prosecco, elle décida que, en tant que femme active et libérée du XXI^e siècle ayant définitivement surmonté l'échec de son mariage, elle avait encore une chose à accomplir. N'avait-elle pas exhorté sa sœur, pas plus tard que la semaine précédente, à prendre des risques en amour ? Eh bien, il était grand temps qu'elle suive son propre conseil.

— Luke ? Bonsoir, c'est Clare, dit-elle quand il décrocha. Écoutez, je me demandais si ça vous dirait que nous allions prendre un verre un soir, à mon retour de vacances ?

Elle retint son souffle. Polly, qui n'était pas loin, fit de même.

— Vraiment ? Formidable !

Clare, le sourire jusqu'aux oreilles, tenta de ne pas rire en voyant Polly commencer à faire des bonds sur place, tel un kangourou pris de folie.

— Quand seriez-vous libre ?

# CHAPITRE 25

DANS UN GRAND CHARIVARI, Clare embarqua Leila, Alex, Fred et les bagages dans la voiture le lundi matin et ils se mirent en route. La maison plongea dans le silence.

Les jours suivants passèrent agréablement. Une fois ses heures faites au pub, Polly s'installait dans le jardin pour revoir ses notes en prévision de son entretien. Elle retrouva ses parents pour déjeuner un jour, s'octroya de longues promenades dans les champs et les bois et, le soir, prenait place sur l'inconfortable canapé pour regarder quelques excellentes émissions de télé-poubelle. (Dès qu'elle retrouverait un salaire décent, elle offrirait à sa sœur un sofa digne de ce nom, sans ressorts qui vous rentraient dans les côtes.) Elle avait secrètement espéré croiser Jay lors de ses balades – elle s'était même surprise à passer par hasard près de chez lui –, mais n'avait vu nulle trace de lui. La guerre froide qui s'était instaurée entre eux ne montrait aucun signe de réchauffement.

De meilleures nouvelles arrivèrent le mercredi, sous la forme du contrat de vente de son appartement. Elle le signa avec un moulinet du poignet et tenta de ne pas être trop triste en le renvoyant sans tarder à Vince. Voilà.

Le dernier lien la rattachant à son ancienne vie était rompu. Il était temps de se plonger dans la nouvelle.

Le jeudi, elle se sentait gonflée à bloc pour son entretien. L'excitation pulsait en elle quand elle prit le train pour Londres, vêtue pour l'occasion de son plus beau tailleur d'été et de ses escarpins les plus rutilants. Elle connaissait en détail l'histoire de l'entreprise, avait préparé ses réponses aux questions les plus retorses. Si tout se passait bien – et tout se passerait bien, foi de Polly Anne Johnson – elle s'était déjà promis de s'arrêter tout de suite après chez Jo Malone, près de Bond Street, et de s'acheter un nouveau flacon de Pomegranate Noir, son parfum préféré. Peut-être s'offrirait-elle même un déjeuner tardif chez Carluccio, accompagné du verre de vin de la victoire. Le moment était venu de faire des étincelles ! se dit-elle joyeusement, alors que le train traversait Waterloo Bridge dans un bruit de ferraille, avant de la déposer dans la gare.

Deux heures plus tard, elle sortit de la salle de réunion sur un petit nuage. Elle venait de subir le feu roulant de questions de six intervenants différents, et n'avait pas faibli une seule seconde. Concentrée de bout en bout, elle avait réussi à réciter des quantités de chiffres lorsqu'ils avaient abordé des points techniques, et même à faire rire son auditoire plusieurs fois. La seule chose imprévue avait été sa réponse à leur question sur ses centres d'intérêt personnels. Dans le passé, elle s'était souvent inventé tout un tas de passions imaginaires et intellectuellement valorisantes – elle avait disserté sur son amour du théâtre (alors qu'elle n'y était allée qu'une seule fois quand elle vivait à Londres, pour voir *Mamma Mia !* lors d'une soirée organisée par le bureau) et avait toujours feint un intérêt pour l'actualité, bien qu'elle ne lût le plus souvent que les pages économie et finance dans les journaux. Sur le point de leur sortir son laïus habituel, elle avait finalement joué une autre carte.

« J'ai la chance d'avoir une famille très unie, si bien que j'aime passer du temps avec elle, avait-elle expliqué.

J'ai un neveu et une nièce adorables, qui m'ont appris à faire du trampoline, du roller, même si je ne suis pas très douée… »

Ce qui avait eu le don de faire sourire la brochette des recruteurs en face d'elle.

« … et ils m'ont fait découvrir *Harry Potter*. J'aime beaucoup partir pour de longues promenades dans la campagne avec mes parents, durant lesquelles nous refaisons le monde. Oh, et j'ai aussi aidé ma sœur à créer son entreprise. C'est une véritable affaire familiale !

— Charmant », avait commenté la femme la plus âgée de la brochette, les yeux brillants.

Cela avait été le seul moment où Polly s'était sentie légèrement décontenancée. D'ordinaire, elle ne plaisait pas à la catégorie des mamies.

« J'ai bien pensé vous faire une réponse plus sophistiquée, avait-elle avoué, en vous parlant de tous mes centres d'intérêt culturels, mais mon licenciement m'a rappelé l'importance de la famille. De plus, je suis intimement convaincue que l'honnêteté est la meilleure des politiques. »

Ils avaient a-do-ré. Ça s'était vu sur leurs visages.

« J'ai été ravie de vous rencontrer, avait dit la doyenne du groupe, à la fin de l'entretien. Nous reprendrons très vite contact avec le cabinet de recrutement, sans doute avant la fin de la journée. »

Elle n'avait pas été plus précise, mais Polly était sûre que cette femme l'avait appréciée. Cela suffirait-il à lui obtenir le job, ou y avait-il un meilleur candidat dans la *short list* ?

Peu importe, elle allait tout de même passer chez Jo Malone. Et s'offrir cet excellent déjeuner. Parfois, il fallait savoir se montrer optimiste !

En sortant de l'immeuble de bureaux, à Liverpool Street, elle faillit entrer en collision avec deux femmes élégantes, en jupe droite et talons hauts, serrant leur étui d'ordinateur portable.

— Polly ? C'est bien toi ? s'écria l'une d'elles, en tirant deux bouffées sur sa cigarette.

Oh, non ! C'était la blonde Sophie, la méchante qui s'était tant réjouie de sa disgrâce et l'avait complètement laissée tomber après son licenciement. Polly avait oublié qu'elle travaillait aussi dans le groupe Walkley.

— C'est drôle de te voir ici.

Il n'y avait aucune chaleur dans sa voix. Elle arquait un sourcil et ses yeux brillaient de curiosité.

— Sabrina ! s'exclama Polly à dessein. Quelle surprise !

— C'est Sophie, répliqua l'autre.

Elle dévisageait Polly, remarquant sans doute ses cheveux naturellement décolorés par le soleil, son bronzage et les taches de rousseur sur son nez.

— Tu as l'air différente. Tu t'es fait refaire quelque chose ?

Polly rit.

— Je *suis* différente, répondit-elle. Dieu merci. À bientôt.

Et elle lui adressa un sourire aimable avant de tourner les talons. Mais cette rencontre se logea dans sa tête et la titilla comme une démangeaison. Après avoir surmonté les épreuves des derniers mois et s'être réconciliée avec sa famille, elle s'était sentie plus forte que jamais et avait recouvré sa confiance en soi. Comment se faisait-il alors que la simple possibilité de devoir travailler à proximité de Sophie la fasse trembler tout à coup ?

Elle avait vraiment besoin d'un verre, décida-t-elle. D'un verre, et d'une longue séance de réflexion.

De retour au cottage, Polly trouva une enveloppe rouge à son nom déposée par le facteur. Reconnaissant l'écriture ronde de Clare, elle l'ouvrit en se débarrassant de ses escarpins avec soulagement. Elle avait du mal à croire qu'elle avait porté des talons hauts tous les jours de la semaine pendant de si nombreuses années. Des ampoules semblaient se former partout sur ses pieds en signe de protestation.

L'enveloppe contenait une carte sur laquelle étaient imprimés les mots *BONNE CHANCE !* en lettres colorées.

À l'intérieur, elle découvrit les messages que lui avaient laissés Clare, Leila et Alex :

*Chère Polly, bon courage pour jeudi. Tu mérites ce poste plus que quiconque, et ils auront de la chance de t'avoir. Bises, Clare.*

*Chère tante Polly, tu es la MEILLEURE. Bonne chance. Gros bisous, Leila.*

*Chère tante Polly, il faut absolument que tu aies ce travail, s'il te plaaaîîît, pour que je puisse récupérer ma chambre. Bisous, Alex. (je rigole)*

Quelqu'un – Leila, devina-t-elle – avait dessiné une empreinte de patte de chien et écrit *BONNE CHANCE, WOUAF, BISOUS BAVEUX, FRED,* en dessous. Sourire aux lèvres, elle porta la carte à sa poitrine, submergée par l'émotion.

Puis le téléphone sonna.

— Bonsoir, maman. Tu as une minute ?

Le visage de Karen s'éclaira en voyant sa fille sur le seuil, et elle écarta Sissy, qui jappait, pour la faire entrer.

— Bien sûr ! Je viens juste de sortir des muffins au gingembre du four. Tu pourras les goûter.

— Merci, dit Polly en enjambant avec précaution la chienne, qui ne s'arrêtait plus d'aboyer.

Depuis qu'elle avait reçu le coup de fil, elle avait désespérément besoin de parler à quelqu'un de ce qu'elle devait faire. Clare n'aurait pu choisir plus mauvais moment pour partir en vacances !

— Bonsoir, ma chérie ! lança Graham.

Il rentrait du jardin, un gros sac à provisions dans la main, au moment où elles pénétraient dans la cuisine embaumant le gingembre.

— Je viens de cueillir des tomates. Je comptais passer t'en apporter tout à l'heure, et voir comment allaient les fraises de ta sœur. Tu n'as pas oublié de les arroser ? Il a fait chaud, ces derniers jours.

— Merci, papa. Oui, j'ai pensé à arroser les fraises. Et les framboises. Et les cassis.

— Ils ont eu de la chance, jusqu'ici, avec le temps, n'est-ce pas ? dit sa mère en remplissant la bouilloire. Je parle de Clare et des enfants. Ça a dû être merveilleux, à la plage, cette semaine.

— Elle m'a envoyé un texto hier pour me dire que tout allait bien, répondit Polly, sortant trois mugs du placard sans qu'on le lui demande. Oh, et elle s'est baignée pour la première fois depuis des années.

Sa mère se retourna brusquement.

— Vraiment ? Ça, c'est une excellente nouvelle.

Elles échangèrent un regard qui en disait long. Toutes deux mesuraient l'importance de l'événement.

Polly prit une profonde inspiration.

— Écoutez, j'ai un aveu à vous faire, déclara-t-elle sans détour. Je n'ai pas été parfaitement honnête avec vous.

— Et voilà. La famille secrète à Londres et trois enfants illégitimes cachés dans un pensionnat chic, plaisanta son père en s'approchant de l'évier. Pousse-toi, ajouta-t-il à l'intention de sa femme, que je puisse me laver les mains.

— Non, papa, c'est…

— Ah, alors ce sont tes cinq ex-maris dont tu as tu l'existence pendant toutes ces années…

— Non, je…

— Graham, pour l'amour du ciel, laisse-la parler ! intervint sa mère.

Elle lui donna un petit coup de torchon et se tourna vers Polly.

— Vas-y, ma chérie. On t'écoute.

— Quand je vous ai dit que je venais à Elderchurch en congé sabbatique… ce… ce n'était pas vrai. En fait, j'avais été licenciée.

Ses parents échangèrent un coup d'œil, mais ne firent aucun commentaire.

— J'étais trop fière pour l'avouer, mais, en plus de perdre mon emploi, j'ai aussi perdu tout mon argent et j'ai dû vendre mon appartement. Voilà pourquoi j'avais besoin d'un point de chute.

Elle se tut et regarda par terre. Elle ne voulait pas lire la déception dans leurs yeux.

— Je n'aurais pas dû vous mentir, et je suis désolée. Mais je ne pouvais pas supporter que vous ayez pitié de moi.

— Oh, Polly ! s'exclama sa mère.

Elle s'approcha et la prit dans ses bras.

— Tu t'imagines vraiment que nous n'avions pas deviné ?

Polly se raidit dans l'étreinte chaleureuse de sa mère.

— Vous… saviez ?

— Bien sûr que nous savions. Jamais tu n'étais restée ici de ton plein gré. On se doutait que tu devais avoir des soucis. Et puis, Stuart a laissé échapper une allusion sur le fait que tu travaillais au pub…

— Oh, mon Dieu !

Polly se cacha le visage contre l'épaule de sa mère, alors que la bouilloire se mettait à chanter. Foutu Stuart, incapable de fermer son clapet !

— Mais tu étais toujours sur la réserve, et on savait que tu ne voulais pas qu'on le découvre.

Sa mère la lâcha et la regarda bien en face.

— Polly… tu es notre fille. Tu es intelligente, belle et talentueuse. Nous serons toujours fiers de toi, quoi que tu fasses. Mais tu aurais pu nous dire que tu avais perdu ton emploi. Nous ne t'aurions pas jugée, ni n'aurions pensé du mal de toi. Tout ce que nous souhaitons, c'est que tu sois heureuse.

— Pour une fois, ta mère a raison, dit son père d'un ton bourru. Et il n'y a aucune honte à se faire licencier. C'est arrivé à Mike Jacks, du club de golf, le mois dernier. Un type adorable. Et imbattable au putting.

— Assieds-toi, je vais te servir un thé, reprit sa mère en lui tapotant l'épaule. Et tu vas tout nous raconter si tu en as envie.

— Eh bien, justement, on vient de me proposer un nouveau poste, expliqua Polly en s'asseyant à la table de la cuisine.

— Vraiment ? Bravo ! Pour faire quoi ?

— Laisse-moi deviner. Stuart t'a nommée chef du bar, suggéra son père en rinçant les tomates sous le robinet.

— Non, répondit-elle en lui faisant la grimace. C'est à Londres. Le même boulot que je faisais avant, mais en mieux.

— Oh, excellent, dit sa mère en servant le thé et en posant un muffin tout chaud devant Polly. Et tu commencerais quand ?

— En septembre. Seulement...

Polly remua sur sa chaise, mal à l'aise à présent qu'ils en venaient au cœur du sujet.

— Pour être honnête, je ne sais pas si je vais dire oui. Je ne suis pas sûre de vouloir retourner là-bas.

Ses parents la dévisagèrent, stupéfaits.

— Tu ne veux pas retourner là-bas ? fit son père, comme s'il avait mal entendu.

Polly prit une bouchée de muffin.

— Je croyais vouloir, précisa-t-elle, la bouche pleine de saveurs épicées, mais maintenant je doute.

— C'est cet emploi qui ne te plaît pas, ou l'idée de redéménager à Londres ? demanda sa mère. Parce qu'il y a beaucoup de gens qui habitent à Amberley et font le trajet quotidien. Et il y a un train plus rapide qui part de Basingstoke.

— Ou alors, tu pourrais essayer de trouver un emploi dans la région. Ce n'est pas aussi brillant que Londres, mais, pour les gens intelligents, il y a du boulot partout, en comptabilité ou... je ne sais pas... en informatique.

Polly avait encore du mal à accepter le fait qu'ils connaissaient son secret depuis longtemps, mais ne lui en voulaient pas.

— Ce poste à Londres a l'air très intéressant, dit-elle. Simplement, le fait de passer l'été ici m'a permis de comprendre que je n'étais pas très heureuse de la vie que je menais avant.

Elle mâcha pensivement son muffin, tentant de démêler l'écheveau de ses pensées pour en faire des phrases cohérentes.

— J'adore être ici. Je me rends bien compte que je me suis montrée un peu pénible au début, mais…

— Non, jamais ! ironisa son père.

— Mais tout le monde est tellement gentil. Ça m'a fait plaisir de passer du temps avec vous, Clare et les enfants.

Elle soupira.

— Dans mon ancien job, j'avais des horaires de folie, ça bouffait toute ma vie. Je ne veux plus vivre comme ça. Oh, je ne sais plus ce que je veux !

Sa mère lui prit la main.

— Après une bonne nuit de sommeil, tu y verras plus clair. Cela fait des mois que tu attends de trouver un nouvel emploi. Tu peux attendre quelques jours de plus avant de prendre une décision. Et quoi que tu décides, nous te soutiendrons toujours.

Le répondeur clignotait quand Polly rentra chez Clare, et elle écouta le message.

« Bonjour, ici Kate Hendricks. C'est un message pour Clare Berry. Clare, je voulais seulement vous dire que nous sommes ravis des produits que vous nous avez livrés. Je voudrais que nous prenions rendez-vous pour discuter d'un nouveau contrat. Merci beaucoup. »

Polly sourit jusqu'aux oreilles, imaginant les cris de joie de sa sœur lorsqu'elle apprendrait cette merveilleuse nouvelle. Elle tenta de l'appeler, mais tomba directement sur la messagerie. Sa sœur l'avait prévenue qu'il n'y avait pas beaucoup de réseau dans le camping, aussi lui envoya-t-elle un texto, en espérant qu'elle l'aurait rapidement.

Elle traîna dans la maison pendant le reste de l'après-midi, arrosa le jardin, arracha quelques mauvaises herbes (elle espérait du moins que c'étaient bien des mauvaises herbes), nourrit Marjorie et Babs et les enferma pour la nuit. Elle se prépara une assiette de semoule au poisson, mais y toucha à peine et finit par tout jeter dans la boîte à compost. Elle était trop indécise pour réussir à manger. Oh, Clare ! Elle aurait tellement voulu lui parler. Son absence lui faisait mesurer à quel point elles s'étaient rapprochées au cours des semaines écoulées. Clare était devenue sa confidente, celle qui était toujours prête à l'écouter.

Que devait-elle faire à propos de cet emploi ? Elle ne pouvait pas prendre une telle décision toute seule.

OK, Polly, les pour et les contre, se dit-elle fermement. Fais la liste.

Si elle acceptait et retournait à Londres, elle retrouverait des stimulations intellectuelles, passerait ses journées à prendre des décisions importantes, à gérer et motiver une équipe, à conseiller de gros clients. Elle serait très bien payée pour ça, pourrait se racheter un appartement, des vêtements et des chaussures, satisfaire toutes ses envies. De plus, elle n'aurait plus à enfiler une paire de gants en caoutchouc pour aller récurer les toilettes d'un pub. Tous ces arguments pesaient lourd dans la balance.

Pourtant, le mode de vie qui allait avec lui paraissait moins tentant. Le retour à la jungle de béton, les journées enfermée dans un bureau où le ronron de la clim tenait lieu de brise estivale. L'univers macho, le réseau social à cultiver, la bagarre et les coups de poignard dans le dos, les mondanités superficielles, et un appartement certes luxueux mais désespérément vide où rentrer seule le soir. Et la perspective de ne plus jamais revoir Jay.

Elle alla s'asseoir sur la balançoire au fond du jardin, donna une impulsion avec ses pieds puis tendit les orteils pour monter plus haut. En même temps, elle cherchait depuis si longtemps à décrocher un job comme celui-là. Elle ne pouvait tout de même pas le refuser, si ?

Se penchant en arrière, elle laissa pendre sa tête, si bien que le monde fut sens dessus dessous. Le ciel tourbillonnait vertigineusement au-dessus d'elle tandis que le sol se précipitait vers son visage.

— Oh, c'est vous, Polly, fit une voix. En entendant grincer la balançoire, j'ai cru que les enfants étaient revenus.

C'était Agatha, qui lui faisait signe par-dessus la clôture, portant comme à son habitude des gants de jardinage dépareillés.

— Tout va bien, ma chérie ?

Polly se redressa et le monde se remit d'aplomb.

— Ça va, répondit-elle. J'essaie seulement de prendre une décision.

Agatha pinça les lèvres.

— S'il s'agit d'argent, de sexe ou de gin, dites oui, conseilla-t-elle. Pour le reste, dites non. Et bonne chance !

Polly éclata de rire. Des leçons de vie d'Agatha – il ne manquait plus que ça !

— Attendez ! s'exclama-t-elle alors que la voisine s'éloignait, son sécateur à la main, en fredonnant. Agatha ? Et s'il s'agit d'amour ?

Agatha s'arrêta, se retourna, souriante, pour faire face à Polly.

— L'amour ? Oh, l'amour gagne haut la main dans toutes les compétitions, assura-t-elle, ses yeux bleus pétillant au milieu de rides profondes. Dites oui, bien sûr. Oui à l'amour !

Polly sourit.

— Merci. Merci beaucoup. C'est très éclairant.

Elle posa les pieds au sol pour ralentir la balançoire et sauta.

— Je vais donc devoir aller lui parler, n'est-ce pas ? marmonna-t-elle pour elle-même en se dirigeant vers la maison.

— Oh oui, dit Agatha, qui l'avait entendue. Vous devez lui parler, ma chérie, sans aucun doute. Ensuite, vous pourrez en venir au sexe. Et au gin !

Polly la salua, rentra dans la maison et, avant d'avoir pu changer d'avis, sortit par l'autre côté et s'engagea dans l'allée.

# CHAPITRE 26

— SALUT.

— Salut.

Au moins, il était chez lui. Allait-il la faire entrer ? Rien n'était moins sûr. Même son chien paraissait la regarder d'un œil torve, comme s'il se demandait s'il allait ou non lui attaquer les chevilles. Au bout d'un moment interminable, il ouvrit la porte en grand.

— Entre.

Lorsqu'elle s'avança dans le séjour, elle entendit le brouhaha d'un commentaire sportif à la télévision. Elle l'interrompait en plein match de cricket. Il coupa le poste, et le silence se fit. Une horloge tictaquait quelque part, mesurant les secondes qu'il lui fallait pour parler.

*Tic, tac, tic, tac,* elle ne savait par où commencer.

— Assieds-toi, dit-il poliment en montrant le canapé.

Il s'installa sur un pouf en cuir et la regarda, dans l'expectative. On aurait dit deux étrangers ; c'était comme s'il ne s'était jamais rien passé entre eux.

*Tic, tac, tic, tac.*

— Je suis désolée, lâcha-t-elle enfin. Je suis vraiment désolée. J'ai dépassé les bornes, l'autre soir. J'ai paniqué, fait n'importe quoi. Je me suis comportée comme une idiote.

— Mais non, répondit-il sans conviction.

— Si. Je me cache la tête dans le sable depuis des années. Il m'a fallu tout ce temps pour comprendre.

Au moins, elle réussit à lui arracher un sourire. Un sourire bref, qui apparut sur ses lèvres pour disparaître aussitôt.

Elle croisa les jambes, se sentant à des kilomètres de lui sur le canapé.

— On m'a proposé un poste aujourd'hui.

Son expression se modifia, puis il recouvra son air impassible.

— À Londres ?

— Oui.

— Félicitations, fit-il froidement. C'est ce que tu voulais.

Elle secoua la tête.

— Non, finalement, il se trouve que ce n'est pas ce que je veux.

*Tic, tac, tic, tac.*

Il la dévisageait comme s'il ne la reconnaissait pas.

— Je vais dire non.

Voilà. C'était sorti. Elle n'était même pas sûre de sa décision avant de l'avoir formulée tout haut. Mais dès que les mots eurent été prononcés, elle éprouva un immense soulagement. Oui. C'était la bonne chose à faire.

— Dire non ? Pourquoi ?

— Parce que...

Des centaines de réponses différentes lui vinrent sur le bout de la langue. Parce qu'elle adorait passer à l'improviste chez ses parents pour prendre une tasse de thé et un muffin au gingembre. Parce que cela faisait des années qu'elle n'avait pas autant ri que ces dernières semaines avec les enfants. Parce qu'elle aimait entendre les oiseaux pépier et voir s'ouvrir les fleurs, et passer du temps avec sa sœur. Et parce que...

— Parce que je voudrais retenter l'aventure avec toi, déclara-t-elle.

Au vu de son expression interloquée, il ne s'attendait apparemment pas à cet aveu.

— Ça ne t'oblige pas à refuser un nouveau poste, dit-il lentement.

*Tic, tac, tic, tac.* Ils se regardaient, et c'était comme si le temps était suspendu.

— Moi aussi, j'ai envie de retenter l'aventure avec toi, reprit-il. Vraiment. Et je suis très heureux que tu sois passée ce soir.

L'espoir explosa en elle, comme une récompense pour son courage.

— Vraiment ? Tu es sûr ?

Il sourit.

— Je suis sûr.

Polly rit. La seconde d'après, elle était debout et se précipitait vers lui. Il fit de même. Ils se retrouvèrent à mi-chemin et s'étreignirent. Elle sentait le cœur de Jay battre contre elle, entendait son souffle près de son oreille.

— Je suis désolée, fit-elle une nouvelle fois, en le serrant aussi fort qu'elle put.

— Tu es pardonnée, murmura-t-il en lui caressant les cheveux pendant un long et délicieux moment. Je vais ouvrir une bonne bouteille pour célébrer ce jour où tu as sorti ta jolie petite tête du sable.

Soudain, elle se sentit légère et rieuse.

— La vue est beaucoup plus jolie comme ça.

— Ensuite, dit-il en lui prenant la main et en l'emmenant vers la cuisine, tu vas tout me raconter à propos de ce nouvel emploi et m'expliquer pourquoi tu veux refuser. Et enfin, ajouta-t-il en lui adressant un clin d'œil, nous trouverons autre chose à faire.

Elle se sentit rougir.

— Beau programme.

Finalement, les choses ne se passèrent pas dans l'ordre prévu. À peine furent-ils dans la cuisine qu'ils s'embrassèrent. Timidement d'abord, avec la douceur de l'incertitude, puis avec une passion de plus en plus fiévreuse à mesure que leurs vêtements atterrissaient par terre en désordre.

Juste au moment où Polly se disait qu'ils allaient faire ça sur la table de la cuisine – et pourquoi pas, d'ailleurs ? – il la conduisit dans sa chambre et ils s'écroulèrent sur le lit, mêlant leurs membres et leur souffle. Ils firent l'amour avec plus de frénésie et d'ardeur que la première fois, avec un sentiment d'urgence et de passion.

*Faire l'amour.* Quelle belle et romantique expression, songea Polly, étourdie par ces mots qui lui montaient à la tête. Elle était partie en courant la dernière fois qu'il avait prononcé le mot « amour »... et avait fait beaucoup de chemin depuis ! L'idée de l'amour et de l'intimité ne la terrifiait plus autant. Au contraire, même, elle la rendait... heureuse.

Ensuite, le monde parut se remettre à l'endroit et lui apparaître clairement, comme sur la balançoire. Polly avait la certitude qu'elle avait pris la bonne décision.

— Comme je te le disais, avant d'être sauvagement interrompu... commença-t-il.

Et ils éclatèrent de rire.

Elle était pelotonnée contre sa poitrine, et se sentait absurdement contente.

— Tu peux m'interrompre sauvagement quand tu veux, répliqua-t-elle en caressant sa peau. Au fait, tu crois que tu pourrais apprendre à ton chien à nous apporter la bouteille de vin ici ? Je ne veux plus jamais quitter ce lit.

— J'y vais, dit-il en s'écartant délicatement d'elle. Et tu vas tout me raconter sur ce boulot. Je ne comprends toujours pas pourquoi tu veux le refuser, à moins qu'il ne soit basé en Mongolie Extérieure.

Elle admira ses belles fesses nues pendant qu'il quittait la chambre. Pour l'heure, Londres aurait aussi bien pu se situer en Mongolie Extérieure, vu le peu d'envie qu'elle avait d'y être.

Il revint avec le vin, et elle lui expliqua exactement pourquoi elle allait décliner cette offre d'emploi.

— Pourtant, rien ne t'y oblige, fit-il remarquer en lui tendant un verre de merlot au parfum boisé. Je ne suis pas un homme des cavernes, qui s'imagine que la femme doit me préparer mon dîner et m'apporter ma pipe et mes chaussons tous les soirs. Tu pourrais accepter ce job et me voir le week-end.

— Ça ne marcherait pas. Ce genre de boulot vous vampirise entièrement. Je suis bien placée pour le savoir : je me remets tout juste du dernier. On ne se verrait presque jamais.

— Tu n'exagères pas un peu ? Tu pourrais aussi faire le trajet tous les jours ? Ou essayer de négocier un temps partiel ?

Elle éclata de rire.

— Non, je t'assure que je n'exagère pas. Il faut vendre son âme à ces gens-là. Je n'ai plus envie de ça.

Ils étaient confortablement adossés aux oreillers, et se turent un instant.

— Alors, que vas-tu faire ? finit-il par demander. À part me préparer à manger et m'apporter ma pipe et mes chaussons tous les soirs... Je plaisante ! ajouta-t-il comme elle lui donnait un coup de poing sur le bras.

— Ce que je vais faire ? C'est la grande question. Je ne sais vraiment pas. En tout cas, je dois trouver un endroit où habiter avant que Clare ne me mette à la porte. Et...

— Pourquoi tu ne t'installes pas ici ? Avec moi.

Elle faillit s'étouffer avec son vin.

— Je suis sérieux. Pourquoi pas ? Il y a largement assez de place pour deux.

— Je... Merci. Mais chaque chose en son temps, d'accord ? J'envisageais de demander à Stuart et Erica de me louer une chambre au-dessus du pub.

Il sourit.

— Tu es sérieuse, n'est-ce pas ? Tu es vraiment décidée à rester à Elderchurch ?

Elle hocha la tête.

— Parfaitement sérieuse.

C'était ça qu'elle voulait : faire sa vie ici, au village. Être présente pour l'anniversaire d'Alex, à l'automne, regarder les feuilles se teinter d'or, emmener les enfants faire de la luge sur la colline de Whistledown lorsqu'il neigerait, aller déjeuner chez ses parents le dimanche. Être en paix avec le souvenir de Michael, au lieu d'essayer de lui échapper. Et passer de longues journées et de longues nuits de bonheur avec Jay Holmes, pour toujours. Oui, c'était ça qu'elle voulait.

Il l'entoura de ses bras et déposa une pluie de baisers sur sa tête, dans son cou, sur son épaule.

— Merveilleux ! C'est la meilleure nouvelle de l'année.

Elle leva la tête pour l'embrasser à son tour. Refuser un poste à responsabilité à Londres… Sophie et ses semblables la prendraient pour une folle. Peut-être l'était-elle – peut-être regretterait-elle sa décision si elle ne trouvait pas un moyen de gagner sa vie d'ici à Noël. Mais à cet instant précis, elle ne s'était jamais sentie aussi raisonnable et heureuse.

L'avenir lui souriait.

# ÉPILOGUE

— Tout est là ?

Son père attendait près de la fourgonnette, la main sur la portière arrière.

Polly hocha la tête.

— Tout est là.

Six semaines avaient passé, et l'été avait laissé place à l'automne. Le contour des feuilles brunissait sur les arbres de Whistledown et les fleurs se fanaient dans le jardin du souvenir. Dans tout le pays, les femmes ressortaient leurs collants, rangés des mois plus tôt, et décidaient que, oui, elles avaient besoin d'une nouvelle paire de bottes et, au diable l'avarice, d'un manteau neuf. Polly, quant à elle, déménageait de nouveau.

Son père referma la portière de la fourgonnette.

— Alors, on y va, dit-il.

Bien qu'elle n'y fût pas restée longtemps, Polly était un peu triste de quitter la chambre qu'elle louait au-dessus du King's Arms. C'était devenu un petit nid d'amour où Jay et elle avaient vécu des moments inoubliables. C'était là qu'elle était retombée éperdument amoureuse de lui, au cours de ces nuits qu'ils avaient passées à s'aimer, à parler et à rire, pelotonnés l'un contre l'autre dans le grand lit.

Elle leva les yeux vers la fenêtre du premier étage et sourit. C'était devenu un endroit à part, qu'elle chérirait toujours dans sa mémoire.

— C'est parti, dit-elle en grimpant dans la fourgonnette.

Y avait-il réellement six mois seulement qu'elle avait quitté Londres ? Il lui semblait qu'une éternité s'était écoulée. Elderchurch lui apparaissait comme le foyer qu'elle avait toujours voulu, l'endroit le plus sûr du monde – un lieu où elle pouvait être elle-même, aimée pour elle-même. Elle se félicitait d'avoir refusé le poste dans le groupe Walkley, même si elle l'avait fait la peur au ventre. Serrant les dents, elle était allée trouver Stuart et Erica à la place, pour demander si elle pouvait faire des heures supplémentaires au pub. Oh, et à propos de la chambre inoccupée à l'étage : serait-il possible de la louer ?

Clare et ses parents la croyaient en pleine dépression : décliner une offre d'emploi magnifique pour aller s'installer dans une minable petite chambre sentant la bière, au-dessus d'un pub donnant sur la grand-route. Qu'est-ce qui lui prenait ? Quant à Jay, s'il avait compris ses raisons de refuser ce poste, il ne saisissait pas pourquoi elle ne voulait pas emménager avec lui, dans sa maison beaucoup plus jolie et confortable. Mais Polly avait tenu bon et ne s'était laissé influencer par personne. Elle ne voulait pas couper les ailes de leur relation naissante, avant même qu'elle ait pris son envol. Cette fois, elle souhaitait aller doucement et faire les choses bien. Et elle devait garder confiance et s'accrocher à l'idée qu'un emploi encore meilleur se présenterait – un emploi compatible avec la vie qu'elle voulait mener. Fini, les compromis.

Une semaine plus tard, un emploi encore meilleur s'était en effet présenté.

« Je crains que ce ne soit pas exactement ce que vous recherchez, lui avait annoncé le consultant du cabinet de recrutement. Je sais que vous vouliez retourner à Londres, alors qu'il s'agit d'un poste en télétravail, avec environ deux jours de déplacement dans la capitale par semaine. Mais je voulais tout de même vous en parler, au cas où. »

Polly, qui était en train de débarrasser des verres sales quand le coup de fil était arrivé, s'était assise, le cœur battant.

« Expliquez-moi plus en détail », avait-elle dit.

Le poste paraissait très différent de ce qu'elle avait fait jusqu'alors. Il s'agissait de travailler pour un organisme qui veillait au bon fonctionnement du système bancaire et financier. Elle ne serait plus une participante dans le grand jeu de la finance, mais une arbitre. À ce titre, elle aurait pour mission de vérifier le travail de ses anciens collègues et relations, de les conseiller en matière de bonnes pratiques, et de s'assurer qu'ils respectaient les lois en vigueur. Elle avait failli éclater de rire quand le consultant lui avait expliqué tout ça. Regardons les choses en face : elle savait où de nombreux cadavres étaient enterrés...

Une fois encore, elle avait brillamment réussi son entretien d'embauche et décroché le poste. Elle avait pris ses fonctions depuis trois semaines, et elles lui plaisaient beaucoup. Le travail en lui-même se révélait passionnant, et mobilisait toute l'expertise et les capacités d'analyse qu'elle avait développées au cours des années écoulées, sans qu'elle ait besoin de s'y dédier corps et âme. Elle adorait « avoir sa dose » de Londres toutes les semaines, tout en passant le reste du temps à Elderchurch. Plus réjouissant encore : elle allait auditer la Compagnie financière Waterman quelques mois plus tard. Elle avait hâte de voir leur tête à tous, lorsqu'elle débarquerait là-bas dans son nouveau rôle de gendarme. La vengeance, dit-on, est un plat qui se mange froid...

Une chose était sûre, cependant : elle ferait en sorte de ne jamais plus se retrouver dans un tel marasme financier. Ses placements boursiers avaient fini par reprendre des couleurs ; elle était bien décidée désormais à les suivre de près et à se constituer un matelas de sécurité pour l'avenir. C'était bien joli de prendre des risques en amour, mais en matière d'argent Polly s'était promis de devenir un modèle de prudence. Sur ce plan, elle avait appris de ses erreurs.

Son père fit démarrer la fourgonnette et s'engagea dans la grand-rue. Polly agita le bras quand ils croisèrent Debbie, qui se hâtait vers le bureau de poste – sûrement pour envoyer un nouveau colis à sa fille Lydia, qui venait d'entrer à l'université de Bristol. D'après Clare, Debbie aussi s'était inscrite à l'université. Encouragée par le succès des étiquettes qu'elle avait créées pour Berry Botanique, elle avait commencé des cours de design graphique qui lui plaisaient énormément, à l'institut universitaire d'Amberley.

Graham poussa un soupir en voyant son épouse courir sur le trottoir en agitant la main.

— Qu'est-ce qu'elle fait là, la mémé ? demanda-t-il affectueusement en arrêtant le véhicule.

Polly baissa sa vitre.

— Tout va bien ?

— Vous avez une petite place pour moi ? Je t'ai fait un gâteau.

Sa mère portait un sac à provisions dans lequel Polly aperçut un tupperware, ainsi qu'une fougère en pot.

— Tu n'avais pas besoin de t'embêter pour moi, maman. Tu vas me voir tout le temps, maintenant.

— Je sais, mais… j'en avais envie.

Polly se poussa pour faire de la place à sa mère. Elle avait les meilleurs parents du monde et se félicitait d'en avoir enfin pris conscience.

— Ne mets pas de terre dans cette fourgonnette avec ta plante, prévint Graham. Je l'ai empruntée à Mike, et il ne sera pas ravi si je la lui rends maculée de…

— Oh, arrête, Graham.

Celui-ci poussa un autre soupir et revint à la charge :

— Je ne comprends pas pourquoi tu ne pouvais pas marcher jusque là-bas. Ce n'est tout de même pas si loin, marmonna-t-il.

Polly sourit à ces mots. La maison de Jay n'était pas loin, mais le voyage avait été long pour y arriver. Elle avait encore du mal à croire qu'elle allait s'installer avec lui, après toutes ces années passées loin l'un de l'autre. Certes, les choses étaient allées un peu plus vite qu'elle ne l'avait anticipé, mais elle n'avait pas pu résister. Jay était le genre d'homme à qui il était difficile de dire non. De plus, quand elle pensait aux sombres mois d'hiver qui s'annonçaient, elle était certaine qu'elle ne voulait être nulle part ailleurs tous les soirs.

Comme Clare l'avait dit, parfois il fallait prendre des risques.

Pendant ce temps, à l'autre bout du village, Clare demandait à Leila et Alex de se dépêcher. En les attendant, elle ne pouvait s'empêcher de jeter des coups d'œil appréciateurs dans le miroir. Cette semaine, elle s'était offert une coupe de cheveux dans un vrai salon, après avoir passé des années à les égaliser tant bien que mal toute seule. Le dégradé lui encadrait joliment le visage, et les reflets auburn ajoutés par Alison, la coiffeuse, faisaient ressortir le vert de ses yeux. Quel plaisir de s'occuper un peu de soi, pour changer. D'autant qu'elle l'avait bien mérité.

À la fin de l'été, elle avait signé un nouveau contrat, de douze mois cette fois, avec Langley's. Et elle avait touché son chèque pour la première livraison. Après avoir payé Debbie et Lydia pour les heures de travail qu'elles avaient effectuées, elle avait convié parents et amis à partager un excellent curry dans le restaurant indien d'Amberley. Jamais de sa vie elle ne s'était sentie plus fière que ce jour où elle avait pu régaler tous les gens qu'elle aimait. Elle était devenue une femme d'affaires.

Polly avait refusé l'argent qu'elle avait voulu lui donner.

« Tu m'as déjà hébergée pendant des semaines ! Garde ton argent, Clare. Et utilise-le plutôt pour organiser ces vacances dont tu avais envie.

— Pas question. Tu as bossé tous les soirs avec moi. S'il te plaît, Polly, il n'y a pas de raison. »

Après de longues négociations, Polly avait fini par accepter son chèque, et l'avait utilisé pour commander le canapé le plus confortable sur lequel Clare, Alex et Leila avaient jamais posé le postérieur. Et Clare avait encore assez d'argent pour réserver un séjour d'une semaine à Fuerteventura aux vacances suivantes. Les enfants étaient déjà fous d'excitation.

Alex arriva dans l'entrée, toujours pieds nus, les yeux rivés sur la nouvelle Nintendo DS qu'elle lui avait offerte pour son anniversaire.

— Alex, dépêche-toi, tu devrais déjà être prêt, lui dit Clare. Polly va se demander où on est passés. Leila, où es-tu ? Active-toi !

Un nouveau coup d'œil au miroir, pour inspecter sa peau, cette fois. Elle était décidément plus fraîche et plus rose, maintenant qu'elle avait retrouvé le sommeil. Et son visage s'était également un peu affiné. Sans doute toutes les longueurs de piscine qu'elle avait faites récemment n'étaient-elles pas étrangères à cette transformation. Elle s'était inscrite au centre de loisirs d'Amberley, et avait retrouvé la joie de plonger, de nager le papillon et de se sentir pleinement détendue en sortant du bassin après une heure d'efforts. Elle savait maintenant que Michael ne lui en voudrait pas. Il aurait été heureux pour elle.

— Je suis prête ! annonça Leila en la rejoignant, une carte colorée à la main. Tu crois qu'elle lui plaira ?

La carte était décorée d'un petit rongeur.

— C'est un cochon d'Inde ? demanda Clare.

— Mais non, un hamster, répondit Leila en enfilant ses baskets préférées.

— Et pourquoi une carte avec un hamster pour fêter le déménagement de Polly ?

Leila sourit.

— Juste un truc entre nous. Elle comprendra. On y va ?

— On y va, acquiesça Clare en arrachant la DS à son fils et en la rangeant dans son sac. Arrête de râler si tu veux pouvoir jouer là-bas. Allez, on est partis.

Elle attrapa le sac de pommes de terre qu'Agatha avait déposé pour sa sœur et s'engagea dans l'allée, en route vers la maison de Jay et Polly. La maison de Jay et Polly ! Clare était absolument ravie que sa sœur ait décidé de rester à Elderchurch pour de bon. Qui aurait pu le prévoir au début de l'été ?

Son portable bipa pendant le trajet. *Toujours OK pour ce soir ? Passe te prendre à 8 heures. Luke.*

Ce simple texto lui fit chaud au cœur. *Bien sûr !* répondit-elle. Luke et elle étaient sortis boire un verre et dîner plusieurs fois depuis leur premier rendez-vous. Il les avait même accompagnés, les enfants et elle, lors d'une longue balade à vélo dans la campagne, le samedi précédent. Clare avait craint qu'ils ne l'apprécient pas, ou qu'ils commencent à faire des remarques sur leur merveilleux père, mais la journée s'était très bien passée et ils s'étaient beaucoup amusés tous ensemble. Ce soir, tous deux devaient aller au pot de départ organisé par Roxie – elle partait la semaine suivante faire un long périple en Amérique du Sud avec des amis. L'ambiance au cabinet médical ne serait plus la même sans la pétillante Roxie, mais celle-ci lui avait promis de lui envoyer plein de cartes postales.

« Et je te rapporterai un sombrero, si tu es sage.

— Oh, je ne me sens pas sage du tout, en ce moment », avait répliqué Clare, tout sourire.

Elle souriait encore en traversant le village avec les enfants. Ç'avait vraiment été un drôle d'été. Un été où elle avait retrouvé une sœur, des perspectives professionnelles et le frisson amoureux. Un été où elle avait affronté ce qui la hantait depuis tant d'années et vaincu la culpabilité. Entourée de sa famille, et avec Luke à son côté, elle avait le sentiment que l'avenir serait encore meilleur.

# REMERCIEMENTS

MERCI À NICKY ADAMS ET SIMON TREWIN, qui m'ont aidée à développer les idées de ce roman dans les premières phases ; à Kate Harrison, pour son amitié, ses réactions et sa sagesse ; et à Victoria Walker, avec qui j'ai pu résoudre les problèmes d'intrigue en cours d'écriture. Merci aussi à Martin et Andy Powell, avec qui j'ai eu de longues conversations à propos des modèles de voiture que devaient avoir mes personnages (désolée, je n'ai pas pu placer de Jensen Interceptor – mais ce n'est que partie remise !).

J'ai bénéficié de l'inestimable regard critique de mon éditrice, Jenny Geras, et de mon agent, Lizzy Kremer. Merci. Grâce à vous deux, le livre est bien meilleur. Je tiens aussi à remercier le reste de l'équipe de chez Pan Macmillan – et tout particulièrement Chloe Healy, Ellen Wood et Michelle Kirk, pour leur travail assidu et parce qu'on ne peut imaginer compagnie plus agréable pour boire des cocktails. Que demander de plus en tant qu'auteur ?

Merci à Hannah, Tom et Holly (les enfants les plus formidables du monde) ; à mes parents, qui ont sympathisé avec tous les libraires des Midlands pour faire ma promotion ; à Phil, Saba, Ellie, Ian et Fiona, qui m'ont toujours soutenue. Je ne pourrais écrire ces livres sans les encouragements et la bonne humeur de mon mari, sans parler de toutes nos séances de brainstorming. Merci du fond du cœur.

Enfin, un grand merci à vous tous qui avez acheté un de mes livres et avez pris la peine de m'écrire ou de m'envoyer un e-mail pour en parler : je l'apprécie énormément. J'espère que celui-là vous a plu.

# PRODUITS DE BEAUTÉ MAISON

## Les recettes de Lucy Diamond

Pour raconter l'histoire de Clare, je me suis beaucoup documentée sur la fabrication des produits de beauté. Voici quelques recettes simples que vous pouvez essayer :

### Lait de bain aux pétales de rose

- 1 tasse de pétales de rose
- ½ tasse (environ 120 ml) d'eau de rose (qu'on trouve dans les magasins bio ou en grandes surfaces)
- ½ tasse (environ 120 ml) de lait de coco

*Mélanger l'eau de rose et le lait de coco, verser le mélange dans un bain chaud que vous faites couler. Ajouter quelques pétales de rose pour un bain plus parfumé.*

## Masque pour le visage à la carotte et à l'avocat

- 1 avocat réduit en purée
- 1 carotte cuite et réduite en purée
- 250 ml de crème fraîche à plus de 40 % de MG
- 1 œuf battu
- 3 cuil. à soupe de miel

*Mélanger tous les ingrédients jusqu'à obtenir une crème onctueuse. Appliquer sur le visage et le cou. Laisser poser 10 à 15 minutes. Rincer à l'eau fraîche puis sécher en tapotant délicatement.*
*Bourré de vitamine E, l'avocat fait aussi de formidables masques hydratants pour les cheveux. Il suffit d'en écraser un jusqu'à obtenir une pâte lisse et de l'appliquer sur des cheveux propres et encore humides. Laisser poser 20 minutes et rincer.*

## Shampoing naturel

- 25 ml d'huile d'olive
- 1 œuf
- 1 cuil. à soupe de jus de citron
- 1 cuil. à café de vinaigre de cidre

*Mélanger tous les ingrédients jusqu'à obtenir une consistance homogène. Utiliser comme un shampoing ordinaire puis rincer abondamment. (Ne se conserve pas.)*

## Baume apaisant pour les pieds

- 1 cuil. à soupe d'huile d'amande douce
- 1 cuil. à soupe d'huile d'olive
- 1 cuil. à café d'huile de germe de blé
- 12 gouttes d'huile essentielle d'eucalyptus

*Verser tous les ingrédients dans une bouteille et bien la secouer. Le soir, masser les pieds et les talons en faisant pénétrer le mélange, pour lisser et adoucir la peau sèche et rugueuse.*

# DE LA MÊME AUTRICE

528 pages
8,90 €

Evie Flynn a toujours été le mouton noir de sa famille si parfaite : une rêveuse, vagabonde dans l'âme, contrairement à ses soeurs aînées. Elle s'est d'abord rêvée actrice, puis photographe et chanteuse, mais sans grand succès.

Lassée de ces échecs, elle s'est construit une vie raisonnable : entre un travail qu'elle déteste et un fiancé très terre à terre (pour ne pas dire ennuyeux), elle regarde sa vie défiler sous ses yeux jusqu'au décès de sa tante préférée dans un accident de voiture. Jo lègue à sa nièce le petit café qu'elle tient sur le port de Carrawen Bey.

Déterminée à prendre son destin en main, Evie n'hésite pas longtemps avant de tout plaquer pour partir découvrir les Cornouailles et l'héritage qui lui est offert, sans se douter des rencontres qui vont bouleverser son destin...

PEFC
10-31-3068

Certifié PEFC

Ce produit est issu de forêts gérées durablement et de sources contrôlées.

pefc-france.org

Cet ouvrage est composé de matériaux issus de forêts gérées durablement certifiées PEFC™. Le Programme de reconnaissance des certifications forestières (PEFC™) est le plus grand organisme mondial indépendant de contrôle pour une gestion durable des forêts. Pour en savoir plus, consultez le site www.pefc-france.org

Achevé d'imprimer en décembre 2020
par CPI Bussière
À Saint-Amand-Montrond (18)
Dépôt légal : janvier 2021
N° d'impression : 2054326
*Imprimé en France*